陈大车（陈贵人）

她出身书香门第，名字看似普通却由《诗经》而来，天性洒脱，喜爱读书美食，精通文史与医药，因避婚嫁入宫，与刘娥、杨媛结为知交，因撞破郭后阴谋而受嫉恨，受郭后暗害，在书阁中被焚身而死。

莲蕊（李宸妃）

吴越王府旧属出身，自幼恋慕公子钱惟演。因借腹生子之计而被钱惟演送入宫中，从此她的命运便与皇室有了牵扯。她生下仁宗与卫国长公主，却依然低调地生活在后宫。一生尊敬刘娥，谨守本分，得以善终。临终之际，方对钱惟演表白心意，她的劝说使得钱惟演从复仇的心魔中挣脱。

赵光义（宋太宗）

虽为英明之主，但因为得位不正，在军事上又屡次失败，最后心态失衡。在继承人问题上难下决断，对臣下也诸多猜忌，令诸子争位，险些造成宫变。

赵元佐（楚王）

太宗长子，文武双全，并深得父亲宠爱及众兄弟敬畏，入迁东宫。但因为性情高洁，不容于皇家争权之险恶，忧愤成疾，以"疯癫"的名义被废为庶人，囚于南宫。真宗继位后，被赦出南宫，起复王爵。

赵元佑（许王）

又名元僖，太宗次子，从小不得宠爱。沉默寡言，工于心计。为了得到皇储之位，暗中诸多谋划，暗算了秦王、楚王，得到皇储之位。他机关算尽，却最终被钱惟演识破，暴毙而亡。他死后，生前所做的一切谋划都被太宗得知，死后哀荣尽去，落得一个惨淡结局。

寇準

太宗、真宗时期的重臣，北派大臣的代表人物。直言敢谏，能力非凡，同时也刚愎自用，树敌众多。初期为太宗重臣，后期因自恃功高、干涉内政招来真宗不满而受到中伤。被贬之后，他内心痛苦，一度放弃原则，参与进献天书赞表，但求重回中枢。然而，他性格中的缺陷并未修正，这一次的重返中枢是一段更痛苦的旅程，他先被丁谓算计，后又被周怀政所利用。最终他意识到了自己所缺，心平气和地离开汴京，完成了一次痛苦的涅槃。

丁谓

南派大臣的代表人物。聪明绝顶,对经济事务颇为擅长,但因为朝堂之争,一直被轻视打压,终成执念。他欣赏寇准之才,有心助其成事,甚至为了让寇准重回汴京而算计王钦若。后来,在他发现寇准的许多观念与自己不合,并且阻碍到了自己对权势的追求后,果断对寇准狠下黑手,手段狠辣,令人侧目。真宗逝世后,他小看刘娥,试图联合雷允恭把持朝政,最终被刘娥贬斥,流放崖州。

吕端

宋太宗时重臣,关键时刻辅佐宋真宗登基,被太宗称为"大事不糊涂"。

吕夷简

刘娥时期的重臣,行事缜密周到,心计深远,不形于色,辅佐刘娥和仁宗安定朝政。

王继恩

太宗最信重的内宦。自负好胜,控制欲强,行事刚强,三次参与和发起皇位更换的政变。他一度领兵出征。后因对赏罚不忿,性格越发偏激。太宗去世后,他试图拥立楚王,后因失败被流放。

刘承规

本名刘承珪,王继恩之后的权宦,目录法与宋代秤法制定人。如果说王继恩是以改朝换代之功与军功而上位,他则是因为文治法度而上位。他看到了太平盛世的到来,不肯轻易站队涉入宫斗,人老成精,对宫中万事了然于心,最终守得好下场。

雷允恭

本是真宗为亲王时的小太监,不久即跟随刘娥,对刘娥一直忠心耿耿,数次冒生命危险相救帮助刘娥。但刘娥掌权之后,他权欲膨胀,因擅移皇陵被杖毙。

桑老板(王得一)

本是桑家瓦肆的老板,从底层市井混迹上来,精明油滑,能屈能伸。因收留刘娥招来大祸,只好弃了瓦肆,乔装成为道士王一帖。在与刘娥重逢之后,受襄王赐名改为王得一,又凭借自己的察言观色和能说会道成为太宗、真宗、仁宗三朝的皇家御用道士。

天盛令

壹

蒋胜男 著

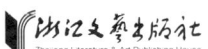

前　言

为什么要写这个时代？

这个时代从军阀混战结束后走出，经历了内部的纷争，经历了继承人的变迁，终于稳定下来，国家慢慢地安定繁荣起来，老百姓开始安居乐业。但是同时，腐败渐渐发生，贫富分化导致社会不稳定，有一个军事强国正发展起来，一个割据势力在对立强国的支持下想要独立……

中国人常说：历史走的是竹节运，一劫连着一劫。历史经常会以相似的场景走过，却经常因为一点点细微的差别而最终不同。历史不会每次都踏入同一条河流，后人完全可以总结经验。然而处于当时当世的人们，只能是摸着石头过河，没到最后关头尘埃落定，谁也不知道怎样做才是对的。

《天圣令》是什么？

"天圣"是本书的主角刘娥执政时代的年号，即"二人为圣"，为皇太后刘娥与皇帝共执朝纲之意，《天圣令》则是刘娥执政时期发布的法令。宋立国之后，一直沿用唐代律令，而《天圣令》则对唐令做出了许多修订，成为真正意义上的宋代第一部法典，同时也是目前中国现存最早的一部法典。

《天圣令》的主角是宋代的章献明肃皇后刘娥。史家公认的三大女主："汉之吕后，唐之武后，宋之刘后"，刘后即指刘娥。

初次听到刘娥的故事，是小时候家喻户晓的戏剧《狸猫换太子》。这大约是我们一般老百姓对这位真宗皇后的唯一所知。此后，是在一本笔记小说中，看到真宗临死时将国事托于刘后一节，不禁有些诧异起来：刘娥何等样人，竟能得皇帝以国事相托。其后某段时间，曾沉迷于一系列历史演义，却在有关宋史的一段记载中，看到刘娥被史家盛赞为"有吕（雉）、武（则天）之才，无吕、武之恶"。

好奇加上诧异，引起了我对刘娥这个人物的好奇与探索。有关刘娥的记载很少，从宋史中令人探究的字里行间，得到了有关刘娥的一些不完整碎片：她可算得上是历代皇后中出身最寒微最孤苦的，甚至连出身都存疑；她虽然尊贵，却终其一生没有一个真正血缘意义上的亲人；她颁布了真正意义上的宋代令典《天圣令》，她建立了完整的太后垂帘制度，因而宋代太后垂帘称制达九位之多，为历代之首；此前的太后谥号均为二字，从刘娥开始，称制太后谥号为四字，与武则天相同；她也是除武则天之外，中国历史上另一个穿上龙袍的女人。

刘娥的一生，分为四个十五年。第一个十五年，她是民间逃难的孤女；第二个十五年，她被未登帝位的真宗金屋藏娇，最美好的岁月里，却不见天日担惊受怕；第三个十五年，她是真宗的宠妃；第四个十五年，她是掌握国政的皇后、皇太后……

刘娥生于忧患离乱，从辅佐真宗到垂帘听政，掌握国政二十年，到她死时宋朝已经十分繁荣富足。她本可以成为中国第二个女皇帝，但是关键时候，她放弃了，身着龙袍登上太庙，她只是为向后世证明，她并非不能作女皇，而是不为。她年幼时遇上世间的许多不公平，在她执政的时候，她出台了《天圣令》，其中一些条令明显看得出她个人的意愿，如对女性独立财产权的保护，如废除了许多唐令中奴婢贱籍的条令等，这对于整个宋代消除良贱分界，对于宋代女性地位的整体提升起到了法律保障作用。

我深深地被刘娥的一生吸引住了。同样作为中国历史的三大女主，吕后、武后的故事，已经有无数的小说电影电视剧呈现，但是刘后却被历史埋没了。唯一被人熟知的，却是以讹传讹的"狸猫换太子"。虽然野史传说很多，但是至今仍没有一部完整的历史小说，来书写这位宋代女主的一生。

这一切的一切，吸引着我写下去……

本书几次更名,最终以《天圣令》而定名,我相信二十一世纪的读者们,会更喜欢这个书名。

此外,刘娥的一生贯穿北宋太宗、真宗、仁宗三朝,这期间有无数重大历史事件与故事,早已经成为民间演义传说,如赵光义烛影斧声、花蕊夫人之死、杨家将和潘美、八贤王和寇准、名列《三十三剑侠图》的张咏,大辽萧太后与韩德让等,但是他们在真正的历史记载之中,却与我们平常在演义中见到的形象完全不同。查看这一段时间的史料,有意思之处甚多,不仅是王小波李顺起义、澶渊之盟这一类的历史大事件,甚至如"吕端大事不糊涂""《霍光传》不可不看"等典故的出处,也尽多生动趣味。

刘娥的一生,非常精彩。她所在的这个时代,也非常精彩。而我深恨自己只能掇取手头所能得到的碎片,怕是连表现这个时代精彩的十之一二,都难以做到。

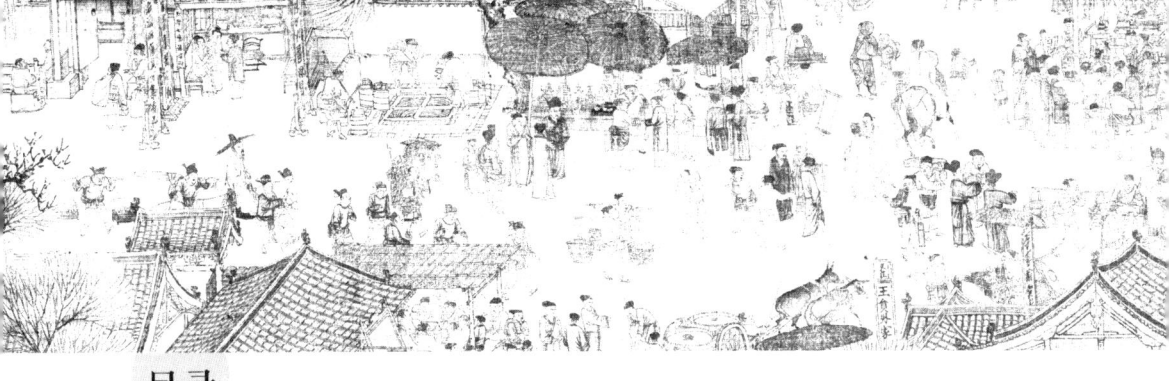

目录

001	第一章 蜀道难行	刘娥扭头看向来时之路,看向王小波等人消失的身影,心中默默地记下这些帮助过他们的名字——王小波、李顺、计词、张余……她不知道,这几个名字,会在将来的某一天里,震撼整个大宋王朝。甚至,千秋万代之后,仍被许多人背诵着。
014	第二章 初入汴京	西蜀与京城,恰是地狱与天堂。逃难路上,有人可以为了一块干粮而杀人,而在汴京,几岁的孩子可以把只咬了一口的雪白糕饼随手丢在地上。
026	第三章 孙家铺子	天子都能换,王法如何不能改了?
037	第四章 桑家瓦肆	梦想人人都有,全汴京的底层百姓很多人都有着疯狂的想象力,可是成功的人,几万人未必能有一个。

049 第五章 金匮之盟
这样的职位接替，使天下人有理由相信，那金匮誓书的内容，毫无疑问是太祖传位给赵光义，赵光义传位给赵廷美，赵廷美再传回赵德昭。然而，次日赵普的一封奏书，就改变了一切。

060 第六章 鼗鼓佳人
元休挤到前面，此时说书正要开始，就听得一声鼗鼓轻响，银铃轻扬，立刻将所有人的眼光都吸引到台上去了。却见一个白衣少女随着鼗鼓银铃的乐声飞旋而出，然后立于场中，元休只觉得眼前一亮，似今日所有的光亮都集中在她一个人身上了。

073 第七章 活色生香
她像个小怪物似的周身是刀，所谓的热情讨巧周到只是她混生活的一张皮，一旦发现在瓦肆里谁都能够把这一点玩得比她更溜时，她立刻就不再装了。谁跟她过不去，她就直接找谁去撕破脸闹，闹到人人都躲着她走。

085 第八章 初入王府
绣娘的手要养着，不能干粗活，一幅刺绣要上千针，绣娘的手就要往那丝绸上来往上千下，那丝绸何等娇贵，若是绣娘的手有一点点粗糙，那绣品就要磨得不能看了。

097 第九章 王府绣娘
她初进京时，凭着一身皮包胆，什么也不怕。到了桑家瓦肆，就得上下讨好，渐渐多了顾忌。如今她拼着从桑家瓦肆出来，只以为攀上高枝，哪晓得这王府规矩这般多，若是她在王府待不下去，那可怎么办？

| 109 | 第十章 红袖添香 | 赵元休今年十五岁,却是初尝情爱的滋味。他乃当今皇帝第三子,锦绣中生,富贵里长,除了幼年丧母这一件事略有遗憾外,平生无有不顺遂之事。 |

| 119 | 第十一章 楚王跪殿 | 那一日,赵光义于血流成河的战场上,见到长子从残阳中领一队兵马向他奔来时,一个在他心中已久的念头,终于彻底变成了决心。 |

| 129 | 第十二章 情意初定 | 她低低地说:"他是很好很好的,我也心悦他,可是我真的不想,就这样去当了他的姬妾。" |

| 144 | 第十三章 西夏兵事 | 太祖以国士相待,赵普以国士相报,只要对国家有利,逆龙鳞掷乌纱用尽心力不惜一死。当今以臣下相待,他也只能做一个恭敬的臣下,如果皇帝听不进他的意见,他纵然把血呕出来,又有什么用呢! |

| 159 | 第十四章 十五及笄 | 他并不拿她当奴婢一样亵玩,而是当她是一个堂堂正正的良家娘子一般,她是在娘家举行过及笄礼后再进门,与他有过一个正式的仪式后,才结为爱侣。 |

172	第十五章 元宵灯节	这样的景色,会让人真正觉得,此心安处是吾乡。愿此夜永在,愿世人不再流离,愿天下共有此景。
184	第十六章 大辽太后	萧绰含笑叫着皇帝的小名,拉着他的手来到韩德让面前,吩咐道:"文殊奴,跪下去向你的相父行礼,从今天起,你要像尊敬父亲一样地尊敬他,听从他的教导,才能保得大辽江山的稳固。"
194	第十七章 王府婚礼	她似乎分成了两个自己,一个她在嘲笑自己早已经明白事实,却不肯面对;而另一个她,却只能蜷缩在角落里哀哀饮泣。
206	第十八章 秦王之死	这一夜,元佐蒙眬地睡着了,也不知过了多久,忽然听到有人唤他道:"崇儿快醒醒,四皇叔要走了。"他睁开眼一看,竟正是赵廷美站在他的面前。他又惊又喜,跳了起来:"四皇叔,您回来了。"
220	第十九章 王妃潘氏	潘蝶的眼神如刀剑般锋利,似要带着血光而来。刘娥看着她的眼神,突然间明白了,在潘蝶的心中,自己是偷了她的"珍宝",不是她的珠宝,而是她的丈夫。

| 233 | 第二十章 重阳之宴 | 是这一次又一次的违逆,让官家渐渐地厌恶了他,疏远了他吗?还是因为他病了,成了个废人,不再是大宋最出色的皇子,不再是官家眼中的骄傲了? |

| 246 | 第二十一章 东宫大火 | 在东宫最华美的日辉堂,楚王赵元佐将最后一根烛火扔了下去,在众人的惊呼声中,他孤独的身影在火光中一动不动地站着。那一夜,冲天的火光,映红了半座汴京城。 |

| 258 | 第二十二章 老臣之心 | 因为田仁朗也好、赵廷美也罢,都只是牺牲一两个人的事而已,他可以冷血他可以不管;而北伐,却有可能对整个大宋的江山社稷、后世子孙造成深远影响,他不能不开口说话。因为大宋江山,他也是一手参与建造的人。 |

| 269 | 第二十三章 九重风雷 | 当她抬起头来时,相似的不仅仅是那同为蜀女的娇音丽容,更是那倔强决绝的眼神,像火一般的炽热,竟让他觉得害怕、想逃离这双眼睛。多年来帝王生涯养成的气势,竟也不能抵御那双眼睛的魔咒。他毫不犹豫地选择了逃避,选择了扼杀。 |

| 280 | 第二十四章 耿耿长恨 | 元休心中伤痛,紧紧地抱着刘娥,只觉得用尽自己的体温,也无法温暖怀中的身体,反而那身体的冰冷,却是一点一滴地传到自己的身上来,只觉得心中也是一片冰冷。 |

第一章
蜀道难行

"天下未乱蜀先乱,天下已定蜀未定。"

天府之国、锦官之城,自古繁华。可是从唐朝安史之乱开始,到如今宋太祖赵匡胤黄袍加身,这百余年间,天下动荡不安,军阀割据,民不聊生。新朝虽立,但民生反而更见艰难。虽然宋太祖收了蜀国,但领兵之人不恤民生,反而令得民怨四起,再加上旧蜀势力未清,数年来兵灾连连。

对于老百姓来说,本来只想安分守己地过日子,不管是蜀是宋,都无所谓,然而村庄不是匪来就是官来,抓丁索粮征役甚至兵连祸结,最终这蜀山栈道之上,扶老携幼,尽是外逃的百姓。

蜀道之难,难于上青天。西蜀之地,天险处处,一夫当关,万夫莫敌。山道崎岖难行,不多时,就有人"哗啦——"一下,脚底一滑,紧接着就是一声凄厉惨叫,一道人影掉入万丈深渊。

人群中发出阵阵叹息,却无人停下脚步,也无人过去看一下那哀哀恸哭的亡者家属。

一路逃难过来,一路不断地看到死亡,人的心,也渐渐变得麻木了。

这时候,后面山道上传来急速的脚步声,众人回头望去,却见一行大汉走来,一个个甚是彪悍,但见他们大多数挑着担子,前后有几人手执兵器在周围护卫。看他们的脚步,应是担子极为沉重,可是他们在这山道却健步如飞。

大家不由得让开了一条道。有明白的人,就知道这是蜀中贩私茶的茶贩子,他们挑的都是蜀中特产的茶砖。自朝廷设立博买务后,茶叶由博买务专买专卖。可是蜀中种茶者十有七八,博买务收购不了这么多茶叶,茶叶的收价又被压得极低,但出蜀之后,蜀茶却是极抢手的货物,只因蜀道艰难,因此价格也高。若是有人走乡串户,收购茶叶带到中原去贩卖,利润便极为可观,因此虽然蜀道艰难,官府禁止,仍有茶贩子组结成团伙,贩茶出蜀。

要在官府手中抢一口饭吃,自然是极凶险的事。因此茶贩子出动,往往多则几十人,少的也有七八人。蜀中青城武风本就强盛,这些茶贩子也大多会些武功,在山道上行动极快。翻山越岭,走的都是小径,虽然也有被抓或是逃跑中掉下千里栈道而摔死的,但是只要不被抓到,所得利润倒也能养家糊口。

却说众人见他们来势极快,急急退开让出一条道,让他们挑茶担通过,免得被他们撞到,非死即伤。

只是这人群中老的老小的小,未免行动不是很快捷,一个老妇人退得急了,忽然摔倒在地,一个小女孩忙扑上来,哭叫道:"婆婆——"忽然抬头见一个彪形大汉已经站在面前,吓得呆住了。

却见一个少年敏捷地扑上来,左手迅速拉开那女孩儿,右手已将那老妇人一把拖起退后。那为首的茶贩子看了这少年一眼,"唔"了一声,只是行程匆匆,也无暇说什么话,就带着人走了。

等到那批大汉走远了,众人才又继续上路。

少年扶着老妇人,问道:"老婆婆,您没事吧!"

那老妇人却半蹲在地上,咳嗽不止。女孩儿吓得直哭:"婆婆,婆婆,你怎么了?"

老妇人咳了好一会儿,才喘过气来,看着那少年,感激地道:"小哥,刚才真是谢谢你了。"

少年笑道:"婆婆,你快别这么说了,都是逃难的人。"

老妇人仔细看着他,点头道:"都是逃难的人,也难得小哥这好心肠的人。你叫什么名字?还有什么亲人?"

少年收了笑容,道:"我叫龚美,本来是跟着师父一起学铸银手艺的。后来生计艰难,师父说有个同门师弟在京城过得不错,要带我一起去京城投靠。可是上个月师父生了一场风寒,就去世了。我一时无处可去,只好跟着大家往外逃。"

老妇人点了点头,叹道:"是啊,这日子一天比一天不好过,也只有逃到山外,或许能过下去。小娥,过来谢谢你龚美哥哥,刚才要不是他,婆婆这条老命就葬送了。"

叫刘娥的女孩儿忙怯生生地上前道谢，龚美看着这老妇人，似是病得不轻，再看那女孩儿约莫十二三岁，也是面黄肌瘦的，实在是老的太老，小的又太小，这般乱世，如何生存得下去？上前一步扶住老妇人道："阿婆，我扶着你走吧！"

那老妇人感激地道："谢谢你了，龚小哥。"

就这样，一行三人，在逃难的人群中，走走停停，向东而去。

哪知祸不单行，这一行逃难的人走到半道，却遇上暴雨倾盆，栈道本就年久失修，中间经常会缺失木板，走得更是心惊肉跳。

雨越来越大，冲击着山道，也冲击着山上的土石。忽然一声惊雷炸响，但见山体忽然塌方，一股泥石流滚滚而下！

这支逃难的队伍四十余人，顿时只余最前面和最后面的一些人站在断崖的两头满面惊恐，行走在中间的人，却都已经被这股泥石流埋在了山底下。

这一行人逃难多日，原也是几拨人凑到一起来的，如今这一股泥石流下来，居然冲走大半，剩下的数数竟只余十几个。偏这行走在中间的，多为老幼妇孺，眼见被冲到山底下，只怕是凶多吉少。只是这冲下去的人不止一个两个，许多还是断崖两头诸人的至亲。那少年龚美正走在后头，才听得一声响，前日与他结伴的这一对祖孙，便已经压在了这山底下。

龚美急了，拉着旁边一人道："大叔，我婆婆和我妹子也被压下去了，我们得去救她们。"但诸人惧怕危险，又觉得人都这么冲下去，还能活得几个。

商议了好一会儿，此时雨势似乎稍弱了些，这剩下的人互相看看，呆了半响，最终还是道："我们下去看看吧，或许还有活着的呢。"

这中间虽也有人不愿意下去的，终究又不敢离了大队人马就自己上路的，终于还是手挽着手，艰难地攀缘爬到山崖下。见着下面已经是惨不忍睹，尸体、鲜血和泥石混在一起，走得近了，才听得有人呻吟，顿时都奔了过去，拿手扒开泥浆，扒出了一个活人来。

原本还有些不情愿而落后的人，见还有人活着，顿时精神一振，也一起动起手来，便是没有称手的工具，也有寻了旁边的树枝、石片等一起去挖。也不知道是上天垂怜还是捉弄，这段栈道离地面并不算太高，且这股泥石流裹挟着众人一齐冲下以后，反而比平时直落更加缓慢一些，因此竟还有人命大活了下来。

挖到后来，又有后面走来的一队汉子也加入了救人的行列，刨了半天，终于把底下的十几个人刨了上来，天也快黑了。多亏后来这拨汉子熟悉地形，带着众人在天全黑之前，避入了这个破庙中。

连年灾荒弄得十室九空，这间寺庙建筑宏伟，看来以前也是香火鼎盛，如今却成了一间空庙，外墙塌了，门窗坏了，神像也糊了，只余主建筑想是当年修得牢固，在风雨中倒还能遮风避雨。

天黑下来的时候，雨下得更大了，后头那批汉子看似贩货的商人，也挑着货物，出行诸物也备置得齐全，当下就拿了锅子火石，烧上了水，先给诸人煮上了姜汤解寒，诸人再拿出些干粮就着姜汤吃了。这破庙自然没有柴火，这雨下得连枯枝也点不着，只得拆了些坏掉的门窗作柴烧着。

因山体塌方，淹进去了将近三十人，只救回来不到一半，然而就这从危难中活下来的十几个人当中，当晚也走了三个，俱是内脏受伤，呕血不止而死。

大雨仍下着不止，一个大汉看着外面黑漆漆的天空，恨得指天大声咒骂："格老子的，官家欺负人，大户欺负人，连这老天都欺负人……下下下，怎么不把这天下塌了！"

他身后一个较为文气的青年走上前来，递给他一碗水道："大哥，别生气了，咱们再慢慢想办法。"

那大汉长叹了一口气，道："格老子的，这雨要是再下个几天，我们的茶叶就要发霉了。挣不了钱不说，这一趟走下来，反而要赔钱，这可都是老少爷们的血汗钱呀。要不是我们这一趟趟的跑茶，家里那一亩三分地，是够吃的还是够过的？"

正说着，却听得里面忽然传来一声凄厉的哭声："婆婆啊……"

这声音太尖厉太凄惨，哭得这大汉的心也跳了一下，皱了皱眉头："怎么又在哭了，小计，跟我看看去。"

他与计词回到前头，但见殿里横七竖八地躺了一地的人，血气刺鼻，那惨叫的呻吟的号哭的低泣的，人人俱是滚在泥污血污之中，面容枯槁，三分不像人，七分倒似鬼。一眼看去，竟不似人间，仿若地狱。此时殿中也唯有这拨大汉带来的正在照顾着的诸人还有点人样。

那小计耳尖，知道刚才的哭声就在左边角落里，于是引着那大汉去了，但见一个老妇人躺在那里，胸口污了一片血迹，却已经是一动不动了。

一个瘦弱的女孩跪在一旁,凄惨无助地痛哭着,她与那老妇人一样,头脸俱是污泥,看情况也似从坑里刨出来一般,旁边一个少年低声地劝慰着。

小计忙低声告诉大汉,原来刚才那老妇人与这女孩儿俱是被泥石流冲击下来,那老妇人将女孩儿扑在怀中,被救出来后,那女孩儿不过是受了些小伤,那老妇人却是伤了脏腑,刚刚断了气。

说到这里,他也不禁唏嘘,可怜那女孩儿小小年纪,这样的乱世如何能活得下去。

突然间只听得一片惊呼,原来那女孩儿哭着哭着,竟昏了过去。

那大汉抢上前一步,抱起女孩儿,只觉得那女孩儿浑身热得烫人,他翻开她的眼皮看了看,一边用力掐人中,一边对身后的青年喝道:"小计,快去烧一碗酽酽的茶来,放些姜末。"忙移到火堆旁边。

过了一会儿,一碗酽茶灌下去,那女孩儿才慢慢醒来,却是眼神呆滞,小小年纪,竟似丢了神魂,旁边的龚美慌忙叫道:"小娥,小娥,你醒醒,你可别吓我——"

唤了半日,刘娥方醒过神来,终于哭出了声:"阿哥,婆婆呢,婆婆呢——"

那大汉见这少年不敢回答,当下沉声道:"你婆婆已经死了,你若是不想她白死,就得好好活下去。"

刘娥抬起泪眼,这漆黑的殿里,唯有这大汉身后一团火光,她看不清他的脸,只觉得他身形高大无比,她已经知道是他们一起救了她。

"大爷,是您救了我们,我会报答您的。"她认真地说。

那大汉哈哈一笑:"啥子报答的,都是穷棒子,搭把手求个活路罢了。"

"大爷,您给我留个名字吧,我好记住。"她说。婆婆说过,人要懂得记恩。

那大汉见她小小一个人儿,一脸虔诚认真的模样,倒觉好笑。他在道上素有名声,帮过无数的人,也有许多人感恩戴德,但是这般小的孩子这样一脸认真地说出这话来时,倒让他有些感慨。当下只摸摸她的头道:"啥子大爷小爷的,咱们都是穷苦人出身。我名叫王小波,你也跟大家一样叫我王大哥吧!"

龚美看在眼里,心中好生敬重,忙道:"王——王大哥,我也是,我会记住您的。"

王小波看着这一对临时结伴凑成的小兄妹,叹道:"细妹子,你是命大之

人,从死人坑里能活着出来,这是老天爷也看不过去啊。"

刘娥咬牙:"是,我会活下去的,老天爷不让我死,我怎么也要活下去。"这世间能有多少人,从死人坑中爬出来还能活着的呢。

她想,既然老天都不收她,她就一定要好好地活下去,活出个人样子来。

一天又一天过去了,大雨一直不停。

大雨让灾难加倍,那些曾经被救出来的人,也因为这场大雨,而一个个地死去。那些内脏受伤的,在挖出来的头两天就痛苦地死去了,而接下来面临危险的,则是那些手残足断、骨折肉绽的外伤人员。

刘娥稍好一点,也投入了照顾伤患的工作当中,然而对于苦难的人来说,连一丝风、一滴雨,都有可能成为压垮他们人生的最后一根稻草。那些带着无数细菌的雨水,对于伤口是致命的,被大雨困在破庙里的人们,得不到药物,且只能将脏污的旧衣服在雨水中冲洗拧干来包扎伤口。于是那些受伤的部位开始渐渐腐烂,然后伤口大面积地感染。

刘娥不知道哭了多少场,从头一天的悲痛欲绝,到如今看着正在照顾着的人在她面前活生生地咽气,却只能漠然伸手,替他合上不甘的双目,只不过才五天时间而已。

她才十三岁,却已经阅遍沧桑历经生死。

那些好不容易从死人坑中逃出来的幸存者为求生存而竭力挣扎,痛苦呻吟,她却只能眼睁睁看着他们又一个个地死去。对于刘娥来说,这是她十三年的人生中,前所未有的煎熬;也是她所经历最痛苦最艰难的时刻,是如同地狱般的日子。

从这个时候起,她比任何人都要恐惧,她看到了死亡。

整座大殿从此起彼伏的惨叫声、哭泣声到渐渐沉默,仿佛陷入了修罗地狱。

最终,从死人坑中活下来的,只剩下不足五人。

刘娥抓起一只山狸子,匕首利落地割在它的脖子上,割断了它的血管,那山狸子兀自蹬腿挣扎着,挣得眼睛都凸了出来。

刘娥迅速把嘴凑近,吮吸着它的血管,尽量不浪费一滴血。她的喉头咕噜噜地响着,血是热的,这是她这几天来唯一的热食。这是能量,能让她活下去的能量。

雨下得越来越大，火已经烧不起来了，只能喝雨水吃干粮，甚至到最后连干粮也要省着吃了。这场大雨不但带走了那些因受伤而感染的伤患，甚至还有因为风寒和腹泻而倒下的人。

然而因为这场雨下得太大，山间一些小动物还是如往常一般来这破庙避雨，却不知道往日无人的破庙，如今住着一群饿疯了的活人。

几只山狸子野猫就成了他们的果腹美食，哪怕此时已经不能生火了，但仍然被生吞活剥下了肚。

王小波见状得了启发，于是带着手下，在雨势渐弱的时候出去了一趟，在各处野兽行经的地方布了陷阱，过得几日，居然也能够多多少少捕获到一些猎物来，缓了众人的危急。

这场大雨淅淅沥沥下了十来天，这一日傍晚雨停了，计词站在殿外踮起脚看了远方的云，道："明天可以走了。"

王小波问："不会再下了吗？"

计词点头："也下得差不多了。"

众人这时候竟也没有了兴奋的情绪，只余一片麻木，只是草草地把东西收拾了一下，其实到如今的境地，这些逃难的难民，也没有什么长物可以收拾了，无非是几件旧衣服，或者是死去亲人的小件遗物念想罢了。

死去的人，都葬在了庙后面，没有立坟，也没有单独安葬，只是草草地葬在了一起。如今要走了，各人到坟头默立了一会儿。

天黑了，刘娥站在大殿里，看着殿正中那具已经模糊得看不清样子的塑像，喃喃地："阿顺哥，你说这世上，有神佛吗？"

此时与她一起还留在殿中的，是王小波的妻弟李顺——明天就要走了，扛力气的人都被派去干活了，王小波就让这两个年纪差不多大的孩子先待在殿里——他闻言怔了一下："可能、应该、或许是有的吧。"

刘娥冷笑了一声，声音中似哭似笑："呵呵，要真有的话，怎么他就这么眼睁睁地看着，这么多的人，死的死，伤的伤。"她低头看着这空荡荡的殿堂，曾经，这里有许多人如此努力地忍受着苦难想活下来，可最终在这个神像的眼皮子底下，一个个无望地死去。

李顺知道她是想起了自己的亲人，叹道："小娥，虽然你婆婆去了，但你更要活得好才是。"

刘娥忽然道："阿顺哥，你知道吗，我不是婆婆的孩子。"

李顺"哦"了一声,这个离乱的世道,许多人都是家破人亡,临时拼凑成一家。人还要活着,日子还要继续,过去的怀念留着,却只能努力着拼凑日后的生活。

刘娥轻声道:"婆婆从前都没说,只有这次逃难的时候,才跟我说了。她年轻的时候在锦官城里做工,有一年路过一家门前,听到孩子的哭声,进门一看,发现这一家子都死绝了,只余一个孩子坐在空水缸中大哭。那孩子就是我。婆婆不敢停留,抱了我匆匆地逃走了。后来城里也住不得了,就带着我回到乡下去住,可是就在去年,因为交不起租子,起了乱民,官兵来了,盗匪来了,来来回回就跟箅子似的在村子里扫荡。婆婆没办法,只能跟着村里人一起逃命……"她抬起眼来,眼泪落下:"可是逃不过命啊,我们村这一批逃出来的人,中途死的死,散的散,最后都死在这一场塌方里了。"她指着神像,声音凄厉:"我们做了什么罪孽,好好的家没有了,村没了,山塌了,人一个个就这么没了。还要这么大的殿堂,供着这样的泥塑木雕做什么,做什么?"

李顺看着神像,忽然笑了:"小娥,你胆子好大,这样说不怕会得罪菩萨?"

刘娥冷冷地说:"菩萨都不保佑人,得罪了又怎么样!"她才十三岁,然而,发生的事情太多太多,使她此刻脸上的表情,不像是个才十三岁的小姑娘。

忽然听得门外一人道:"说得好!既然菩萨不保佑人,得罪了便得罪了。女皇帝又如何?"

刘娥回头,就看到计词走进来,手里拿着几个黑乎乎的东西,递给两人道:"我刚才在林子里挖到几个黄精,算你们俩有口福。"

刘娥不接,道:"小计哥,你每次都给我吃的,你自己吃吧。"

计词瞪她:"我们是大人,你是小孩,不吃怎么能活?"

刘娥之所以能活下来,或许就是这一个个大人,看到什么好东西,总给她留点,让她每每在濒危中总还有一点能量活下来。

刘娥只得接了,又问他:"你说女皇帝,女人也能当皇帝吗?"

计词点头道:"正是,这座寺庙叫皇泽寺,你们可知这座皇泽寺供奉的是什么人?"

两人摇了摇头,计词道:"是女皇帝。皇泽寺供奉的,是则天大圣皇帝。"

李顺已经叫了起来："我知道了,原来皇泽寺就是则天庙呀!"

刘娥诧异地问他："你知道?"

李顺就道："就是唐朝的女皇武则天啊,她是咱们广元人,这里就是广元县啊。"

计词点头："正是,咱们这巴山蜀水,人杰地灵,孕育多少英雄豪杰呀!则天皇帝,就是出生在咱们这广元县。这皇泽寺本建于唐开元年间,就是为着纪念则天皇帝出生于此。"他指了指院子里那被岁月剥蚀破败得有些模糊的石碑,道："那就是广政碑,是蜀后主孟昶亲笔书写,赞颂则天皇帝的碑文。当年孟昶作此碑文时,这皇泽寺气象宏伟,香火鼎盛。后来蜀国灭亡,战乱频频,这里再也无昔日的气象了。"

月亮升上来了,两个孩子倚坐在石台阶上,静静地听着计词在讲故事："武则天之父武士彟原是个木材商人,跟着唐高祖李渊起事,任尚书封国公,也算得有为了。则天皇帝十四岁入宫,成为太宗皇帝的才人。相传番邦曾进贡一匹叫狮子骢的烈马,这马剽悍无比,无人能制。太宗自负纵横天下,马上打来的江山,居然也无法制服此马,他很生气,就不信制服不了这匹马。于是下旨说,谁要是能制服这匹马,就有重赏。于是许多武士纷纷前来尝试,可是谁也制服不了。最后,这匹马却让一个小女子给制服了……"

刘娥抬起头来："是给则天皇帝制服的吗?"

计词微笑点头："是的。"

李顺好奇地问："她是怎么样做到的呢?"

计词道："则天皇帝说,她只要三样东西,一是铁鞭,二是铁锤,三是匕首。先用铁鞭打,若是再不听话就用铁锤,若是铁锤也没有用,那么这匹马注定是不能为人所征服,于人无用,只有用匕首杀了它。"

一时静默,但闻着草虫的鸣叫声,这两个少年也仿佛随着计词的话语来到了故事中。

过了很久,刘娥怯怯地问："那时候,则天皇帝有多大了?"

计词说："这就是她刚进宫那年发生的事,她十四岁。"

刘娥怔怔地道："明年,我也十四岁了。"可是则天皇帝的十四岁,跟她的十四岁,相差多大啊!则天皇帝敢在天子面前驯服烈马,可是她呢,却还在愁着下一顿饭着落在哪里。

李顺也在沉思："计先生,许多武士都征服不了的烈马,却教一个小女子

征服了，不是因为她武功有多高，而是她用对了方法，对吗？"

计词点了点头，故事还在继续。

这个故事，在这两个少年的心中深深扎根，并影响了他们的一生。

刘娥想着，则天皇帝宫中驯马的那一年，也是十四岁，明年我也十四岁了。原来只要努力，女人连皇帝也可以做。

李顺想着，怪不得古人说，王侯将相宁有种乎，只要用对了方法，连一个女子也可以做到皇帝，何况我辈堂堂男子？

每个人年少时，都会多多少少地听到过一些大人物的故事，都会涌起一种"当如是也"的感慨。这两个少年，此刻也与世上大多数听到大人物故事的同龄人一样，感到兴奋和崇拜。只不过，有人把故事听在耳里，有人把故事刻在心里。

夜深了，人也睡去了。

计词独自站在长廊上看月色，王小波走了出来："小计，还没睡？"

计词看着他："大哥，你也没睡。"

王小波点了点头："听你给两个娃子讲故事呢！小计，你一身学问，跟着我们大老粗混，也真是委屈了。"

计词微微一笑："大哥说哪里去了！唉，我读了这么多年的书，考了一次又一次，眼看着许多不如我的人纷纷高中，我却连自己也养不活。要是没有大哥热心相助，家母可能要被我这不孝子饿死。再看大哥你一身武艺、一副热肠，奔波半生，却过得一天不如一天。这世道，唉，让人往什么地方走呀！"

王小波笑："听听刚才阿顺说的什么话来着，王侯将相，宁有种乎？呵呵，真是小孩子话！"

计词道："也未必都是小孩子话。自乾德三年（965）宋兵灭蜀后，这蜀中反了多少人，反了多少次呀。当年文州刺史全师雄反了，蜀中十六州纷纷响应。吕翰率部下在嘉州起事，普州军校孙进、吴瓖反，果州军校宋德威反，遂州牙校王可僚反。乾德四年（966）阆州农民反，渝州杜承褒反，开宝六年（973）渠州李仙反……大哥，走私茶这条路，是您带着我们先干的，咱们蜀中茶帮，都以您为首——"

王小波知他意思，闻言摆摆手阻止他继续说下去："你不要说了，你看这么多年反了多少次，可是又有哪次成了？不过白死了许多人，但凡还能有一口饭吃,我总得为弟兄们身家性命着想。现在还不是时候啊。"

计词心中不服,问他:"大哥,你总是犹犹豫豫,这不是时候,那不是时候,可到底什么时候才是时候啊?"

王小波怔住了,张口欲说什么,但却说不出来,好一会儿,才伸手指指前殿,又指指后殿:"你问问那女娃,你问问前面那最不能走、最不能扛活的人——你问问他们,这世道还有办法吗,还能活人吗?"

计词一顿足,转身走了。

次日清晨,众人收拾起来准备要上路。刘娥正在收拾,却见计词走进来,来到她跟前,柔声问她:"细妹子,你们以后有什么打算？要不要跟着我们跑茶?"

刘娥诧异地看着他,想了半天,还是摇摇头。

计词一怔:"为什么？我们待你不好吗?"

刘娥回过身来,坚定地摇了摇头:"不。你们待我很好,可是我在你们当中,什么也做不了,只能是个累赘。"她顿了一顿,见计词还想说话,又说:"我想去汴京。婆婆说,汴京城是皇帝脚下,皇帝不能看人饿死,汴京城一定是有活路的。"

计词看着她那双天真单纯的眼睛,不由得苍凉地笑了:"呵,细妹子你太天真了。我同你说,皇帝的眼睛是瞎的。"他指指那已经糊掉的塑像,冷笑道:"他跟这泥塑木雕一样,看不到好人受苦,看不到穷人饿死。你能不能活着到汴京,还是个问题,就算到了,你以为你就能活吗?"

刘娥愣愣地看着他,她只能凭从前生活中婆婆告诉她的,以及自己的直觉,来回答问题:"小计哥,那现在天下算是太平,还是不太平?"

计词怔了一怔,她这一句话,当真是直指核心,张了张口,终究不能违心地说,只得叹道:"现在的天下……呵呵,跟从前比,还算是太平吧。"

刘娥想起了当年婆婆说过的话,她说,天下太平就能活人,天下不太平打起仗来就会死人。"既然天下是太平的,我就不相信,我凭着一双手,凭着努力干活,会没有办法活下去。"

计词看着这小姑娘单纯的眼神,一时竟无话可说,他心里隐隐地明白了王小波让他来问话的意思,却只得伸手摸摸刘娥的头,叹道:"细妹子,好,好,你很好。"说完,转身就要走。

站在一边听着的龚美不由得有些委屈,问他:"小计哥,你干吗不问我?"

他比刘娥大,也比刘娥有力气,为什么小计哥只问刘娥,不问问他,难道说在小计哥眼中,他还不如刘娥能做主吗?

计词哈哈一笑,转而问他:"小兄弟,你呢?也要去汴京吗?"

龚美看看计词,他其实是有些心动的,王小波的茶帮有一批强有力的人,能够互相帮助,在这乱世,更容易活下去。可是他扭头看看刘娥,心中也明白,刘娥若在这个茶帮里,就是个多余的人。谁都知道,越是生存艰难,越不敢成为多余的人,因为谁也没义务去帮助多余的人活着。

想了想,他还是走过去,握着刘娥的手,坚定地说:"小娥去哪,我就去哪。我答应婆婆,会好好照顾她的。"

计词看着两人,长叹一声,摇摇头,走了出去。

王小波仍然倚在长廊,看着计词走过来:"你问过了?"

计词低头:"问过了。"

王小波问他:"你懂了吗?"

计词点头:"懂了。连这样的细妹子都相信这世道还能活人,那就不是时候。"

王小波拍拍计词的肩头:"宁做太平犬,不做乱世人。哪怕活得再艰难,还是要活,只有逼得人活不下去了,才会反。"他抬头看天,有些怆然:"就算是我,也宁可做个百姓,除非……"他摇了摇头,没有再说下去。

雨停了,一个个小土堆微微隆起,一个个木条插在小木堆上,逃难的人在小土堆前面哭过、拜过,一一上路。

眼见王小波等人挑着茶走远,只余下了刘娥等十几个难民,便是连刘娥心中也害怕起来。与众人在一起十余天,一直被照顾着,如今那些强壮的、有能力的人离开了,剩下的诸人互相看看,心中皆是一片无助和惶恐。

然而如今他们也只能靠自己的双足,把接下来的路走下去。

龚美走过来,牵起刘娥的手:"小娥,走吧。我们去汴京。一切都会好的。"

刘娥抬头茫然地看着龚美:"嗯。阿哥,你和我说说汴京吧,那是个什么样的地方?"

龚美从前跟着师傅当银匠,他有一个师叔据说就在汴京城找到了活路,并来了一封信,龚美所有的知识,都在这封被师父口述加工过的信。他说:"汴京是天子脚下,据说处处黄金,人人都能过上好日子,皇帝吃饭都用金饭碗……"

嘴上这样说着,心里却是茫然的。

蜀中是活不下去了,听说汴京城是遍地黄金的地方,有几十万人在那里讨生活。既然汴京城能养活几十万人,那么,只要肯付出一身力气,他和身边的小孤女,总能活得下来吧!想到这里,龚美抬头望去,在山的那边、天的尽头,金灿灿的汴京城,似乎已经不远了。

刘娥跟着龚美走着,于她而言,前途命运如何,她不知道,她就像茫茫大海中的一叶小船,漂到哪儿,自己也不知道。但是她不知道这一走出去,她的命运、龚美的命运,甚至天下的命运,都已经改变了。

刘娥扭头看向来时之路,看向王小波等人消失的身影,心中默默地记下这些帮助过他们的名字——王小波、李顺、计词、张余……她不知道,这几个名字,会在将来的某一天里,震撼整个大宋王朝。甚至,千秋万代之后,仍被许多人背诵着。

第二章
初入汴京

大宋都城东京汴梁,太祖皇帝赵匡胤定都于此。

从自然环境看,开封并不是一个理想的建都之地。自古以来,开封周围地势坦荡,不仅没有大山,就连丘阜也很难见到,不像长安、洛阳、北京等都有天然屏障,四塞险固而利于守。同时,开封一带地势低洼卑湿,古时就被称为"斥卤之地"。

但开封与其他地方相比,却有着极为优越的水利网络设施,这里一马平川,河湖密布,交通便利。不但有人工开凿的运河鸿沟(汴河)可与黄河、淮河沟通,还有蔡河、五丈河等诸多河流,开封是这些河流的中枢和向外辐射的水上交通要道,这一点是历朝其他古都远远不能比拟的。

京杭大运河沟通南北,而开封恰巧处于通济渠(汴河)要冲,又是通往东都洛阳和西都长安的重要门户,汴河南通江淮,大批江南的富饶物资可直达开封。而此时的关中由于连年战乱,经济凋零不堪,长安、洛阳更是屡遭战争破坏,亦非昔日旧观。虽然在本朝初年,太祖赵匡胤欲迁都洛阳或长安,但最终还是未能成行。

而从文化地理角度看,开封地处中原腹地,自古就有"得中原者得天下"之说。战国时期的魏国之所以迁都这里,一方面是避开强秦侵扰,更重要的是为了进取中原而谋取霸业。自古以来天下人一直认为开封是王气极盛的城市,即所谓"夷门自古帝王州"。

汴河自西水门入城,由东水门而出,流经城内,河上共架桥十余座。西北有金水河直入大内后苑,专供皇宫之用,为确保洁净,通过河道用木槽架过,并以夹墙形式引入宫中。

在汴河中,每天都有大量的船只进进出出,这里是天下各处物资的汇聚地:江淮、福建、两沙丘、荆湖,远及四川、两广的粗布、香药、金银及山泽百货,都要通过汴河运到京城,天下各处的商人,也乘着各色船只,将各种可以赚钱的货物运进运出。

经过五代十国的战乱,天下已经从满目疮痍中慢慢恢复。汴京繁华,引天下人纷纷来到这天子脚下讨生活。到了太平兴国七年(982)时,才不过短短二三十年光景,已经有近三十万人涌进汴京城中,好一派繁华盛世的景象。

刘娥站在汴京城的城门外面,抬起头看着眼前宏伟的城墙。

城墙之高,高得她仰折了脖子,仍然看不到最高处;城墙之长,长到了她头扭到极致,都看不到尽头。

气势磅礴,坚不可摧,竟不似人力所造,更似如同天地间亘古存在的天堑。

护城河边垂柳依依,熙来攘往的人群在城门前排着长队,有挑担的,有赶车的,有骑着马的,甚至还有成队的车马赶着货物和各种牲畜。刘娥和龚美惊得张大嘴巴,呆呆地看着。

汴京的繁华在里头,而她在外头。

自从离了广元之后,她和龚美跟着仍然还残留着的十几个难民,一起往山外走去。

难民逃亡,总会发现走着走着,原来一起出发的那批人越来越少,又会遇上许多新的逃难人群,出于抱团自保的共同意愿,形成新的一群。人多了,固然会争夺资源,会恃强凌弱,甚至有可能会遇上一些不堪的情况。可是人多了,不管是面对野兽还是小股的抢匪,都还有一抗之力。

她曾经在与一拨难民一起走的时候,半夜里忽然觉得有一双粗糙的手摸过来,那臭烘烘的嘴伸过来,轻声说些不堪的话。她没有声张,只咬着牙,把李顺送给她的匕首暗暗拔出来,趁那手去拉她衣带时,狠狠地朝那手砍了过去。一声惨叫,似乎有腥热的血溅到了她的脸上。她在当时是很害怕的,害怕对方会反戈一击,她根本打不过一个成年人。但是她却紧紧地握着刀,如小兽般的眼睛警惕地瞪着,没有瘫软,也没有退后。她想的是,如果她活不了,那么她也将尽最大的努力,让对方受到的伤害最大。

可是那人被砍了一下以后,抱着手惨叫着逃走了。第二天,那些原本看她像食物的人,眼光变了,变得有些逃避和畏缩。但是,谁也没有提起那晚

的事情。后来她看到了那个人的尸体,他浮在江面上,身上中了箭。他们是在去偷船的时候被官兵发现而死在混乱中的。她曾经想找机会杀了那个人,可是那个人没等到她的报复,就这么死了。

抢船,是在他们离开了蜀道之后的事,在进入三门峡时,如果转水道可以过黄河入汴水直入汴京,比走路方便多了。这是头领想出的主意,这个聪明的主意让他们将近一半的人活着到了汴京。如果长途跋涉,很可能他们之中大多数的人都得死在半途。缺乏食物、没有体力,遭遇野兽土匪、官府设关和大户抓奴,都会成为他们走不到汴京的原因。

他们有幸抢到一条破船,在船上,虽然有烈日炙烤、大雨倾盆,但至少不必用两只脚走路了。

只不过在船上,不像在陆地上能找到食物,于是渴了就饮河水,饿了就吃河里的生鱼,偶尔也在黄昏时分,偷偷地在无人地带靠岸,刨些根茎类的来吃。

刚上船的时候,有人晕船,上吐下泻。后来又有人吃生鱼坏了肚子,实在受不了自己跳了河。还有一些在上岸之后没按时回来,于是也就不见了。刘娥记得那最会讲故事说笑话的秃老四死了,那自称曾倾倒锦官城的名伎三娘子也死了……但大多数的人,熬过了这一关。

到最后,从蜀中出来到汴京,此时还站在城墙下仰望这京城的,竟是只余她和龚美,其他人早已不知去向。他们或许还活着吧,只是逃散了而已,刘娥这样想着。

最后一次的分开,是快到京城的时候。京城是天子脚下,盘查得自然比别处更严密一些,水道卡口,都有巡查征税。众人看到官兵巡查,自己先害怕起来,四散而逃。

龚美带上刘娥跳下水,此时离岸很近了,也不需游泳,只涉水而过,就逃到岸上,低头夺路狂奔。那拨官兵顺手抓了几个跑得慢的敢反抗的,其他人也就这么跑掉了。

只是终究被这一次弄得胆寒了,两人好不容易摸近城门口,看那城楼里官兵肃杀,往来盘查,哪里敢上前去,只站在城门外,羡慕地看着进进出出的人。

像他们一样的人还有不少,那些四面八方汇过来的人,也有不少在城外搭建了些棚屋茅舍居住的。平日或种些菜,或跑到近郊替人种地,还有些就是等着大户人家来此买些奴仆的。

龚美建议:"要不,咱们也跟他们一样,先在这里住下吧。"

刘娥却不肯,这一路行来,她越发黑瘦,眼睛却是越来越亮。如果说龚美初次见到她的时候,她还是个躲在婆婆身下的小狗儿,如今这一路打熬过来,她越发像一只又凶狠又狡猾的小狼。"咱们挨生挨死地到了这里,可不是为了在城门外看着的。"她咬牙道,"我就算死,也要在死前看一看这汴京城,到底是什么样的。"

龚美有些怵她,若说刚开始的时候,他还能够倚仗着身体强壮护住她,可后来一路逃难,见的人和事多了,他发现她远比他更凶狠更有主意,也更教人不敢欺负,竟是不由得听从她更多了。

若说只有刘娥一人,她再有主意,在那样弱肉强食的难民中也早熬不过了,但她有想法有主意,龚美身体强壮又听话,却成了最好的组合。

龚美胆怯地看看城门:"可是我们这样……"他们明显是一副难民乞儿的模样,真的能进汴京城吗?会不会在城门口,就被人抓走或赶走?

刘娥却观察了好一会儿,有了主意。她道:"你听我的,准能进去。"她不管心里发不发虚,说起话来,都是这样真得不能再真,让龚美不由得信服听从。

她拉着龚美到河边,两人洗了个澡,又洗了衣服。两人借着芦苇遮掩,把衣服晾干了,刘娥又跑到城郭的棚屋里头,寻了个抱小孩的妇人,刘娥帮着带了半日孩子又哄了孩子开心,方借得那妇人的针线,裁了衣服下半截,把衣服破损之处缝了补丁。次日便一脸坦荡地拉着龚美,绕了个圈,混在人群中,从南边的戴楼门进了城。

今日在城门口等待进城的人极多,刘娥站在人群中,只觉得前后的人似乎格外兴奋,甚至还有近郊的农人携妇牵幼,人群中小孩哭大人骂的,显出一派生机盎然来。

刘娥这一路苦难死亡见得多了,听着耳边这样的声音,竟似不在同一个世间。她心中极是厌恶,尤其是在她饿了好几天之后,却见身后被妇人抱着的小孩在大口地啃着糕饼时,心中恶意简直要爆发出来,何况那糕饼竟然中间还有甜馅,那若有若无的甜香传过来,简直让人怒从心头起,恶向胆边生,那念头就在回头抢夺与勉强克制的两端拼命撕扯。

那小孩还在兴奋地大叫:"驼背大马,驼背大马——"

刘娥心中冷笑，这一路上她也是见过大马的，心中嫌弃那小孩子愚蠢，但却也不免顺眼看去，却见是一个胡人拉着一队极为奇怪的东西走过，瞧背上驼的似货物，但却比马高大多了，果然是驼背大马。刘娥顿时不觉得那孩子傻了，她现在比那孩子更傻，她瞪着这从来没见过的怪物，一时连肚子饿都忘记了。方在傻傻地看着，就听得背后牵着孩子的妇人笑道："那不是驼背大马，那是骆驼。"

就见着这一队队乘车骑马携货进城的，都大摇大摆地走在正中，过卡验证纳税，而他们这些平民，则是靠右排成窄窄的一条慢慢行进。因着人多，今日盘查的官兵也十分不耐烦，只挑着有货物进城的商贩盘查了些以免夹带逃税，对那些两手空空或者只拿些工具进城讨生活的人就草草而过。

刘娥与龚美茫然地随着人流进了城，又随着人流进入了一条街巷，顿时就呆住了。

眼前似出现了一个她连做梦都没见过的世界，整整一条街上，全部都是各种各样的吃食，各色食物的香气如排山倒海般冲击着她的感官，眼前往来的人，更如神仙中人。没有人的衣服是有补丁的，甚至绝大多数人的衣服都是五颜六色的，甚至还有绣花的，镶边的，饰着金银珠宝的。

更有无数的吆喝声传来："荔枝汤咧——""酥羊头咧——""香喷喷的汤饼——""刚出炉的泡螺——"

龚美拉着刘娥在集市中神情恍惚地走着，两侧人流如织，食物的香气、店家的吆喝，更是让人恍若梦中。

走得过近了，吆喝声更加清楚，但听得左一声"胡饼、环饼，两钱一个——"，右一声"乳糕、水团，三钱两个——"

刘娥如同梦呓般对龚美说："阿哥，我们是到了天堂吗？"

婆婆曾对她说过，人如果一直做好事，将来会上天堂，天堂上人人都穿绫罗绸缎，有吃不完的美食，所以，他们到汴京只是在梦中，而实际上是到了天堂？

龚美举起手，狠狠地咬了一下，感觉到了痛。再看眼前的人，那些人脸上带着笑容，没有死亡的恐惧，没有饥饿的阴影，不是天堂，胜似天堂。

他用力捏了捏刘娥的手，沉声道："小娥，这不是天堂，这是汴京。"他指了指人群，说："你看，他们买东西吃，也一样是要用铜钱的。"

刘娥被食欲冲昏了的头脑渐渐地冷静下来，当她意识到这是真实的世界时,肚子里顿时更是咕咕作响了。他们从昨天离船逃走以后,就只能啃点草叶充饥。甚至更远一点地说,从他们踏上逃难之路,就几乎一直是处于极端饥饿中的。逃难路上,从来没有这么多的食物摆在他们面前。

可是他们口袋里已经没有一个铜钱了。

世界上最残忍的事情就是,天堂明明就在眼前,却离你万丈远。全天下的美食就在你的面前,可是你一口也吃不到。饿鬼地狱里最残忍的折磨,就是面前明明摆上了一盆香喷喷的肉汤,却让你永远够不到。

"阿哥——"刘娥站在御街上,面对无穷的美食,她对着龚美郑重立下了人生除了活命以外的第一个宏愿,"我们一定要留下来。我们将来一定要挣很多很多的钱,我们可以有钱到把这条街从头吃到尾,想吃什么就吃什么,想吃多少就吃多少。"

立下宏愿的刘娥依旧饿着肚子,可是她的眼睛却怎么也不够看了。

西蜀与京城,恰是地狱与天堂。

逃难路上,有人可以为了一块干粮而杀人,而在汴京,几岁的孩子可以把只咬了一口的雪白糕饼随手丢在地上。

刘娥在这短短的一会儿时光,已经把平生未曾见过的,甚至连听都没听说过的景致收入眼底了。这一条街道的两旁,有各色店铺,有卖饮子的,各色蜜饯的,水果的,衣衫的,甚至有时候走过一个人群围着的地方,还能够看到里面有人在台上表演口技,有人在表演杂耍,有人在摆开台子相扑,相扑手们裸露着上身,露出漂亮的文身。

两个乡下少年男女,被这一片繁华惊得目瞪口呆。刘娥因饥饿显得极大的一双眼睛得大大的,连嘴边的口水流下来都没发觉,那是她有生以来从未见过的繁华景色。

她双手握拳,眼睛里尽是火光,对龚美低声道:"阿哥,怪不得人人都拼死拼活地要到汴京城来,怪不得人人都说汴京城里满地是黄金。真是,真是这样的,那些人活得都跟我们不一样。"

龚美有些脚软,他紧紧地拉住了刘娥的手,一遍遍地叮嘱着:"小娥,这里这么多人,你要小心跟紧我,不要走丢了。这里这么大,走丢了,就找不到了。"

刘娥的狂热渐渐退去,肚子饿得越发厉害了,只觉得鼻子里闻到的食物香气让原本已经饿到麻木的五脏六腑都复活了过来,顿时抽痛得站都站不住了。偏这时候更有阵阵香气飘来，引得人站不住，抬头看去，却见一处铺面，那脚竟是重如千斤，再也提不动了。

龚美走了几步见她没跟上，回过头来问："小娥，你怎么不走了？"

刘娥眼睛却已经盯在那一处地方，再也走不动了，她指着那边："哥，你看，有吃的，不要钱的。"

龚美也闻着香气，转眼看过，见路边有一间小小的铺面，招牌被烟熏了一半，上写着"孙大娘果子"。那铺子前面，有一个中年妇人拿一条布带子从身后环过来，将两边袖子系上，正在叫卖着："桂花糕、芡实糕、十般糖、玉屑膏、栗子黄、橘红膏——尝一尝再买，不尝白不尝——"

那妇人面前摆着数笼刚蒸出来的热腾腾的糕点果子，花色极为漂亮，前面又有一个盘子，放着切成豌豆大的糕点碎屑，显见是让人免费品尝的。便有路过的小童见着眼馋，跑去拿了几粒吃了闹着还要，被母亲打骂着走了，果然是不用付钱的。

只是龚美还有些胆怯，道："我们衣服这么破，人家哪会给我们吃，要是打骂我们怎么办？"

刘娥已经饿得发疯，见着这能够白吃的，脑子里的胆怯和理智都被烧得一点也不剩了，龚美的劝告是一个字也听不进去了，只道："阿哥你怕什么，只要我们先吃到肚子里，就给她打几顿也是划得来的。"

说着，便甩开龚美的手，跑到那妇人的铺子前，先是冲那妇人灿烂一笑，才道："大娘，我可以尝尝这些吗？"

那妇人摆出这些样品来，本就是为了揽客的，她何等眼尖，只一下就看出眼前这小姑娘绝对不是她的客人，只是眼见着小姑娘衣衫褴褛，面黄肌瘦，头大身子小，瞧着是饿久了的，偏还在努力地挤出讨好的笑容来，听她口音、见她形状，就知道是外地逃难来的，不禁心肠软了一软，只白了她一眼，道："别吃这个——"

刘娥的心沉了一沉，却见那妇人只扭头对后面叫了一声："四丫，把昨天剩的果子拿来。"

就听"哎"的一声，从后头钻出个红衣女童来，约莫十一二岁，却比刘娥长得壮实多了，她端着一个小木盆，里头放着三四个模样做坏了的糕点，那妇人拿着夹食物的竹夹子，夹了一个来给刘娥，道："你吃这个吧，我这零碎也是要花功夫切的，还不够你一口吃。"

刘娥想伸手去接，但看到那糕点竟洁白如雪，顿时手就不敢伸出去了，两手在衣服上使劲地搓了好一会儿，才颤抖着接过来，那糕点却是夹层的，上下俱是雪白，中间还有蜜糖，上面又撒了一层桂花，虽然已经冷了，但那股子甜香仍然直直地钻入鼻子。

刘娥把糕点放进嘴里，一股前所未有的感觉从舌尖直冲头顶，像是在脑海中放了烟花一般炸裂开来，幸福得让她想流泪。她忍着泪，极为珍惜地一点点咬着，每次只敢咬小小的一点，在口中慢慢地把这香甜化开。

龚美没想到她居然得到了食物，怯怯地走近，走到她身边，警惕地想护住她，怕她受人伤害，自己的肚子却不由得咕咕地叫了起来。

刘娥珍惜地掰下手中的糕点，不舍地看了一会儿，毅然递到龚美面前："哥，给你。"

龚美看着糕点也就小小的一块，连忙推了回去："不，你吃，哥不饿。"

两人推让了半天，那妇人瞧得有趣，笑道："你们别推来推去啦，我这里还有，都给你们吃了吧。"

说着就把那木盆也递了出去，那盆里还有两块不一样的糕点，俱是做坏了的。

龚美一怔，不知道如何应对，刘娥却已机灵地接了过来递给龚美："哥，大娘好意，你就吃吧。"这边就要跪下向那妇人磕头："大娘，谢谢您。"

那妇人笑着去拉她："你这傻孩子，咱汴京人可不兴这套，见了官家都不用下跪的。"

那站在旁边叫四丫的女童却满脸不悦，说道："大娘，这是你答应给我带回家的。我今天没有果子带回家，我爹会打我的。"

孙大娘的好心情顿时给败坏了，不悦地道："你放心，我自有给你带回家的果子。"

龚美才接着那木盆，见状顿时不敢再拿，迟疑着想递回去。可刘娥哪里把那小姑娘言语放在心上，生怕孙大娘反悔，迅速伸出手来将那木盆中剩下的两块糕点一手一块用力一捏，顿时就不能看了。她自己拿在手里先咬了一口，另一手已经递到龚美嘴边。龚美虽然有些犹豫，但终究抵不过食物的诱惑，不由得也咬了一口下来，当下也只得接过来吃了。

那女童恶狠狠地瞪着刘娥，她已经瞧出刚才刘娥的故意来了，刘娥却不理她，只一脸幸福地啃着糕点。

或者是刘娥的吃相太陶醉，竟引得一个过路人来买了份糕点走。刘娥见着，就站在店边，学着刚才那孙大娘的叫卖："桂花糕、芡实糕、十般糖、玉屑膏、栗子黄、橘红膏——尝一尝再买，不尝白不尝——"

少女的声音清脆娇美，听着比孙大娘的叫声传得更远，也更招人注意，不由得让人驻足。刘娥卖力吆喝，这日孙大娘的糕饼竟卖得比平时要快些。

孙大娘不想今日顺手做点好事，竟有这等效果，不由得想再加些来卖，就叫道："四丫，你来给我看着门，我再去蒸几屉。"

刘娥见状顿时灵机一动，忙道："大娘，我来忙，您看着吧。要不然，我来帮您烧火……我没别的意思，我就想报答您。"

孙大娘见这小姑娘如此机灵，遂有些意动。她这铺子本小利薄，只叫得四丫一个帮工，也不过是图对方年纪小工钱省，只是接下来从七夕到中元到地藏王节到中秋，一溜儿的节庆之日，汴京人在过了一个暑期之后，都喜欢趁这时节贴秋膘大吃特吃。她去年就因为忙不过来，错过了许多生意。如今见这小姑娘比四丫更机灵更聪明，且显见是刚逃难出来的，心中已有了计较，却不明言，只道："那好吧，你跟我进来。"又对龚美喝道："你不许进来。"

刘娥见龚美神情担忧，忙道："阿哥，你先等着我，大娘是好人，她给我们吃的，我帮她做些事情。"

龚美无奈，只得站在门外等着，心中却是忐忑不安。他听多了拐卖的故事，生恐刘娥这一进去，就被卖到不知名的地方去，再也找不到了。只是一直以来听惯了刘娥的安排，也不敢违了她，只站在门外，心中想着，若是她在里头发出叫声，他拼着性命不要，也要冲进去救她。

刘娥却不知道龚美这复杂心思，她一向胆大，从不曾有什么畏惧之事，此时随孙大娘进了灶下，见孙大娘把早已经做好的糕点笼屉搬上蒸锅，她便听话洗了手洗了脸，在灶下烧火。刘娥未逃难之前，在家也帮着婆婆烧饭，这等事自然不在话下，立刻上手，轻快利落。直闻到灶间糕点香气透出，又先问孙大娘是否可以收火了。待孙大娘端了蒸好的糕点下来，她又顺手帮着孙大娘揉肩捏手。一来这是她当年在家时，因婆婆年迈，帮着揉捏已成习惯，二来自然也是蓄意讨好孙大娘以求收留。

京城居大不易，她在那城外的草棚里早已经打听得明白，到了晚上就要净街，那些独自在街上行走的人会被当成犯夜抓起来的。许多人之所以还在城外，便是因在城里讨不着活计，没得住处，最终还是得灰溜溜地回到城外去住那草棚。城里虽然也有些桥洞河滩破庙巷尾的穷人住处,但汴京城如今已经有了几十万人,城内有数的几处早就被人占了地盘,想要在城里留下来,就得先找到一份工作。

而孙大娘,是她想要争取的目标。

孙大娘被刘娥揉肩捏手的,甚是舒服。她之前原是单人开个铺子,后来活计忙了,雇了个四丫,却也是只能随手给口饭吃,因她粗粗笨笨的用得甚不称意。如今见刘娥嘴甜眼活手脚勤快,不由得抱怨道:"唉,还是你懂事,四丫在我这里做了大半年了,从来也不见给我揉揉肩问个好,也看不到我这般吃力。"

刘娥正中下怀,忙道:"大娘您人这么好,我真想天天跟在大娘身边帮忙呢。"

孙大娘便就问道:"你们是刚进城的吧,想找活干?"

刘娥心中一喜,忙道:"大娘,我吃得不多的,一天就只一个窝头就行。真的,我很能干活的,力气也大,将来这些重活就给我干好了。"她努力睁大眼睛,挤出讨喜的笑容来,只是因早已经饿得面黄肌瘦,头大身小,倒显出一种滑稽和令人心酸的感觉来。

孙大娘心中暗叹,不禁起了怜悯之心,口中却道:"你休看我这里轻省,我这里是四更天要起来磨粉烧火,可不养闲人。你若是偷懒耍奸,就算嘴巴再甜,我也是不讲情面,立时把你赶出去的。"

刘娥忙点头道:"好大娘,只要您给我一口饭吃,我不要工钱的,我若做得不好,您就把我赶出去。"

孙大娘心中已是肯了,抬头却见着龚美站在门前,皱眉道:"我这里可不收男人,你那哥哥怎么办?"

刘娥早前已想到此节,他二人进城里也打听过,一男一女,被同一家雇用的可能性几乎没有。因此也商量过,若是有机会,能留一个是一个。只消有一个着落了,另一个再找工也容易些。方才他们经过汴河边,就见着码头上有人要雇扛包拉纤的,刘娥挤进去问了,满心想让龚美留下,但一来龚美不放心把刘娥一个人留下,二来龚美一路逃难,饿得身子单薄,人家也看不上。

此时刘娥听了这话,忽想到这孙大娘是本地人,她要肯帮忙可比自己两

个人没头瞎问强,忙赔笑道:"好大娘,我哥比我强多了,刚才在码头时还有人拉他扛包呢,只是他不放心我,所以不肯。我哥力气很大的,做事也很细心,您可知道有什么地方要雇人的?他很便宜的,只要有口吃的有个地方住,不挑工钱。"

她甚是有心计,自己是"不要工钱",说到龚美时,便说了"不挑工钱"。那孙大娘也没听出来,闻言想了想,道:"说得是呢,前儿老王头还说他那码头上缺人,他要是力气大,就去那码头扛包吧。能够给吃的,也有窝棚住,工钱还能每日结。这样,你带他……算了,你也找不着地方。四丫……"她唤了那四丫过来,道:"你带那个哥哥去州桥下面,找老王头,说是孙大娘托他给安排个扛包的伙计。"

见四丫点头,便又让四丫再复述一次,拿了两块糕用箬叶包了给她,方才叫四丫带着人去了:"你这去了就回去吧,下午便不用再来了。"

四丫见能得半天假,又得了两块糕点,也是大喜,高高兴兴地去了。

刘娥大喜,不想这大娘如此好心,不由得千恩万谢起来。有着刘娥帮忙吆喝,糕点竟真的比往日卖得快了些,到傍晚时就卖光了。孙大娘关了铺子,对刘娥道:"这里还有澡豆,你且洗个澡,我去家给你拿几件衣服换了。"说着皱眉看刘娥:"你这衣服,好扔到沟里去了。"

说着便拉着刘娥,把灶上剩下的热水舀进木桶里,又拿了澡豆教她怎么用,自己这头回家去,拿了几件半新不旧的衣服过来给刘娥穿了。

刘娥跳进木桶里,用澡豆洗了头发,又拿热水泡着,简直幸福到要哭出来了。别说这逃难的一年里,便是在家的时候,她也没洗过几次热水澡。她祖孙俩在村里相依为命,老的老小的小,便是每日提桶吃的水,也是万分吃力,哪里还有余力去烧洗澡水。刘娥从前只是天气不冷的时候在村边河里洗洗便罢,如今泡在热水澡里,还有这没见过的澡豆,只觉得浑身都是暖洋洋软绵绵的,简直不想起来了。

其实她进城前,已经在河里洗过了,衣服也洗过,只不过衣服太破旧让人嫌弃罢了。因此洗了这一水,也就干净了。孙大娘倒是诧异,逃了一路的难,居然还晓得爱干净,于是心中更是满意了。

及至洗完了,孙大娘给她换上的衣服居然还是套裙装,上面是月白色上衣,下面是深青色长裙,外头还有一个浅红色外衫,居然还绣了几朵花。孙大娘又给她梳了头,用红头绳给她扎了双丫髻。

弄完之后，孙大娘拉着她看了看，满意地道："这才像个女孩子的模样。"

刘娥摸摸干净漂亮的衣服，闻闻身上还热乎乎的皂角香，哭着跪下来磕了个头，道："好大娘，您就是我的再生父母。"

孙大娘看着这小丫头哭得诚挚，便笑着拉她起来道："好孩子，别哭了。回头你好好干活，别教我看错了人。"说着便拉了她到后房的小间里，指着一张小铺道："今天天晚了，你就睡四丫的铺吧，等明儿再给你弄一床铺盖去。"

刘娥之前一声也不敢提，如今方敢怯怯地问："好大娘，我想去看看我哥找下工了没有，可以吗？"

孙大娘却摆手道："天黑了，再出去就是犯夜了。四丫认得路，我既托了老王头，他就算不收下你哥，也会留他一夜的。"

刘娥无奈只得强忍不安，待孙大娘走了，方才上床睡觉。她已经很久很久没有睡过这样温暖、齐整的床铺了，她以为自己会睡不着，可是没有想到一睡就直到天明。

第三章
孙家铺子

这一条街面都是做小吃点心的铺子,到了四更天,左右前后都开始有响动,刘娥顿时就醒了,忙起来叠好被子收好床铺,开始扫地烧火。

也没过多久,孙大娘也来了,一打开门,见地也扫了,桌子案板都擦了,灶上的热水也有了,不由得怔了一怔,夸道:"好孩子,我真没有白收留你。"

刘娥头一天来,生怕做得不好会被赶走,虽然满心是对龚美安全的担忧,却不敢说出口,只特别勤快地跟着孙大娘打下手,一直到早上的一批糕卖完了,四丫也过来了。孙大娘口中虽不言,却观察着刘娥动静,见她虽然满脸是欲言又止的胆怯,但事情却是做得极为干脆利落,也极会看人眼色,心中满意,到了此时才道:"行了,你去看看你哥吧。四丫,你带你小娥姐过去。"

刘娥见四丫满脸不情不愿,忙道:"四丫妹妹也累了,不如你告诉我怎么走,我自己找着过去。"

孙大娘见她善解人意,虽然有对四丫懒怠的不满,但却更欣赏她了,点头道:"那你便去吧,只是要走大路,莫要贪便宜走小巷,小心遇上拍花子的,往那桥底下洞里一钻就找不着了。"又将那拍花子的可怕说了一番,汴京城每天都有丢失的小女孩,叫她一定要小心听话才是。

刘娥依了她的指点,就一路往州桥方向去。这汴河穿越大半个汴京城,只消沿着大路往河边走,一路走到底,再往左右方向寻那桥就是。刘娥毕竟年纪小,虽然满腹担忧,脚下不停,但也不禁被这汴河风光所吸引。皆因漕运要比陆运便宜,所以这天底下所有的货物尽是在这汴河上。于是河边沿岸建起了码头、货栈、官仓,更有各种脚店、茶铺、酒肆、客栈乃至于赌场青楼,供人卸货休息饮食花销之用。

刘娥一路过来，眼睛都不够看了。只是她到底心里有事，也不敢延误，再新奇也只是匆匆而过，待寻到州桥边，就见着这桥上聚满了人，俱都挤在护栏边探出头来，挨挨挤挤的，有叫的有笑的，十分热闹。这桥上原来还有许多小贩摆着摊子，此时一半人护着摊子，另一半人倒丢了摊子看热闹去了。

汴京真是很神奇的地方，哪怕她是个刚来的外地人，这一路走来，都可以一眼就看出来，哪些是汴京人，哪些是外乡来的。

汴京人走路尽是悠闲自在，哪有热闹眼睛就瞧哪儿去。而似刘娥这种新来的，眼睛都是发直的，走路都是捏着拳头的。若有一比，汴京人如同那大富人家娇养的吃饱了的狸猫，毛皮油亮、眼神慵懒，又带着一股子看什么都往下睥睨的神气。而外路人便如那野外饿瘦了的狼，秃毛戳骨的，看东西都是直愣愣地想咬下什么来。

便是这州桥上人，那看热闹的和不看热闹的，也是完全不一样。

刘娥见着人多，也挤不出去，也不敢挤，只瞄了一眼，听人群议论，似是有大船要过州桥时撞上了，船老大正在压舱过桥。州桥上下一堆人在起哄叫好出主意呢。

虽然人都挤在那里看热闹，刘娥却不敢留步，一则怕挤不过那些成年人，二则也怕拍花子，三则怕时间耽误了惹孙大娘不快，虽然听着一片叫闹声心里也是极想看的，却只能忍着往前走。

匆匆过了州桥，就见着一个码头，上面挂了个牌子，写了大大小小几个字，刘娥也不认得，只看到上面画着一只马头，刘娥便知这就是孙大娘说的地儿了。却见码头上尽是粗壮汉子，有些还能穿件裋儿，有些是精赤着上身，来来往往地从船上扛包下来，扛进一处仓库去，那仓库门口站个管事的，但凡出来的人就给一支竹签子，那扛包的就把那竹签子往腰中一插，有些已经插了好多支了。

刘娥看了看，那些人扛着包，都是低着头的，一时也认不出来，唯有从仓库中出来领签子时是抬着头的。于是就站在离仓库门不远处瞧着，过得不久就见着龚美跟着人出来，也领了签子，正准备再往那船上走，刘娥就叫他："哥——"

龚美闻声抬头，一时竟是一脸茫然，见着一人站在栅栏外头朝他挥手，仔细地认了认，才知确是刘娥，忙同那管事说了一声，就跑到栅栏边，拿裋子

擦着脸上的汗道:"小娥,你来了——"又看看她,咧开嘴笑道:"你这一身,穿得跟汴京城里的小娘子一样,我都认不得了。"

刘娥得意地拉着裙子转了一圈给龚美看,问他:"这是大娘给的,好看吗?"

龚美眼睛都看直了,不住点头:"小娥,你这一身太好看了。"

刘娥笑道:"大娘待我可好了,还烧了热水给我洗澡,还给我衣服穿,还说我以后都可以吃饱饭。阿哥,婆婆说得没错,汴京城真是天堂,真是谁都能够在这里吃上饭、穿上衣。"她不住向着龚美炫耀衣服:"你看,这衣服可多好看,看这领口、这裙摆、这绣花……"

其实这衣服只是底层平民穿的,料子又劣,染色又不均,针脚又粗糙,但于此时的刘娥来说,穿上这衣服已经觉得美得不得了。

龚美说起自己昨日来被老王头收下,虽然工钱比旁人要低,但可以包吃包住,更重要的竟然真的还能有工钱。昨天他就已经饱饱地吃了一顿晚饭,只是这里都是一堆粗汉子睡棚屋,也担心了刘娥一夜。如今听着她诸事皆好,就也放心了。只不住叮嘱:"大娘待你好,你可要好好做事。"

刘娥笑靥如花:"我知道的,我一定会好好做事。"

她还想再说什么,却听得里头有人喝道:"阿美,不做事了?赶紧过来!"

龚美忙应了,只匆匆道:"我收工后去看你。"

虽然两人只说得这几句就匆匆分开,然而彼此安好,这汴京城里,终于有了他们的一席容身之地,实在是要感谢上苍的庇佑。

刘娥相信,他们将来的日子,一定会越过越好的。

刘娥到了孙家果子铺才三天,就成了孙大娘口中夸赞不停的对象,这顿时把原来的帮工四丫比了下去。

四丫是本地人,她的生母连生了四个女儿,产褥热死了。她父亲又再娶,后娘生了个弟弟,前头的四个女儿就遭难了。小时候四姐妹一直不停地干活,四丫年纪小,又有点憨,三个姐姐照应着,还算没受多少罪。只是家里本来就穷,小小的屋子抬头不见低头见的,后娘嫌她们碍眼,长到十二三岁就一个个把她们嫁了出去。说是嫁,其实就是图哪家彩礼出得多,就嫁哪家,形同卖女。后屋里只剩三丫四丫,被后娘朝打暮骂的,已经嫁了的两个姐姐见势不对,心疼妹妹被后娘揉搓得狠了,刚好大丫嫁在孙大娘家附近,见孙大娘寡妇守业,开着一个小小的铺子,忙得脚不沾地,却舍不得雇人帮忙,于是就劝孙大娘雇了四丫。

四丫虽年纪小不懂事,但孙大娘只要个基本搭把手的帮工就行,且也图个便宜,虽用着不称手,但也勉强忍了。如今刘娥一来,便将四丫处处比了下去。

她不但扫地擦洗吆喝捶肩极为勤快,更是天天围着孙大娘甜言蜜语地要学习做糕饼果子的手艺。相比之下,四丫就更显得怠懒愚笨不堪教导。四丫本性也是老实胆小的,只是有些"眼里没活",拨一拨动一动,不拨不动,且人笨嘴拙,凡事又喜欢缩在一边,巴不得让人看不到便叫不到她。在孙大娘眼中,自然就是"躲懒",要没人比着,也就勉强忍下了,被刘娥这一比,自然就衬出所有的缺点来。

孙大娘心肠是好的,性子却也是急的,嘴巴也是厉害的,自从刘娥来以后,整个铺子响起的就是孙大娘的训斥声:"四丫,你怎么不学学小娥……""你看人家小娥多勤快多利落,你这个笨丫头简直要气死我……"

四丫是本地人,本就看不上刘娥这种逃难来的乡下丫头,如今被她压了一头,不过是个十余岁的小丫头,心里有气自然就显露出来。

四丫平生眼界也就从自家屋子到孙家铺子,孙大娘的训斥她倒不在乎,毕竟孙大娘是个刀子嘴豆腐心的,她后娘打骂她比这厉害多了。只是她不服气刘娥这个乡下丫头,自从她来了以后,先占了自己半张床,与自己挤在一起,刘娥睡得好,她就睡得不舒服了。再则孙大娘原先是将自己女儿的旧衣服都留给她,如今因着刘娥身量比她略高,几件她看好的衣服,都先教刘娥分了去。更气人的是,孙大娘原本有一次挣了钱一高兴就允诺她,将来生意好了每个月给她三百钱当月钱,如今因为刘娥来了,她不要月钱还做得比她好,孙大娘就不提这事了。

四丫是个没心眼的,当日孙大娘只略一提,她一开心就把这件事告诉家里了,她后娘是个厉害的,原觉得她在外头做活,虽然免了在自己眼前碍眼也省了开销,但听说那笔传说中的月钱没了,顿时就不乐意了,威胁她说,若是她没有月钱拿回来,就不让她在外头替别人帮忙,要她回家干活。

四丫想起后娘那藤条打在腿上的情景,就有些胆寒。再看刘娥越来越不顺眼,但又没办法,只能每天暗地里刺她几句,趁孙大娘不在的时候摔摔打打着响些。

但对于经历过生死的刘娥来说，四丫这点小举动，根本不算什么。她现在最大的人生目标，就是能够把孙大娘的手艺都学到手，在自个儿到了孙大娘这年纪时，能够开一家属于自己的糕饼铺子，这样就可以一辈子永远不愁饥饿了。为此，她一力地讨好孙大娘，至于四丫，根本不放在眼中。

刘娥从一开始的灶下烧火，到后来跟着孙大娘挑食材、磨粉、配料、递料、打下手，终于在一个月以后，得孙大娘同意，试着做最简单的白玉糕。

这白玉糕就是把糯米和糖分别磨成粉，再按一定配比调和好，再放进一个做好形状的容器中，往灶上一蒸便得，待出笼时，在上面撒上一些桂花以及切成丝的糖瓜以作花样，再切成小方块。

这方法虽然简单，但吃力在要把糯米粉和糖霜磨得极细，不能有半点杂质，且这白玉糕最重要的就是要糯米粉与糖霜完全混合，不能一口甜一口淡的，而且即便混合得完全了，这糖的配比也需把握好个度：略少一点，就是甜度不够；略多一点，就又显得甜腻了。最讲究的是越嚼越香，让舌根里感到甜来，但又不能让舌尖觉得明显的糖分存在。

刘娥跟着做了几次，这一日终于做到让孙大娘满意，点头道："明天这白玉糕就让你独自来做。"

刘娥听了这话，不由得大喜，傍晚收了铺子以后，就跑到汴河边告诉龚美这件事，又道："大娘说，若是我做得好，就收我为徒，正式帮她做糕点，一年后她就能给我算工钱。哥，我算过了，我现在每个月都住在铺子里又没有花销，若是照大娘说的，我出师后每个月可以有三百钱工钱，攒十年，就能够攒三十几吊钱，到时候再加上你的，就可以租一个像大娘这样的铺子了，到时候，我们就有好日子过了。"

龚美看着刘娥，这万里千山逃难而来，他一直保护着她，从一开始的扶弱怜小，到一路同行的患难共度，两人从陌生人变得骨肉相连，命运紧紧绑在一起，再不能分开。或者在外人看来，是他保护着她，可是他自己知道，在很多时候，是刘娥在拿主意。是她叫他跟着那批人一起去抢船，也是她一路上果断地让他带着一起跳船逃走，甚至进入汴京之后，如果没有她的话，他自己面对这一片不可触及的繁华都不知道如何是好。是她机智地找到了工作，又帮助他找到了工作。当他还每天跟着众人扛包维生的时候，她已经在计划着什么时候脱离为人帮佣而自做主人了。

他默默地听了，点点头，道："小娥，我都听你的。"想了想，又珍而重之地取出藏着的一个钱袋子递给刘娥："我的月钱拿到啦,如今也放在你这里,你毕竟是住在铺子里,比我草棚安全。"他虽然已经初初长成人,力气也不小,但他住的草棚中,多是成年汉子,万一有个闪失,他也害怕。

刘娥大喜,打开钱袋看了一下就只觉眼晕,忙把钱袋收了,捧在心口,只觉得是捧住了幸福。孙大娘的铺子虽然每天有现钱进出,但那不是她的,而这个袋子里的钱,是龚美的,也是她的。她这一辈子,还没见过这么多属于她的钱。在她如今的人生计划中,她的和龚美的,自然就是一起的。

她紧紧地捧着钱袋,回了铺子,就直接告诉了孙大娘,并向孙大娘借一个钱匣子来装这些钱。孙大娘见她如同松鼠藏食一般小心地把仅仅只几百的小钱装好,不由得好笑:"放心吧,谁要你这点子钱。"

刘娥捧着钱匣子,欢乐得像一只小云雀,围着孙大娘叽叽喳喳了半天,吵得孙大娘头都晕了,笑骂:"还不快去做活,你若做得好,将来每月也能挣这么多钱的。"

可是才过了几天,刘娥的钱匣子就不见了!眼见得怎么找也找不到,孙大娘也急了,帮忙找,却仍是没找到。正焦急中,四丫忽然悄悄地拉了孙大娘到前头,低声说:"大娘,你看看你的钱有没有少了?"

孙大娘一怔,忙去看前面的钱匣子。她这里人来人往,卖东西找钱都在这里,钱匣子白天自然也不必上锁,到了晚上她关了铺子,把钱数了账对了,就把钱匣子抱回家去。因此这钱匣子是有数的,今天早上到现在卖了几笼果子糕饼,把钱一数就知道了。她这一数,果然是少了钱的,当下脸色就变了。

就听得四丫低声道:"我刚才看到小娥姐拿着钱匣子到后头,悄悄地给她哥哥了。"

孙大娘大怒,当下把钱匣子抱起,就到了后头骂道:"好你个贼喊捉贼,你自己把钱偷偷拿走了,却说钱没了,我好心收留你,不承想收留出个贼来!"

刘娥正找不见钱急得快哭出来了,却听得孙大娘这一说,眼泪顿时就下来了:"大娘,您好心收留我,我若是做了这种事,天打雷劈!"

孙大娘怒道:"是四丫亲眼看到的,你还敢狡辩?"

"四丫?"刘娥怔了一怔,忽然就明白了,当下站起来,道:"大娘您别急,先把铺子关了,我知道钱在哪儿了,您的钱,我的钱,都跑不了。"

孙大娘一怔,似有所悟:"你是说……四丫?"只是她看了刘娥一眼,颇有些犹豫:"可四丫说是你拿的!"现在两个人互相指证,倒教她一时决断不下。

刘娥却是颇为镇定:"大娘,铺子里只有我们三个人,钱若是少了,自然不是我就是四丫!"

孙大娘狐疑地问她:"你可是要去与四丫对质?"

刘娥却道:"对质有什么用,她吵她的,我吵我的,大娘您也委决不下。只是钱从铺子里出去,自然不可能是自己飞走的,必得有人拿着走在路上的。我若是拿了钱,自然是给我哥了,她若是拿了钱,自然不是给了她爹娘,就是给了她姐姐。钱是今天才不见的,大娘只要问问后头巷子里,今天有谁经过便知道了。"

孙大娘还呆在那里,却说那四丫本躲在后头悄悄观察,她只道刘娥也会跳起来哭骂,却没想到她这般冷静,便急得上前来指着她道:"你们是从外乡来的,偷了钱说走就走,你们才会偷钱。"

孙大娘只怔了片刻就有了决断,立刻扭头把铺子的前后门都关了,四丫心头惴惴,还想辩解,哪晓得孙大娘忽然一把抓起四丫,一手拿起擀面杖,朝着四丫腿部就抽了过去。

四丫痛得鸡猫子乱叫起来,一边哭一边求饶,就听得孙大娘厉声道:"你把钱偷哪儿去了,你说不说,不说我打死你!"

四丫挨不过打,只打了七八下,就哭着承认了:"大娘,你别打了,我说,我说……"

刘娥坐在一团乱的床铺上,看着孙大娘如此粗暴简单地就把问题解决了,不由得一脸惊诧,她还以为,孙大娘总得要去后街问上一圈才能够有决断呢。

而事实上,在刘娥说出让孙大娘去后头巷子问的时候,孙大娘心中已经信了七八分。既然心中有了决断,自不如先抓起四丫拷问来得更快。

四丫胆小人笨,只要稍加威胁,一定吓出实话来。若是四丫这一顿打之下只会哭,而说不出个所以然来,那就是她判断失误。正如刘娥说的,在铺子里失窃,只有四丫和刘娥两人。四丫若不是小偷,那她就转头再打刘娥一顿,如果这两个都打不出来,她才会去后头巷子里查问。

见四丫认了,她气不打一处来,指着哭坐在地上的四丫怒骂:"我到底是哪里对你不好,你居然敢偷钱,还敢撒谎,你倒说说看!"

四丫一边哭,一边就把原委说了。原来四丫每个月要回去一趟,虽然她没有正式工钱，但孙大娘总会让她捎上些糕点回去给后娘生的弟弟，免得她受打骂。后娘每每都要盘问她，又咒孙大娘小气。四丫是个傻的，后娘骂几句，她居然心有认同，之前就说过来了个新人占了自己的床和衣服，后娘就教唆她去打骂刘娥，只是四丫第一次动手，就被刘娥握住了手腕，刘娥这千山万水逃难过来的力气，哪是四丫能比的。

四丫之后再没胆子挑衅刘娥，只敢背后摔打咒骂。这次回家去，又被后娘问出刘娥可以亲手制作糕点了，还会有工钱。后娘就叫她悄悄把两人的钱偷了回家，再推到刘娥身上，教孙大娘赶走刘娥，让四丫去当孙大娘的徒弟，也好挣钱养家。

孙大娘听了，气了个倒仰儿，当下就拉起四丫与刘娥，一路上又叫了几个见过四丫抱钱匣子回家的街坊，一起跑到四丫家里，当下先当当当砸了几件东西，又把她后娘骂了个狗血淋头，便拿回了被偷走的钱。

刘娥一直到拿回钱匣子，还有些不敢置信，不由敬佩地看着孙大娘："大娘，你真厉害。"但同时又疑问："我就是不明白，四丫是不喜欢我，但大娘对她这么好，她后娘对她这么坏，为什么她要听后娘的话，来偷大娘的钱呢？"

孙大娘收了笑容，叹道："小娥，你要记住，这世间却有一等蠢人，人只道她们常常受欺，却不晓得这等人只会践踏善待她们的人，却去讨好恶待她们的人。人受苦是运不好，却不该认命不好。那些认了自己贱命苦命的人，帮她们再多，也是把好心扔进阴沟里头去。"

刘娥怔怔地说："大娘，四丫也是这样的人吗？"

孙大娘无奈摇头："为什么你刚来，我就可以许诺将来会给你工钱，她来了这么久，我就是让她打杂？当日她刚来的时候，我也想好好教她，带一个徒弟出来我也轻省些，可是她眼里没活，不肯用心，我再有心也是没办法，又不好退了她……"说到这里，便有些悻悻然。

刘娥也有些无语，四丫这离间栽赃的手段，实在是太过愚蠢。这店铺中只有三个人，事情简单到一查便知，大娘又不是个糊涂的，怎么就胆子大到这般地步呢？

却不知四丫固然年幼无知，她后娘亦不是个聪明的，若是个聪明的，怎么会虐待前头女儿到尽人皆知的地步？这种市井妇人越是在一个家庭一个大院里横行惯了，越是认为自己厉害能干。却不知孙大娘再是和善的人，也是独立门户当街开铺的人，三教九流都能应付得来，哪里是四丫那后娘能比

的。这点小阴谋,自然一戳就破。

当下在刘娥的讨好中,孙大娘不免好为人师起来,就把自己开铺子所见所闻的一些家长里短、街巷新闻告诉她。她既然有心要把刘娥当成徒弟来教,自然也希望她灵醒些,不然出了事都要自己来收拾。

刘娥认真地听了,自觉大为受益,不由得更加佩服起来。

且说刘娥刚粗粗经历了这些事情,不免心惊,又听孙大娘讲了许多人情世故、市井故事,自觉学到了许多知识,于是一边刨着孙大娘问,一边就把主意打到左邻右舍去了。

自此之后,刘娥每日里略有些闲空,就到左邻右舍去串门,她嘴头甜,伯伯婶婶地一通叫,因这条街离大相国寺不远,都是小吃铺子,每日里起早做活,下午到晚上就摆摊卖吃食,若不是热闹的日子,守着铺子也是无聊。且都是一条街的人,看这小姑娘起得早,干活卖力,还一点就通,比原来的四丫强多了。于是高兴起来也有给她说故事的,也有吹牛的,也有炫耀自己手艺的,一来二去,刘娥把整条街都混了个滚熟,甚至一些人家的点心手艺也偷学了些。她心里是有计划的,将来要学孙大娘那样开间果子铺子,光学了孙大娘的还不够,艺多不压身的道理,她也是听说过的。

汴京城的一天,是从四更开始的,那时候赶着上早朝的官员开始摸早出门,于是连同官员带差役都会在路上买些小吃。官员既动了,连带着衙门、市集等都一起开始了。

一般的人家,却是稍迟起来,若是有人出门匆忙,还可以到供应洗面汤水的店铺里洗面梳头,再换个铺子喝些煎汤茶药,吃个早点。再迟些等天大亮的时候,则是各处餐食都上来了,大的酒楼不但供应酒菜宴席,还提供送餐,路上就经常见到提着食盒往各处送餐的。有些大户人家设宴,酒楼不但提供大厨带着伙计上门,还包全套银制的餐具。若是要办理得更齐全些,更会叫上几家出名的小吃店上门分灶供应。孙大娘就去过好几次这样的灶上。

到了晚间,逛个瓦肆勾栏,然后就是州桥夜市,这夜市能够一直开到三更天,还没醒过神来呢,就又是一天了。

刘娥自入汴京,到了孙大娘果子铺,初时就一直埋头做活计,除了偶尔到州桥边找找龚美外,没敢看别的。但自从她往左邻右舍串门之后,乘着有时候生意淡了,得了孙大娘允准,就每日里在汴京城东逛西逛,只觉得大开眼界。

如此约莫过了一个多月，忽一日才下了门板，就听得外头有人把门敲得震天响，孙大娘去开了门来，只见大丫扶着一身是血的四丫，跪在门前不停磕头。原来四丫的后娘被孙大娘上门来一闹，失了面子，出门常被邻居指指点点，她这等人自然不会反省自己的错误，便把怒气发泄在四丫身上，朝打暮骂地虐待。

四丫挨打不过，哭着跑去找大丫二丫求助，只是这两个姐姐原也是嫁得不好，自己也过得苦如黄连，哪里能救她来。只是今日打得太惨，大丫怕再这样下去，四丫会被后娘害死，思来想去唯一能求助的便是孙大娘，只得再厚着脸皮上门。

孙大娘开了门，见状也是不忍，只得把两人扶进来，又叫刘娥去打水给她洗脸，又去寻药铺拿药。好不容易安排停当了，又见着四丫涕泗横流地道歉哀求，心中又气又怜，犹豫片刻，还是转向刘娥问道："你说，要不要把四丫留下来？"

刘娥看到四丫身上一道道的血痕，已经是骇得不行，见了孙大娘问她，忙道："大娘，如果我们不留四丫，她后娘就要把她打死了。"

孙大娘反问："你不怕留她下来，她将来又听了别人的挑拨，再来为难你吗？"这等小丫头的伎俩，于她来说不痛不痒，但她自己店里的帮工若是时常打起官司来，却是烦人。

刘娥怔了一怔，想了想，还是道："大娘，可是我们也不能看着四丫被她后娘打死啊。"这时候她也想不到别的什么，只想着没有什么比一条人命更重要了。

大丫听了，哭着向刘娥道歉："好妹妹，是我们四丫年纪小不懂事，如今她也吃够了教训，再不会有这种事了，若是再有什么，你只管打上我家来。"

四丫疼得晕乎乎，再三哭着赔礼，刘娥见了如此惨状，不由得也哭了起来，对孙大娘道："大娘，咱们救救她吧。"

孙大娘叹了口气，也只有在孩子的世界里，才会有这么轻而易举的原谅。

四丫的糊涂作为，曾经让孙大娘心冷过。当初也曾问过她，既然后娘待她不好，为什么还要偷钱回家，她居然说，她弟弟才是她们家的根本，她拿钱给后娘是为了养弟弟。这样没心没肺，不记恩不记痛的人，真是让人既觉得她可怜，又觉得她糊涂。然而毕竟是在自己身边待过的孩子，孙大娘最终还是起了不忍之心，只得对大丫道："既然是真的过不下去了，我收留她可以，只是前头的事情，却得处理好了。"

大丫磕头："只要您老人家肯收留，一切依您老人家的。"

孙大娘毕竟是个独立撑起门户的女人，她便找了四丫的父亲，写了一份身契，内容为雇用四丫十年，十年内四丫不得回家，不得与家中有往来等字样，画了押叫了证人作保，这才收下了四丫。

刘娥问孙大娘："大娘，四丫不也是她爹的孩子吗？她爹为什么就这么任由她被后娘欺负？"

孙大娘叹息了一声，摸摸她的头道："因为她后娘生了个儿子啊。只有儿子才能够传家业，女儿就不能了！"

刘娥问："为什么女儿不行？"

孙大娘道："因为女儿守不了家业啊。"她就同刘娥说，若是家里只有女儿，便要招赘个女婿上门。否则的话，家里没了男丁，家里的产业，宗族就会来争夺。

刘娥不解地问："我挣的钱，就是我的，凭什么要给别人？"

孙大娘叹道："妇人哪能立门户呢，总得要个男人才行啊。便是王法上也没处说理去。"

刘娥愤然道："王法没处说理，那还叫王法吗？"

孙大娘倒笑了："你倒说说，那能怎么办？"

刘娥道："那不能改改吗？"

孙大娘笑出声来："王法哪里能改？"

刘娥道："天子都能换，王法如何不能改了？"

孙大娘忙捂住她的嘴，笑骂道："你倒是浑大胆，这话如何能说得？休教别人听到。"

第四章
桑家瓦肆

却说四丫经了偷窃一事后,也长进了许多,她感激孙大娘收留,亦感激刘娥替她说情,从此便心悦诚服地跟在刘娥的身后,天天"小娥姐"地叫不停口。之前她只是乏人管教,孙大娘心虽善,但自己一天忙到晚,哪有心情管教她,又兼性子急,说了几次没长进就懒得理她了。

如今刘娥既然已经能够正式上灶了,许多打下手的粗笨零碎活计,自然是四丫来做。

四丫是个没主意的人,当初后娘待她再坏,她依旧听对方唆使。如今孙大娘绝了她回家的事,又被大丫耳提面命,叫她听刘娥的话,于是她便天天跟在刘娥身后,如同小尾巴一样。刘娥心里再有芥蒂,但见过四丫惨状,还有大丫几次送了礼物来赔不是,便也过了这一节,就替孙大娘教导四丫如何主动找活干,如何把事情干得又快又好,如何做到让孙大娘满意,倘有做错了,又把事情掰碎了揉细了与四丫讲明白,叮嘱下次不要再犯。

如此一个月下来,孙大娘便觉得前所未有地省心了。购料、配料,甚至一部分的制作都让刘娥接了去,剩下的事四丫又做得顺当,她从业以来第一次有时间可以坐下来端杯茶松口气了。整条街的小店铺主都羡慕她用超低价钱得了个满意的徒弟来,既能分担她的工作又能够帮她调教手下。为了防止其他人来挖墙脚,孙大娘狠狠心,提前给刘娥开了一个月三百钱的工钱。

可她没有想到,真正能够挖走她墙脚的,不是这条街的其他店铺,而是另一个行业。

这日,孙大娘接了一单生意,为了庆祝桑家瓦肆的头牌二十一娘芳辰,叫了几家有特色的果子铺来做果子。孙大娘忙带了刘娥去了,让四丫守铺子。

这桑家瓦肆离刘娥所在的得胜后街也只差了几条巷子，这日孙大娘一早就带上刘娥出门，又雇了素日帮着送水的张三挑家什挑子，一径到了桑家瓦肆的后厨，开始准备起材料来。

刘娥进了那厨房，倒是吓了一跳，但见整整齐齐排开八只大灶来，足有二三十人在忙碌个不停，那鸡鸭鱼肉、风腊野味、蜜饯香药，跟不要钱似的，摆得满谷满坑的。院子里还拴了几只羊，案上还摆着一堆肉，上面一只牛头。刘娥听说牛是耕作之用，平常杀牛是要犯官府禁的，真不知道这牛肉是如何弄来的。

这几十号人足足忙了三天，头一天是试手艺尝味道，第二天是做一些耗时长的备料，第三日才是正日子。刘娥原诧异于这几十号人和如山的食材，都是为了博一人之笑，却到了第三日才晓得，二十一娘芳辰时主桌居然早已经外点了丰乐楼的酒宴，他们这几十号人忙碌的，不过是次席和零点而已。楼里的小丫头到厨房来，吩咐了一堆果子的名字，如牡丹酥、黄糕縻、宿蒸饼、香药果子、芙蓉饼、十般糖、甘露饼、琥珀蜜、酥琼叶等等，以孙大娘的手艺，也不过只能供得三成而已。

等做完了，孙大娘便叫了刘娥吩咐："待会儿送果子上去，你来送。"

刘娥诧异："我？"旋而畏怯："大娘，我，我不行的。"

孙大娘笑道："也该让你见见世面，总不能一辈子在灶下。送的时候乖巧些，兴许能得个好彩头呢。"这小姑娘长得眉清目秀的，让她送果子上去，搞不好还能得个赏，比她这个五大三粗的妇人中看些。

刘娥捧着刚出炉的果子，战战兢兢地跟着厨房的马管事去了。那马管事却也只把她送到内院门前，便不能进去了。随后有一个小丫头带着刘娥进去，过院上楼，到了楼上，她却是不能进宴厅的，只在外头把刘娥交给一个叫檀香的大丫头。原来这牡丹酥是二十一娘指定要的，所以便能送到主桌上。

刘娥经了这一重重门禁，已是晕了，只低头跟着檀香进厅，就见着一片金碧辉煌，莺歌燕舞，满堂华美。但见首席上坐着一个满头珠翠的美人，旁边却是一个中年官员，下面各席上皆有许多美人，都伴着一些豪客，皆在说笑。

堂中整整齐齐站着八个十一二岁的小姑娘，正在一齐唱曲子，却是刚才刘娥在上楼时就听到了的歌声:"……照花前后镜,花面交相映。新贴绣罗襦,双双金鹧鸪。"此时正唱到最后一句,介于女童与少女之间的嗓音清脆透亮,余音袅袅。

檀香正要上前,就听得那中年官员道:"二十一娘,她们已经唱了,你再抵赖不过,还是唱吧。"

檀香便不敢上前,刘娥捧着盘子,大气也不敢喘,只好奇偷瞧上面。

便见上首那美人娇嗔道:"一年三百六十日,天天叫我唱,总以为生辰还能歇一天,偏你这狠心的,一日都不肯放过我。"她语气娇媚,听着不似抱怨,倒似撒娇,众人皆听得笑起来,都在说:"好生可怜,李郎君偏不肯怜香惜玉。"刘娥听来却莫名有一种悲凉,想想又觉得是自己想多了,她那样富贵的美人,又怎么会有悲凉之意呢。

就见着那二十一娘站了起来,走到堂中,那八名小女伎便退到一边,如众星捧月一般。

二十一娘就等着琴师过门调子完结,开声唱道:"玉炉香,红蜡泪,偏照画堂秋思。眉翠薄,鬓云残,夜长衾枕寒。 梧桐树,三更雨,不道离情正苦。一叶叶,一声声,空阶滴到明。"

若说刚才那几名小女伎的声音清脆透亮,这二十一娘的声音,便如那勾人的情丝,百转千回,一字字一声声,都似在听到的人心上挠痒痒,让人又酸又痒,又难受又舍不得。尤其是最后一句"一叶叶,一声声,空阶滴到明",更是一字三绕,莫说现场的那些风月老手,便是刘娥这种不通人事的小姑娘听得,都觉得有些惆怅酸楚起来。

二十一娘唱毕归座,那李郎君便抱着她亲个不停,好不容易等停下来,檀香这才敢上前道:"娘子,您喜欢的牡丹酥送上来了。"

二十一娘整了整头发,懒洋洋地道:"什么好东西,也值得你特特来禀。"

眼见精心准备的牡丹酥就这么摆上去,二十一娘连正眼也不瞧一下,刘娥不禁为孙大娘叫屈。这牡丹酥是孙大娘的拿手绝活,只是做一回又费工又费糖又费油,素日不是大节大宴,孙大娘都舍不得做,这也不是常去得胜后街的客人能吃得起的。孙大娘为了这单子,来来回回做了十几炉,就一炉出来的效果不好,孙大娘都睡不安稳,生怕到正日子的时候发挥不好,愁得白头发都多了一片。

只是这次灶日,她明明看着,跟孙大娘差不多手艺的师傅都有四五个。

这三日在小厨房中，几方明争暗斗了几回，孙大娘和另一位卢师傅暂占上风，得了果子送到主桌的机会。只是，小厨房争得再厉害，在二十一娘面前，照样不能得她多看一眼，这争得，又有什么意思呢？

想到这里，刘娥不由得又往那桌上看了一眼，但见那桌上珍肴，精致无比，俱是她平生未见、平生未闻的，就这么摆着，二十一娘却只是一脸倦怠，只浅浅地动了一点罢了。

但刘娥也只得这么一站，便被带出去了。倒是那李郎君见着小姑娘可人，吩咐一声，给了她一个小荷包当赏赐。刘娥忙收了，也不敢打开看，只跟着檀香下去了。

刘娥一步步地下楼，就听得楼上又起了歌舞之声，不由得心念一动，忙对送她下来的檀香赔笑道："姐姐今日辛苦了，想来也没有时间吃东西。谢谢姐姐今日指点我，小厨房还有些牡丹酥，我这就拿来给姐姐尝尝。"

她方才瞥见檀香的眼睛在那牡丹酥上多停留了好一会儿，知道她必是喜欢，忙以此来讨好。

檀香看了她一眼，笑道："你这小丫头倒乖巧，我就送你回去吧。"

今天是二十一娘生辰，她作为贴身的大丫鬟，早就忙得粒米未沾，只是既为奴婢，原本忍忍也就罢了，这会儿听刘娥提起来不免饥渴难耐，于是就借着指点的名义，跟着刘娥去了小厨房，吃了三四个牡丹酥，又拿茶水漱了口，这才喘息了一下，看着刘娥不由得赞许道："你这小丫头倒机灵。"

刘娥便乘机道："姐姐，我们大娘做的果子都是极干净极好的，您若是喜欢，以后常点我们家的果子。我们这条街还有许多新鲜好吃的东西，以后我送果子来，还可以带各种花样给您尝尝新。"

檀香吃人嘴软又受了她的恭维，兼且年少嘴馋，听了不由得心动，笑道："要真的好才行，别连累我受骂。"

刘娥忙笑道："我们不收钱，姐姐只管先送上去，若不好便不给钱，若觉得好，随意赏些就是了。我们每日送新鲜的花样，哪日不好，哪日便不给钱。"

檀香顿觉新鲜，笑道："若是如此，我一定与二十一娘说去。"说着便去了，果然过了一会儿就回来，还带了个管事，道："二十一娘说了，难为你有这个孝心，便允你了。"

目睹这一切的孙大娘顿时只觉得目瞪口呆，说不出话来。

孙大娘以前也侍候过这样的灶上,都只是自己在小厨房闷头做了便是,顶多也就是送菜到厅外就回来。除非是做得极出挑的,主家说着好,才有下回,多数情况下也就赏几个大钱罢了。眼看着刘娥送了趟菜便哄了个丫鬟回来,不待她同意就将她备用的一炉点心做人情讨好那丫鬟,她也不作声,继而眼睁睁看着刘娥谈笑间就给她的店铺接了这么一笔大生意来,只觉得脑子都转不过来了。

等回了店铺以后,孙大娘收了刘娥转交的赏钱,便赏了刘娥一半,夸道:"好孩子,还是你脑子机灵好用,以后到桑家瓦肆的外单,便由你去送吧。"

然而她并不知道,这一天晚上,从桑家瓦肆回来的刘娥与龚美的对话。

"阿哥你知不知道,二十一娘一天收的缠头,就值大娘干一辈子了。"刘娥兴奋极了。

龚美有些无奈,然而又不忍拂了刘娥的兴致,只得劝她:"小娥,那又怎么样,大娘这辈子也成不了二十一娘。"

"那我能成为二十一娘吗?"刘娥眼中有着火热,这样的火热,龚美见过几次。在她准备进京城前,也在她和他初次谈起挣钱开铺子的计划前。

"全汴京城有多少像你这样的女孩子想要成为二十一娘,可二十一娘只有一个。"龚美只得这样戳破小姑娘的幻想,他待在码头,听到的阴暗面和荤段子,远比刘娥多得多。

"我听说莲花棚的况七娘和象棚的潘巧姑,比二十一娘还红。"刘娥不服气地反驳。

"这样的人,全汴京城数不出五个来,可汴京城,想成为她们那样的姑娘,不会比一万个少。"

刘娥沉默了,半晌才说:"我也没想成为她们,哪怕成为霓裳队也好。"

霓裳队就是桑家瓦肆买了些容颜姣好、音色甜美的小姑娘来培训,几轮淘汰后,好的留下来先作伴唱,差的或卖或降作侍女。若练得好了,经过竞争,还能够有机会得到单独开唱的机会,成为独立歌伎。刘娥打听过了,只要不被中途淘汰,两三年以后,哪怕最差的还是继续当伴唱,一个月也能挣上五六千钱。

刘娥说:"大娘一年都没挣那么多。"

龚美沉默了,半晌才道:"我扛活的码头,听说是巨贾马家的,他们家一

年交易能有几千万钱进出。前儿他们家生了一个儿子,我们十余个码头扛活的上千号人,中午都能多喝一碗肉汤。小娥,人和人是不一样的,命是天生的。"

刘娥却不认:"阿哥,大娘说,人受苦是运不好,却不该认命不好。人只要努力,或者改不了命,却能改得了运。阿哥,你的手这么巧,能打最精细的花样子,你应该到银楼去做师傅,甚至……可以自己开银楼,你不应该永远在码头扛活。"

这样的力气活,只要扛得几年,不到三十多岁便如那几个老力工一样,弯腰驼背,很快就扛不动了,只能坐着等死。而那些银楼的师傅,六十岁了还照样能够受人尊敬,坐在那里指挥着徒弟就能够挣大钱。哥哥要过的是后一种生活,而不是前一种。

从桑家瓦肆出来,她看到后街上有许多的银楼,便厚着脸皮壮着胆子进去看了,她打听得前面许多瓦肆的姑娘都会来打首饰,薄薄的一分银子,打个花样配点彩石,就也能卖上几贯钱甚至十几贯钱。

刘娥又道:"阿哥,她们卖两贯,咱们就卖一贯八、一贯七。那样的花样,你是能打得出来的。我问过铺面的租金了,如果我做了霓裳队,挣个五年左右,就能够挣个最小铺面的半年租金,再加上一套打银的家什了。阿哥,只要五年,我们下半生就可以跷着脚收钱当老板了……"

龚美无语,只得拍了拍她的小脑袋,把钱往她手里又塞了塞。从蜀中相识,到一路逃难,直至进京,龚美知道,一直以来拿主意的那个人是小娥,自己听从便可。然而自从进了汴京城,小娥的想法越来越多,多到他已经跟不上了。

然而,他一直自认为比小娥看到更多的阴暗面,他从来不曾认为小娥的愿望能实现。小娥的心气飘得太高,总是经不住诱惑地想往高处去,然而在汴京城,像小娥这样身在底层而充满不切实际狂想的草芥之人,已经太多太多。

有人拿着比码头扛包还低的收入,去给禁军当外包苦力,落了一身病还只被人当傻子;有人花了几年工钱文了满身花绣,在西市里炫耀武力被人打成狗;有人卖了身给大户人家当下人,最后什么也没混出来;还有些人把每天的工钱都拿去赌,妄想着有一日能发大财,最终还不是赔光了所有的血汗钱。

小娥说得虽好,但是做歌伎不但要受人调笑欺辱,而且所挣的大头最后都要被背后的老板抽走,她的想法,只能是妄想罢了。

梦想人人都有,全汴京的底层百姓很多人都有着疯狂的想象力,可是成功的人,几万人未必能有一个。

不知道刘娥是被他说服了,还是觉得说服他太费力,总之,此后刘娥没有再说什么。

春去秋来,刘娥在孙大娘的果子铺帮忙,转眼就是半年了。

这半年的日子,对她的改变是巨大的。

十三岁到十四岁,正是小女孩开始发育的时候。之前她因为逃难营养不良,整个人面黄肌瘦,除了声音清脆些,跟个小男孩差不多。如今在这店里吃得甚好,尤其是每日里做坏的卖剩下的糕点,都成了她的食物,再加上她如今上了灶,每日里只做些蒸面发糕的活计,劈柴烧火的事也少了,养得手也细了,这脸上的肉也多了,就半年时间,她变得白了胖了,甚至胸口都开始有点微鼓出来,生疼生疼的。

此时她脱去棉袄,初初换上春天的襦裙,看着已经是个小少女了。杏眼桃腮,顾盼生辉,在孙大娘这果子铺里,如同陋室明娟。她爱笑,见人常笑。她时常记着,那死在路上的三娘子对她说过的话:"小娥,江湖上讨生活,心头要藏着一把刀,脸上却要给人七分笑。你要学会笑,人才能容你活下去。"三娘子老嫌她笑得太难看,要她学着自己那样地笑。如今那个笑得好看的三娘子已经不在了,而那个笑得难看的刘娥,也渐渐地学会了那样好看的笑容。

此时她正走在御街上,两边是她这半年来已经渐渐熟悉了的街市盛况。

城中最热闹的,要数潘楼街、东宋门外瓦肆、西梁门外瓦肆、南朱雀门外街、马行街等,每日车马盈市,罗绮满街。

刘娥走在潘楼街上,这是离宫城极近的街市,街南是"鹰店",专门进行鹰鹘等猛禽交易;过去南进的巷子是"界身",是金银彩帛贸易的场所,每笔买卖可能达千万钱以上;街北就是著名的潘楼酒店,楼下每天自五更天就摆开市场,买卖书画珍玩等货物,这边上一溜儿,都摆上南北小吃。

沿潘楼酒店向东,一路下来,有大小勾栏五十余座,莲花棚、牡丹棚、里瓦肆、夜叉棚、象棚这些大瓦肆,可以容纳几千人呢。依着瓦肆自下而上的卖药、占卜、卖吃食、剃剪纸画等小贩就更多了。

刘娥每次过来,最喜欢的就是在各金银铺子上流连,人家只以为她是个喜欢金银饰物又买不起的小姑娘,可是她所图的却绝不仅仅于此。

"明明是一样的银子,就是这么敲打几下弄成个花样,就收这么贵的手工费,阿哥,我们一定要开个银铺子,只要我们价格比人家低,一定能招揽到许多生意的。"头一天参观完整条银铺街的刘娥,兴奋地拉着龚美说了整整一个晚上。

这半年里,她为孙家果子铺争取到了桑家瓦肆的长期生意。一开始,是她讨好檀香,使得二十一娘房中开始用孙家果子,后来由于孙大娘的手艺实在不错,渐次地连大厅里都开始摆上孙家果子作为茶点。这个结果,自然是刘娥下了许多功夫得来的。凡是席间推荐送上孙家果子的小丫鬟和仆役们都能够得几个铜钱的回扣,自然就人人都卖力推荐。

才上个月,桑家瓦肆的许管事就给孙家果子铺直接下了长期订单,孙大娘忙得连门市都供应不上了,如今听了刘娥的劝说,已经准备着再招两个小丫头做帮工。如今不要说她和刘娥要赶工,连四丫都开始上手做糕点拿工钱了。

四丫自从被她后娘打得险些连命都没了,终于吃了教训,再不信后娘的蛊惑:"你挣的钱都应该给你弟弟""你弟弟才是男丁""大娘真黑心不给你工钱""大娘肯给那外来丫头工钱不给你,还不是欺负你人老实"……她回了后娘身边,每日里只比在大娘处干得更多更累,吃得更差更少,还要时不时受后娘虐待。她脑子是笨了些,但还是分清了好歹。

这半年来,她跟着刘娥学到了许多,如今不再没事只缩在一边,而是主动跟大娘示好,主动招揽顾客,给刘娥打下手的效率比当日跟着孙大娘时强多了。

而刘娥带着四丫之余,也乘机向她学会了一口字正腔圆的汴京官话,如今虽然还隐隐带着些乡音,听得出不像是本地人,但基本上与人交流,已经不似之前那般一听就是乡下来的怪腔调,倒像是已经居住汴京数年之久的人。

汴京乃是都城,大半人口是外来的,而语音的熟练与否,成了"汴京人"与"外乡人"的隐性区别。如今刘娥明显已经迈过了这个门槛。

这半年时间,刘娥借机跟桑家瓦肆上上下下都混得极熟。之前她已经混熟了得胜后街一整条小巷子,那条巷子中多半都是小吃铺的店主,却比不得这桑家瓦肆精彩无比。

桑家瓦肆在汴京城诸多瓦肆中只能算得中小规模,最多的时候也只能容纳一两百人。一个城市只有发展出在衣食无忧中寻欢作乐的人群,才会有瓦肆。瓦肆中基本上都是百艺杂陈,竞争激烈。有一技之长者,无不想混入其中,过上有瓦遮头、风雨不侵、寒暑无忧的生活。而瓦肆为了在竞争中脱颖而出,也无不积极争取着业内最出色的人才进驻。

所谓的瓦肆勾栏,原本的意思,不过是为了便于表演,用栏杆和幕布遮挡,所以才称为勾栏。进不了瓦肆的艺人,顶多只能在露天里表演,叫作"打野呵",收的钱不足瓦肆的十分之一。

而进了瓦肆,坐在有瓦遮头的厅堂里,叫一壶好茶,上一盘果子糕点,有茶博士侍候,按歌舞、鼓词、讲经、参军戏、杂耍、绳技等的分类,想看什么有什么,既安逸又舒服有派儿,自然是赢得了更多人的喜欢。

刘娥每日上午做糕点下午送货,孙大娘给的时间又宽裕,她混迹其中,不但听了一肚子歌曲掌故,连时事新闻也听了不少,什么"官家与小周后风流史""南唐国主好诗文""后蜀孟昶的七宝夜壶""这次征辽又败了""武功郡王自杀一定有问题""秦王三年内一定出事""赵老相公会不会被起复""卢相公这次会站哪边"这些茶客闲话,她虽然听不太明白,但觉得这些时事,简直比鼓词儿还更新鲜刺激。

这一天,刘娥终于等到了她的机会。

二十一娘没有嫁成那个做官的李郎君,失落了一阵子,急匆匆又抓住机会嫁了一个富商为妾,桑家瓦肆的头牌歌伎位置就空了出来,经过一番竞争,原来的红歌伎段七娘成功上位为头牌。和声的队伍中便有一人升为独立歌伎,如此一来,和声队伍便要再补一个人进来。

歌伎的掌班王兴就有些犹豫,这补的人若从霓裳班去挑,似乎嫌小。若是从原来落选变成侍女的人群中去挑,一则这些人本来水平就次些,再加上当了侍女疏忽了练习,这水平相差就更大了,一时竟挑不出人来。

正犹豫间,常来常往的刘娥,早知此事,打探得信儿,特意带了两斤卤羊蹄子来给王兴:"兴叔,我给您带来后街马三儿家的羊蹄了。"

王兴大喜,他就好这一口,只是马三儿家的羊蹄不容易买到,常一出炉就被人抢了,他忙起来就来不及去买。

刘娥知其心意，隔个十天半月的就帮他捎一份来。见王兴要掏钱，刘娥忙道："兴叔，这只当我孝敬您老人家的。"

王兴忙摆手："你小儿家家的，给人家做学徒也是没几个钱的，我如何好强占你的便宜。"

刘娥不肯收，脸上却有些犹疑，王兴见状就问她："你有什么为难的，只管与我说。是与不是，只在我这里便了。"

刘娥才道："不敢瞒您老人家，我素日来瓦肆，听着姐姐们唱歌，不由得也学了几首，也不知道唱得中不中听。您老人家是行家，若肯听我唱一次，便是您疼我了。"

王兴便知就里，道："不中用，这选人虽然是我的事，但我也是端人饭碗的。若是徇了私，我自家要吃挂落的。"

刘娥忙赔笑："我如何敢要您老人家担这般的干系，您只给我个机会，听我唱一次，凭我自己的运道罢了。若当真不成，我也死了这份心。"

王兴松了口气，道："只消是这般，那也罢了。"其实心中早打定了主意，这丫头虽然嘴甜心巧，但如何能与真正训练数年的歌伎相比。连那些经过训练后落选做了侍女的，想要重新回来，他都嫌粗糙，更何况刘娥这等乡下来的灶下婢。待会儿只消说她唱得虽不错，但却赶不上人家，下次多订几份糕点哄哄她便罢了。

当下也不说话，只笑着坐在那里，点点头："那你就唱吧。"

刘娥心中紧张，但此时已不能退缩了，只定了定神，站在那儿就轻声唱了起来："春山烟欲收，天淡星稀小。残月脸边明，别泪临清晓。　语已多，情未了，回首犹重道：记得绿罗裙，处处怜芳草。"

她头一句唱时声音犹是干涩，待唱到第三句时，便已经神似二十一娘了。王兴闭上眼睛，一时竟觉得像是二十一娘又回来了一般。心中暗暗诧异，不想她居然还有这样的天分。

刘娥既然开口了，索性不再想其他的，只心一横，也不敢去看那王兴，眼睛只盯着墙边的一只花瓶，只顾将自己暗地里学会的歌曲一首又一首地唱了下去。

她所模仿的，多半是二十一娘素日常唱曲子，又兼仿唱瓦肆中其他当红歌伎的拿手曲子。歌舞这一行，最讲天赋，她年纪轻，嗓音好，模仿力又强，这半年里穿梭往来，早暗地里将这些最叫好叫座的曲子，连同红歌伎的动作神态都仔细观察学了去，借着去看龚美，或在河滩边无人处悄悄练习，或在铺子里和面蒸糕时日日哼唱。

孙大娘只道她是听得多了不由得哼唱，听了顶多警告一声："女儿家还是端庄些，学唱这些艳曲，小心将来嫁不出去。"却不知道她心底暗藏着的心思。

她练了半年多，为的就是此时此刻，如若成了，她就能够更快地挣到钱，实现她的目标；若是不成，那她也顶多是十年以后，做成另一个孙大娘。

她努力忘记紧张，只顾一首首地唱下去，她不敢停下来，生怕停下来就听到王管事说："不成。"为了把这个时间推得后些，或者能够多一份机缘，她就不停地唱下去，也不知道唱了多久，一直唱到嗓子发干，直到唱破了一个音，她才吓得停下来，惶恐地看向王兴。

这一看非同小可，却见原来王兴坐着的位子上，早坐了一人，王兴却是恭敬地站在那人的身边侍候着。但见这人约莫三十多岁，留了两撇小胡子，目光锐利，看上去颇有一股悍气。刘娥却是认得此人正是这间瓦肆的主人桑老板，她曾经躲在廊下，悄悄地看他走过。瓦肆中的小哥在闲时，也曾经吹牛时说过这位大老板，听说他是江湖出身，手底下几十条兄弟，又听说他有一身好花绣，耍得一身好棍棒，黑白两道都是极有势力的。

刘娥看到桑老板，顿时吓得噤若寒蝉，不敢作声，缩在一边。

那桑老板却是极有兴致地向她招了招手："小丫头，过来。"

刘娥忙怯怯地上前行了一礼："桑老板。"

桑老板看看她身上的服饰，诧异："你不是我们家的孩子，却是从哪里来的？"

王兴忙赔笑道："这是我们素日往来的孙家果子铺的学徒，日日送果子来的，孩子小不懂事，说是素日听着瓦肆里的小娘子们唱曲儿，就学了几支想让我指点指点。是小的不好，不提防让她惊扰着了老板。"

桑老板点头："这孩子唱得挺好，你叫什么名字？"

刘娥忙露出一个讨喜的笑容来："我叫刘娥，大家都叫我小娥。"

桑老板点点头："你可愿意到我这里来唱曲儿？"

刘娥大喜，忙盈盈行了一礼："多谢桑老板抬举，我自是极愿意的。"

桑老板点点头，站起来就往外走。

王兴咽了口唾沫，拍了一下刘娥的小脑袋："小娥，你可走了大运了。"

刘娥是极有眼色的,忙谢道:"谢谢王叔,您才是我的贵人哪。若不是您好心让我唱一曲,也不会遇上老板。"

却说少女的歌声是很有穿透力的,刘娥唱了一首又一首,这桑家瓦肆虽大,但红歌伎的歌声既然能够传扬到大街上起到招揽路人的效果,那刘娥在王兴房中的歌声,其实也差不多够让小半个桑家瓦肆的人都能听到了。段七娘正在梳妆,听了一会儿,叫身边的丫鬟芳草:"你去听听,是谁在唱曲?"

芳草匆匆闻声而去,才来到王兴房外的走廊,就见着各处都陆续有人来打听,便有相识的拉住了她,道:"你且别去,桑老板刚刚进去了。"

芳草一怔,只得与众人都在外面等着,听着里头一个少女一曲曲地唱着,良久,才有人轻轻地吁了一声道:"不承想王兴竟找到接替二十一娘的人了。"

众人远远地看着、听着,直至桑老板离开,事情就已经尘埃落定了。

第 五 章
金匮之盟

刘娥成了桑家瓦肆新补的一名歌伎,但她只是一个在伴唱伴舞队里的歌伎,拿的是最低的月钱。但没关系,哪怕是这钱,也抵得过她在孙家果子铺的十倍收入了。

但在刘娥去向孙大娘辞行的时候,却遭遇了孙大娘前所未有的怒气。

"你知不知道,那是不正经的地方?"孙大娘怒问她。

对于孙大娘来说,她已经准备把刘娥当成自己的学徒来培养了,而且十分器重,但她没有想到,这个她眼中乖巧伶俐的学徒居然闷声不响地攀上了桑家瓦肆想去做歌伎,她顿时有看错了人的愤怒。

可是,面对她的质问,刘娥却回答得理直气壮:"我凭本事唱曲子挣钱,有什么不正经的?"

这条街上,多是市井中人,说起桑家瓦肆,固然是羡慕的,却也是贬低的。他们认为自己是凭劳力挣的钱,而桑家瓦肆的歌伎,是凭美色取悦于人的。以前刘娥也是这么认为的,直到她在桑家瓦肆去得久了,才知道那些歌伎为了练出一声好嗓音来,每天天不亮就要起来练习。为了一身好的舞技,是在师傅的训练下痛到哭还要咬牙练的。固然,这种苦比不得她逃难时的生死悬一线,也比不得吃不上饭的不顾一切,但也绝对不是得胜后街的人们想象中的,只凭一张脸和媚笑就能够挣很多钱的。

"我就知道,我不应该信你们这些乡下来的野丫头,一个个没良心、没品行,看到钱就什么也不顾了!"孙大娘愤怒至极,不由得咒骂起来,"你以为去那种地方就能够挣到钱吗?我告诉你,在这条街上,本本分分地做事,能有一辈子的饭吃。但你去了那种地方,能有什么下场?"

刘娥只倔强地咬着唇站在那儿,并没有接她的话。她知道孙大娘的失望和愤怒，要有地方发泄，哪怕对方如此羞辱自己，她还是那个在自己进入汴京城的时候第一个给予善意，并且收留自己的恩人。她让大娘失望了，不要说骂她，便是打她一顿，也是她该受的。

孙大娘见她虽然恭敬，但却透着一副油盐不进的样子，更加气恼："你以为我在恐吓你吗？我们在这条街上，什么没见着。做歌伎说是卖技艺，其实还不是要讨好男人。一年两年看你新鲜，三年五年人老色衰了就在大街上卖唱乞讨，你可别教我看到你在大街上讨要，我必是会唾你一口的！"

刘娥站在那儿，忍受着她呵骂好久，见她终于停了声，这才恭恭敬敬地跪下向孙大娘磕了三个响头："大娘，您是好人，若不是您，我没有今天。若是别的果子糕饼铺子要我去，便是端上金山银山我也不会走的。我不是不记恩的人，若我将来日子过得好了，绝对不会忘记大娘的。"

孙大娘满腔的怒火也发得差不多了，见她依旧这样态度恭敬，任打任骂的，不由得叹了一口气，复长叹一声："我岂是见不得人过好日子。你们这些小丫头，只见着瓦肆虚荣，却不知道这里头的凶险。"

她们只知道羡慕穿得漂漂亮亮唱几支曲儿就能够好吃好穿的日子，却不知道，天底下哪有站在那里一张口就能够什么都有的好事。也只有自己这种听惯了市井传闻的人才知道，想要得到荣华，可不是只要曲唱得好就行。

有贵人捧的，若是运气坏的，贵人有了新人扔了旧人，高处跌下只会更苦楚；若是运气好的，也顶多是嫁贵人为妾侍，倘若遇上悍妒的大妇，还不是生不如死。没有贵人捧的则更惨，唱得几年，倒了嗓子被赶出去，又过惯了那种日子，没有旁的谋生手段，只能沿街唱曲乞讨，由着粗汉调戏捉弄。还不如她们这些凭手艺吃饭的，本本分分做人，嫁人生子，收几个徒弟，到老来还有一口安逸饭吃。

可是这样的话，她就算说得再多，眼前的无知少女，还是听不进去的。

孙大娘说了半日，见刘娥依旧不改主意，只得叹了一口气，道："人各有志，你去吧，若是有朝一日混不下去了，也休要来找我。"说罢，恨恨地解下围裙，往案板上一甩，转身去了里间。

四丫扶着刘娥起来，充满了羡慕："小娥姐，你真的去了桑家瓦肆吗？你是怎么让人选中的，能不能以后捎带上我啊？"

刘娥看着四丫，把想说的话咽下了，只笑着摸了摸她的小脑袋："什么时候你能够把曲唱得让整条街的人都夸你,或许就有可能了。"

她去收拾东西的时候,什么也没带,只带走头一天孙大娘给她的衣服。在桑家瓦肆跑了半年,她自然也见过更好的衣服和饰物,可是只有这一套粗劣的裙装和两根红头绳,是她进入汴京城时得到的最珍贵的礼物。

她背着小小的包袱,走过繁华喧闹的街道,走过鳞次栉比的店铺,走过传出歌声的瓦肆,走过飘出香气的酒楼。她从难于上青天的蜀山,走到了汴京城,走过城郭的草棚,走过市井的坊巷,马上就要走进桑家瓦肆这个汇集着繁华和心计的销金窝。

忽然,一阵喧哗之声传来,人群似被什么挤压着向两边涌去,空出中间的道路来。刘娥人小力微,被前头的人挡得严严实实,什么也没看到。

就听得人群里有人议论:"官家派人接赵老相公进宫了。"

"赵老相公已经赋闲很多年了吧。"

"这莫不是又要起用了?"

刘娥在人缝里瞧了半日,只见着一群顶盔贯甲的威武士兵,护着一轿马车走了。她见人群都散了,也就匆匆地赶到了桑家瓦肆。

此时日已西斜,段七娘倚在楼上的栏杆旁,瞧着下面东张西望走进来的小姑娘,轻蔑地一笑,将手中的瓜子壳一丢,扭身走了。

太阳快落山的时候,那马车也驰进了宫,马车上走下一个老人,看着夕阳挂在大庆殿檐角,虽已西斜,却犹发出最后一丝绚烂来。他长长地吁了一口气,由小内侍扶着,走了进去。

此时皇帝已经在崇政殿里等着了,他怒气冲冲、焦灼不安地来回走着,隔一会儿就问:"赵普来了吗?"

小内侍夏承忠忙道:"赵老相公已经进了宫门,就快到了。"

皇帝长长吁了一口气,坐下来,他在想着,接下来与赵普的会谈应该怎么进行。

往事历历,如何回首。

当今皇帝本名赵匡义,其兄太祖赵匡胤开国为皇,避兄讳他改名赵光义,继位之后又因本朝以火德而立,于是将自己的名字改为赵炅,后世便以其庙号宋太宗为称呼。

太宗与赵普的渊源,足足可追溯到后周时期。当年的陈桥兵变,他与赵普是最主要的策划者和执行者。一个是知心的弟弟,一个是忠诚的下属,合力把赵匡胤推上了大宋天子的宝座。

此后，两人也分享着大宋天下的权力。皇弟赵光义，是开封府尹、晋王，赵普是宰相。

在陈桥的那一个晚上，身为后周臣子的赵普与赵光义一起将黄袍披到太祖的身上。也是赵普，数次冒着逆龙鳞的危险，在太祖面前坚持着不同政见，激烈到跪宫门、掼乌纱。最激烈的一次，太祖愤怒得甚至将奏疏撕得粉碎掷在他的脸上，然而赵普，却将奏疏的碎片一片片地拾起，补贴好，再次奏上。

那时候最大的几次政见分歧，在于一统天下的计划是先伐北，还是先攻南，连皇弟赵光义也不太敢违背皇兄的意见，而赵普却敢数次掼乌纱辞官，气得太祖大动肝火。然而太祖遇到疑难时，还会不由自主地来到赵普的家中，甚至是在大雪夜里也不例外，"宋太祖雪夜访普"与"汉光武严子陵同榻"一样成了千古君臣恩遇的佳话。

到太祖后期，晋王谋位甚急，赵普要太祖收回给晋王的特权，以防晋王坐大。然而太祖已老，犹豫不决，终于到今天的晋王做了天子。太宗登基后，任用卢多逊为相，赵普便成了在家的闲人一个。今日两人重新见面，这一场权力游戏，又要重新洗牌了。

如何既要用着赵普，又要防着赵普，这是太宗的心思。

而如何恰如其分地对付老对手卢多逊，在当今皇帝手中重得相位，对于赵普来说，难度亦不亚于火中取栗。

天下之事，不过是合久必分，分久必合罢了。想当年朱温灭唐，此后诸侯割据，战乱不休，南北各建政权，统称五代十国。天下大乱，苦的是百姓，要饱受离乱与杀戮。各国征战中，强者越强，弱者越弱，终于大鱼吃小鱼，直到后周，方才显现一统之契机。

乱世出英雄。后周世宗皇帝柴荣继位，以天下一统为任，南征北讨，逐渐一统中原各地，取得后蜀四州，直逼南唐，尽取江北之地，此后又亲自北伐，夺得辽国所占河北三州三关，打下偌大的一个江山来。

只可惜天不假年，正当世宗雄心勃勃，欲再北上收取燕云十六州之时，却不幸病重而亡，只遗下一个七岁的小儿柴宗训继承大位。小皇帝继位不久，正值新年之际，忽然接到边关紧急密报，说是辽国与北汉大举入侵。皇帝年幼，太后识浅，诸事皆无主见，匆忙间急派殿前都点检、禁军指挥使赵匡胤率军出征。

大军出京之时，就已经有一个流言，在市井中渐渐传开，说是"点检作天子"。大军兵行数十里，来到陈桥驿安营扎寨。这时候，流言在军中越传越烈，于是赵匡胤之弟赵匡义，率谋士赵普，与诸将一拥而入主帅营帐，不知谁早准备好了黄袍，将士把黄袍披在赵匡胤的身上，诸将随之下拜行礼，山呼万岁。

赵匡胤推辞了一番，终究依了众人，受了三跪九叩之礼。于是拔营起寨，率大军返回东京开封。至于辽国、北汉的入侵，再也无人提起，奇怪的是边境上也真的太平无事地过去了。

赵匡胤派大将潘美等入京先行晓谕后周符太后与众臣，符太后见大势已去，孤儿寡母孤掌难鸣，只得大哭一场，愤愤迁出内宫，交出玉玺。

自此，后周天下结束，赵氏大宋建立。

宋太祖赵匡胤承柴世宗未了遗愿，先灭南汉、后蜀、南唐等国，天下已呈一统之势。

宋太祖历建隆、乾德、开宝诸年号，在位一十六年，于开宝九年（976）驾崩。

当年太祖之母昭宪太后杜氏曾经有言，赵氏得国是因为后周柴氏幼主当国，为免重蹈柴氏之前辙，命其死后传位其弟赵光义，曾有"兄终弟及"的话语。

据说太祖死前，晋王赵光义连夜入宫，至太祖最后一息时，令内侍守住宫门，连皇后及皇子赵德昭、赵德芳皆不得入内，只有晋王一人在旁。当日内侍们只远远见着烛影摇晃，听不见太祖说话声，只见晋王的影子于烛光中，时而离席似在逊让，最后只听得有柱斧砍地之声，太祖激惨地叫了一声，却听不清叫什么，不多久，晋王传谕太祖驾崩，继位为帝。

开封府尹赵光义初登大位，改年号为太平兴国。为安抚诸王，将其弟光美封为齐王，避圣讳改名为廷美并继其位为开封府尹；并封太祖之子德昭为武功郡王、德芳为山南西道节度使。时人便以为，廷美、德昭、德芳三人会依序继承皇位。

然而过了数年，时移势易，赵德昭自刎，赵德芳病死，如今这三人中只余秦王赵廷美。今年三月，太宗当日在晋邸时的旧臣柴禹锡、赵熔、杨守一等人忽然秘密入宫禀报，说秦王赵廷美骄恣不法，有逆乱之心，与宰相卢多逊有密谋,将在太宗巡幸西池时作乱。

卢多逊为相多年,大权在握,精于权谋,柴禹锡等臣子虽然忠心,却不是卢多逊的对手。

要对付卢多逊,只有找他的老对头——前宰相赵普。

这,便是今日赵普进宫的原因。

见赵普一进来,颤巍巍地便要跪倒行礼,太宗忙上前亲手扶他起来:"我与阿兄本是年少之交,许久未见了,今日不过叙旧,休要行此大礼。"数年未见,赵普也老多了。这份苍老,让皇帝心中起了一些恻隐之心,少了一些戒防之意。

赵普听得皇帝以旧时称呼,心中微动,但却仍然板板正正地行礼毕,方才依礼就座,拱手恭敬道:"君臣分际,最是重要,赵普不敢失礼吾皇。"

太宗笑着摆手,便有小内侍奉上茶来,太宗捧了茶盏,一边轻拂着上面的茶沫,一边闲闲地问着赵普家常琐事,素日里起居如何,饮食喜好,看了什么书。又问夫人如何,儿女如何。

赵普肃容一一答了,又说自己老了,牙齿也有些松动,太硬的东西吃不了。只在家里走路,平时交游不多,看的书还是《论语》,近日在整理五代时的文章,恐怕将来年久失散。又说长子派了外任,次子在身边,两个女儿是继室所生,如今还幼小,也不知道能否照看着她们长大嫁人。

太宗便也同他说了些自己的家常烦恼,以前上战场时的旧伤偶有发作,虽然不严重,但是却很折磨人。长子元佐这几年脾气不好,次子元佑跟他说话半隐半藏的,并不交心,老三老四功课不好,女儿也任性,只有小儿子还能够让他开怀一些。

两人说着说着,似乎又回到了当年的时光,一时间和乐融融。及至太宗又渐次说到弟弟廷美这几年时,气氛便有些微妙的变化。太宗叹息秦王如今做事很任性,每次都是让他这个做哥哥的掩盖下来,说他也不听,又问赵普可知外头对秦王的议论。

赵普听了这话,顿时推了个干净:"臣一直闭门家中,倒不知道外界之情。"

太宗知他推脱,故意逼他:"我们家的事,你是最知道的了。我这个弟弟,从小性子就不好,从小到大,也不知道惹出多少事来,都是先皇和我给他挡着的。实指望他年纪大了，会懂事些，朕这几年国事辛劳，也少理会他。谁知道他竟变本加厉，位高不知自重，在一帮小人的怂恿下，做出种种可笑的事情来。"

赵普听了这话，知道正戏已经开始，便放下茶盏，肃容道："秦王心性，确有些如官家所言。若真只是些小人奉承倒也罢了，只恐有人别有用心，利用秦王来达到自身不可告人的目的。"

太宗看着他，眼神中有着试探："有人别有用心？倒不知赵卿家此意何指？"

赵普看着太宗，大胆道："臣指的就是当朝宰相卢多逊。"

太宗脸一沉："你何出此言？"

赵普跪了下来，叩首自陈："当年昭宪太后遗命，防着后周故事，因此上有'兄终弟及'的话。臣忝为旧臣，与闻昭宪太后遗命，备承恩遇，不幸耿直招尤，反为权幸所沮，耿耿愚忠，无从告语。"

太宗冷笑："耿耿愚忠？"这"耿耿愚忠"，总不会是对着他吧。想当年他与赵普共推兄长上位，谁知道后来赵普独揽大权，对他处处设套打压，几次险象环生，这种怨恨的心情，他这辈子都要耿耿于怀才是。

赵普磕了一个头，从袖中取出一道本章，肃然道："臣本小吏，得太祖与官家知遇之恩，敢不杀身以报？自五代十国以来，中原多有变乱，皇位屡有更迭，君不君、臣不臣，天下不宁。究其原因，仍是制度有缺失。若能修订制度，使君无掣肘，臣安其位，许多宫廷变乱，便不至于发生，天下自能太平。制度非对于人，而对于事，这是臣当年的本章，请官家御览。"

小黄门呈上本章，太宗慢慢地翻看着，脸色忽青忽白。这本章的完成时间是当年太祖在位时，本章的内容，是扩大君权限制臣下的具体措施。当日太祖若是一一照着实施，当今皇帝是否能够安然继位，竟是未有可知。

这正是赵普走的一步险棋，置之死地而后生。当年赵普种种举措，固然是在当今皇帝心中种下了刺，可是这个刺与其回避，不如挑破。这正是赵普的胆气，以及因与皇帝少年之交而具有的深刻了解。

他把自己所有可能令皇帝心中不快之事，一举揭示，一旦皇帝愿意揭过此事，此后君臣之间，再无危机。皇帝若是英明，自然知道取舍。

赵普缓缓地道："臣这道本章，当日不用，今日却可用到了。"

太宗重重地喘了口气，却不得不承认他说得对，这道本章的内容，今日

用来对付秦王,是再好不过了。他看着赵普,却忽然变色,充满了威压:"赵普,当年你为了对付朕,倒真是心机用尽,你可知道今日给朕看这道本章,会有什么后果吗?"

赵普从容地道:"杀身之祸。"

太宗冷笑:"既知是杀身之祸,为何还敢上奏,难道你想自己找死吗?"

赵普淡淡地道:"只要制度得行,安保大宋江山,臣虽死不朽了。"

太宗冷冷地看着他,半晌,将手中另一本章扔给了他:"你再看看这个吧!"这是柴禹锡参奏秦王和卢多逊的本章。

赵普静静地看完,道:"果然不出臣之所料。"

太宗眉头一皱:"你料到什么了?"

赵普道:"上一局牌,卢多逊赢过一次,自然会再次重注押上。当年臣忝为宰相,居其位谋其事,自然要为保君王之权而谋划。而卢多逊押的却是人,他下注的是未来的天子。不管是当年的晋王,还是今日的秦王。"

太宗脸色大变,当年他在最艰难的时候,是卢多逊多方出谋划策,所以这次要对秦王下手,虽然是他的预谋,但牵涉到卢多逊,却是非他所愿。然而如赵普所说,难道卢多逊当日相助,并非是忠诚,而是投机?他心里不愿意相信,却不由自主地信了,明知道赵普很可能是对卢多逊进行报复,但是这种疑心一旦起了,却是难以消除。然而这一切,也令得他更加怵惕,看着赵普,他忽然冷笑:"当年他下对了注,那你呢,是下错了注吗?"

赵普缓缓地道:"臣不是赌徒,臣从不下注。"

太宗冷笑一声。

赵普道:"时至今日,臣无以自辩,不过太祖皇帝生前,曾有人说臣毁谤官家,臣尝上表自诉,此心可鉴,料想此奏章档册俱在,尽可复查。若蒙陛下查核,鉴臣苦衷,臣虽死无憾了。"

太宗吩咐夏承忠:"去把表章找来。"

过得片刻,夏承忠便依着赵普所说的时间,从档案中将表章找来,太宗看着表章,心中早已经惊涛骇浪。赵普的表章上竟是这样的内容:"皇弟光义,忠孝兼全,外人谓臣轻议皇弟,臣怎敢出此?且与闻昭宪太后顾命,宁有贰心?知臣莫若君,愿赐昭鉴……"

赵普真的曾经上过为他辩解的表章?当年赵普限制过他的野心,但也维护了他与皇帝之间的兄弟之情,使得他逃过杀身之祸。这么说来,对方所做的一切,当真只是为了公心,为了维护皇位上的人,而不是针对他。

看到这一切,太宗渐渐地相信了赵普,这个他在登上皇位之前最黑暗凶险的日子里,无数次因为受迫而暗中发誓要杀死的人,或者从另一面来看,赵普的所作所为,恰恰是对皇帝、对这个王朝绝对的忠诚和坦荡。

太宗手在微抖:"朕从来不知道,卿还上过这样的本章。"

赵普叹息:"官家今日能知晓,臣死也是个明白鬼了。"

太宗也不由得心酸,长叹一声:"人谁无过,朕不待五十,已知四十九年的非了。从今以后,才识卿的忠心。"

赵普道:"有卢多逊在,怎会让官家看到臣的忠心。若论迎合上意,臣实不及卢多逊。所以卢多逊身为宰相,而臣做了寓公。但是投机之事,可一不可再。卢多逊贪心不足,希冀更多的荣宠,他今日对秦王的示好,犹如当日对官家的示好一样,不是忠诚,而只是一份投机而已。"

太宗冷笑:"纵有'兄终弟及'的话,可朕还没死呢,轮得到他们这么心急吗?"

赵普缓缓地道:"自夏禹至今,只有传子的公例。太祖已误,陛下岂容再误?"

太宗喃喃地道:"岂容再误?岂容再误?赵普,你为何说出这样的话来?"

赵普眼中掠过一丝惨痛的神色,却用不容置疑的口气道:"本朝定国未久,宫中不宁,天下不宁。为江山社稷计,官家宜早早定论。须知国无二主,不可使群臣混淆。"

太宗眼光一闪:"为江山社稷计?赵卿说得好!只是……"

赵普毫不犹豫地道:"更何况当年昭宪太后遗意,只提到官家,何曾提到过秦王?"

太宗怔了一怔,忽然明白过来,嘴角微现一丝冷笑:"哦,真的不曾提到过秦王?"

"正是,"赵普眼睛眨也不眨地道,"当年之事,臣奉太后遗命,将此事记录下来,藏在金匮之中,官家此时,正可将此誓书拿出以示天下,也免得臣民不知。"

太宗缓缓地笑了:"原来如此,原来如此!赵普,你明日便把金匮誓书呈上来。"

赵普磕头道:"臣遵旨。"

君臣四目相交,一切尽在不言中。

赵普获得了重新起复的机会,而太宗干净了双手,这一场交易,进行得无声无息,却是充满了久违的默契。

当年昭宪太后病逝,时为皇弟的赵光义即出任开封府尹,年仅十四岁的赵廷美受封兴元尹、山西南道节度使;开宝六年(973),赵光义再受封为晋王,赵廷美受封为京兆尹、永兴节度使,而赵德昭则接任了廷美的原职兴元尹、山西南道节度使。

而当今皇帝继位之后,他原来所任的开封府尹等职就由赵廷美接任,赵廷美所有的原职都由赵德昭接任,赵德昭所有的职位由赵德芳接任。

这样的职位接替,使天下人有理由相信,那金匮誓书的内容,毫无疑问是太祖传位赵光义,赵光义传位给赵廷美,赵廷美再传回赵德昭。

然而,次日赵普的一封奏书,就改变了一切。

第二天,还是在崇政殿,当着太子太傅王溥、翰林学士承旨李昉、学士扈蒙、卫尉卿崔仁冀、膳部郎中兼御史知杂滕正中等朝廷重臣的面,赵普呈上金匮中的昭宪太后遗命,上面却分明写着:"汝与光义皆我所生,汝后当传位于汝弟。"

遗命上,没有传说中的再传皇弟廷美,也就更没有三传德昭的话了。

看出了众臣的疑惑,太宗轻描淡写地道:"卿等原不知道,此本朕的一件家事,廷美——并非昭宪太后所出,他的生母,本是朕的乳母陈国夫人耿氏。太后怜他幼小,从小在太后身边抚育长大,太祖与朕,也视作一母同胞。"

视作一母同胞,毕竟不是一母同胞,名分上便差了。既然秦王并非昭宪太后的亲生儿子,金匮遗命便没有他的份了。

说白了,这份遗诏上,正式否定了传说得沸沸扬扬的"秦王是未来天子"的说法。

众臣的心里明白了,也知道做出什么样的表态了。

群臣对望一眼,便有人小心翼翼地先上前道:"秦王为人狂悖,天下皆知。但是这段宫禁中的事情,非陛下委曲宣示,臣等何由知之。"之前以为秦王会是王储,众人不是没有站过队的。如今这一句话,就以"不知情"悄悄划去了。"委曲宣示"这四字更是用得绝妙。

一个人先开口，就有人跟上来："臣以为，秦王狂悖，宰相卢多逊未能奏知，反而与他多方交往，实在有违人臣之理。"事情一旦起了头，就是墙倒众人推，更何况这小朝会，召集的本就是有所挑选的人，于是接下来，便是你一言我一语，顺理成章地将秦王赵廷美划入了出身不正、大逆不道的行列。

赵普走出崇政殿的时候，已经是皇帝面授的司徒兼侍中，封梁国公，他现在最主要的一件事，是皇帝密授他查处秦王赵廷美勾结大臣的不法证据。而当日告密的官员柴禹锡、杨守一、赵熔等官员也分别被提升为枢密副使、枢密都承旨、东上阁门使等要职。

第六章

鼕鼓佳人

宫中发生这样的事情，自然是令得许多人不知所措，皇三子赵元休就来见皇长子赵元佐，问他："大哥可知此事是由何而来？"

却是在前不久，皇帝下旨为诸子改名，皇长子楚王德崇改名元佐，次子德明改名元佑，三子德昌改名元休，四子德严改名元隽，五子德和改名元杰，其余未成年诸子，亦一律改德字辈为元字辈。

本名赵德崇，如今改名为赵元佐的楚王，接到入迁东宫的圣旨，对着皇帝的荣宠，长叹了一声。当今皇帝先为自己改名，如今再为诸子改名封王，一切的一切，证明着他是决心要脱离和先帝太祖皇帝及三弟廷美的兄弟联系了。

又令广平郡王元佑升为陈王，三皇子元休、四皇子元隽、五皇子元杰皆出阁开府封为亲王。元休封为韩王、元隽封为冀王、元杰封为益王，并授为检校太保、同平章事。

几名皇子中，唯有赵元佐与赵元休是同母兄弟，素日就更亲近些。对于这些年来的皇家变故，赵元佐心里比谁都清楚，也比谁都更感痛楚。只可惜此番心事只能压抑在心底，见弟弟一脸惊惶，反只能安慰道："此必小人投机钻营，而生风波，四皇叔为人，我们都是知道的，必不会有此心。"

元休却犹自不安："可是爹爹他……"如果四皇叔无此心，为什么爹爹要下这样的旨意，何况连大哥都知道是小人投机，难道爹爹竟是不知吗？

元佐强抑内心的不安，喝道："爹爹做事，难道是你我可以妄议的吗？"见弟弟惊惶失措，只得又道："既有大臣上奏，若不调查清楚，怎能平息？"

元休听了这话，不由点头，想了想又觉得不对，嘀咕道："可若是这样，事情还未查清，便升了柴禹锡等人的官职，岂不叫人猜疑？"

元佐喝道："你越来越放肆了，大臣升迁，自然是要考评等次，详查素日的成绩。你听了哪个内侍的话来，爹爹岂会因片言而擅作升罚，你这是把朝廷大臣当成了什么？"又看了元休身边的小内侍一眼，道："你们跟着三哥侍奉，却是传了什么胡言乱语？"

当时兄弟间称呼，只以"某哥"相称，元休是弟弟，元佐却并不称其为"三弟"，而称"三哥"。

元佐不想元休继续牵涉此事，想他深宫皇子，哪里知道这些内情，却不知道是谁传到他耳中，想哄他不知世事而出头得罪皇帝，于是便喝问他身边的内侍。

吓得那小内侍张怀德忙跪下只说"不知"，元休见状只得告饶道："大哥，原是我的不是，与怀德无关。"

元佐叹了一口气，道："如今我在外头事忙，你自己在宫中要小心些才是，不要被人当了枪使。"他比诸兄弟年纪都大些，从小就得官家倚重，弟弟们都不敢与他并行，只恭敬有加。然而宫中诸人各有心事，诸皇子中只有他和元休是同母所生，再加上生母早亡，因此他对这个弟弟也格外怜爱，保护甚是周到，因此元休虽然比四皇子元隽、五皇子元杰大了几岁，看上去倒比他们显得更单纯天真些。

然而再单纯天真，还是要对算计有所警惕，当下拉了弟弟，盘问他事情由来，元休先是不说，等问得细了，才知道他昨日听了个内侍在私下里议论，今日又看到二哥元佑唉声叹气，就问是不是为了四皇叔之事，元佑只说了柴禹锡等升官之事，言辞间颇多叹息，又劝元休不要去找爹爹问此事。

元休险些就要真的去问爹爹了，幸得身边的侍读钱惟演拉住了他，叫他先来问大哥，这才到了这里。

元佐听了这些，松了一口气，斥道："今日若不是你这侍读，你险些闯下祸来！你也不想想，为何有人昨天特意在你经过时提起此事，二哥又为何故意与你提这件事。以后做事，须要多听他的话，多用心才是。"

元休听得大哥把事情剖析明白，也惊出一身的汗来，又疑惑："难道二哥害我不成？我却不信。"

元佐见他天真，也欲他伤了兄弟之情，显露面上，却是吃亏，便含糊道："许是他也是受人所惑，你想四皇叔之事，便要明白，总有人想离间我天家骨肉，你也不小了，不要这么轻信。"又想起多亏了那侍读，便问他是哪家

子弟。

元休就说:"大哥不知?钱惟演乃是吴越王的次子。"

元佐"哦"了一声:"原来是他。"

吴越王钱俶也算得一国之主,是极厚德爱民之人,见大宋渐有一统之势,便不图一国之富贵,毅然舍国归降。钱惟演是他次子,却是极富文名,自幼于书无所不读,有神童之誉。入京之后,与当朝名士杨亿、张咏等人多有吟诵唱和。

皇帝见诸子长大,于是择一些有才名的儒生与大臣之子,为皇子侍读,这钱惟演也是刚到元休身边。

元休见哥哥感兴趣,忙道:"惟演是极有才的,大哥可要见他一见?"

元佐细细地看了弟弟,见他站起来,十几岁的少年已经和自己只差半个头了,心中暗叹:"弟弟,你也长大了。"这日日陪着他的人,自然自己要看过才放心,点头道:"好,你叫他进来。"

过得一会儿,内侍带着一个俊美的少年进来,向元佐行礼:"小臣钱惟演,参见楚王殿下。"

元佐笑道:"不须客气,元休年少不懂事,以后你要多照应他才是。"

钱惟演站起身来,元佐仔细看他,容貌清俊,举止之间自有一股书卷之气流露出来,叫人一见之下,便生欣慕之心,虽是年少之人,但进退举止不卑不亢,极有分寸。

钱惟演虽然恭敬低头,但也趁着行礼起身之时,飞快地掠了楚王一眼。这几日朝堂的变乱,他也是知道的,皇帝这些举动,分明是扶楚王为太子,可是这身为诸王之首的楚王殿下,此时却并无意气风发之态,反而神情之中有一种说不出的郁郁之态。钱惟演心中模模糊糊地想着:"楚王快要做太子了,为什么不高兴?"这念头只是一掠而过,忙躬身道:"是,臣遵旨。"

元佐笑着摆手,先问候他父亲:"吴越王可安好?"

钱惟演恭声道:"父亲一切都好,只是近来腿上风湿症发,不太好出门走动,父亲吩咐见了楚王殿下,必代他问安。"

元佐笑道:"吴越王客气了,怎么吴越王犯了风湿病吗?我这里正好有上好的麝香虎骨合的药,小喜子去拿来,送到吴越王府去。"

钱惟演内心复杂,当日他亦是皇子,如今却只能充当赵家皇子的一个侍从。当年父亲为保百姓而献国,他当时并不懂得其中含意,等到了京城,历经世情，心中不禁怆楚。只是这样的念头不敢多想，忙掩了心事，逊谢道："不敢当殿下厚赐，家父如今已经在用药了。"

元佐笑道："不妨，这麝香和虎骨，是我上次征辽时带来的，到底这东西还是北边的好些。药总归是要用的，放我这里也白搁着了。"

钱惟演忙行礼："臣代家父多谢王爷赏赐。"

元佐额首道："元休还小，你帮我多照看着点，功课事小，只要不散了心，带他多玩玩罢！学得太多，未必是好事。"他看着年幼的弟弟，叹了一口气道："生于帝王之家，你还有多少年无忧的日子呢！"

元佐又问了钱惟演一些情况，想了想道："你是个沉稳的人，元休长居宫中，不谙世事，你有空也带着他多走动走动，长些见识。"

钱惟演忙应了，元佐就命他先出去，再嘱咐弟弟一回。

这几日朝中甚是不宁，昨日他在皇帝跟前，就见着了一幕。恰是蜀中飞报来，说是兵乱虽平，但流民散失，如今要流民回归，来年立刻又要春耕，加上春茶也要收上来，向朝廷要银子呢。

三司就说春耕对民生是最要紧的，收春茶也是户部的要务，只是三司一时支不出这项开销，能不能让内藏库先支五十万贯。

勾当内藏库的刘承珪就说："三司去年底支的钱没还给内藏库呢。"

宰相卢多逊就对皇帝说："官家，这宰相也难为无米炊啊，可否让内藏库再通融通融？"

皇帝就反问宰相："朕就不明白了，朕往这蜀中年年投钱就投得无底洞一样。可孟昶当日在蜀中，宫中奢侈无度，仓中陈粮如山。怎么在他手里就有钱，到朕手里就没钱了？你们说说，这钱到哪儿去了？"

群臣俱不言了。

等人散了，元佐就问皇帝，为何诸臣俱不言语。

皇帝冷笑："他们不是不答，是不想答。朕开科举，多录了几个南人，他们就不高兴。大郎啊，太祖和朕答应了大族不抑兼并，所以这田税就收不上来，三司自然也就没钱，得向朕的内藏库要支持。南官擅长经济事务，可朝堂站的人就这么多，南人多了，北人就少了。"

元佐问皇帝："臣还是不太懂，宰相们都是心怀天下的读书人，为什么他们这么排斥南人呢？"

皇帝却道："我们打下了南方，朝堂诸公却不愿让南人掌控更大的权力，这就是蜀中动荡不止的根本原因。可中原又是朝廷的根基,我们得罪不得。这朝堂的平衡啊,就是在一场又一场无数细碎事务中一点一点的博弈!"

元休就听着元佐一点一点将朝堂的事解说与他听,又说到契丹犯关南,交州作乱黎桓扶了个小儿为傀儡,还要朝廷答应赐封,宣州雪霜杀桑害稼,北阳县蝗灾……

钱惟演在客厅中等了半日,才见元休笑嘻嘻地出来,捧了一堆哥哥送的东西,顺手交给跟着来的侍从,叫他捧回韩王府去,给乳娘收着。

这边便拉住了钱惟演,笑道:"惟演,咱们今天不读书了。明儿起,官家要叫了师傅来看着读书,就出不来玩儿了。趁今天天色还早,我们去看看街市,早听说开封城如何地热闹,平日只是坐在宫车里向外看一下街景而已,却没有亲身体验过。你去过吗?"

钱惟演微微犹豫,元休笑道:"别怕,都由我担着呢,再担不了,推哥哥去。是他说过的要你带我去玩儿,官家也说过,出宫开府了,要多体察民情呢!"

钱惟演只得应了:"既然如此,说不得也只能带你去了。"

两人一同朝宣德门方向行去,刚离了东宫,就遇着了一个人。

那人见元休出来,便笑道:"大哥可在里头?"

元休见了他,便有些气不过,问他:"二哥,你说的四皇叔之事,可是真的?"

这人正是陈王赵元佑,见元休自东宫出来,便知道谋划不成,也不惊惶,只笑道:"什么四皇叔的事?我却是不明白。"

元休恼了,问他:"你方才跟我说,要去见爹爹,为四皇叔分辩,你可去了?"

元佑正色道:"三哥,你话说得却是差了。长辈的事情,岂是我们做晚辈的好去干涉的,不但无礼,且不敬尊上。你如今也开府封王了,以后不要这么不懂事。"

元休急了:"你刚才还说……"

元佑笑问:"我刚才说什么了?"

元休脱口道:"你刚才说……"话到这里,却是卡住了。他方才只见着陈王独在那里叹气,说是想着四皇叔素日待他们甚好,怎知竟会发生这种事。又说今日朝会上,爹爹升了柴禹锡的官职,说罢又是叹气。又问他是否要见爹爹,他便恼了,就说自己要找爹爹分辩明白,不要中了小人之计,说完就冲了出去。

若不是钱惟演拉得快,自己如今早在爹爹面前做错事了。如今满心气恼地想质问二哥,可一细想,他话中虽然句句引诱,却是句句捉不着实处,竟是不能质问于他。元休气得一甩袖子,道:"二哥,大丈夫做事敢作敢当,你下次休要再让我信你了。"说着径直去了。

钱惟演站在旁边一声也不吭,只跟着元休而去,扭头一看,却见那陈王看着元休的背影微微一笑,竟是毫无悔意,眼中倒透着些算计,不由心中不安。

他跑了几步追上元休,见左右无人,这才对元休说道:"殿下既知了陈王的性情,何必同他揭破呢,只当不知,日后休再轻信就是。如今让他知道您的态度,就恐下次又要换了别的法子,这才是难防呢!"

他站在空的廊道里,倒是不怕别人听到,元休听了这话,也是懊恼:"你怎么不早说?"

钱惟演见他说得天真,无奈一笑:"殿下,方才这般情形,我如何有机会说话?"

元休顿了顿足,十分不甘。

钱惟演心中暗叹,只得转移了他的注意力:"殿下说要去瓦肆,如今还要去吗?"

元休气鼓鼓地说:"去,为何不去?我为何要因为他而坏了我的心情!"

两人出了宣德门,叫上了等在宫外的侍从,去府里换了常服,一齐向潘楼街一带行去。皇子出门,自然也有二三十人跟随,只是元休既是出门闲逛,便嫌他们挡了兴致,只叫他们装成路人,不远不近地参差跟着。

宣德门外有宣德楼,是皇城的中心之一,也是汴梁城的中心之一,楼南是御街,宽二百余步,两边是御廊,准许商人在此交易。楼前,左南廊对左掖门,右廊南对右掖门,东为枢密院和中书省,西为尚书省。从御街一直向南院走,左面是景灵东宫,右面为西宫。自大内西廊南去,即是景灵西宫,南面转弯处对着报慈寺街、都进奏院、百种圆药铺。

自这里而去,便是热闹之地了。

两人一路走着,先过了花市,见两边花色灿烂,元休看得新奇,问钱惟演:"这些花木,怎么不曾在御苑看过?"

钱惟演笑道:"御苑之中,无不是名花珍本,想起刚才我出来时,御花园

中百花盛开,千姿百态,再看这些市井之花,可真真是差远了。"

元休却摇头:"大内的花看来看去,都是一个样子,反倒是这里千姿百态,格外好看。"

钱惟演道:"真正的好花,也不是在这里。"

元休问:"那又生在哪里?"

钱惟演说:"兰生幽谷,莲在水中,名花之艳,犹如美人倾国,非得天时地利人和,三者合一不可,这自然不是普通市集能看到的了。"

元休来了兴趣:"名花美人的比喻绝好,我知道你是江南人,听说江南多美人,可是真的?"

钱惟演笑道:"当然,前几年宫中纳的新妃南唐小周后,不就是一个绝色美人吗?当年闻名天下的三大美人,便是南唐的大周后、小周后和后蜀花蕊夫人。如今,也只剩了小周后一人了!"

元休叹道:"对了,蜀中出美人哪,我记得小时候,还听宫里人说起花蕊夫人的故事呢,听说太祖皇帝被她迷得差一点就要封她为皇后了,幸得一班忠直的大臣拼死进谏,才不致使大宋出现亡国之妃成为开国国母的笑柄——"

钱惟演意味深长地道:"听说当年第一个进谏的,就是当今的官家。"

元休好奇道:"是吗?你知道经过?"

钱惟演岔开了话题:"我哪儿知道,那会儿我还在杭州呢。对了,前面倒有一家瓦肆,殿下可要进去看看?"

元休来了兴趣,道:"就这一家吧。"

于是元休等人就进了一家挂着"桑家瓦肆"的地方,才一进门,就见着正中央一群闲汉围着一个卖艺人,但见那人拿着一只葫芦也不知道喝了一口什么,便对着手中一个火把吹去。那火把上的火苗就立时蹿上三尺高,惊得围观的众人不由得发出惊叫之声。

元休从来没有看过这种把戏,不由得往前凑了凑,想看个究竟,钱惟演拉住他,低声道:"三郎,不可,危险!"这些民间杂耍危险性极高,凑得近了,被火燎到可怎么办。

元休这才意识到,忙缩了一下,不好意思地朝钱惟演笑笑。忽然又听另一头怪叫起来,元休忙又跑过去看,却见那处有个穿着彩衣的矮子,怒冲冲作势要打一个女子,元休方想说:"这等动粗,怎么无人阻止。"却见那女子亮出一个彩圈来,那矮子就从彩圈中钻了过去,滚成个球状,众人皆大笑。

元休这才明白,原来这也是个表演,这矮子与那女子装作一对夫妻,丈夫作势要打那妻子,每每要打到的时候,不是脚滑,便是摔跤,不是钻桌子,就是抱圆球,他举止滑稽,形态可笑,引得众人都笑得直捧着肚子。须臾,铜钱如雨般投了过去。

又见着几个才七八岁的小厮,捧着各色果子酥点,于人群中穿梭,忽然就出现在元休跟前,满脸堆欢地道:"郎君好风采,我这里有谭婆婆家的炸果子,又香又脆。"

此时他跑得太快,钱惟演一时没跟上,倒是一个侍卫张旻跟上了。见着那小厮踮着脚儿把那果子递到元休胸口了,还来不及骂他无礼,就见元休已经将伸到他面前的那块糕点吃了,心中大惊,这外头不知来路的东西,怎么敢给皇子吃!他额头上的汗都下来了,忙赶过去颤声欲阻止道:"三大……三郎。"宫中称诸王皆为排行后加"大王",他险些把"三大王"给呼出来,临时忙改了口。

却见元休的嘴一动一动,想是已经吃了下去,还夸奖道:"滋味不错。"随即径直往前走。

那小厮见他吃了果子,却无事人一般往前走,不由得诧异,忙又上前挡住赔笑:"郎君,盛惠十二钱,多谢郎君赏。"

元休一时没懂,站在那里看看那小厮,两个四目相对,竟都是怔在那里。元休是皇子,自幼儿落地就是衣来伸手饭来张口,竟是没明白这小厮的意思来。

张旻忙赶上前掏了两个铜钱与他,那小厮大喜着打千去了。

元休这才明白过来,他虽然没买过东西,但却是拿金银锞子赏过人的。却又诧异:"他说要十二钱,你只给他两个,这不是欺负他吗?"

张旻只得拿了铜钱与他解释,那小厮说的是铁钱,他这是"一当十"铜钱,虽只两个,却抵得二十铁钱。元休满怀好奇,一路直问下去,一个果子多少钱,一壶酒多少钱,平民之家一日要用多少钱,这瓦肆中要花多少钱……直问得张旻额头见汗,他虽是侍卫,却也是官宦出身,哪里知道平民的事情。

钱惟演只比张旻迟了一步过来,见张旻汗都下来了,不住向他打着求助的神情,忙挡下元休,指着前面道:"三郎,那边好似有热闹的事情,要不要去看看?"

元休注意力瞬间被转移,忙道:"快去,快去。"

众人赶了过去,见门口有人收钱,说是三十钱一场,钱惟演向前看了看,回来对元休道:"上面那告牌上写着是'刘小娘子鼗鼓讲书',看等的人这么多,想来是有些名气的了。"又解释说:"瓦肆里常有路歧人说书唱曲,全靠这个吸引人呢,有名气一点儿,可吃香了。"

旁边一个闲汉正听着他们说话,插话道:"官人说得是呢,通常说变文的都是和尚老妇,偏这刘小娘子年轻美貌,尤其是一手好鼗鼓,虽然来了不久,但捧她场的是极多的,都快赶上段七娘了。尤其今日又是十一……"

元休好奇地问:"十一又怎么了?"

那闲汉道:"刘小娘子虽然是新人,但却是花样最多的。上一次说唱完了,为着捧场的人太多,居然将她头上戴的银饰摘下来酬谢来捧场的嘉宾。那些首饰花样很是别致,倒是别的店铺中少见的,更难得的是刘小娘子头上刚刚摘下来的。为买这些银饰,上次抢拍出了极高的价,这次据说还有,自然大家都要来等着了。"

元休闻言顿时感兴趣起来,就叫着:"去,去。"

当下众人就三三两两地买了门票进场,不远不近地围着元休形成一个包围圈。

元休挤到前面,此时说书正要开始,就听得一声鼗鼓轻响,银铃轻扬,立刻将所有人的眼光都吸引到台上去了。

却见一个白衣少女随着鼗鼓银铃的乐声飞旋而出,然后立于场中,元休只觉得眼前一亮,似今日所有的光亮都集中在她一个人身上了。

钱惟演冷眼旁观,见这少女不过十四五岁的模样,目光灵动,举止活泼。只见她戴着一条银链子的抹额,在阳光下闪闪发亮,更映得她的脸有一种炫目的美丽,一对银耳环顾盼生姿,手中的银铃随着她鼗鼓的舞动而发出清脆的乐声。

但听她说书,也不过就是些旧词俗曲,只在她的口中清清脆脆地说出来,便觉得说不出的好听,更兼她聪明伶俐,关节处时而紧张,时而舒缓,更兼连说带唱,虽然这些故事人人知道,却也不觉随着她说唱而陷于情节中再度或喜或悲。

这日说的正是唐初《白猿传》的故事,钱惟演便低声同元休说这故事,却是前朝名将欧阳纥被白猿盗妻生子的传奇。当然,这是面上的故事,若论背后，则是因着欧阳纥之子欧阳询长相丑陋，便被官场对头找了人攻击他长相似猿，编排出故事来。虽是起因荒唐，然而故事生动，竟在民间流传。

正说到欧阳纥入白猿洞府寻妻，诸般曲折之时，众人听得如痴如醉，那白衣少女铃鼓一摇，说书戛然而止。

白衣少女退后一步，轻施一礼，退在一边，将身上的首饰摘下来，放在旁边侍女捧着的托盘里。就见那侍女捧着饰物上前笑道："刘小娘子答谢各位客官连日来的捧场，故将自己贴身的三件饰物赠予客官。只是客官人多，却不好一一照应，只能看哪位客官最有诚意了。"

立刻，台下哄然大叫大笑起来，显见已经不是第一回了。

钱惟演笑道："好巧舌的小姑娘，分明是高价推销这几件银饰来捞钱，却说是赠送嘉宾，不说价高者得，却说成是最能表示诚意。"

元休却是不悦起来："女儿家的贴身饰物，怎好落在这些伧父走卒手中，岂不是玷污了佳人。"

钱惟演一惊，忙拉了他，低声道："这瓦肆是三教九流之地，多有市井无赖，三郎白龙鱼服，不可生事。况这瓦肆之人，只不过以此作为揽财之借口，哪里又会是她什么贴身之物了。"

元休待要解释："我觉得她秀丽可人，绝不会是……"

还未说完，就听得周围四处喊价之声已经是一浪高过一浪："我出一贯。"

"两贯。"

"三贯。"

"五贯——"

就听得那侍女问了三声："可有比五贯高的？"

就见无人再喊价，那刘小娘子接过侍女捧着的托盘，要向一个满脸横肉的伧父走去。

元休忍不住便叫道："我出五十贯，三件首饰全部买下。"

一语惊得整个桑家瓦肆的所有目光都向元休射来，竟是从未见过这样的冤大头。其实银铜置换，是一两银子一贯钱，刘小娘子这三件银饰打得极薄，顶多用了白银三两左右，就算全算上手工，也不会超过五两银子。就是在瓦肆拍卖，有冤大头一时兴起，或也能拍个八九贯。休看这头一件拍了五贯，那是因为那一件是最大的，且前头占了先，后头的就不会再出太高的价

了。他这一出价，凭空就高了五倍。

这刘小娘子，自然就是蜀中逃难来的刘娥了。她进了桑家瓦肆，本以为凭着自己的努力，纵挣不上二十一娘这般头牌歌伎的收入，哪怕有个十成中的一成也罢了。

谁知道进来以后才晓得，若只是普通歌伎，唱这种普通人花二三十文钱便可以来听上一场的场子，顶多保个最低的月钱。若要再多挣些钱，就要去唱阁子。

所谓阁子，或在瓦肆里，或在邻近酒肆，有客人不愿意在大堂宴饮，就包下一个小阁，这时候就有酒博士介绍歌伎来唱曲。再好些，就是有些姑娘在阁子中唱曲被人看中，冲着她常来宴饮，指名点曲，单独打赏，甚至为她包下后面小楼设宴的，那就能够争一争头牌了。桑家瓦肆的头牌如过去的二十一娘，如今的段七娘，乃至排名前五的姑娘，都有能登上闺楼的特定恩客。

再高些，便是真正的色艺双绝，有文人为她赋诗，酒宴若无她就失了光彩的，那一等不但官员设宴来请，甚至还有派了马车来接送的。自然这样层次的，目前以桑家瓦肆这种二等瓦肆，还没有人能达到。若能够有一个，那就能成为一等瓦肆了。

然而即便如段七娘这样有恩客砸钱捧着的待遇，初来乍到的刘娥也是不能得到了。且令她沮丧的是，连去唱阁子的机会，也很少能得到，多被在她之前的正式歌伎揽断了。对于她们来说，任何一个新人都是竞争对手，是绝对不会让别人有机会出头的。刘娥每日里与众人一起唱完规定场次后，就见着段七娘等几个去了后头小楼，其他人打扮得鲜亮去了阁子里，独她一个无人理会，心里的难受劲儿就别提了。

姑娘们是怎么得到进阁子唱曲的机会，是不会有人告诉她的，她再咬牙省了钱给接送的小厮，人也不敢收她的。之前她可以用给提成的方式让孙家果子铺的糕点进入桑家瓦肆，但是她再想用这个方法进入阁子挣钱，却是不管用了。那些小厮可不敢为了她一个新来的歌伎，去得罪那些有头有脸的红人。

刘娥只道进了桑家瓦肆，会挣得比在孙家果子铺更多，却不知道桑家瓦肆连一口水都要算钱的，头一个月底她去结月钱的时候，虽然月钱是有五千钱，亦即五贯，但饮食钱、衣服钱、首饰钱、胭脂钱、铺盖钱，甚至连护肤用的白露膏都要算她的钱，算完竟是还倒欠了瓦肆的钱来。刘娥听完眼睛都红了,险些要与那账房拼了命去。幸而王兴拉住了,教训她:"姑娘们初来都是这样的,也不过是头一个月花费得多些,若做到半年,就有余钱了。"

刘娥肠子都悔青了,她当初只听了个月钱五千,只道是可以净拿五千,却不晓得这些吸血鬼却还要倒扣替他们挣钱的歌伎的钱。她不由得向王兴抱怨在瓦肆还不如在果子铺,王兴大笑:"你在果子铺每日里起五更,大热天里在灶下烤着,大冷天里手泡水冻着,刮风下雨在路上送货一身是泥。如今是吃的油、穿的绸、使不着力、见不着风,每日里都有人侍候着,倒来说这样的风凉话?"

桑家瓦肆中哪怕刘娥这样的三等歌伎,四五个姑娘住一屋大通铺,每屋里能分配一个干娘侍候着屋里的事,要教姑娘们伸出来的手是十指不沾阳春水的,如此才能够令得客人们赏心悦目,与孙家果子铺这种做粗活的,就劳作量而言,是不可同日而语。

然而刘娥内心在呐喊:我不要做轻省活计,我只要做最快能挣到钱的活计!

但现实情况就是,她在短期内,只能当这种唱场子的三等歌伎,到月底的时候月钱会被扣光的底层歌伎。

为了能够在月底能够有余钱储蓄,刘娥想钱都想疯了,简直是想得头抽风、胃抽搐、手抽筋。唱完规定表演场次,她就到处钻营看哪里能够多得些钱来。她咬牙从账房借了钱来,在白天跑到附近的酒楼一家家拜托送礼。好几次也轮到唱阁子里,然而都是些最差的酒楼,最小的包厢,最吝的客人。唱了十来支曲子,只得了几十钱,还不够给酒楼的谢钱。

但也不是没有收获的,凭着她奉承了与段七娘不合的苏九娘,就从她一个客商里托了个人情,让龚美得以摆脱码头的苦力,进入一家银匠当学徒。

而这个职业,也让刘娥发现了新的赚钱途径。她看到会有客人经常打赏给表演的人,但是像她这样每日就一场表演,大家排着队上来伴唱,哪怕唱得嗓子都哑了,这些赏钱就是落不到她这个三等歌伎的手中。想要得到赏钱,就得有单独的场子。

恰好原来大相国寺在这里说《目莲变文》的一个和尚被莲花棚挖去了,桑老板急着要找一个能说会唱的艺人来填逢一下这个场子。刘娥恰好是最喜欢听变文的,不但在自己瓦肆里听,还经常串到别家瓦肆里去听,知道这事以后,就拿着鼗鼓,托了王兴推荐,到桑老板那里讲了一段变文。这种说

唱如今还多半是和尚老叟,或是久历世事的中年妇人,刘娥虽然在演说故事的技巧上远不如他们,但胜在年纪轻容貌好歌声美,竟是有一种新鲜的感觉。因此桑老板虽然并不满意,但第二天就是逢一,无奈之下只好暂时答应。

结果,他没想到的是,刘娥头一天登场,就赢得了满堂彩。

他更没想到的是,隔了十日,刘娥再一次登场,就开始拍卖龚美私下打造的银饰了。

第七章
活色生香

桑老板坐在二楼，沉着脸看着下面场子中客人们疯狂抬价的样子，心中暗骂："这个死妮子是想钱想疯了吗？"

刘娥的确是想钱想疯了。

上次她试着拍卖的时候，得了几贯钱，那日桑老板正好不在，回来时虽然听了一耳朵，却也没有发作，只等着这日她再次玩这花样时，再作计较。

说实话，在这瓦肆中的歌伎中，桑老板对刘娥，还是有一些纵容的。

身为老板，虽然他对自己手下的歌伎有所掌控，但这是指对段七娘这类的头牌歌伎，那是他的摇钱树。像刘娥这等三四层的，基本上就是管事在管着了。

但刘娥这个小姑娘，还是给他留下了一些印象来。这个印象并不是指刘娥多么貌美、有才，或者多么伶俐，毕竟，与孙大娘那种小铺子比起来，瓦肆这种地方，最不缺的就是貌美有才、聪明灵巧的人。

而让他留下印象的，正是刘娥身上种种与瓦肆的歌伎非常不兼容的东西。他初见到刘娥的时候，是被她的歌声所吸引，但也仅仅是出于对一个值得投资的货品的欣赏，但后来这个小丫头搞出来的种种事情，让他觉得有趣。

也只有像孙大娘那样的普通市井妇人，才会觉得这么个小姑娘是个聪明懂事、安分努力的，他只消一眼就可以看出，这姑娘绝对不会是个安分的主，她就长着一双不安分的眼睛，眼里全是炽热的野心和欲望。她在哪儿都是不安分的，做着一个糕点店的小伙计，就暗暗去练了半年的歌，准备能够进瓦肆谋生。而她进了瓦肆呢，也与那些看似有心计的歌伎不一样。那些小心思很多的歌伎，今日"姐姐妹妹"叫得甜，明日里就能够跑到他跟前告黑状，或在客商面前挑拨是非。她们都算计着能够把别人挤下去，让自己成为一等歌伎甚至是头牌,好在众人中脱颖而出,能傍一个有钱有势的客商,将来得以赎身,到大户人家为妾为婢。

但这个小丫头不一样,她一来,自然也是受到排挤的,然而她的处事方法却与别的歌伎不同,既不会找几个头牌投效,也不会献媚管事或者客商。她像个小怪物似的周身是刺,所谓的热情讨巧周到只是她混生活的一张皮,一旦发现在瓦肆里谁都能够把这一点玩得比她更溜时,她立刻就不再装了。谁跟她过不去,她就直接找谁去撕破脸闹,闹到人人都躲着她走。但是不针对她的人,她则是一点也不会去招惹。

她做事简单有效,要么给刀子,要么给糖。她和段七娘不合,立刻就找了苏九娘帮忙。她没有门路唱单曲唱阁子,讨不到赏钱,竟然不去跟其他歌伎争抢机会,反而去学说变文,倒给他这瓦肆带来了一条新的出路。

上次的拍卖首饰,虽然给他制造了不少的混乱,但居然又让刘娥想到一条财路,看到这里,桑老板心中暗叹,这丫头可惜了是个女人,若是个男人,恐怕这桑家瓦肆再过几年,也容不下她了。

而台下,自那少年公子叫出五十贯来,众人皆惊住了。

这三件顶多用了五两银子,居然会有人以十倍的价格来买下它们,大伙儿不禁要看看是哪里来的冤大头。

见这么多视线投来,元休大窘。钱惟演见状忙上前一步,叫侍卫取了五十两的银锭子给她。

刘娥先是怔了一怔,但她才不在乎谁买的那东西,只要价高者得就行。当下就笑吟吟地亲手捧着那锦盒,一步步走下台来,将锦盒放在元休的手中,锦盒上,已经端端正正地摆放着那只银铃。接着,她慢慢地摘下左边的银耳环,纤纤玉手映着那只闪闪发亮的银耳环,更显得娇艳欲滴。

元休怔了一怔,这般近距离地看着她,更觉得她美艳动人,不可方物。迷迷糊糊中捧着三件银饰,却不知道何时那少女早已离去。

钱惟演推了他一把:"王、王公子,我们该走了。"

元休"啊"了一声,轻轻地拈起那条抹额的银链子,链子上分明还带着那少女的体温,仔细闻去,竟还有一丝淡淡的香气。他将三件银饰收好,张旻正要如常般去接,元休见他来接,竟将手一缩,道:"不行,不能给你。"

张旻一怔,就见着元休脸红了一红,一本正经地说:"这是女儿家的贴身之物，我要还给那小娘子，不能随便什么臭男人都拿过了。"

张旻哭笑不得，只得忙拉了这不解世事的小王爷出了说书的场子，这才道："公子，这小娘子分明是以此谋生，她不过是个首饰架子，托着这首饰出来好推销而已。您本就不应该花这价钱，更遑论去还给她了。您今日还了她，怕是她明日又要拿出来市卖。"

元休瞪了他一眼："你若不愿，我自己去寻她。"

钱惟演冷眼旁观，知道张旻怕是劝不动元休，当下只得对张旻道："既是公子吩咐，你便去办了就是。也不过是五十两罢了。"就当是花五十两，分了元休的心神，解了他的烦闷便是。

张旻只得吩咐伙计，寻了一个小厢房，又叫人去请刚才那说书娘子。

刘娥听得伙计同她说，有客官点了她去阁子里，忙换了另一身衣服过去，待推门进去，就见着居然是刚才那几个买了她首饰的人，顿时警惕起来："你们可是反悔了？大庭广众之下，你们可是自愿的，不能反悔。"她是个极机灵的，见着自己是一个单身女子，对方可是好几个壮汉，当下立刻又道："便是寻我也没用，这是桑家瓦肆，要钱也得去寻桑老板。"

元休见状忙令众人出去了，只余自己，赔笑道："小娘子误会了，我们可不是反悔讨钱的。"说着将那首饰盒往刘娥面前一推，道："我方才要抢得此物，却只是觉得，此是女儿家贴身之物，岂可随便落于他人之手，所以将它拍下，还与小娘子。"

刘娥却仍是极为警惕地道："你莫不是钱多了，与我作耍？我既是当众卖了，又岂能收回。莫不是你们要混赖我作假不成？"

元休哭笑不得："我实是一片诚心，绝无戏言。"

刘娥将信将疑，仔细看着对方，却是一张真诚的脸庞，竟叫人生不出戒防心来，不由得将紧绷着的心弦松了一下。既不是对方有恶意，她的脑子可就立刻灵活起来了，当下忙笑着施礼："原来公子竟是个好人，恕我失礼了。"

元休也有些紧张，他还真是从来没有与女子单独处在一室。方才他见刘娥惊惧，一急之下，让所有人都出去了。如今这惊惧的气氛缓解，立刻就又有另一种紧张的感觉升上来，竟有些手脚没地方放的慌乱。

一时间四目对视，不知怎的，两人都红了脸。更让人紧张的是，两人看到对方红了脸，竟更加手足无措了。虽然刘娥年少懵懂些，且又是个急懒的，有些不明所以，但还是先恢复过来，忙赔笑道："瞧我，竟是失礼了。"

方才元休开了这厢房,伙计便依惯例送了热茶糕点来,刘娥自然是熟悉这套的,当下忙自己伸手,倒了两杯茶来,递了一杯给元休:"如此,就容小女子以此茶敬公子,当是谢公子好意。"

元休松了一口气,忙接过饮了。

刘娥想了一想,却是不接受那首饰,反将那锦盒又向元休处推了一下,道:"虽是公子善心,但这首饰,我却是不能收的。"

能够把这首饰用高价卖出去,这是她自己的本事,可若是已经拿了钱,再把这首饰收回来,未免太厚颜。与她已经收了的五十贯相比,这首饰不过是三贯多的本钱,她可以让龚美再打出十套来。就算在江湖上行走,吃相这么难看,也是要不得的。这是她当时脑子里闪过的头一个想法。

她说:"我已经收了公子的钱了,若是公子把首饰还给我,我就得把钱退还给公子。可是这钱并不是我的。若是公子执意要把首饰给我,那这五十贯,我这三年不吃不喝才能还上了。"

元休慌了:"我不是这个意思。我只是想、只是想……"

刘娥见他如此,心中好笑,歪着头想了想,笑得天真无邪:"这样吧,公子把这首饰还给我,我就再相赠公子,以表谢意,这样我也不违道义,公子的好意也圆满了,公子您看可好?"

元休看她先把锦盒拉回自己身前,又推到他面前,心中既是惶恐羞愧,又是欣喜若狂,一时竟不知道如何是好,只不住点头:"好,好。"

他看着刘娥,想说什么,一时又说不上来。他知道这件事结束了,刘娥就可以走了,心中拼命想着能不能把此刻再延后一下,但偏又找不出理由来,竟是额头冒出微汗。

刘娥也在拼命想理由,她本以为是有客商点她唱曲,还以为今天还能得一份收入,没想到是这件事。她不知道这进去马上出来,算不算得出一份公差,能不能得一笔赏钱,所以她自然不想就这么走掉。

两人各想各的,都在使劲想办法找理由让对方觉得可以继续待下去。

刘娥见元休一脸窘态,反而心定了,顿时有了主意,当下站起来盈盈一礼:"公子既点了我,不如让小女子为您唱上一曲,也算我没有偷懒,可好?"

元休大喜,连忙点头:"好,好!"

刘娥就问他:"公子要点什么曲子?我会唱南唐国主的全套曲子呢。"南唐国主即指李煜,他降宋后,写下大量词曲,此时正是名气最盛之时。

元休脑子里竟是一时想不出来,只道:"你只管拣你平时喜欢的来唱就是啦,只要你唱的,必是好的。"

刘娥想了想,就唱道:"风乍起,吹皱一池春水。闲引鸳鸯香径里,手挼红杏蕊。　斗鸭阑干独倚,碧玉搔头斜坠。终日望君君不至,举头闻鹊喜。"

这却是一首《谒金门》,乃南唐宰相冯延巳的名曲,"风乍起,吹皱一池春水"这句更是一时传扬。元休听了便赞好,又叫刘娥再唱。

刘娥想了想,又唱道:"花明月暗笼轻雾,今宵好向郎边去。刬袜步香阶,手提金缕鞋。　画堂南畔见,一向偎人颤。奴为出来难,教郎恣意怜。"

钱惟演正在房外守着,本以为韩王与那歌伎说开就好,哪晓得没一会儿,里头竟唱起来了。前一首本也是闺中怨情,再听了这曲子,便眉头一皱,心中暗骂:"好不要脸!"

这原是南唐国主李煜写小周后的,是一首写两人夜间私下幽会的艳词,且词句香艳露骨,看那小姑娘年纪尚小,不想竟是风月老手,当着韩王唱这样的艳曲。韩王不经世事,可休要偶一出来玩,就被这样的风月手段给祸害了。

却不知里头两人,一个唱曲,一个听曲。唱曲的一脸坦荡,听曲的偶有心猿意马,但看了对方的神情,却也心思没有走得太远。

刘娥此时一心钻到钱眼里,根本不知道自己唱的这支曲是什么意思。她学这曲的时候,连汴京话都说不利索,曲子在讲什么更是不晓得呢,只是囫囵吞枣地学了腔调记住了词,甚至是唱的时候眉目间的表情,也是机械地模仿了二十一娘的样子。她向来只用心留意着瓦肆里的红姑娘私底下被叫到阁子里时,爱唱哪几首曲子,又是什么样的曲子得的赏钱会多些。

却不知对面的元休,是宫闱中长大的,早有宫女安排知晓人事,自然比她更懂得这曲子的意味。见她唱曲之间,眉眼中偶有风情无限,心中绮念不由升起,再看她眼中却是一片坦荡,又暗中骂自己有辱斯文。

如此唱了两三支曲子,刘娥自觉完成任务,就要离开,临别时不免依依。元休是心猿意马,满心不舍,刘娥却是觉得好不容易能够出一回阁子,下次还不知道要何时才有这种机会,因此不免出门时三两次回顾元休。

元休只当她也同自己一般不舍,虽然害羞,但还是鼓起勇气开口问:"我、我还能再来听小娘子唱曲吗?"

刘娥心中一喜,这喜色简直要浮上面庞压抑不住了,急道:"可以的,公子若要来，只管点我到阁子唱曲就是。也不贵，每次五百一千随意赏便罢了。"

王兴奉了桑老板的命令正来找她，闻言差点捂脸，瓦肆里的歌伎，再没有比刘娥吃相更难看了。这种事，怎好由小娘子自己白眉赤眼地直接说价钱呢。想到这里，要把这小妞提回去重新教训的心就更切了。当下也不好在客人跟前训说，只得赔笑送了元休等出去，立刻沉下脸来："小娥，你跟我来。"

刘娥低垂着头，跟着王兴到后院桑老板的住处去。一路上就听着王兴唠叨教训，就算是楼里的小娘子，客人也是喜欢矜持些的，只能跟客人谈情，说价钱自有跑腿的人，自己上阵谈钱，岂不叫人情趣全无，直成了市井小贩！

刘娥心中不服，想着不谈钱谁有心情理人，但又不敢顶撞。不过她对付起王兴来却有办法，王兴看着严厉，其实就是好个面子好啰唆，他要唠叨的时候，你只管一味应是就行了，被他抓到违规，只要抢在他发火之前赶紧认错就行。因此她格外乖巧地一路应是，直至桑老板住的院子前。

桑老板是在后头独居两进的院子，前头管事们往来处理公务，后头是他的居所。

王兴带着刘娥进了前院，候着里头的人回完了事，这才带了刘娥进来。

桑老板斜在榻上，见了刘娥进来，便问她："今日你这首饰卖了五十贯钱，可晓得如何处理？"

刘娥一听到钱就立刻眼珠子发光，她方才就知道此事不能善了，就一直在想着如何应对，当下忙赔笑："如何处理，自然是桑老板您早有规矩了。定钱是定钱，赏钱是赏钱，是不是？"

桑老板拿手指点点她，冷笑："好你个小刘娥，敢在我面前耍奸猾，那依你说，这五十两，算是定钱，还是赏钱？"

桑家瓦肆的歌伎收入，往大项来说，便是定钱与赏钱，所谓定钱，就是有定例的钱。上台演唱一次是多少，出阁子一次是多少，到楼里一次又是多少。若是当红的歌伎，见一次客人，进门收等门钱、上茶收茶水钱、见面收见面钱、坐下收陪坐钱、唱曲子收钱、登堂入室收钱、上点心收钱，上酒席开酒宴又另收钱，过夜出门还另算，算下来有三十多种钱。次一等的在瓦肆里的厢房和到外头酒楼阁子又另有七八种钱。这些钱歌伎都是有抽成的，这算是定钱。

若是客人另给歌伎买首饰衣服、送礼物书画等,则算是赏钱,则是另一种算法,主要归姑娘,瓦肆里只拿些抽成。

桑老板"嘿嘿"冷笑:"这么说,你把它算成赏钱了?"

刘娥心里发虚,却只能硬着头皮道:"自然是赏钱。"

桑老板对着王兴哈哈一笑:"她说这是赏钱?"

王兴知道其中利害,忙对着刘娥挤眉弄眼,叫她伏低。

到手里的钱,刘娥哪里肯吐出来,只一味装傻赔笑:"也是今儿巧了,遇上这位公子肯捧我的场赏我。若是平时,哪里有这福气?"

桑老板轻敲桌面:"小刘娥,你可看清楚,就凭你那几件首饰,顶多值上两三贯,能卖这么高的价,是我桑家瓦肆的排场,我这书场,这众星捧月的气氛给衬出来,抬上去的。你若是在厢房里自己得的赏,那是你的本事,在书场里收的,怎么不是定钱!"

刘娥也笑了:"您老人家倒说说,日日都能教旁人再收个五十两,才好算是定钱。"她停了一顿,又道:"我如今住的吃的,都是扣了钱的,一个月到头也没落下几文来。这书场的定钱,也是原先说好了的,怎么又再算?再说,这若是定钱,要算哪一等里头呢?又不是点心钱,又不是茶水钱,又不是书场钱,只能算是官人给我买件首饰罢了,那自然就是赏钱。"

桑老板本也不把这几十贯钱放在眼里,只是想看看她的应对,听了又笑:"嗬,你听听这丫头的话,好像我桑老板黑了她似的。你也不想想,你当时来日,不过是个果子铺的小伙计,风里来雨里去的。如今你吃的油穿的绸,连你那个码头扛包的哥哥也进了银铺。那会儿你会说书吗?还不是在我这里学的。你这半年,就算分文不取,也不够欠我的。怎么着,如今翅膀硬了,倒要跟我算钱?"

刘娥心中不服,就道:"算,怎么敢不算呢,您桑大爷不是天天跟我们算账吗,说我们怎么欠您的。咱们跟莲花棚、象棚比比,人家定钱抽得比我们高,开销却扣得比我们低。那儿说书像我能招来这么多人的,一个月最少能实得八贯呢,就算这八贯都抵了您老的恩情,那我卖首饰可是自己的门路,挣来的钱该是我自个儿的了。上次我卖首饰时,原同您老说四六开,是您老不肯,硬要我先交一贯的抽头。可如今又反过来说是定钱,我们怎么欠您了?"

"啪"的一声,想是摔坏了什么东西,桑老板倒有些恼了:"死丫头,你有

种,这桑家瓦肆开到现在,没人敢跟我这么算账的!"

王兴吃了一惊,生恐这小丫头要吃亏,正欲相劝,就见着桑老板使个眼色,忙停住了。

却见刘娥笑了:"桑大爷,不这么算,您说该怎么算?该给多少是正经呢?东京城里天子脚下,您桑大爷家大业大,还能跟我们动粗不成?我们穷人家千山万水从蜀中来到这儿,死都死过几回了,怕什么?正经说来,我们也是给您挣钱的,您又不亏,手指缝里漏点儿罢了,何苦跟我们计较。前天莲花棚、象棚都请我过去,我也是记得您桑大爷当初的恩情,才不肯过去的。不过今儿个这五十两明眼人可都看到了,回头要是问起我才得这几个钱,您这么克扣我们,面子上也过不去呀!"

莫说王兴听了这话如何,只桑老板也不由得笑了,这一番话绵里藏针,真不愧她说书娘子的本色行当。

王兴见状忙打圆场:"好了好了,桑老板,跟个小丫头计较什么,刘娥丫头,平时你也不过拿个千儿八百的赏钱。今儿这五十贯,谁也没想到。下次也未必有这么好运气,你还得在桑老板场子里说书不是?"

刘娥笑辩道:"兴爷,我不敢跟桑老板争,只是这五十两,就算桑老板拿大头,四六开也该是二十两不是。错过这笔,我可挣一年也挣不来。今天就是挨桑大爷一顿鞭子,该我的钱您也不能少我。"她这也算是豁出去了,若能得这些钱,她便是挨一顿打又算得了什么。

王兴见她油盐不进的样子,与桑老板对望一眼,也不禁笑了:"你这丫头倒伶俐,算盘儿打得滚精。亏得你不识字,若不然,十个男人也算不过你。"这边故意求情,"桑老大,您看这一回,就容了她吧。"

桑老板也笑了,看着刘娥摇了摇头,叹道:"小刘娥,你这般胆大包天,迟早有一天会把自己玩死。"他摆了摆手笑得意味深长:"好,算你有理,怪我事先没说清楚。王兴,叫账房给她算二十两银子。"

王兴应着了,忙道:"小丫头,还不快谢谢桑大爷!没跟你计较,还赏了你银子。"

听那刘娥清清脆脆地笑道:"桑大爷是做大事的,怎么会跟我们计较呢,谢谢桑大爷了!"

不想她的笑容才到一半,却听得桑老板悠悠地道:"只是既然已经在我场子里发生,纵然是前头没有说清楚,那我如今就把规矩说清楚给你听。这场子是我的,却不许私下夹带。你下一场若要卖首饰,便只能卖瓦肆里提供的首饰,若有所得,便如卖茶卖酒的定钱抽成。我也不教你们吃亏,你若有已做好现成的首饰,我以银价和工钱收了,如何?"

刘娥如头上劈了一个大雷,嘴唇颤抖:"我若是不愿呢,没有我卖力,只怕您这首饰未必能卖得上去。我们便是不用您的场子,我在路上打野呵,也能卖首饰。"

桑老板却是呵呵一笑:"你那哥哥是在王掌柜银铺做活计吧,他打制银器的家什,应该是偷着用了王掌柜的吧。若是我跟王掌柜说起,只怕他连这份工也做不成了吧。"

刘娥怔住了,这道雷劈得更厉害了。她如今才知道,想和这样积年的京城无赖争是非,竟是不能的。

桑老板看着她:"嗯,你还要结这二十两的账吗?"

刘娥咬了咬牙:"要,桑老板既然允了,我岂能不拿。"任何的远景,都不如自己手中拿到的钱实惠。更何况桑老板已经有这样的设计,她拿不拿这二十两银子,将来的收入,都不会如她自己所想象的那样美妙。既然如此,那自然是先把钱拿到手再说了。

见刘娥垂头去了,这边王兴不解其意,只赔笑:"桑老板,怎么对这小刘娥这般纵容?"

桑老板摇了摇头,叹息一声:"这丫头,让我想起……"让他想起当年赤手空拳初上汴京打拼时,也曾遇上过这么一个无所顾忌的人。

桑老板轻声道:"她的眼睛,真的很像那个人。"

王兴不解:"哪个人?"

桑老板忽然一笑:"我曾经跟过的一个老大,不过,他已经死了。"有着这样眼神的人,是不会久居人下的,要么让所有人害怕,要么让所有人都想弄死他。他倒想看看,这丫头能走到哪一步。

这些年他发了财,也再没有跟人拼刀子了,可是生活也未免无趣了许多。留着这丫头,倒也是乐趣一桩。

刘娥低着头,走了出来。却不知早有人等在外头,听完全程,心中倒是各种滋味。

本来元休是担心刘娥会有事,但钱惟演怕他出事,就劝着他先离开,见他不放心,就令侍卫王继忠悄悄跟去观察一番。那王继忠身手自然不是桑

家瓦肆这些人能发现的,所以听完全场,才来报与元休。

此时钱惟演正劝元休:"殿下,那不过是个市井歌伎,庸俗不堪,又有什么可担心的。时候不早,我们早些回去吧。"

元休不肯,硬是在那里等到王继忠回来,听了他的述说。王继忠说得口沫横飞,元休且听且笑,钱惟演眉头皱得更紧,他是王孙贵胄,哪里听得这种几文小钱不顾体面争执的事来,只觉得粗俗不堪,见元休却听得发笑,忙打断道:"这种事脏了殿下耳朵,不必理会。"

他正劝着元休离开,哪晓得元休眼尖,就见着刘娥紧紧地捧着一个银包,欢欢喜喜地出来了。

元休和钱惟演等忙闪在一边,见刘娥走了,钱惟演方想劝元休回府,不想元休却拉了钱惟演一把:"这小姑娘有趣,这书不精彩,人精彩。咱们跟上去看看,说不定还能看到些好看热闹的事儿呢。"

钱惟演无奈,只得又陪他胡闹。元休等人跟着那少女刘娥,走街串巷。出了桑家瓦肆,走进潘楼旁边的一条小巷里,小巷两边开着许多小银铺子。刘娥一家家慢慢地走过,偶尔还停下脚步来仔细地看着首饰的花样,像极了想买却又买不起的小姑娘样儿。

元休等跟在她的身后,跟着她过了潘楼街再向东行去,经过一个十字街口,那是竹竿市,来往叫卖的人极多,一不小心,便失去了刘娥的踪影。

元休傻了眼,在人群中挤进挤出好一会儿,还没找到人。钱惟演忽见南边巷子里白衣一闪,忙拉了元休道:"公子,那边——"

元休忙追了过去,跟着她过了铁屑楼酒店、皇建院街,见她在得胜桥郑家油饼店停了下来,买了几个麻花胡饼,一直向南走,直到从太庙街后的一条小巷子进去,进了前面一个破旧的小院儿。

元休跟着到了门口,正欲跟进去,钱惟演忙拉住了,左右一看,指了指旁边,却原来那土墙矮矮的,正好可以伏在上头看见里面去。他两人站到那上面去听,却叫其他侍卫远远地在巷口望风。

院子里,一个青年只着了一件小褂,在那里叮叮当当地打制着金属。刘娥一进去便欢快地叫道:"哥,你快来看,咱们今天挣了多少!"说着把银包打开,亮出一包明晃晃的银子来。

那青年正是龚美,刘娥托了人,将他安置在一家银器铺子里帮工,这里就是那银器铺子后门。这间小院便是他与其他两个伙计一起住着。只是汴京城的百姓,好凑个热闹玩耍,他知道今日下午刘娥卖了银饰必要过来的,于是便哄了那两个伙计去看蹴鞠比赛,自己在这里守着,等着刘娥。

上回刘娥头次卖银饰便挣了好几两来,他只觉得刘娥能干,可是今天眼见明晃晃的竟是有一堆,不由得吃了一惊:"小娥,怎么会有这么多银子?"

刘娥极是得意:"这是咱们首饰卖的钱哪!哥,你看,有二十两这么多啊!这要在咱们老家,两三年都挣不上这钱,怪不得人说东京城遍地黄金!哼,本来才不止这么数呢,那位公子真是阔气,一出手就是五十两!那黑了心肝的桑老板,硬是黑了我们的钱。要不是我跟他吵,他就给我们五两呢,你说气不气人?哥,等咱们攒下了钱,咱们自己也开个小书场,才不让那些人再黑我们的钱呢!"

龚美倒吃了一惊:"小娥,那三件首饰,才打了不过三两银子,怎么可能有人拿五十两来买呢!这哪是买首饰,买个人都成了,这种钱咱们可不能要,有钱人家咱们惹不起,还躲得起。"

刘娥嗔道:"哥,你也太小心了,怕什么。咱们正正经经地说书打首饰,又不偷又不抢的,堂堂东京城天子脚下,谁能把咱们怎么样。千山万水咱们都过来了,哪有你这样前怕狼后怕虎的。"

龚美拿着银子,掂量着犹豫道:"有钱人家的多半没好人,喜欢拿些钱压人。小娥,你在那里说书卖唱,我老是担心,我们虽然穷,却不能乱收别人的东西,休要叫人用钱把你拐了。"

刘娥却笑了:"你放心好了,那人长得挺斯文的,不像是个坏人。"她想着那人的样子,心中更是得意,心道若是那人想拐我,只怕是反要被我拐了的可能性更大。就又将与桑老板的事说了,生生断了这条发财的路子,不免难过。

不想龚美听她说了经过,反而后怕起来:"你呀,脾气太坏胆子太大,竟然敢跟桑老板争吵,桑老板还算好的,要是有个强横的,你岂不吃亏?"

刘娥嗔道:"哥,今天多挣了钱,我还以为你会夸我,谁知道倒听了你一顿教训。"

见她不悦,龚美忙道:"小娥,我是担心你一个女孩子家在瓦肆那种地方会吃亏。"说罢不禁叹气:"唉,都是哥没用,没法儿养活你,倒要你一个女孩子家抛头露面的。"

刘娥看着龚美,摇头:"不,阿哥,要不是你千山万水地把我从蜀地带到

这儿来，我早就饿死了。这个世界上，只有你和我相依为命，都是在这个世界上拼尽全力要活下来。我又不是什么名门贵女，抛头露面又有什么关系。你看……"她数着桌上的银两，憧憬着："我们现在已经挣了好几十两银子了。前天我去打听过，像潘楼这样的地段，我们是租不起的，但是大相国寺外廊街那边租一个小铺子，我们开一家打银铺，先交一年租金再加上全套家什，大约二百两银子就够了。"

她顿了顿，本来的计划，是挣上四五年，就能够挣到这笔钱了，但是今天桑老板却是无情地击碎了她的计划。然而，只要努力，没有办不到的事情。她咽下桑老板的话，反而一脸高兴地说："我一边说书，一边卖首饰，照这样下来，我们再辛苦个七八年，就可以自立门户了。到时候，你打银子，我坐柜台，咱们也做小老板……"

龚美喜道："好，我明儿个再去赶工，咱们多辛苦上几年，咱多的是力气，怕什么！"

"嗯，"刘娥忽笑道，"我今天在潘楼又偷偷地看来了他们的花样儿，待会儿我画出来给你……"

第八章
初入王府

院内两人高高兴兴地说着,院边却已经听呆了两人。元休看着那刘娥一喜一嗔的,不由得呆住了。皇宫大内多的是规规矩矩的名门淑女,何曾见过这般千伶百俐、生气勃勃的女子。一不小心,脚底下一滑,踩到了一块石头,发出了好大的声响。

龚美立刻挺身拦到刘娥前面,大声问道:"谁,谁在外头?"

但见门边慢慢地走出了两个锦衣少年,刘娥吃了一惊,忙把银子收起来掩到身后,待看出是元休二人,顿时警惕起来:"你们来干什么?我们可是说好了的,你们为什么跟踪我,可是不怀好意?"

她这连番一问,元休顿时不知如何回答,不由得支吾起来。

钱惟演却是不慌不忙,笑道:"公子,看来是我赌输了?"

刘娥疑惑:"赌输了,你们赌什么了?"

钱惟演道:"方才我们在逛潘楼街,忽然见着前面有个人,我们公子就说那可是刚才桑家瓦肆的小娘子。我说他看错了,他只是不服,方才在那巷口争论了好一会儿,才约定过来看看。哪晓得果然是你呢!"

元休佩服地看着钱惟演,不想他片刻之间,就编排出这么一套瞎话来。

果然,刘娥本以为他们不怀好意,特意从桑家瓦肆跟踪至此,听了这话疑心顿去,忙施了一礼,道:"原来是这样,是我错怪你们了。"又对龚美道:"哥,这就是我方才说的那两位公子,买了我们首饰的,后来又说要把首饰还给我们,真是君子。"

刘娥去了疑心,龚美的疑心却更重了,他才不相信这两个人不是有意跟踪,更不相信有人当众高价拍下小姑娘的首饰又特意送还会是君子行径。十几岁的少年郎,正是知好色而慕少艾的年纪。年少怀春的少年们,对于一个美貌的小姑娘怀着什么居心,没有比他们的同龄人更明白了。

尤其当他们倾慕的目标是同一个人时,龚美的敌意简直是不用掩饰的,唯一没看出来的是刘娥。

龚美没有立刻发作,还是在看出他们一身富贵惹不起的前提下,当下也只是硬邦邦地行了个礼,开口就说:"多谢公子,既是如此,公子若没有其他事,就可以走了。"

元休却有些磨磨蹭蹭的,只想再多说几句话,钱惟演却看出龚美神情不善来,当下就道:"我们这就走。"

他方想拉着元休离开,元休却挣脱了他的手,指着院中龚美打制银器的工具,好奇地道:"这些东西是做什么用的?"

刘娥便道:"这是我哥打制银器的家什,你看这些錾头是不是花样很多啊,这是尖头的,还有这个圆头的,这个平头的,还有这几种月牙形的,那几种花瓣形的,这些是用来最后锤錾镌刻的,这个吹管是要用在烧蓝上的,把釉药点在这里,再用吹管来吹火烧化……"

见两人说得兴致勃勃,还不时发出惊叹之声,钱惟演有些无奈,看了看龚美,见对方也是无可奈何,不由得生了同病相怜之情。当下轻咳一声,解释道:"我家公子不是坏人,他只是素日不常出门。"

龚美也点了点头:"我看得出你们是富贵人家的公子。"不但这公子一身贵气,连这旁边的随从,也是气派极大,令他不由得惴惴不安。

元休一边听着刘娥解说,一边看着她眉飞色舞的样子,心中暗暗有了个主意,就说:"你哥哥手艺既然这么好,必是极为出色的师傅了,不想还如此艰难,与旁人一起住这破旧之地?"

刘娥的情绪顿时低落下来,道:"我哥的手艺是绝好的,可惜这一行都是要看师傅和保人的,我们是逃难的人,师傅也不在了,更没有保人,因此他虽然有师傅的手艺,却只能做学徒的工作。"她急切道:"公子,你看我今天戴的几件首饰,就可以看出,那是绝好的手艺了。"

元休一边听着,一边就把自己的主意说了出来:"我今日出门前,就听说韩王初开府,正要寻好的银匠呢,你哥哥既然有这样好的手艺,何不去试试看?"

刘娥一听大喜,马上问他:"韩王府在哪里,怎么能进府?"

元休就看向钱惟演,钱惟演无奈,只得道:"我们在韩王府也正有熟人,你们若是想去,我明日托人就是了。"

龚美将信将疑:"托什么人,我们这样的外乡人,如何能进王府这样的地方?"

元休道:"我说使得便使得了。"

龚美更怀疑了:"你又是什么人,为什么这么大口气?"

钱惟演见元休有些说漏了,只得找补:"我们原就是韩王府的属官,自然知道此事。小哥也只管放心,去了王府,自然知道。"

龚美还在思量,刘娥听得"王府",心中顿时一动,当下急问:"王府若招人,能给多少工钱?"

元休见她这般神情更觉可爱,当下忙应道:"啊,工钱,对对对,自然要说工钱的,你说该要多少工钱?"

刘娥眼神闪烁,想着王府招人,自然工钱会比市价高,犹豫着道:"每个月总得要五——十贯吧!"她先是胆怯地报了五贯,但却又忍不住贪心,报了个十贯。

龚美吓了一跳,拉拉她:"小娥!"五贯已经够多了,哪能要十贯这么离谱,人家怎么肯!

不想元休是个不知物价的,一时听岔,直接应道:"每月五十贯,可以啊!"

一言既出,将对面两人吓了一大跳,刘娥立刻睁大了眼睛:"那、那王府里还用不用其他人,比如说厨娘、说书、歌伎、侍女之类的?"

元休见她又惊又喜的样子,好不可爱,听她有如此一问更是求之不得,忙顺着她的话道:"嗯,对对对,还要个……"

钱惟演见他立刻就要泄底,当机立断拉过他道:"其他都不缺了,只是绣坊还缺人,每月十贯,银匠也是如此。"

刘娥急了:"不是说五十贯吗?"

钱惟演看元休一眼,只得替他继续圆回来,当下强行解释:"自然也有五十贯的,那得是在汴京城数一数二,打造的首饰能够进到宫里的这种才行。"他看了龚美一眼:"你行吗?"

龚美本来差点就要揭露他们胡说八道的真相了,哪里有可能给他这等普通的银匠也开出五十贯来的,见着钱惟演迅速解释回转,一时才挑不出问题来。

刘娥低头思忖，元休看着大急，差点就要说出"五十贯也行"的话来，还好被钱惟演暗暗拦住了。

从五十贯跌落到十贯的差距太大，刘娥从狂喜到不甘，差点就要拒绝，然而低头想了想，不由得回心转意来。五十贯的可能性太低，的确显得不可信，反而是十贯才是一笔值得心动的收入。她如今在桑家瓦肆也已经半年了，当初因这五贯收入的巨大落差而不顾一切地离开了孙家果子铺，然而半年下来，她真正能存下来的钱并不多。桑老板太黑心，她所有想发财的计划，在现实面前一再受挫。

龚美在银铺里头做活计，虽然比码头扛包轻省，但终究头几年还是被当成学徒看待，是攒不下钱来的。她在心里又算了算，她要七八年才能够实现独立开店的目标。而王府这明显比现在更高的收入和更好的生活，对她有极大的吸引力。

当下她就谨慎地问："那，王府的吃穿用度，可是会在工钱上扣？"

元休诧异："怎么可能？"

刘娥委屈地道："桑家瓦肆原来也说给我月钱五贯，但到了月底，我连五百钱都拿不到。"

钱惟演正色道："你把王府当成什么地方了！"

刘娥瞪大了眼睛："那你能保证，我们到了月底，能够拿足十贯钱，不会被各种名目扣除？"

"我保证。"元休说。

"好，我们去。"刘娥立刻下了决断。

龚美还没来得及开口，元休就道："好，明天王府就会来人，带你们进府。"

钱惟演看了只是摇头，见元休还不想走，道："王、王公子，时候不早了，我们该走了！"拉着元休匆匆地出了院子，走了几步，元休忽然笑道："等一下，我再去听听她说话。"兴冲冲地又跑回墙外，侧耳倾听。

却听得院内龚美埋怨道："小娥，你也太冲动了，你知道刚才那两个是什么人，怎么能随便答应人家？"

却听得刘娥笑道："哥，你也真是的，前怕狼后怕虎这么胆小，我看他们长得挺好的，不像是骗子。就算是骗子，我也不怕。"

龚美道："他们看着像是有钱人家的公子，可分明就是哄人开心嘛，一个月十贯,谁会出这么高的价钱请银匠?"

刘娥道:"哥,你对自己太没信心了,今天三件首饰就卖了五十两呢。我哥的手艺怎么就不值十贯了?这东京城固然是遍地黄金,可也看能不能抓住机会。桑老板常说:'饿死胆小的,撑死胆大的。'只要我们在那儿做上一年,就把开银铺的钱都挣到了,多好的机会,你怕什么?"

龚美叹了口气,道:"小娥,虽然一路上都是我在照顾你,可是自从进了东京城之后,哥反而每件事要你做主了。罢了,我拗不过你,不管有什么事,哥拼了这条命也会护着你的。可是绣娘,你做得来吗?"

就听得刘娥得意扬扬地道:"放心吧,我这么聪明,什么事应付不来!"

元休听得险些笑出来,一手捂着嘴,一手被钱惟演拉着往外走,直出了这条巷子,才放声大笑:"这真是个妙人儿,哈哈哈哈……"

钱惟演叹了口气:"好了,她明日要进府,以后你就可以天天见着了,现在放心了?"

元休依旧亢奋:"我在宫中这么多年,何曾见过这等妙人儿。简直是天上掉来的可人儿,惟演你说,这女子一喜一嗔、一言一行,真是无处不可爱,无言不解颐呀!"他嘴角含笑,眼波生彩,得意地道:"可以想象,以后我府中,一定每天都会非常地多姿多彩。"

钱惟演翻了个白眼:"但愿她不要让你过得太精彩,否则我们就倒霉了。"

元休忽然想起一事来:"对了,惟演,她刚才问厨娘歌伎之类的,你为何不答应,反而说要绣娘,她又不会做绣娘!"

钱惟演只得跟他解释:"你敢在府里头养歌伎,信不信明日官家就来问罪?厨房是重地,怎么可能贸然让一个府外的人进来?只有绣坊添个人才不叫人生疑。"

元休点头:"还是你想得周到。"

当下元休回到王府,十分兴奋,惹得他的乳母刘媪道:"王爷,天色已晚,要早些歇息呢。"

这刘媪本是元休的乳母,甚为精明能干,且她与其他王府中乳母不同。元休生母死时,元休才十岁。从小到大照顾着他起居的,便是这个乳母,因此格外地不同。如今韩王年幼初开府第,又未娶王妃,府中一切事务,也便由她一手料理,因此府中上下,皆尊称一声"刘妈妈",连元休也称她一声"妈

妈"。

元休性子温和,刘媪不免就有些严整,生怕一眼看不到,就疏忽了。元休亦是敬重于她,当下听了她的话,忙道:"妈妈放心,我这就歇息去了。"

安全送了韩王回府,钱惟演回到自己府中时,天色已经黑了。不及用晚膳,他连忙到书房去见父亲。

吴越王钱俶的书房中已经点上了灯,他手执着一只玉瓶,怔怔地坐着。

钱惟演走上前来,轻声道:"父王,孩儿回来了。"

钱俶微微怔了一下,回过神来看着儿子:"哦,惟演,你回来了,如何这么晚?"

钱惟演恭敬地道:"孩儿陪着韩王,去了潘楼街东门外看看,刚刚送了韩王回府。"

钱俶看着儿子,轻叹一声:"演儿,难为你了!"

钱惟演忽然一阵哽咽,叫了一声:"父王!"

钱俶看着窗外那茫茫夜色,道:"我不知道,五年前我投宋到底是对是错。到如今寄人篱下,连累你小小年纪也受此委屈。"

钱惟演见父亲笑容惨淡,心中隐隐不安,强笑道:"父王说哪里话来,大宋一统天下,已经是大势所趋,后蜀、南汉、南唐、北汉都一一被灭,抗拒——只会招致更多的杀戮。孟昶、李煜为一己之位而令百姓蒙难,而父王为了吴越数十万百姓免遭兵灾,弃王位纳土归宋,这不是屈辱,而是勇敢。吴越的百姓,不会忘记父王的恩德。"

钱俶轻叹:"吴山越水哪,我多想再回去看它们一眼。只可惜,我有生之年,是回不去了。"他定了定神,看着手中的玉瓶,道:"你今天见着楚王了?"

钱惟演点头道:"是,楚王今天谁都没见,只接见了韩王,孩儿只是沾了韩王的光。"

钱俶点头道:"嗯,韩王是楚王的同母弟,楚王是未来的太子。演儿,当日我让你做韩王的侍读,就是因为韩王为人淳厚,不涉及宫廷之争,又有楚王庇佑。这样的话,在这风云诡变的汴京城中,既有一个护身符,又不至于卷入政治旋涡中去。唉,都是父王无能,若非吴越国已亡,你也是皇子之尊,何需去侍候别人。"

钱惟演跪倒在地:"孩儿不委屈,真正委屈的是父王呀,您忍辱为百姓,苦心为孩儿。孩儿只恨自己无能,难为父王分忧。"

钱俶轻抚着他的头:"你已经做得很好了。要不然,楚王也不会给我送这治风湿的药来。满朝文武都在看着楚王,他此时做这样的举动,便是对我钱家的一重保障。你起来吧,我还有事要你做。"

钱惟演站了起来,钱俶指着书桌道:"为父近来有些头昏眼花,写了一下午的奏章,也没写成。你给为父写个陈情表,把我所有的官位爵位都辞去。"

钱惟演站了起来,道:"父王为何执意辞官,您上过两次奏疏,官家都没有允!"

钱俶叹道:"官家的性子,不比先帝仁厚,武功郡王德昭、兴元尹德芳都死得不明不白,半年前又动到秦王廷美,都是自家亲骨肉,尚且如此。我们这些降王,却还位居中枢,就算自己不肯多说一句话、多走一步路,可是杵在朝堂上也叫人看着碍眼。再不辞官辞爵退出来,安心做个寓公,难道要像南唐李煜一般,接一杯牵机药吗?"

钱惟演见父亲神色郁郁,忙说笑道:"父王放心,父王素来好德不好色,咱们府中又没有小周后、花蕊夫人这般的尤物,怎会招得官家赐药?"

钱俶不由得一笑,随即收了笑容,道:"油嘴滑舌的,还不快过来写。要写得恳切动人,让他不生疑,素来就听你夸口文笔,这回便看你的了。"

钱惟演面上赔笑,心中却是黯然,当下沉吟片刻,写就本章。

一夜无话。

次日一早,韩王赵元休就让张旻去接刘娥兄妹,自己本是坐在府中等着的,谁知道宫中却派人来找他,他只得去了,心里却是放心不下。

而刘娥兄妹,自然也是一宿未睡,被这个突如其来的消息搅得心神难安。

龚美只道:"那些人必是胡说的,哪里有这么好的事。"刘娥口中不言,等两人离开以后,也不由得开始怀疑起来。偏生她还要回到桑家瓦肆去,心中七上八下,不知如何是好。想着明日若是进了王府,那自然要先收拾好东西。可是自己不会刺绣,若是招不进王府,她提着包袱走出去,可就回不来了。

直至次日一早,她也等不及龚美那边传话,就跑到龚美那里去了。瓦肆的高峰在晚上,早上的时候,除了厨房外几乎都没人起来。她心里打着算盘,拣重要的东西收拾好拿过来,若是对方真的来接,那就一走了之,若对方说得不实,她就把包袱藏在龚美处,再悄悄地一点一点搬回来。

只是她来得太早,推开院门,羞得险些要逃出去。却是这院中一早就要开炉熔银,这烧起炉来,那几个银匠个个都精赤着上身,却叫她撞个正着。

龚美忙披了褂子,拉着她离开院子,问道:"你怎么这么早来了?"

刘娥心中惴惴,道:"他们说,明日会派人来接我们。若是来接,自然是首先接你,到你这里来呢。你说,我要不要准备什么?"

龚美不信,道:"准备什么,我都说是'胡说'了。"

两人正说着,就见着驰来一辆马车,一个绿袍官员跳下车,走了过来问道:"这里可有位龚美小哥?"

龚美见这人居然穿着官袍,顿时畏惧三分,忙躬身答道:"回老爷的话,小的正是龚美。"

那人瞧着也就二十来岁,见状忙去扶他,笑道:"原来是龚小哥,我奉命来接你与另一位刘小娘子进府,这位可是刘小娘子?"

刘娥又惊又喜,也忙行礼,道:"老爷,我正是姓刘,可是昨日的两位公子托了老爷?"

那人忙摆手道:"你们别叫我老爷了,我也不过是府中一个跑腿的人罢了,我姓张名旻,你们就唤我张哥哥好了。"又说:"既是如此,你们就跟我走吧。"

刘娥忙推龚美:"哥,你快去换件衣服,咱们这就跟着张哥哥走。"

龚美一怔,昨日再多的不相信,眼见着这么一位穿官服的人来接,所有的质疑、反对、拒绝都吓得扔到爪哇国去了,当下只一个劲地点头,见刘娥催他,忙一转身就跑了回去。过了片刻,又喘着粗气跑回来。刘娥见他头上还湿湿的,脸上的黑灰也洗去了,显见刚才是连头一起冲了冲,身上也换了一件他最好的衣服。

张旻就问他:"你们可还有什么行李,一并带上吧。"他指了指那马车:"可以放在这马车上,小娘子也可以坐在车上。"

刘娥抱着包袱坐上马车,张旻坐在外头,就这么坐着马车穿过几个街巷,便到了韩王府前。

一整条大街都属于韩王府,没有任何人往来,刘娥听那张旻说:"小娘子,这就是王府前门。"忙打起帘子来。却是远远地看到一个极气派的大门,虽见金碧辉煌,炫目至极,却苦于形容不出,只觉得天宫也不过如此。

他们却是不从大门进，只远远地看了一眼，就驰入了旁边的小巷，走了一段路，停下来，从旁边的一个角门进去。一路行来，俱有许多兵士守卫，刘娥一声大气也不敢喘，只紧紧抱着寒酸的包袱，跟着张旻进去。

这张旻似在府中地位不低，跟在他身后进来，竟是无人阻挡讯问，人人只笑着同他点点头就过去了。

一直将刘娥带到一个小院中，张旻方同她说："这里就是王府的绣坊，待会儿我会叫人带你进去，你哥哥却是在府外头的工坊中，你休要担心。"

刘娥紧张得不知如何是好，只是点头。龚美见了这气派，也吓得不敢作声。

只听得张旻叫了一声，就见院中走出个中年嬷嬷来，笑着福了一福，问："张给事，人可来了？"

张旻笑指刘娥："这就是我说的人了，叫刘娥，以后就拜托棠嬷嬷照应了。"

棠嬷嬷笑道："既是张给事交代的，我自然尽心。你放心去吧。"

刘娥就依着张旻吩咐，抱着包袱走到棠嬷嬷身边，看着张旻带着龚美离开，这才跟了棠嬷嬷往内走。

这棠嬷嬷瞧着甚是慈眉善目，一边带着她往里头走，一边安慰她："你放心好了，你表哥既托了我，我自然照应你的。"

刘娥心中诧异，料她说的是张旻，又不敢应，也不敢否认，只含糊应个"是"，耳听得她问："你可是本地人，师从何人，学的哪家绣法？"

刘娥惴惴不安地回道："我，我叫刘娥，我不是本地人，我从蜀中来。"

棠嬷嬷就问她："那必定精通蜀绣了，是从成都来，还是从安靖来？原来在哪家绣坊做活？跟的是哪位师傅？"却是蜀绣多出自这两地，也有许多著名的绣坊和知名的绣娘。她是宫中出来的，这两地的贡绣她只消一看一摸，就知道是哪间绣坊，主绣之人是谁。

刘娥登时就答不上来了，支支吾吾地应着："我、我……我原来是在家里跟着外祖母学的，她、她是成都人。不曾进过绣坊……"

棠嬷嬷怔了怔，却不动声色地继续往前走，只在过门槛的时候不经意地拉起刘娥的手迈过，似在领着她，却拿起她的手看了看，轻抚了一下她的掌心与手指，心中生起疑惑，却不说什么，只笑道："小妹子的手指尖尖，长得甚好呢。"

刘娥被她拉起手的时候,心里也是一惊,见她只是夸了手,也松了口气,只做羞涩状低声道:"多谢嬷嬷。"心中却是暗暗庆幸,幸而有桑家瓦肆这段经历,她那双刨草根劈柴火的粗手,已经看上去有些纤细柔滑,不至于再像个难民了。

却不知棠嬷嬷的疑惑更重。这种积年的老嬷嬷,只看一双手,就几乎可以将刘娥这十几年的经历都看出来。初时张旻托她照顾一个亲戚,她也不以为意,横竖不过是张旻的人情,只当对方可能绣工略逊些,也不过滥竽充数,混着过了就行。

谁知道这竟不是一只滥竽,简直是个烧火棍,滥竽还能吹响,烧火棍连声儿也发不出来啊,这叫她能怎么办?她几乎可以断定,这丫头的手什么都拿过,就是不可能拿过绣花针。她再能干,能叫她拿一支棒槌去绣花吗?她这双手一看就是长年乡下刨地的,想是张旻的乡下亲戚,看得出来似乎是这段时间养了一养,可这留着长指甲,染了蔻丹的,如何去绣花?可见是原来不曾打算做绣娘的,突然把这么一个人塞进来,简直是难为死她了。

她这边心思飞转,脸上却不露出什么来,只领着刘娥进了院中,但见着中屋里绣娘们正埋头赶绣活,就领了刘娥去后头罩房下,进了一间屋子,道:"你先在这里等着,我叫人带你。"

刘娥走进去,却见是一间小屋,里头两个铺位,一个摆了东西,另一个却是空着的。

过得片刻,就见棠嬷嬷领着一个绣娘走进来,看那刘娥正卷着袖子在擦着床和桌子,顿时皱起眉头:"你怎么自己干起活来?"

刘娥吓了一跳,忙放下抹布规规矩矩地站好,讪笑道:"棠嬷嬷好。没事的,我原是做惯了的。"那是她在孙大娘店里做惯了,叫作要"眼里有活",不能叉手不动。她被带到这里来,料着应该是在这个屋里与人同住,因此想勤快些讨好人,便自己动手了。

不想棠嬷嬷听了更疑心了,佯笑:"看来你倒勤快得很。"

刘娥不疑有它,忙表功:"只不过擦擦桌子,哪里算得勤快,我以前冬天还洗一整天的碗呢……"她说到这里,却看到站在棠嬷嬷身后的绣娘神情不对,忙住了口。

棠嬷嬷不动声色地拉过身边的那人,笑道:"这是湘娘,以后就跟你住一个房,她是个老成人,最是心细,我也托了她照应你。"又对湘娘说:"今日你就多教着她些,不用回去了。"

刘娥忙赔笑见礼:"见过姐姐,我叫刘娥,你可以叫我小娥。"

棠嬷嬷又扫了一眼刘娥,转身离开。

刘娥方向着棠嬷嬷招手道别,湘娘已经夺过她的抹布,扔到一边,拿起她的手看了看,皱眉:"你这手,不行,不能做绣活。"

刘娥一惊:"为什么?"

湘娘已经推开门,对着一个正跑过的小丫头叫:"你去叫铃兰端盆水来。"

过得片刻,就见另一个小丫头端了盆水进来,湘娘拉着刘娥坐下,拿了把小剪子给她,道:"你先将这指甲都铰了,再用这小锉子,细细地打磨平了,再洗了手,我看看你到底能绣些什么。"

这时候那小丫头铃兰,就抹了桌子床铺,铺好了被褥,方退了出去。

湘娘又皱眉问她:"你的手这么粗,得是多久没干过绣活了,这东西手停艺停,可怎么办呢!"

刘娥一惊:"姐姐怎么这般说?你怎么看出来的?"

湘娘道:"你看看你的手这样子,还一过来就抹桌子,这事能是我们自己干的吗?"

刘娥不安地问:"我们,不就是来干活的嘛。"

湘娘瞪她一眼:"绣娘的手要养着,不能干粗活,一幅刺绣要上千针,绣娘的手就要往那丝绸上来往上千下,那丝绸何等娇贵,若是绣娘的手有一点点粗糙,那绣品就要磨得不能看了。所以绣娘们的手都要从小养着,连洗脸都让人先拧好巾子递给我们呢。你看看你手粗且不说,指甲还这么长,还不把绣面全划坏了,蔻丹若是有一点点晕染到绣面,这绣品就不能要了!"

刘娥抬起自己的手,再看看湘娘那嫩若豆腐的手,想起进来时棠嬷嬷几次有意无意地拉她的手来看,又想到自己刚才说错话,不禁脸色大变,急得险些落泪,不安地问湘娘:"湘娘姐姐,棠嬷嬷若知道我不会绣花,会不会把我赶出去啊!"

湘娘皱眉道:"你是谁招进来的?"

刘娥支吾:"我,我是一位……"她方想说昨日见到那公子,忽然想起竟未问过那人姓名,另一个似乎也只唤他王公子,因此话到嘴边,只想起棠嬷嬷的话,道:"我是跟着给事张旻先生来的。"

湘娘顿时换了一副表情，道："原来你是张给事的人情，那就放心吧。他是王爷身边的亲信之人，棠嬷嬷自然也要给他几分面子。你放心好了，有我在，自然能够把你教会的。"

第九章
王府绣娘

那湘娘甚是老成,见刘娥自己剪不方便,便拉了刘娥坐下,帮刘娥将留了半年的指甲都绞平了,又拿了小锉子,细细地打磨光滑了,让她去洗了手,却不擦干,只从自己的柜中取了两瓶脂膏来,将一瓶倒出来给她厚厚地敷上,又拿了细白布来,将她的手包好,一边就教她:"记住了,要这样放在巾子里,让它把水吸干,不能够用力去擦。然后,再厚厚地敷上这香药,等它干了以后,在水里洗净,再这样吸干水,再擦一次。一直到第三次洗净以后,再薄薄地擦一层脂膏,再等干了,才可以去拿针线练习。"

刘娥只觉得这手重若千斤,连手指头都不敢动了,心惊胆战地问:"姐姐,这香药、脂膏是不是很贵?"

湘娘不经意地说:"王府哪有便宜东西,这些香药是内府秘制的,偶尔流到外头去,最起码卖几贯钱一瓶呢。"

刘娥不信:"可这才一点点啊,怎么就要几贯钱了?"

湘娘笑道:"可不是,三天就要用掉一瓶呢。"

刘娥心里算了一下,大惊:"若是这般用法,岂不是一个月就三十贯钱了?"她初进桑家瓦肆也被嫌弃手粗,被迫买了白露膏来涂抹养护,那白露膏也不过几十个钱一大瓶,就这她都觉得心疼,抠抠搜搜地用了一个月才用掉一瓶。她在桑家瓦肆就因这些费用扣得一钱不剩,如今这香药、脂膏这般用,简直是把钱哗哗地往水里丢了。这哪是人用的!

湘娘听她说得小家子气,一撇嘴:"咱们是侍候皇家的,钱算得了什么。你可知道,绣娘的手比脸还重要,万不可弄得粗糙了。"

刘娥急了:"可我没钱。"

湘娘扑哧一声笑了:"瞧你,还怕我向你收钱不成?你也有的,绣娘们都有,用完了只管去领罢了,又不值什么。"

刘娥问她:"不扣钱?"

湘娘反问她:"扣什么钱?"

刘娥瞪大眼睛:"工钱啊。"

湘娘笑了:"我们一个月就一贯钱,还能往这里扣?"

刘娥一怔:"你怎么才一贯钱,怎么工钱这般少?"眼前这人肯定是个熟手,却只有一贯钱,自己这个生手却是有十贯钱的,莫不是昨日那公子骗她不成?

湘娘道:"什么工钱?我们是王府的奴婢,哪来的工钱。一衣一食俱是府里供应的,只有每月的月钱,给我们日常零用罢了。"

刘娥问她:"府里的人,都是卖身的?"心下顿时大惊,自己只想挣点钱开铺子,可不想卖身为奴。

湘娘看她一眼,奇怪地问:"难道你不是?"忽然想起她方才说的话,释然道:"啊,你是张给事的亲戚,与我们不一样的。"想来这人当是张给事的乡下亲戚,不过是混个在王府绣坊做工的名气,将来好找个人家嫁掉罢了。心里顿时就打消了短时间将她培训起来使用的心,就随便教教让她混段时间罢了。

当下就道:"不管你能学多少,如今你学什么都是次要的,先要养好手才是,否则这手伸出去就不成样子。"又教她每日里除了拿绣线与筷子,不能再做别的事。若有事只管叫铃兰去,这是分配给她们这些绣娘粗使的丫头。只是她却不止管这一间,而是管着这一溜五间的,因此未免打扫得有些粗疏了。

湘娘把情况说完,又道:"如今你手还没养好,只能先拿用剩下的边角料练练手了。"

刘娥心里不安:"那我如今非但不能挣钱,还一直用着府里的钱呢,这如何是好?"

湘娘掩嘴笑:"等你练出来了,有的是时候做事呢,磨刀不误砍柴工嘛。手还没养好,做出来的绣活也是不能用的。"

刘娥心中稍定,于是又细问这府中规矩,方知这湘娘,八九岁时就进了内府,开始学本事学规矩,学得好了,才被管事嬷嬷们挑中。能够到主子跟前侍候着的,更是人尖子中的人尖子呢。又说以前跟着嬷嬷们,规矩是极严的,有一点不对,就要挨手板子。绣娘的手贵重,就要腿上打板子,还有跪墙根、背规矩、饿饭、关小黑屋……

刘娥越听越愁,按湘娘的标准来说,她简直是完全不合格,将来如何能够在这府中混下去呢。她初进京时,凭着一身皮包胆,什么也不怕。到了桑家瓦肆,就得上下讨好,渐渐多了顾忌。如今她拼着从桑家瓦肆出来,只以为攀上高枝,哪晓得这王府规矩这般多,若是她在王府待不下去,那可怎么办?

只是愁来愁去也没个办法,索性想,便是这里不留她,反正她在桑家瓦肆也混出些名堂来了,去莲花棚、象棚难,去一般的瓦肆,也不过就是从头开始罢了。既想定了,反倒安下心跟着湘娘学习起来。

而韩王元休今日去了楚王府,方才回来,想着早上出门时,吩咐府中给事张旻去太庙街后头接刘娥兄妹,想必此时已经到了,忙兴冲冲地坐轿回府了。

进了门换了家常小衣,刘媪上前来服侍着他梳洗罢,进了膳食。看元休的脸色甚是欢喜,才道:"王爷,张旻今天带入府的两个人,说是您准了的,是吗?"

元休"啊"了一声,似是不在意地道:"是啊,是我准的。"

刘媪淡淡地道:"一个是银匠,一个是绣娘,对吗?"

元休点头:"啊,怎么了?"

刘媪就道:"那个绣娘,不会绣吧。"

元休"啊"了一声,心中诧异,她怎么会知道,却不敢说,只赔笑。却不知刘媪管得甚严,府里进了两个大活人,她岂能不知。那绣坊管事的棠嬷嬷只看了看刘娥的手,就晓得底细了,又听说她是张旻的人情,只悄悄回了刘媪去。

元休见刘媪看着他,情知瞒不过,只得赔笑:"她聪明得紧,学学就会了。"

刘媪看着元休,笑道:"况且,咱们的首饰都是内造的,王府里头,何需银匠。"

元休"啊"的一声傻了眼,他偷偷地看去,见刘媪仍是含笑看着他,索性拉下脸来道:"张旻说他有两个亲戚远道来的找不着事做,我随口就答应了

下来，总不能要我说了不算吧！"

刘媪叹道："王爷，王府不是菜园子，谁都能进，老奴担着干系呢。这次既是王爷答应了，老奴就安排他们事做。只是王爷我求您，下次别这么容易就应承了。从宫中到开府，这千头万绪的事儿，我都忙成这样，还经得起您再给我找添头呀！"

元休扮个鬼脸，道："知道了，放心，下次一定不会了。"

刘媪嗔怪地看了他一眼："都成人了，不许再像小孩子似的，还眨眼吐舌的。"

元休转了转眼珠子，道："既是那个绣娘绣工不行，白放着也可惜了，就叫她到书房打打杂罢了。"

刘媪看了看他脸色，笑道："既是王爷这么说，那我叫人给她教教规矩，看成不成。"

元休笑道："成的成的，她那般聪明一定成的，我先出去看看。"笑着出去了。

刘媪看着他挺拔的身形走出房间，心中一动，暗自沉吟："这孩子如今长大了，开始有瞒我的事情了！"这个小王爷，是她自襁褓中一手带大的，平时护持甚紧。元休自幼失母，虽有长兄照应，毕竟当时元佐自己也还是个孩子，好动好玩，怎么照应得过来。便是刘媪寸步不离地护着，如今看小主子已经成人，欢喜之余，又隐隐地有些若有所失。

元休走出房门，招来了张旻，问他："怎么叫妈妈知道了？"

张旻也与他差不多大，正是少年心性，闻言吐舌笑道："王爷不知道吗，咱们府中飞过一只苍蝇来，也瞒不过刘妈妈的眼，更何况两个大活人。王爷赏的好差事，叫我给妈妈骂了一顿。我已经说了是王爷吩咐的，还被她骂我好的不会，专挑着王爷走外处学坏！"

元休顿足道："你怎么可以说是我吩咐的，我刚才还跟她说，是你两个远道来的亲戚谋事，我答应下的。这可好，两边对不上号了！"

张旻忙道："那、那应该还得圆得过来吧？既是王爷允了小臣的，那就是小臣照王爷吩咐才把人带进来的，并不是私自带进来的。王爷放心，刘妈妈既然没说赶人，那就是没事了。"

元休笑道："没事倒是没事，只是跟她撒谎怪不好意思的。方才已经跟她说了，叫她把人安排到我书房里去。走，我们现在看看她去！"

张旻随着他向内院走去,好奇地问道:"王爷别怪小臣多嘴,这表兄妹是个什么来历呢,特特地叫我去接人?"

元休笑道:"你不是见着她了吗,那做妹妹的一张嘴,可别提多可爱了。"

张旻擦了擦汗,苦笑道:"是,小人给她审贼似的审了,说是昨儿两个人怎么不来,今儿又换了人?不过见着刘妈妈时,倒还乖巧可爱,真是玲珑。"

元休站住了,看了看张旻,笑道:"那大约是看着你长得呆呆的好捉弄吧!"

张旻哭笑不得,只得跟着元休快步走进后院。

两人正走到绣娘的小院外,忽然听到里头嘤嘤的哭声,两人忙放缓了脚步,却见刘娥独自在长廊上低低地哭。

元休见她哭得如梨花带雨,心中怜惜,忙走到她身边,轻声道:"哭什么呢?谁给你委屈受了?"

刘娥泪眼蒙眬地抬起头,抽泣道:"没有人给我委屈受,只是我、我太没用了……"她在孙大娘果子铺里学厨艺,在桑家瓦肆学歌舞说书,都是一学就会,心里不免有些自负,想着自己在家也跟着刘婆婆绣过花儿,纵然技艺差点,想来多练练就行了。

谁知道跟着湘娘学了半天,瞧着对方的手艺灵巧得不行,只几下就花鸟鱼虫跃然针下,自己在碎布片上练习半天,除了浪费绣线以外,一无是处。

她只道自己聪明,却不知调味和歌艺这些技巧或可凭着天分和灵巧一时应急,但刺绣这水磨功夫,却非得是时间堆积起来才可。眼见着这明显不合格,只怕要留不下来,心里越想越慌,刺了满手的针眼,又痛又急,躲在一边哭了起来。听着有人问她,也不管是谁,就随意回答了。

偏元休抄了门走近路正遇上,见状忙道:"谁又是生来就会的,别急,没人欺负你吧?"说着拉起她的手,忽听得刘娥"哎哟"一声,元休吓了一跳,慌忙问道:"怎么了?"

刘娥这才认出他来,道:"怎么是你?"

元休顾不得说明身份,忙去拉了她手看,见她手指上竟都是针孔,惊道:"你的手怎么了?"

刘娥低下头去,又是委屈又是沮丧,声音也轻了下来:"我想到王府做事,能挣很多钱。可是我就只是以前在家乡学过刺绣,这几年逃荒,哪有机会绣花。临时抱佛脚,只得昨日一夜不睡练习着,没想到,王府做绣娘,还有

第九章

这么多规矩,我、我的努力都没有用……"

元休见她说着说着,眼泪就要下来了,忙道:"放心好了,你要学刺绣,我让人慢慢教你,谁又不是天生就什么都懂的。你真是个傻丫头,有什么要紧的?会不会刺绣有什么关系,我留你在王府,谁敢多说一句。还把自己的手扎伤了,疼不疼?"他不舍地轻揉着刘娥指尖的针孔。

刘娥疼得吸气,夺了手嗔道:"你好笨,针孔哪有用揉的,得慢慢地吹,才会好些。"

元休被她抢白了,也不着急,只能好性子地轻轻地吹着刘娥指尖的伤处,小心翼翼地问:"好些了吗?"

张旻站在门口,怔怔地看着他们二人。韩王半蹲在那儿,小心翼翼执着刘娥的指尖轻吹,刘娥倚在长廊上,斜斜照进的日光,将她一张清秀的脸儿照得晶莹剔透,她含笑看着眼前的少年,隐隐有一丝羞涩,旁人眼中,竟是好一副两小无猜、旁若无人的美丽景象。

却不知刘娥可没这等浪漫心思,此时已回过神来,见着张旻站在一边,疑惑起来:"你到底是什么人,怎么一句话就能让我进王府,他又为什么站在一边?"

张旻忙道:"这位就是韩王——"

话未说完,就见刘娥一惊,跳了起来,看着元休:"你,你就是王爷?"不由得眼中露出警惕之色。

元休见状也有些慌了,瞪了张旻一眼,红着脸解释道:"哎,你别误会,我、我们本来就是要招绣娘的,我也不是故意骗你的……"

张旻也吓了一跳,上前提醒着:"刘小娘子,还不见礼。"

刘娥被他一言提醒,顿时想到这是在韩王府,只得上前见礼:"见过王爷。"

元休忙拉住她:"不必多礼。"

既知他就是韩王,刘娥不再担心自己会被赶走了,倒有些羞愤起来,道:"王爷,我技艺不行,不配当绣娘,没脸留在这里呢。"

元休急了:"你要学刺绣,我让人慢慢教你,谁都不是天生就什么都懂的。我留你在王府,谁敢多说一句。"

刘娥却正色起来:"回王爷,我虽然进了府,但我只想凭着自己的双手,清清白白地挣钱,不想被人乱七八糟说不干不净这种话。"

元休恼了:"谁敢这样说你?"

刘娥低头不语,也不理他。

元休只得道:"好了,是我的不是。你原是个可敬的小娘子,我不应该自作主张的。要不然,你说你想怎么样?"

站在一边的张旻不想竟有这样的变化,不由得诧异地看看元休,又看看刘娥。

刘娥在这一刻心中计较已定,这王府富贵,远胜过市井瓦肆,能留在王府,她又何必矫情。她是从瓦肆出来的歌伎,靠着讨好男人挣钱很正常,但是哪怕瓦肆里混的姑娘,也知道对待一次性客人和长久客人是要不一样的,不能不知进退惹了人厌,更何况这是新的老板,更加不能对他狮子大开口。当下就正色道:"王爷既是叫我兄妹进府做工,银匠一个月月钱该多少,绣娘一个月该是多少,我们不敢多要,依着府上的规矩是多少就是多少。我哥哥若是手艺不行,该扣的工钱就扣。我手艺不行,我就拿最少的一份,我会苦练让自己的手艺变好。到该我拿五贯十贯的时候,我也不会谦让,请王爷成全。"

元休不想她居然说出这样的话来,他对银钱毫无概念,只道:"你不是想多挣些钱嘛……"见刘娥脸色一变,忙顺着她道:"既然你自己愿意,那就依你。"

刘娥这才笑了,又想起一事来:"我看那些绣娘好像都是卖身的,可我不想卖身,我能不能签工契,两年三年都可以,行吗?"

元休也是不明白其中的原委,愣了一下,笑了起来:"你说工契便工契吧。"

刘娥大喜,又行了一礼:"多谢王爷。"

两人说着话,却见湘娘已是找了出来:"小娥,你怎么不在屋里?"转眼见了元休,吓了一跳,忙上前见礼,心中却是惴惴不安。她这级别素日是连王爷的身边都站不上去的,也不晓得这王爷来这里是做什么。

却见元休摆了摆手,刘娥反走到她身边道:"王爷,这是湘娘姐姐,与我住在一屋,十分地照顾于我。"

元休见有人来了不好再说话,再见着刘娥对湘娘的态度十分亲近,心中也甚是满意,只点点头,不发一言,转头走了出去。

刘娥见元休迈出了门,忙拉湘娘起来:"姐姐快起来,王爷已经走了。"

湘娘站起来，诧异道："你如何会与王爷相识？"

刘娥早在瓦肆练得人情世故，哪里敢说真话，只道："我还有个表哥是在府里做银匠，我刚才正想出去问问往哪里找他，恰好见着张给事跟着王爷过来，王爷好奇，就进来看了看绣坊。"

湘娘点了点头，又觉得不对："咦，张给事不是你表哥吗，怎么你不叫他表哥，如何又有一个表哥？"

刘娥顺口扯谎："那个是我亲表哥，张给事是远房表哥，我们原是来投奔他的，不好蹬鼻子上脸乱凑近乎。"

湘娘倒点了点头："你这倒说得很是，人家是贵人，愿意同你亲近些，是人家有礼，倒不好自己太过没规矩的。"又说："王府里规矩森严，绣坊和工坊不在一起，你表哥既是银匠，应该是在后头工坊处。要出西二门，得有令牌。你若要去，最好不要刚进府就乱走动，倒可以叫人捎个口信，等过几日，向管事告个假再去。"又警告道："下次见了王爷，须得恭敬行礼，不叫你说话时，不可多说一句，省得嬷嬷们来教你规矩，要吃苦头的。"

刘娥忙应了。

却说刘娥自入了王府以后，一心想学刺绣技艺，以求提升，为将来打算。

而韩王元休却有了心事，可恨绣坊离得太远，不能有事没事常跑去看着，于是就有些没精打采起来。

他的心腹小内侍雷允恭看着韩王这日在书房里说要看书，却是拿起又放下，一会儿绕着书桌走，一会儿又到窗边看，一副坐不住的样子。

雷允恭窥其颜色，就问："王爷看什么呢？"

元休推搪："没看什么。"

雷允恭就说："王爷可是看书看得烦了，要不要出府去玩玩？"

元休摇头："没意思，不想动。"

雷允恭又说："要不然到园子里走动走动？"

元休："我刚走过。"

雷允恭心中暗笑："要不然去绣坊走走？"

元休警惕地看他一眼，斥道："小雷子，你不要乱来。"

雷允恭忙道："小的不敢。"却又叹了口气。

元休问他："你好端端的叹什么气？"

雷允恭就说："唉，那个刘小娘子苦恼得很呢。"

元休不由得横他一眼,明知道他是故意的,却还是不由得问:"她苦恼什么?"

雷允恭就说刘娥为着绣艺不好,起早贪黑地天天练。可是真正懂行的人却是知道,哪怕再聪明,刺绣这东西,是需要时间去练的,纵有再好的天分,没个三五年的,拿不出像样的东西来。又说,刺绣又是极伤眼睛的,上好的绣娘,过了三十岁,就看不清东西了。

元休一听急了:"这怎么行,你如何不早说!"心下懊恼:"原不该说让她进来当绣娘,她的眼睛这么好看,若是伤了可还了得。"

雷允恭趁机道:"正是呢,小的以为,府里绣娘已经足够了,却正缺个书房内制香焚香的侍女。"

元休听了顿时明白,横他一眼,轻轻踢了他一脚:"你又胡说了。"却是笑了。

雷允恭心领神会,就跑到绣坊,同管事的棠嬷嬷说了,这边刘娥就接到指令,说是要调她去书房,不由得着急起来:"我还可以学啊,是不是府里嫌我糟蹋钱粮,派不上用场,所以才不让我干了?"

那湘娘在一边帮她收拾东西,见她着急,反而笑了:"你这傻丫头,能直接到主子跟前侍候,这是好事儿。别人高兴也来不及,你倒急起来。"她也甚是聪明,情知刘娥是要攀高枝去了,就有意卖好,向雷允恭求情道:"我们小娥胆小,若有什么不好,请您多谅解,她实是个好孩子。"

雷允恭见她机灵,笑道:"你倒灵巧得很,叫什么名字?"见刘娥对她有几分依赖,索性也提她到内书房一起侍候。

湘娘不想有这好机会,大喜:"我一定好好干。"看刘娥犹豫,忙推她:"快啊,说你会好好干的。"

刘娥犹豫着点点头,当下搬离了绣坊,就住到韩王主院旁边的后罩房里,但这回,就派了书房的管事大丫鬟如芝来教她规矩,与她同住,次日上午就领着刘娥进了书房。

刘娥只道能见着王爷了,心中不免惴惴,既怕见他,又有些暗暗期盼,谁知道进了书房,却是空无一人。刘娥松了口气,又有些失落。

那侍女如芝见她张望,问她:"你在看什么?"

刘娥不敢说话,只是讪讪一笑。

如芝却有些明白,只掩嘴一笑道:"你们如今刚来,什么都不懂,不学好

了规矩,做好了功课,如何能服侍王爷?"又对她说了许多书房的规矩,怎么擦洗书房里的各色摆件,怎么收拾书,怎么研墨,怎么晒纸。她说着又发现一个问题,刘娥不识字,教她整理个书架也是不能,不由得有些无奈:"你这样的,在书房能干什么啊!"见刘娥低头捏着手,甚是可怜,想起自己来前被吩咐的话,再看看她的容貌,心中暗叹了口气,想着反正是上头看中的人,自己也只能尽教导之职,能不能用,又不是自己说了算,只能按下耐心教她。

将书房收拾好了,下午又带着刘娥去辨香,教她如何净手,如何焚香,如何压香篆,如何收拾香盘。等她勉强能记住基础的,又开始教她如何根据时令与气候、时辰、寒暖来挑选香。

刘娥记了一日,头昏脑涨,也不知道记了多少,却又怕被人看轻,只咬牙全神贯注地去学习,直到睡下时还不停地念着。她这一夜睡得不安,直到深夜方才睡着,却又立刻被人推醒。睁眼一看,却见如芝已经衣着整齐地在推她,刘娥一惊,难道天亮了不成?再一看,屋内一灯如豆,再看窗外,天色犹黑,不由得诧异地问:"怎么了?如芝,我才睡着,天还黑着呢,你推我起来做什么?"

如芝却道:"小娥快起来,这里是主院,规矩与绣坊不同。王爷今日要上朝,再过一个时辰就要起床了。所有人都起来了,你还在睡,赶紧起来。"

刘娥一惊:"怎么,我们都要去侍候王爷吗?"

如芝一边拉她起来将衣服扔给她:"你想得美呢,我们与到王爷跟前侍候的姐姐们,还差个三四层呢。侍候主子的人,哪有主子都起了,做下人的还继续睡呢,当然也要起来在院子里侍立着。"

刘娥只得强撑着起床,一边穿衣一边只觉得眼睛都睁不开,不由得腹诽:这什么破规矩,既然不到跟前侍候,何苦半夜三更就要立在院中。又问:"现在什么时辰了?"

如芝道:"三更了。"

刘娥倒抽一口凉气,她以前在桑家瓦肆时,夜晚才是寻欢作乐的时候,通常三更天还不曾歇下呢。想着刚进府时,绣坊是五更起床,她头一天也是咬牙起得艰难,不承想到这里居然三更天就起了,真真是一处有一处的规矩。却是不敢吱声,急忙穿了衣服,随着如芝出来。她们是住在侧院耳房,走出来时院子里已经站了好些侍女了。如芝拉着她排在后面,便有一个嬷嬷模样的人,领着这一院的侍女出来,到了正院外头,果然见着正院外头穿着各色服饰的侍女左右各站了几排，俱雁翅成行，笔直站在风里，成排的灯笼照着，却是一声咳嗽也没有。

刘娥跟着如芝入了队列，是站在最外头，前面看去是两三排的人头。灯笼照得正院通往前院的中间一条道上如同白昼一般，到刘娥站的地方，却只能看到从人缝里透过的光，余下的就是一片漆黑。

她穿着日常的衣服，不想此时却是最冷的时候，又站在风头，只觉得又冷又黑，站了好一会儿，前面毫无动静，不禁心中暗自抱怨着，这个王爷又不需要她们服侍，她站这么远，又派不上用场，也不知道什么时候出来，大半夜的叫人在大风口吹着，好没来由的。

这样的话，她只敢肚子里嘀咕，面上却只能如众人一般，肃然庄重。

过了一会儿见前面似有人走动，她精神一振，不由得伸长了脖子，想看看这王爷出门的架势，却看见地面上一行人是从外而内进入。

站在她身边的如芝见她这样子，怕被人看到，忙扯了扯她，见刘娥扭头看她，张嘴欲问，忙按住了，在她耳边低声道："王爷起了，这是送洗脸水和早膳的。"

她已经竭力低声了，不想前一排的管事却似有顺风耳，头就扭了过来，狠狠地瞪了她们一眼，哪怕此刻两人俱已做低头垂目状，也被这目光惊得一凛，再不敢动一下。

刘娥吃这一吓，更不敢动弹了。这时候果然闻着一股食物的香气飘来，顿时也觉得饿了，这下感觉就更难熬了。只觉得站在风地里又冷又饿，又累又想睡，见东西提进去以后，本以为用个早膳应该很快，不承想等了又等，等了又等，等到几乎要站不住了，这才见着前面自内院跑出几人来，众侍女、嬷嬷等顿时身形一肃，一齐敛袖垂目，鸦雀无声。随后才听得内院有许多脚步声传来，约有十来个人簇拥着出来，直送到外头去。

刘娥以为已经完事了，身形才略一动，却见众人犹在肃立，忙又站了回去。只觉得腰酸腿疼，辛苦不下于桑家瓦肆练歌舞时，却更拘束得紧，好不困顿。半夜起来就在这风地里黑漆漆地站了半日，却连王爷的衣服边都没见着。

等前头的人都散尽了，这才让她们各自回去，各上了早膳，开始做事。

刘娥有些发怵，问如芝："这是不是要每日都这么早起？"

如芝点头道："除了休沐日外，日日都是如此。"

刘娥不禁嘀咕："我从前在大娘店里要烧火做糕饼,才日日起五更,他是王爷,怎么也要这么辛苦?"

如芝听了这话,笑道："天底下又哪有人是不辛苦的,穷人有穷人的辛苦,贵人有贵人的辛苦。"

如此这般也就学了几日,刘娥头一两日看着生疏,但略入门以后,却是极聪明的。如芝虽觉得她规矩、手艺还粗疏,若是让她举荐,这样的徒弟没带上一年半载,是断断不敢让她去服侍主子的。奈何这是主子自己挑了的,从她手里过一下而已,因着已经催了好几日,便让刘娥这日下午起跟着自己一起在书房侍候。

第十章

红袖添香

下午,睡过午觉的元休走进书房,就觉得眼前一亮,刘娥已经在书桌前磨墨了。

见元休进来,刘娥忙跟着如芝行了礼,就见元休冲她一笑道:"咦,你来了。"

刘娥虽然在这王府觉得规矩太重,不免惴惴,见了元休这一笑,突然间就忘了规矩,也笑道:"我来了好几日了,早上整理的时候,你都不在呢。"

如芝怕她没规矩惹着了主子,正想提醒,却见雷允恭朝她使眼色,顿时就不说话了。元休还在问刘娥住得如何,吃得如何,习不习惯,有什么不舒服的,刘娥一一答了。

刘娥先开头混说了一下,后来思忖过来了,不由得恭谨了几分。元休也听得出来,看了看书房内其他侍候的人,便也不说了。

过了一会儿,元休就装模作样地说"气闷",嫌书房人太多,把人都打发了出去,只留下了雷允恭与刘娥。这边捧着一卷书看似在低头阅读,眼睛却在悄悄地看向刘娥。

刘娥一直低着头,将香料研成粉末,用工具将炉中香灰压平,再将香篆模板铺上,用香匙将香粉填在模板中,轻轻抹平,再拿起模板,然后在一端点着香。开始是不敢与元休目光对接,后来做得不禁有些投入,完全没有发现元休的眼光一直跟着她。

侍立在一旁的雷允恭不由得咳嗽一声,见刘娥没注意,便又咳嗽道:"刘小娘子。"

刘娥忙抬头看他:"有事?"

雷允恭示意:"王爷的墨干了,你去磨个墨。"

刘娥转头看了看,发现侍女们都不在房中,连忙走到元休的书桌边挽袖磨墨。

元休轻咳一声,装模作样地读诗:"昨夜星辰昨夜风,画楼西畔桂堂东。身无彩凤双飞翼,心有灵犀一点通……"一边念,一边拿眼神去窥刘娥。

不想刘娥斗大的字识不得一筐,虽然会唱些诗词,不过是凭着小聪明硬生生背下来的,只会模仿别人,于内容当真是十窍通了九窍——一窍不通,这等借诗传情的挑逗,如同俏媚眼做给瞎子看了。她只觉得这王爷在念书,却是眼睛滴溜溜乱转,全然不认真,哪晓得他的意思。

元休念了几首,却见刘娥没有回应,只得自己厚起脸皮道:"我觉得李商隐这首诗写得甚好。小娥,你觉得呢?"

刘娥只能讪笑:"听着好像很不错,可……我、奴婢不明白是什么意思!"

元休笑道:"哦,哪句不明白?"

刘娥直白地说:"哪句都不明白。王爷,我家里穷,没读过书,不识字。"

元休诧异起来:"哦,那,你没读过书?可我在瓦肆中听你说书,说得那么精彩,你又是从哪里学来的?"

刘娥就说:"我是向孙七叔学的,他能讲许多书呢。"

元休问她:"我听你说那么长的故事,你若不识字,如何能背下来?"

刘娥想起辛苦来,不禁道:"是啊,孙七叔就只讲一次,我拼了命去记,连饭也吃不香,睡也睡不安,天天口中念着,才能够记下来呢。"又数着手指道:"我如今一共记了三个故事,有三十六折,哪怕天天讲,我也能说上一个多月呢。"

元休笑问她:"那你还在瓦肆时,这三个故事说完了呢?该怎么办?"

刘娥不在乎地说:"那我就再去学啊,去其他瓦肆中听别人讲故事,去大相国寺听和尚讲经,在街头听人讲故事啊。"

元休想了想,从书架上拿下一本书,递到刘娥面前:"知道这是什么书?"

刘娥看了看,指着封面上读:"太——平——"又摇头:"后面两个字不认识。"

元休诧异:"咦,你不是不识字吗?怎么识得前两个字?"

刘娥笑了:"王爷,我就算没读过书,日常招牌上的字也能问人的。如今官家的年号叫'太平兴国',到处都有这两个字,连铜钱上都有。"

元休来了兴趣,拉着刘娥的手,走到书桌边:"那你说说,还有什么字认识？"

刘娥羞愧地摇头："我，我不会写，我从来没拿过笔。"

元休就说："我教你啊。"说着拿起刘娥的手，写了四个字："这四个字叫'太平广记'，现在认得了吗？"

刘娥顿时记起来了，指着那"记"字兴奋地说："我想起来了，后街有个张家饼记，就是这个'记'，那第三个字，是读'广'？"

元休点头："对，广，有广阔、广博之意。《太平广记》，就是太平兴国年间，广博收录的历代故事，其中有神仙有道术，有许多精彩有趣的故事，那日你讲的白猿故事，就是来自这《太平广记》的第四百四十四卷中的《补江总白猿传》。"说到兴起，又拿了一本《九成宫醴泉铭》的字帖："这《九成宫醴泉铭》就是故事里的白猿所生之子欧阳询所写，如今这本字帖送你，你拿着也好练字。"

刘娥敬畏地看着手中的书，不禁惊叹："原来真的有这人啊，我还以为说书的故事都是编的。原来世上还真的有白猿成精不成？"

元休不禁捂嘴笑了几声，才同她解释道："故事并不是真的，人确有其人，他乃是唐代的书法大家，相貌却欠佳，这故事原是与他不和的人，编出来取笑他的。只是故事编得精彩，也就流传下来了。"

刘娥很直白地说："有学问的人真厉害，瓦肆里的姑娘们不合，只会背后编排人家是狐媚子混账东西王八羔子，可编不出这样的故事来。"又好奇地指指那本《太平广记》："这里有多少故事啊？"

元休看了她一眼："哦，你想学？"

刘娥点头："是啊。"学了这里的故事，她就不愁没故事讲了，不像向孙七叔学习，每天都要给他买一只肘子打半斤酒呢，可花钱了。

元休又想笑，又忍笑，道："这套书一共有五百卷。"

刘娥大惊，五百卷，她得了这个，能挣一辈子的钱不发愁！哪怕离开桑家瓦肆，到莲花棚都尽够了。她看看这王爷，虽然脾气好，或可哄着他说一两个故事给她听，但五百个故事，显然是不可能的。但是这么多故事摆在眼前，叫她入宝山而空手回，又岂能甘心。

元休看她的表情就晓得她的想法，只觉得单看她的表情就能看一辈子不厌的，当下也不再哄她，只笑道："其实只要你能够识字，就能够自己看。"又翻了一页，同她说："这里有许多精彩的故事呢。有个板桥三娘子，是开饭

店的老板娘,三十多岁,她很有钱,有很多房子,店里还养了很多驴……"

刘娥一听到开饭店的老板娘,就精神抖擞起来:"那她是怎么挣到这么多钱的?"

元休神秘一笑:"有个叫赵季和的客人,一天晚上在这家投宿,半夜里睡不着,听到隔壁老板娘住的地方传来了稀里哗啦的声音,他就在门缝里偷看。这板桥三娘子呀,就拿出一副犁杖,还有一个木头牛,一个木头人,都只有六七寸大小,让他们耕种床前的地,还拿出一袋荞麦种子,让他们种下。不一会儿,这荞麦就发芽、开花、成熟了。三娘子就让木头人把荞麦收割了,磨成粉,自己用这面粉做了烧饼,第二天拿给客人吃。"

刘娥满眼羡慕地说:"还有这等好事!不用买面,也不用花钱雇人,难怪她能攒下这么多钱。"

元休哈哈大笑,刮了一下她的鼻子:"第二天,别的客人都吃了烧饼,可赵季和不敢吃,急忙告辞了。不过他没有走,偷偷地在外面看。结果这些客人,烧饼还没吃完,就变成了一头头嗷嗷叫的驴子。三娘子把驴子都赶进了驴棚,把客人落下的财物都占为己有。"

刘娥听得眼睛越睁越大,满是惊骇:"还能这样?!原来这三娘子是个坏人,这家店原来是黑店?"说到这里,她却想起一事来,道:"我们当日逃难的时候,有一个张先生,听说他原来也是一家子人热闹得很,却是打算进京投亲,半道上也遇上一个黑店,给他们下了药,偏那日他肚子不舒服没怎么吃,半夜去茅房了。回头发现一家子都让人害了,他逃出来,在当地官府报案没人理,咬着牙要进京告御状……"

元休听得也瞪大了眼睛,反过来问她:"后来呢?他可告上御状了?"

刘娥摇了摇头,道:"后来半道上他就死了。"

元休不想竟是这样的结果,只觉得心里梗塞了一下,勉强道:"那,他可有说过那黑店在哪里?我叫人去地方上问问,若能为他们查清案子,或可……"

刘娥却摇了摇头,很直白地说:"我不记得了。一路上逃难的人,谁没有苦事难事冤屈事呢,自己能不能活还不知道,哪里会去记别人的事。"

元休拿起她的手,她虽年纪小,但手心粗糙,甚至手背手指上都有不少伤处,虽然她年少恢复得快,这段日子用着香药、脂膏也消下去不少,但是那些看着细小的伤痕,想来背后都是一个个苦难的故事。

当下就问:"你当日逃难的事,可同我说说?"

刘娥有些不悦地抽回手，支吾着道："有什么好说的，我早忘记了。"

元休却是心情激荡，他素日看到这类的事，不过是在志怪小说中，却不想居然还有亲身经历的当事人。他出生富贵长于宫闱，只道天下皆是这样的生活，哪里晓得今日听得刘娥寥寥数语，便窥见那背后的险恶人间来，不由得又是愤慨，又是好奇。他自出宫开府，才刚搜集这些志怪小说来看，恨不得自己化身大侠剑客来解决人间不平事，哪里肯轻易放弃，当下就故意磨着刘娥来说，又道："不能只是我给你讲故事，你也要给我讲故事才好。"

刘娥既然想听他讲故事，只得又搜肠刮肚地想着一路上的事情讲来。只是她自尊心也颇强，不肯说自己狼狈之事，要么说说旁人的惨事，说到自己时那便是极聪明、极能干、遇难呈祥、遇盗翻转的。

她自以为牛皮吹得厉害了，谁晓得元休听着她的故事，只觉得心惊胆战，她吹说自己如何厉害，但他听出了那些凶险与千钧一发的危机可怖。不想世间竟有这样的人生，不想世间竟有这样的女子。刘娥得意于自己的屡脱大难，他却体会出这背后的不易来。他原是少年心情，慕她容貌出色，也是贪着不曾见过的新奇有趣。但如今相处了一段时间，却不知不觉每日里满心满眼都是一个女子的倩影，这是平生未曾经历过的事情。

赵元休今年十五岁，却是初尝情爱的滋味。他乃当今皇帝的第三子，锦绣中生，富贵里长，除了幼年丧母这一件事略有遗憾外，平生无有不顺遂之事。旁人说的帝王家君心莫测、后宫相争等事，于他身上是不存在的。皇帝最心爱的长子楚王赵元佐，是他一母同胞的兄长，文武兼备、忠孝敏慧。在这样的兄长旁边，于父亲眼里，他就是个孩子，哪怕功课差点，也顶多弹他个脑瓜崩。

此时主持后宫的德妃李氏无子，一心想将无母的楚王兄弟当成自己后半生的倚仗，对于略小的元休更是溺爱，隔三岔五地叫乳母进宫来问他起居如何，进了宫见了面，还会摩挲着脸庞喂糕点。

他从小就是个被这样养着惯着的，看到的都是笑脸，就没有听过一个"不"字，便连发脾气的时候也没有，便养成他一副好性子来。功课上莫说不如比他年长的大哥二哥，便是在武课上被四弟超过，在文课上被五弟超过的事也不在乎。

还好，他的书法学的是官家最喜欢的飞白书，抄书抄得最好，官家一开心，过关！

他从小是女人堆中长大的，他出生的时候，前头就两个哥哥，他是最小的。官家，那时候还是王爷，内院许多姬妾尚无子，都特别爱他，喜欢抱他、哄他、宠他。及至从王府内院到皇宫后苑，爹爹身份变了，兄弟多了，但众家娘娘们对他的宠爱却是不变的。不管主子侍女，都是千中选一、万里挑一的美女，他见着的，都是一张张温柔笑脸，从小到大看得多了，自是寻常，并不觉得有什么特别。反而是出宫以后，偶尔偷溜出来，看到了市井百态，却觉生动活泼，多姿多彩。

　　刘娥这个小姑娘在他眼中，其实并不是多美，但是就是透着一股子特别，仿佛是吃多了糖糕以后，偶尔吃到的一味花椒炒鸡，那种麻麻辣辣的感觉让心头微颤，时不时就会想起。那小姑娘又狡黠又泼辣，刚见面就哄他的钱，还不给他好脸色，可他忽然就感觉特别欢欣，这是真真实实的两个人相处。在她面前，他不是皇子，不是需要哄着的人，反而更显出真性情来。他把她哄进了府中，想着多见她，又怕她也变成府中那些侍女一样，可她显然不负他所望，或许是野惯了，或者是进府学规矩的时间太短，她在人前还能跟着别人一样做做样子，私底下略一放松，就不免松懈起来，有些没大没小了。

　　他教她读书，教她写字，就有些明白古人说的"红袖添香"的意味了，看着她在自己跟前，从一个野丫头，慢慢地蜕变，就有些明白了宫里的娘娘们为什么那么喜欢哄着他了，感觉就像是自己亲手养了个孩子似的，会有许多的满足感。他听着刘娥说起往事，透过那些逃难中的机巧灵敏，竟是看到了之前从未看过的世界。

　　他原以为天下太平，竟不知天下之大，还有许多地方，竟是犹活在无法无天的世界里。他不知道大宋立国这几十年，竟有些地方居然还过得如同太傅们说的乱世一般。

　　这个小姑娘，把世间的另一面带给了他。而这让她注定在他的眼中，和其他的女人都是不一样的。

　　这日他得了一件礼物，忙来找刘娥。刘娥见他回来，迎上来行礼。却见他提着一个篮子，显得颇为神秘，却又不告诉她是什么，只叫她闭上眼睛，说是有好东西给她。她满心欢喜地伸出手来，忽然觉得手上一沉，碰到了什么毛茸茸、暖乎乎的东西，吓得未及睁眼就差点把手甩开，元休眼疾手快，一把抓住她双手，拢在一起托住了。

刘娥定睛一看，却是一只雪白的小兔儿，一双红红的眼睛，与她面面相觑。

元休附在她耳边笑了，气息热乎乎地扑在她脖子上："小娥，你是嫦娥仙子，当然该配上一只捣药的玉兔了。"

刘娥接过那小兔子，一只手便伸到这小兔的咽喉处，想着如何一刀断喉，或者一手扭断。那兔子也颇有灵性，在她的手里顿觉不妙，拼命挣扎起来。

元休正在得意，哪晓得这兔子如此不温驯，忙从刘娥手中接过来，那兔子到了他手中，就立马钻进怀中不动了。元休一怔，轻抚几下，准备还给刘娥，那兔子后腿蹬得险些脱手而去，忙自己按住了，有些尴尬地同她解释："想来这兔子怕生，过会儿就好了。"又问她："喜不喜欢？"

刘娥看着他怀中的兔子，很是欢喜："喜欢，瞧着很肥呢。"

元休一怔："很肥？"

他哪晓得，刘娥逃难路上为了填饱肚子，不知生吞熟吃过多少小鸟小兽，哪会注意可爱不可爱。此时见到这只小兔儿，她拿到手里，首先想到的就是怎么把它给吃了。

刘娥正想说："这只要怎么吃？"

却听得元休同她解释："这是我特地叫他们从灵囿中挑的兔子，你看这毛色雪白，眼神灵活，颇有灵性。你名字中有个'娥'字，那便应着月宫嫦娥，嫦娥哪能没有兔子呢，是不是？来，你抱着它，我给你画一幅画。"

刘娥险险没把那句"不是给我吃的"说出来，忙掩饰道："好啊好啊。只是……画完以后呢？"

元休纳闷："画完以后？哦，你若是喜欢，留着玩耍也好的。"

刘娥满脸失望："留着玩耍？"

元休见了她神情，细想了想，忽然会意了，不由得笑到弯下腰不停拍案，好半晌才停歇下来，解释道："这些兔子都是专门挑了好的品种喂养了，给宫里的娘子们当玩物的，并不是用来吃的，你若要吃兔肉，我让膳房回头给你做去。"

解释完了，刘娥这才明白，心中有些失望。这时候元休又将这小兔子递给她。她这时候接过兔子，也就如元休般一手捧着，一手在它背上抚着。

这兔子原是养来当后妃宠物的，本就亲人，察觉她的手势没有杀意了，顿时就安静了下来。就见着元休亲自挑选衣饰，让刘娥换上素衣绣带，搭配青色披帛，换上成套玉饰和七宝璎珞，抱着兔儿站在窗下，自己铺开一张大纸，眉开眼笑地对着她细细勾勒起来。只是这幅画又足足画了半个来月，刘娥头几天还觉得新奇，没过几天就不耐烦了。元休只好哄着劝着，才让她勉强坚持了下去。

而刘娥也同样在体验着不一样的生命经历。

她进了书房以后，发现作为一个侍女，要学的东西居然这么多。从如芝那里要学所有的规矩和书房整理、焚香莳花等，还要被元休拉着习字。自那日起，刘娥在书房侍候时，每次元休练完当日的课业，就给她讲一个故事，教她学字、练字。

一开始刘娥总是记得后头的忘记前头的，元休就每日里给她写一页字帖，叫她在他学习时，自行在一边练习。又叫雷允恭去库房给她寻了一套笔墨纸砚来，叫她回去也练着。过了几日，这天刘娥就拎了那本《九成宫醴泉铭》和一套笔墨纸砚回房去了。

不想她回房之后，如芝看到那砚台却是吓了一跳，问她：“你怎么敢随便把这个拿回来？”

刘娥诧异："这是王爷桌上的，他让我拿回来练字。"看如芝这样子，她也隐隐猜到了什么，问道："如芝姐，这是不是很贵重？"

如芝小心翼翼地将那砚台摆好，这才翻到后面，指着方形篆字"太平兴国元年端州府贡"道："这是端砚，这可是贡物，若是摔坏了，十个你也不够赔的！"

刘娥吓了一跳，只觉得这砚台也烫手起来，忙道："我明日就送回去。"

如芝倒笑了起来："何必呢，既然王爷给了，你用着就是了。"又指了她那墨说是绛州墨，连笔与纸也都是大有来头的。

刘娥听着如芝细数来历与价值，顿时连字也不敢练了。只等了次日下午，就拿这笔墨纸砚去见元休，说是不敢用这等贵重东西。元休叫她只管拿着，刘娥只是不依，却不防一推一让间，那砚台不知为何滑落下来。刘娥"啊"的一声连忙去抢，却是哪里来得及，那砚台跌落在地，碎了一角。

元休便叫雷允恭拿去扔了，刘娥是知道这价值的，先是吓得呆住，及至见雷允恭要去拿，倒有了勇气，忙按住道："你别扔，这还能用呢。"

元休已经叫着："小娥，你别乱动，仔细割了手。"

雷允恭也忙笑着解释："刘娘子，你别动，让我来收拾。这府里砚台多着呢，不值什么。"

刘娥将信将疑："这可是贡物，很贵的。"

雷允恭笑了："这府里的东西，哪件不是贡物了？寻常得很呢。"

元休见刘娥爱惜这砚台，叫道："雷允恭，你带她去库里再挑一个。"

雷允恭应了，就带了刘娥去库里让她自己挑。刘娥见着那仓库中宝物如山，不由得呆住了，更是吓得战战兢兢，一步也不敢多走，一眼也不敢多瞧。及至到了砚台区，就见着那架子上摆着大大小小近百只砚台，那些砚台大则如圆盘，小则如手掌，颜色也并非一味的黑色，或是紫色，或是粉色，还有青白色的。刘娥不敢多看，只胡乱指了一个摆在角落里的雕着荷叶婴戏模样的紫色砚台，只觉得这东西是最小的，自然不会太昂贵。

及至将这一砚台带回房去时，却见如芝更加惊异，不由得问她："如芝，这也很贵吗？"

如芝点头："很贵，这是上好的端砚，叫孩儿面。"比画了几根手指，道："这个，能买你昨天的好几个。"

刘娥一惊，看那砚台上果然是刻着荷叶婴戏图样，就道："是刻了个孩儿吗？这只这么小，还不如昨日那只大啊。"

如芝白她一眼，指着砚上光滑处道："你自己看看这砚台表面，光滑细腻且触手温润，便如孩儿的面庞一样，这样的石质，是极难得的。大约也要个几百贯吧。"

刘娥吓了一大跳，她这辈子最具雄心的壮志，也不敢说要挣个几百贯！不禁抚摸了一下，果然觉得不负这"光滑细腻、触手温润"八字的赞誉，她这时候也不敢再说还给王爷了，只暗暗下决心，要好好习字，也不负这般名贵的砚台。

这日元休进宫，不知道在御前应答了些什么，居然得了皇帝的夸奖，说他留心民事，十分难得。元休功课一向马马虎虎，在书房里大部分时间看似读书，实则发呆，作业要拖到最后一刻，才糊弄几张。如今有了刘娥，就须得一开始把这一日该背的书背了，该写的字写了，才有足够的时间去教她读书写字。不想这一来，自己的功课竟也不知不觉中提升了。

回头到了后宫，李德妃听说他今日得了表扬，也欢喜地拿了一些补品给

他，叫人同乳母说，要盯着不要让他太累了，多吃些上好的补品。又叫人拿了许多玩器来让他放心拿着玩，并说不会让皇帝知道。

元休本觉得出宫开府，便是个大人了，对玩器已经不感兴趣，但这回想起刘娥来，不由得还是细细挑选了十来件，都叫拿回府去了。他正在宫里陪着李德妃说笑，突然间内侍夏承忠自前头匆匆进来，在李德妃耳边低低说了几句，李德妃惊得站起来，急道："怎会如此？怎么这般突然？大郎，大郎他怎么样了？"

元休一惊，也站起来问："娘娘，怎么了，大哥怎么样了？"

李德妃忙安慰他："不打紧的，与你大哥无关。嗯，是方才官家下旨，说要将、将秦王降为涪陵县公，你大哥因此去向官家求情，想是无事的。"

夏承忠却向外看了看，对李德妃低声道："依老奴看，这天色不好，怕是待会儿要下雨，若是下了雨，楚王跪在外头，可是不好。"

李德妃心神不宁地点点头，道："你去外头看着，若是下雨了大郎还没起身，你就去……"她想了想，对夏承忠说了句话，夏承忠忙出去了。这边李德妃忙对元休道："我让他去叫阿翁了，必是无事的。"

元休忙点了点头，心里却仍是不安，本来这时候他已经可以出宫了，但却还是留了下来，等着前头的消息。

却是之前因为秦王谋逆之案，查了一段时间，已经有了定论。这日皇帝召了几名阁臣商议后就下了旨意：秦王悖逆，着即革去秦王之爵，降为涪陵县公，迁往房州安置。其所有子女原都与太祖皇帝诸子同列为皇子公主，现重降名称。其子赵德恭、赵德隆等降称为皇侄，女儿云阳公主已配韩崇业，皆削去公主驸马的名号。同时，令崇仪节度副使阎彦进为房州知州，监察御史袁廓为房州通判，并得皇帝赐白金三百两。房州虽然荒凉，但此行两人无疑简在帝心，绝对是得了极有前途的职位。

第十一章
楚王跪殿

楚王赵元佐闻旨,立刻赶到崇政殿,求见皇帝。皇帝不肯见他,他就跪在殿外,梗直了脖子,一定要等到皇帝。

皇帝初时也不想理他,谁晓得过得不久,就见着外头大雨果然滂沱而下。

皇帝叫人去外头看看,果然回报说楚王仍直挺挺跪在正中,任大雨淋着。又过了会儿,再看看外头雨越下越大了,丝毫没有减轻的趋势,天色也已经渐渐有些昏暗。御膳房送上了晚膳,可是皇帝却没心情吃,来回走了好一会儿,就怒气冲冲地指着内侍夏承忠:"你去看看,这孽障走了没有?"

夏承忠连忙一溜烟儿地出去了。一到殿外便暗暗叫苦,那人何曾走了,却还倔强地跪在雨中呢。

见到夏承忠身影,那人更是大声道:"楚王赵元佐,求官家赐见!"

"咣——"的一声,皇帝手中的茶盏落地,他拍案而起,道:"不理他,由他去——"

雨,越下越大了。

皇帝传膳,进进出出的宫人内侍,看着楚王跪在正殿前,连忙都绕着走,然而也只能投来同情的一瞥,却谁也不敢在皇帝面前火上浇油。

过得半晌,一个红袍内侍匆匆赶来,问道:"这是怎么回事?这小爷怎么闹成这样?"

夏承忠如见了救星:"哎呀,阿翁,您可来了,快劝劝殿下,劝劝官家吧!"

这红袍内侍正是当今内宦中的第一人,王继恩。

王继恩来历不凡,当年陈桥兵变时,他第一个开的宫门,也是他一马当先赶至符太后处取了皇帝的玉玺呈给太祖。当年太祖驾崩时,身为大内总管的王继恩,封了消息,自己骑马到开封府,拥着当今皇帝即位。多年来随着皇帝南征北战,成为皇帝的心腹之臣。如今在宫中除了皇帝以外,其他人竟不以名相呼,而称他阿翁。

皇长子楚王赵元佐,更是王继恩看着长大的,他太了解这个小主子的性情了。

元佐雨夜跪殿,必是为他的叔叔秦王赵廷美求情而来的。

而这一点,恰恰最令皇帝恼怒。

宫内传话:"天晚了,官家乏了,楚王明日再来。"

明日一早,皇叔赵廷美一家就得立刻起身,被赶去那穷山恶水的房州了。

赵元佐心中焦急,不顾天边乌云笼罩,不顾天色将晚,跪在了崇政殿前,任由雨淋,今日他若不能见到官家,情愿跪死在这崇政殿前。

雨在继续下着,赵元佐跪在雨中,冰冷的雨水也无法安抚他那如被烈火灼烤的心。

他是皇长子,是皇帝最宠爱的儿子,他的生母李氏本是皇帝为晋王时最宠爱的妃子,只可惜红颜薄命,在皇帝未曾继位时,便已经香消玉殒。皇帝对她一直追念不已。因母及子,皇帝对他可谓加倍宠爱。从小,他常常听到的一句话,就是"长得太像他父亲小时候了"。而他,也为了这句话而加倍努力。他从小博览群书,且通武艺善骑射,习得文武双全,父亲常携着他的手,笑眯眯地赞叹他是"吾家千里骥"。

他最喜欢的事,是驯服烈马,开强弓硬弩。从八九岁起,皇帝出去打猎就都要带上他。十三岁时,他跟随皇帝出近郊打猎,当时正有一只兔子,从御舆之前跑过,皇帝命他射兔。只听得一声弓响,那兔子倒地。当时正好有契丹使臣在侧,见皇长子小小年纪,矢无虚发,不胜惊异,大为赞扬。随驾诸臣,亦皆伏地,向皇帝称贺,皇帝喜他在外国使臣面前给自己长了脸,那时候,皇帝看着他的神色中,便带有一种奇异的感觉。到他大一点的时候,那种眼神就更强烈了。皇帝把他带在身边,不仅仅只是随猎,也开始叫了许多博学大儒来教他,亲自过问他的功课,考核他的弓马。

赵家三房的孩子,都一起被称为皇子,无分彼此。诸兄弟辈中,皇帝亲问学业的,只有他一人。十五岁时,皇帝开始叫他看群臣的奏疏,并提出自己的见解。然后,细细地与他解说诸事的利弊得失。

太平兴国四年(979),皇帝伐下北汉,又攻幽州,皇长子赵元佐更是随侍在侧。他亲临战场出谋划策,不管他做任何事说任何话,都正是皇帝所思所想,由是更得皇帝喜欢。

大军很快地逼近了辽南京城,谁知城池久攻不下,辽将耶律休哥回师设下伏兵,高梁河之役大败后,竟是人马失散,连皇帝也找不着了。

人心惶惶之余,群臣都以为皇帝死于战乱,纷纷要回师汴京。竟有人于此时提出,要拥立武功郡王赵德昭即皇帝位。

好像所有的人,都把皇帝放弃了。只有他的长子元佐,独自带了一队兵马,冒着辽国大军压境的危险,不顾生死,要到辽国军营去寻找父亲。而他,也终于在战场找回了父亲。

皇帝即下令,回师汴京。从此,再不提北伐之事。

那一日,赵光义于血流成河的战场上,见到长子从残阳中领一队兵马向他奔来时,一个在他心中已久的念头,终于彻底变成了决心。

回朝之后,皇帝只字不提此次北伐之事,就连诸将打下北汉的功劳都没提过封赏。

赵德昭身为众将之首、皇储,认为皇帝的做法,明显地有悖常情,这样做会寒了将士们的心。或者说,一直以来他的道路太顺了,危机意识不够;也可以说,对他那一直慈祥有余的天子叔叔认识不够。于是某次在宫中闲谈,如平常一样,说些朝廷大小之事,他见皇帝神情甚好,于是婉转提出,请封北伐诸将。

这话,正撞在刀口上,更是坐实了他与诸将同谋夺位了。皇帝当朝发作,勃然大怒:"要封要赏,是天子之事,你着什么急?你是不是等不及了?等你自己做了皇帝之后,再去封赏不迟!"

赵德昭听得此言,恍若醍醐灌顶,才知皇帝早已经疑他到如此地步。一腔怨愤,无语可辩,茫茫然间,竟不知道自己是如何回家的。

怔怔地坐了半晌,才明白皇帝已动杀机。他回师时兵权已被收缴,母后和弟弟各自一方竟成了皇帝的人质,满朝文武,早已经没有忠于太祖的臣子了。思前想后,竟是路路断绝,再无生路。

走到窗边,门口竟已经站了皇帝派来的人,他被软禁了。

一腔怒火冲上心头,他从墙上拔出太祖昔年所赐的宝剑,然而,拔剑又有何用,去砍去杀吗?

看着手中的宝剑,想到当年父亲赐剑时,殷殷重语,犹在耳边。而此时——天,已经变了。人生际遇于此,夫复何言!赵德昭满腔怨愤,自刎而死。

皇帝在宫中,忽然得知赵德昭自刎,急忙赶到德昭府中,抚尸大哭:"痴儿,痴儿,朕不过白说了你两句话,你为什么就这么大气性。你、你这叫朕怎么向你九泉下的父亲交代,怎么向你深宫里的母后交代呀!"

皇帝哭得伤心至极,众臣相劝都不能听,直到皇弟赵廷美上来相劝,皇帝这才收了泪,下令厚葬。并自己素服七日,以尽哀思。

又过了两月,见朝堂上对此事已经无甚风声,才对诸将平北汉的功劳论功行赏。

太平兴国六年(981),赵德芳突然病死,皇帝照例又是一番痛哭与厚葬。再将齐王赵廷美进封为秦王。

赵廷美见赵德昭和赵德芳先后而死,心中不安。为避祸计,他在邸中寄情声色,深居简出,然而就这样,仍不能躲过皇帝的猜忌。这次首告秦王不轨的,是皇帝在晋邸的旧臣柴禹锡等人。

活生生的一个赵德昭,突然间就自刎了;健健康康的赵德芳,突然间就病死了;好端端的赵廷美,突然间就卷入了逆案。

这一件件的事,像一根根针,在扎着赵元佐的心。

而每发生一件惨案,官家对他的封爵就更进一层,给他的权力又增一分,甚至对他的宠遇,也更进一筹。

这样的恩宠厚待,简直像是在向全天下宣告,他赵元佐锦绣前程的每一步,是踏着皇兄皇叔的鲜血上来的。

从皇子,到卫王,进而为楚王,一步步的封爵到钦赐超规逾制远胜过诸王府的楚王府……皇帝不是暗示,而是明示着要抛开兄终弟及、传回德昭的制度,将大位传给他——楚王赵元佐。

每念至此,楚王赵元佐,就觉得自己简直要疯了。

他拒绝自己有这样的猜测,这太残酷了。他拒绝相信,这种骨肉相残的悲剧;他拒绝相信,他那伟大的父亲,要因他而背上不仁不义的骂名;他拒绝相信,他那可亲可敬的皇兄皇叔们,竟会因他而惨死;他更是拒绝相信,这样残酷的命运,会降临到他的身上,否则他真怕自己会因此而崩溃疯狂。

然而随着金匮遗命的诏告天下,事情一步步地发展,竟已经不能再令他自欺欺人了。

楚王赵元佐抬起头来，雨水冲刷着他的脸，对着前来相劝的王继恩，他一字字地道："今日若不得官家相见，赵元佐跪死在崇政殿外。"

接到王继恩的回报，皇帝轻轻地叹了一口气："这个孽障！"

王继恩小心地看着他的眼色："要不，这就叫楚王进来？"

皇帝轻皱了一下眉头："这一回奏，不是三言两语。湿答答的，叫他先更衣吧！"

王继恩知道，这是皇帝对楚王的关爱，淋了这么久的雨，怕一个不小心，着了风寒，可大可小，忙应声而下。

皇帝在房中，慢慢地踱着脚步，他在想楚王要奏的事。对于皇帝来说，江山皇位权力攸关的事，他已经无法再相信别人了。当年柴世宗与太祖亲如手足，可是到头来太祖还不是陈桥兵变夺了后周的江山；他与太祖手足之亲，杜太后亲口有传弟之言，可是太祖晚年对他处处猜忌掣肘，逼得他封宫，抢在德昭面前即位，也因此传出烛影斧声的流言来。平心而论，他是想补偿德昭、安抚廷美的，所以对德昭、德芳、廷美等人诸多优待，可是最终他们还是负了他。

真正令他刻骨铭心的，是高粱河之役，那是他政治生命中最危险的一幕。那一战，他围住燕京城已经半月，宋军大占上风，谁知辽将耶律休哥的兵马突然杀出，战场上杀声一片，宋军兵败如山倒，整个队伍被冲散，而他也中了流箭落马，只得抢了一辆驴车逃走。也正因为这样，他与大军失散。

倘若不是长子元佐不顾生死，执意带了一队兵马去把他找回来，只要他迟几天回来，江山就已经易主了。这并非杞人之忧，生死荣辱实实在在只在一刹那间，历代失去皇位的君王的下场，令人不寒而栗。几十年沙场奋战，一身浴血杀将过来，岂能坐以待毙，容这种隐患继续存在！

德昭不能再留了，不是他狠心，政治远比战场更复杂更可怕，对敌人的仁慈就是对自己的残忍。这个世界上，唯一可信的，只有自己的亲生儿子。

当他抱着德昭冰冷的尸体时，他心中的悲痛，并不完全是假的。这个侄子，是他看着长大的，再怎么样也自有一份亲情在。更让他难堪的是，德昭采取了这种极端的方式，让天下人看到他手中，终于染上了侄子的鲜血。他想要的并不是这么血淋淋的结局，他只想用一个温和的方式，慢慢地让德昭在权力场上消失。

赵德芳的病死，让他大大地松了口气，至少自己的手不用再沾血迹。

秦王赵廷美是他的弟弟,他不会再让廷美死去,他只想让廷美慢慢地退出权力场,然后慢慢地做一个普通百姓。至少他可以让廷美活到元佐继位之前。

德昭已经死去了三年,他的死亡也已经渐渐被人淡忘了。皇帝本想再等两年,等德芳的死亡也在人们的记忆里淡忘的时候,再开始动廷美的。

但是当柴禹锡郑重地在奏疏中点明危险的兆头时,当他得知宰相卢多逊竟与廷美私交极好时,他不能不动手了。

而赵普是最好的一把刀。众所周知,在太祖末年,赵普多次从正面侧面处处限制当时身为晋王的他权力扩张,是太祖忠心得力的助手,也是他登上皇位最大的阻力之一。

谁也想不到,赵普会以这样的一种方式,助他对付廷美。

那一番密谈,令他震惊,也令他不带旧时情绪地重新认识了赵普。他对赵普说的那句话"朕未到五十,已知四十九年之非"也是发自真心的。

这个人高傲,也卑鄙。高傲得近乎不识时务,卑鄙得人所难及。金匮誓书上没有廷美这个人,亏他想得出来,这真是个天才的主意,而皇帝也顺理成章地把廷美踢出太后亲子的行列,废除继承皇位的资格。

皇帝在心中暗叹,压下自己对赵普向来的不满,再来看他,赵普果然是相才,他才学手段或不及卢多逊,然而眼光决断,远胜于卢多逊。他忠于太祖,然而更忠于时势,更忠于大局。

他终于放手给赵普去做了,他重新起用了赵普为相。天下人都说,是赵普与皇帝做了交易,其实不是的,只是眼前的天下,不能再经一次折腾了。

只有牺牲秦王了。

皇帝微一走神,不觉元佐已经进来了。

楚王换了干燥的衣服,又喝了一碗姜汤,定了定神,走进崇政殿中。

他看到皇帝怔怔地坐着,似乎在想着些什么,父亲头上的白发,似乎又多了几根。他只觉得一阵热流涌下,跪倒在皇帝面前,便哽咽住了。

皇帝长叹一声,轻抚着他的头:"你这孩子,唉,你这孩子!"

元佐抬起头来:"爹爹,你放过皇叔吧!"

皇帝脸色一变,道:"你说什么,哼,你可知道,不是朕不放过他,而是他不放过朕呀!"

元佐恳切地道:"爹爹,皇叔这些年来,一直闭门不出,谨言慎行的。更何况兄终弟及,他本来就是皇储,实在是没有理由要反呀!要说他谋反,孩儿第一个不信。"

皇帝脸一沉,哼了一声道:"你又知道些什么!什么叫没有理由?一个人为了权力,什么事做不出来?他勾结宰相,意图不轨,人证物证俱全,你一句不信,抵得什么?"

元佐大声道:"卢多逊并无口供,只凭一些小吏下人的话,就要废一个亲王、一个宰相吗?"

"混账!"皇帝恼怒道,"什么叫小吏下人的话?王法如炉,铁案如山,任凭是什么亲王宰相,也得受国法制裁!亏你还是个亲王,从小读的三纲五常,竟说出这些不明白事理的话来!"

元佐看着父亲,眼泪缓缓流下:"爹爹,皇叔是您的亲弟弟呀。房州路途遥远,偏僻艰苦,皇叔上了年纪了,就让他留在京城吧!"

皇帝冷冷地道:"圣旨已下,岂可朝令夕改?"

元佐磕头道:"既如此,臣情愿拿自己的爵位,赎皇叔的罪,爹爹就让皇叔留下来吧!"

皇帝又惊又怒:"你这是什么话,你吃错什么药了?朕这般疼你,你却说出这种昏头的话来!"

元佐大声道:"爹爹若真是疼臣,就当为了臣饶了皇叔吧!皇兄们都已经去了,皇叔若再不保……臣做什么都无所谓,爹爹、爹爹的万世圣德不可有损哪!"

皇帝大怒:"你这话是什么意思?"

元佐缓缓地道:"我不杀伯仁,伯仁却因我而死,连累了这么多人,臣有何面目存于世间!"

"啪"的一声,皇帝重重一掌,元佐的脸上,立刻浮起一道紫红的掌印。"你、你这孽障——"皇帝眼睛都红了,气也喘不过来,大声道,"来人哪!"夏承忠应声而入,皇帝指着楚王道:"元佐癫狂无状,将他给朕逐出宫去,关在府中,闭门思过,没有反省好,不准出来!"

元佐还要挣扎,王继恩忙扶着他出去了。元佐的声音由近至远:"爹爹,爹爹三思——"终至无声。

皇帝跌坐在座中,喃喃地道:"你说说这小子,怎么这么气人!"

夏承忠小心翼翼地道："恭喜官家，楚王仁厚，正是官家之幸，天下之幸呀！"

皇帝哼了一声道："不能体察君父之心，倒为着个外人同朕胡搅蛮缠的。朕没被他气死就好了，还幸什么？"

夏承忠笑道："楚王如何是为了外人，他不是说得很明白，是怕有损官家的圣德，宁可自己委屈些吗？只是他不及官家想得深远罢了，官家与楚王父慈子孝，都是为对方考虑多一些，为自己考虑少一些呀！"

皇帝看了夏承忠一眼，倒微微地笑了："这孩子直肠热血的，是他的可贵处，也是他的不足处。将来的路，还长着呢，总得多历练一番，才肯晓事的。"

夏承忠应声道："官家想得深远，楚王冷静之后，必会感念君父的苦心的。"

皇帝笑道："承忠，你说话的口气，倒是越来越像继恩了。对了，继恩呢？"

夏承忠笑道："阿翁送楚王回府了。"

皇帝微微点头："到底是他晓事。"

另一头，王继恩亲自送了楚王元佐回府，元佐只是发怔，也不说什么，听着皇帝派人宣布他闭门思过的旨意，嘴角掠过一丝无可奈何的苦笑。

王继恩端了一壶酒来，放到他的面前，道："大郎，喝点酒来解闷吧！"

元佐看了他一眼："阿翁不打算劝我？"

王继恩微微一笑："大郎的性子最像官家，你们俩都是何等有主意的人，哪是凭旁人的话可以改变的。"

元佐淡淡地道："可是阿翁你不同，你是看着我长大的人。"

王继恩笑道："再亲近，您也不可能为我改变主意，倒不如，做些别的有用的事，比如说，陪您喝喝酒，解解闷！"

元佐长叹一声，心中隐隐作痛，王继恩已经把话说得很明白，官家已经定了主意，再不是别人劝得回的，自己唯一能做的，只有尽力去保全现存的人。他摇了摇头，向王继恩举杯道："说得好，咱们再喝！"

多喝了几杯，两人都有了几分醉意，元佐击筑唱道："白马饰金羁，连翩西北驰。借问谁家子，幽并游侠儿。"一股豪气上来，拔剑边歌边舞道："少小去乡邑，扬声沙漠垂。宿昔秉良弓，楛矢何参差。控弦破左的，右发摧月支。仰手接飞猱，俯身散马蹄……"

王继恩于一边看着,心中亦不由得随着元佐的歌声,回到了那塞外战场。

"……捐躯赴国难,视死忽如归!"元佐忽然长啸一声,将宝剑远远地掷飞,叹道,"比起这京中的荣华富贵、钩心斗角,我宁可在沙场上,与辽人一刀一枪地厮杀,方才痛快!"

王继恩长叹了声:"我也想有朝一日回到战场上,杀个痛快。"在宫中作为一个宦官,他的地位已经到了顶点,可是在朝臣们的眼中,他依然什么也不是。在宫中多年,他学会了圆滑和权术,可是心底深处,却依然怀念跟着皇帝北征时,那种刀头舔血、痛快淋漓的日子。他与楚王的情谊,不仅仅是看着他长大的情分,更是那次北征沙场浴血结下的生死之交。想到这里,他也不禁仰头,喝下一大杯酒。

这时候韩王元休匆匆赶来,原来他听说楚王跪殿,当时就要赶来求情,是李德妃拉住他说,原是楚王与皇帝父子犯倔,两人自己说开了倒好,他若掺和进去倒不好。及至后来又听说楚王已经入殿,当下也就放心了。谁知道又听说楚王惹怒皇帝被赶了出去,当下忙匆匆来到楚王府,见两人正在喝酒,顿足道:"大哥要喝酒,阿翁你如何不挡着,竟与他一起喝起来呢?"

元佐正有些酒意上来,见状就拉着元休,大着舌头道:"三郎来得正好,来,来,与我一起喝酒。"

元休猝不及防被灌了一大口,呛了半天,见这两人都有些酒意,也无法与之理论,只得扶了元佐坐下,一边拉着旁边跟出来的小内侍问明情况,一边不禁百感交集,走到元佐身边,也倒了一杯酒道:"大哥,我与你共饮一杯。"

几人你一杯我一杯的,不觉喝了许多,颓然醉倒。

到了次日早晨,一缕阳光射入眼中,元佐被元休推醒,头犹自疼着,看看眼前的弟弟,还没回过神来:"三郎,你怎么来了?"

元休正急得不行,偏大哥醉得死死的,推也推不醒,只能拿着冰冷的帕子蒙到他的脸上,才让他醒了过来。当下急道:"大哥,今日四皇叔要出房州,再迟就来不及了。"

元佐一听,顿时跳了起来,叫道:"更衣,我要出门。"

一堆宫娥内侍匆忙上前给元佐兄弟漱口净面梳头更衣,元佐等不及,一边披着外衣一边匆匆出门,到了大门前却有一个小黄门拦住了他,跪下回

道:"王爷,官家吩咐您闭门思过的……"

元佐当胸给了他一脚:"本王送完四皇叔,自会回来闭门思过——"

那小黄门如何敢挡他,只不过意思一下尽到职责而已,门前早有人备了马在等着。两兄弟匆匆骑马赶向西门,出固子门外,赶到十里亭,却见人声寂寂,车马无踪。

却见原赵廷美手下开封推官,现为融州司户参军孙屿在慢慢地往回走着,元佐一把抓住了他:"孙参军!"

孙屿吓了一跳,看着元佐:"楚王,您、您怎么来了?哦,下官参见——"

元佐急忙打断了他的话:"闲话少说,四皇叔他们呢?"

孙屿叹了一口气,道:"半个时辰前,刚刚离开!"

元佐只觉得一阵晕眩,颤声道:"为何走得这么急,为何不等我来送行……"

孙屿漠然道:"王爷说了,迟也得去早也得去。早去早好,省得啰唆!"

元佐看着孙屿漠然的眼神,听着恭敬的口吻,心中像是堵住了似的,竟一句话也说不出来了。遥望着西边青草连绵,一行古道直通向了天边。这人一去,竟不知何年才能回来。

他在心中暗暗发誓:"四皇叔,你且忍耐,等到一切风波平定之后,我必再求爹爹让你们回来。我保证!"

第十二章
情意初定

赵元休送了大哥回楚王府之后,这才回到自己府中。

他这一夜未归,府中的人也都惊着了,刘媪直到他的随从自楚王府送信过来,方才略略放心。

刘娥足有两天未见着他,心里却也有些记挂,及至第三天才在书房见着他,见他神情怏怏,问他:"可是出了什么事?"

元休勉强一笑,道:"并无事,你不必担心。"

刘娥见他神情郁郁,只得道:"你若不高兴,我给你唱个曲儿吧。"这边就唱了起来:"花明月暗笼轻雾,今宵好向郎边去……"

元休听得她唱到"奴为出来难,教君恣意怜"的时候,心里一动,握住她的手,柔声道:"你可知道唱的是什么意思?"

刘娥脸一红,这时候她也学着识了一些字,元休也教她把会唱的歌都唱出来,再把词写给她看,同她解释意思。只当是消遣般的随口教了,她也没记住,她在瓦肆里学的曲子都是些情情爱爱的,也只会唱这些,方才一心想着安慰他,竟没想到这么多。回过神来,不由得面红耳赤,嗔道:"你不是好人。"一撒手便跑了出去。

元休看着刘娥的背影,不由得笑了起来。小内侍雷允恭站在外门,把这一切都听在耳中,记在心上。

到了晚上,元休按时躺下,却是翻来覆去睡不着,又坐起来看书。

这一夜却是雷允恭守值,见状劝道:"王爷,天色晚了,早些睡吧,这里烛火不够亮,看多了伤眼睛。"

元休就说:"我睡不着。"

雷允恭就赔笑问:"王爷为什么睡不着?"

元休有些烦躁地扔下书:"不知道,就是睡不着。"

雷允恭低声笑道:"王爷是想刘小娘子了吧。"

元休涨红了脸:"你休要胡说。"

雷允恭低声道:"小的虽不懂,但也听人说过'窈窕淑女,君子好逑'。刘小娘子这么好,王爷喜欢,也是人之常情啊。"

元休红着脸只不肯说话。

雷允恭循循善诱:"王爷既喜欢她,为什么不挑明了呢?"

元休不禁语塞,"我、我……"了半天,还是泄气:"我不知道如何开口啊。"

雷允恭:"这么说,王爷是有心要给刘姑娘一个名分了?"

元休半晌没说话,好半天才点了点头,立刻用被子盖着头,再不理他了。

雷允恭得了这个信,次日一早见元休出了门,就来找刘娥。

刘娥见雷允恭来这里找她,也有些诧异,忙问他:"你找我何事,可是王爷有什么吩咐?"

雷允恭走进来,看着房间,这时候刘娥在册子上也不过是个二等丫鬟,住在下人住的耳房中,与如芝同住。房间甚小,也就是摆下一床一柜罢了,也没什么东西。

雷允恭就笑道:"刘小娘子,恭喜您啦。"

刘娥不解其意:"恭喜我?有什么好恭喜的?"

雷允恭就恭维她:"您一进内院,小的就知道您不是个普通人啊,您在王爷心上的位置,可是不一般啊。"

刘娥不知所措,只是"哦"了一声,也不知道如何应才是。

雷允恭就把来意说了:"王爷对您,可是没话说的。您这样的人啊,也不能是长久居于人下的。王爷一松口,您这就要高升了。小的先给您道喜了。"

刘娥没明白:"道什么喜?"

雷允恭笑了起来:"哟哟哟,您还在这里害羞呢。非要小的挑明了不是。您啊,收拾收拾,搬个房间,今晚就去侍候王爷吧。"

刘娥一怔,想了想,这才慢慢明白过来,不禁又羞又恼,站了起来道:"我、我才不要呢。"

这里听着雷允恭絮絮叨叨道什么侍候得了好,将来能挣上个侍妾姨娘,能生个一儿半女,将来还能当半个主子,言里言外,虽然是恭维,却也是透着一股羡慕刘娥好手段的意味来。

刘娥心乱如麻,一时又是恼怒又是无措,也不理他,只道:"我累了,你且去别处,待我再想想。"

雷允恭只道她欢喜得傻了,笑道:"你也别收拾了,这里能有什么,我叫人在偏院另给你收拾屋子,那里好东西尽有。"他只道自己差事做得不错,兴兴头头地去了。

这里刘娥犹在发怔,她虽然对于元休印象甚好,这个相貌俊美、温柔可亲的王爷,若换了在桑家瓦肆,她必然是要勾引之、炫耀之,教他离不得自己,乖乖地把金银孝敬上来才是。可是终究她的人生计划,一直是挣到足够多的钱,然后衣食无忧、自由自在罢了。

嫁给王爷,成为他的侍妾,这可能是王府中许多丫鬟们的梦想,就如同当初在桑家瓦肆,歌伎娘子们都想能够攀到一个有钱或者有权的恩客梳拢,最后成为那些权贵的姬妾。

可是在瓦肆里,她听到过许多歌伎的下场,有些熬到过气也没能够嫁到个金龟婿,红颜消退以后无奈下嫁给市井伧父;有些成功嫁与恩客,却是大妇不容,朝打暮骂,没几年就香消玉殒;有些则是被玩厌了以后或拿来待客,或转送于人,甚至赏与下人。

她从来没想过走上那些路,那些路,哪条她都不选。她有龚美,这个与她同生死、共患难的老实人,她有信心他这辈子都不会负她。只要挣够了钱,她就能够当上老板娘,这辈子再没有离乱之惧、饥馑之灾。她的人生,早就有了计划。而进王府,她就是为了挣钱来的。虽然王爷很好,虽然在王府的这段日子里,她有些沉湎其中的快乐和依恋,但是,她从来没打算改变过人生的计划。

可是今日雷允恭突如其来的恭喜,让她陷入了为难。这段时间的快乐如同水面上的月亮,稍有一阵风,就要吹没了吗?她有些留恋地看着这雕花的床、绣花的枕、锦缎的被,还有桌上那几贯钱一瓶的香药、脂膏。还有,还有那一套据说比她整个人都贵重不知道多少倍的笔墨纸砚。她把他送的小兔儿抱起来,在怀里摸了又摸。小兔儿拱着她的手指,毛皮又软又暖。她想,她是很舍不得离开这里的。

而在她心底深处隐隐不敢细究的,更有她对那个书房的不舍。那里有望不见尽头的书,有她之前完全不知道的世界,还有那个温柔高贵的男子,每日里与他嬉笑打闹、聊天习字的时间,是她这一生最无忧无虑的时光,恍如做了个梦,飞进了月宫仙境。

可梦终究是要醒的,她不属于那个世界,他也不属于她。

他说她像月宫里的嫦娥,可终究只是像,她还是那个在世间逃难的小姑娘罢了。

思前及后,刘娥心里疼痛之外,更有一种前所未有的酸涩,这种感觉她从来没有体验过,连婆婆死了,她也只有惨痛,只有绝望,而不曾有过这种酸涩。她的眼泪落了下来,突然间很想大哭一场。

自蜀中离乱逃难以来,除了婆婆死时,她没有再哭过。为了生存而搏命的人,哭也是一种奢侈,她只有咬牙去撕咬去搏杀罢了。

可是就在这个上午,她坐在小小的房间里,室中昏暗,只有一缕晨光斜照在她身上,她哭了。她知道这种哭很矫情,这是不属于她这种人的矫情,可她就是想哭一次。

她没有发出声音,只是无声地流泪。渐渐地,眼泪停住了,干了。她咬牙站起来,收拾好了东西。其实,她也没有什么可收拾的,只是带了入府时的那些衣物,最后犹豫了片刻,还是把桌上那些个香药、脂膏的瓶子带上了,里面的香药、脂膏已经用完了,只留余香。带走这个,这算是她王府生涯中的一点念想吧。

她收拾好了东西,就见如芝进来,见她还坐在那里,怔了一怔,道:"方才雷允恭同我说要找你说事,我只道你说完事就来,半日不见你来,怎么就坐在这里呢,叫我又来寻你。"待走近了,见刘娥坐在那里,手里拎着包袱,反吓了一跳:"你怎么了?"

刘娥站起来,将那小小的包袱打开让如芝看了,将空瓶子也给她看了,说:"我只同姐姐说一声,我要辞工了。姐姐看着好歹也给我作个证,我并没有带走府里的东西。姐姐待我的好,我记下了,若将来有机会,必当报答。"又指了指桌上押着的信道:"这是我的辞工信,若有人问起,姐姐就把那信给他看罢了。"

如芝吓住了,急道:"这是怎么回事?怎么好端端的要辞工,雷允恭同你说了些什么?他要赶你走吗?"

刘娥只摇头:"并没有什么,也不关他的事,只是我自己……我自己不能再待在这里了。反正我也没卖在这里,虽然做了一段时间的工,但却没帮上忙,也不好意思拿工钱。若是府里要同我论这些日子的花销,我回头挣了钱还上。姐姐若是疼我,就不要阻我。"

如芝是个极机灵的,这段日子王爷对刘娥的偏爱,她都看在眼里。此时若是自己放了她走,也不知道王爷心意如何,岂不糟糕?若是自己叫人挡住不让她走,岂不是平白得罪了她,若是当真将来她得了王爷的意,岂不迁怒自己?当下心思飞转,佯笑道:"妹妹,我虽然不知道你为何要走,想来也不是我能挡的。只是你这样走去,到了外头如何过活?"说着就去打开自己的柜子,想了想,将素日所积的私蓄拿了一半出来,又将自己所用的香药、脂膏,并五六个荷包都拿出来,强塞到刘娥的包袱中:"这些荷包中是一些常用的药,寻常风寒腹泻头疼脑热的都用得着,你既叫我一声姐姐,这些你都先收着,将来若是日子过得好了,有你还我的时候。我在府中都是尽有的,你别与我推拒,就是记得姐妹一场了。"

刘娥推脱不得,心头一热,只端端正正行了一礼,道:"如此,我就多谢姐姐了。"

如芝就道:"如今西边甬道无人,你正好过去,拐个弯就出了西门,匠人们都在后侧街那里,你自己小心。我等你走了,再同张给事把这件事说明白。余下的事,我也帮不到你了。"

刘娥听她安排得明白,心中感激,道了谢,就走了。

如芝算着她出了西侧门,掐着时间拿着信去前头找了张旻,道:"早上我去书房前,见雷允恭来找小娥说话,我就自己去了。后来见她不曾来,就寻回去,见着桌上留了一封信,吓得我不敢作声,只急忙来找你。张给事,小娥是你表妹,这事儿须得你做主才是。"

张旻大惊,见信一看,不敢做主,急忙来寻元休。

元休这时候与钱惟演一起,刚从楚王府回来,见了张旻来将事情原委说了,也是大骇,打开那信一看,却是一张纸上连涂带画十几个歪歪扭扭的字:"王□,我没卖生,我不当切,我□了。小娥。"这信写得连别字带画图,"爷"字不会写,就画一个小人,"走"字不会写,就画了两只脚,这倒易懂。元休猜了半日,料得"没卖生"当是"没卖身"的意思,就是猜不到什么叫"不当切",只跺了跺脚,怒道:"允恭滚进来!"

雷允恭正站在外头,听到这一声,吓得跑进来跪下,就听得元休怒问他:

"你早上同小娥说了些什么,她为什么要走?"

雷允恭丈二和尚摸不着头脑,只得哭丧着脸回答:"小的也不知道说错了什么,不是王爷叫小的办差事,小的就同刘小娘子道喜,说让她今晚侍寝,她也没说什么啊,怎么就走了呢?"

元休想了一下,这才明白"不当切"当是"不当妾"的意思,气得踢了他一脚:"你这蠢才,你、你怎么可以说让她侍寝,我、我根本不是这个意思,早知道你这么蠢,我根本不会相信你的话……现在怎么办呢?她、她去哪儿了?"

站在一边的如芝忙道:"王爷放心,她不是还有个哥哥在后街工坊里嘛,她必是要与他一起走的,王爷若要追,此时应该能追得上。"

元休松了口气:"好丫头,亏得你提醒,我这就去挡她。"说着就要走。

不想钱惟演却挡住了他,道:"不急,此时她当在气头上,王爷若是硬挡,反而不美。"

元休急道:"那你说怎么办?"

钱惟演就道:"就叫人远远地跟住她,她离了府里,一时又能往哪里去呢。不如让她先走一走,等她消了气,再缓缓劝她回来才好。"

元休顿了顿足:"我还是不放心,这样吧,你与我同去,也就远远地跟着,看她什么时候消气了就与她说话。"

钱惟演无奈,只得跟了他出去。

雷允恭也忙从地上爬起来跟出去,只是临行前,拿眼睛剜了一下那个方才踩着他在王爷跟前逞聪明的小丫头。

如芝却不怕他,只笑了笑,自去忙去。

却说刘娥一气跑到工坊门口,找了个人,叫了龚美出来,就说要离开王府。龚美却也是极为赞同。他本与刘娥相依为命,日日相见,只是刘娥一心要挣这王府里的大钱,执意进府,他才被分到这工坊里。虽然他自有手艺,在这工坊里也能打个下手,不算无用,但却见不着刘娥,日日焦心。与工坊其他匠人说起,那些人便都取笑说他妹妹进了府是攀了高枝,便是没可能被王爷看中,能攀上个属官小吏,甚至管事仆从,也是好事。

越是这么说,他越是心焦,无奈王府墙高院深,他只能望墙兴叹,如今一听刘娥说要走,顿时放下心来,转身就走。他素日攒的钱都在刘娥手中,房里有的也不过是进了工坊发的一套衣衫,虽然心中极可惜,但想到刘娥肯离开这里,连提也不提,就与她一起走了。

两人一口气离了王府,直走到十字街口,见着车水马龙的人流,站在那里倒有些不知往何处去了。

龚美犹豫着问刘娥:"小娥,接下来我们去哪儿?"

刘娥想说去桑家瓦肆,可是想当日她是留下一封信就走了的,如今忽然回去,还能有自己的位置吗?只是既然已经走到这一步,无论如何,也不可能就这么再回韩王府吧。

想到这里,她不由得咬了咬唇:"我们……先去孙大娘那里吧。"

孙大娘那一条街的情况,她是混得极熟的,当下就道:"我看看能不能在孙大娘那里住一夜,你在隔壁鲁二叔那里住。明儿我再去桑家瓦肆,先找兴爷探个情况,再看看能不能跟桑老板说个好话。若当真不行,我就去莲花棚、象棚那里。只要有技艺,我们做什么都行。"

龚美欲言又止,最后还是叹息了一声,道:"小娥,你以后可不要再这么急躁了,咱们安安分分地打好一份工也罢了,钱的事,慢慢挣就是了。天底下的好事,哪那么容易落到我们穷人的头上来?"

刘娥咬着唇,也不说什么。她心里又是迷茫,又是不服。她觉得自己每次的选择,并不算错,可是为什么,最终又要回到起点呢?她慢慢地走着,虽然心里不断地给自己打气,想着最难也不过是当年从蜀中逃难出来,从野狼饿狗口中挣食那般的日子,如今不过是偶有不如意罢了,她什么都不怕。可是走着走着,脚步越来越沉了。

见她如此,龚美不解其意,问道:"小娥,你可是累了,要不然咱们先歇歇,你手里的东西给我拿着吧。"

刘娥心中一凛,强打精神道:"没事,前面一条街就到了,我们快些吧。"说着她反而跑了起来,龚美忙追了上去。

不想刘娥才走到得胜轿,就觉得不对,急忙跑了过去,站在那街口,就怔住了。这得胜桥后街再无当日人来人往的热闹,却是断壁残垣,焦痕处处,便是还完好的铺面,也尽数都关了。孙大娘的果子铺也没了影子。

刘娥左右看看,原来那一条街的人,都不见了,那热闹的景象,恍若昨日。她的心里忽然只觉得慌得很,就像当日她跟着婆婆刚逃难出来的时候,经过一个以前走过的村庄,当时她那村的姑娘嫁到这庄上,她和一帮小孩子跟着看热闹,喜气极了。可她后来逃难经过时,却看那一村的人,全都没了。

可那是蜀中,这是汴京城啊,这是天子脚下啊。这么可怕的场景,是不会在天子脚下发生的,否则的话,这天底下没路走了的人,为什么要拼死拼活地逃到汴京城呢!

她怕得不行,急急地跑去拉着每一个人问:"你知道那条街上发生了什么事吗?你知道果子铺的孙大娘,刀剪铺的鲁二叔,汤饼铺的吴三嫂,都去了哪里了?"

她问了好几个人都说"不知道",她越是问越是心慌,终于遇了个知道的人,方同她说了情况。却原来在数月前,这条街不知道哪个铺子走了水,一气烧了大半条街,幸而发现得早,及时扑灭了。那些店主原想着就地重新修建一下,再把铺子开了。谁知道地保报了衙门里,衙门就说他们这一条街乱开铺子引发火烛阻塞交通,正好前面得胜桥附近的路要扩建,既然这里已经烧了,索性就都拆掉平了。因此有些人就转到别的街上开铺子,各自散了。

刘娥就问孙大娘的果子铺搬到哪里了,那人却也知道,就说孙大娘因大火折了本儿,且年纪大了做不动,别处铺子租金太贵,索性关了铺子回家去了。刘娥又问四丫怎么样了,那人却是摇头说"不知"。刘娥想再问,那人已经走了。

龚美见那人走了,才过来问:"小娥,那我们现在去哪儿?"

刘娥垂头丧气,好一会儿才道:"那我们再去桑家瓦肆看看吧。"她虽然是个极好强的人,但这样的打击对她还是有点大,当下只能强打精神,继续往前走。过日子,就是这样难的,这些年她不都是知道的嘛,难道这短短一小段日子的舒服,竟能让她忘记生活真实的面貌了不成?

龚美看她的脸色,想劝,又不敢开口,只得接了她的包袱,跟着她继续往桑家瓦肆而去。

一直从潘楼街走到东宋门外,一路上依旧车水马龙,热闹非凡,刘娥的心这才稍安些,暗中思量着,到了桑家瓦肆,怎么样与桑老板交锋,想办法再留下来。若是桑老板不肯答应,她又应该如何到其他瓦肆,如何先找到里头的熟人搭桥关说。只是心里总有一种慌乱的感觉,一直消弭不去。

直到走到桑家瓦肆前,她心里不好的预感,终于成了现实。

当日烜赫一时的桑家瓦肆,如今已经没有了。

原来的门面上,挂着"兴隆锦缎"的招牌,虽然还是人来人往,热闹非凡,但却早已经是物是人非,竟不像那得胜桥后街,纵是残垣断壁,总还留着原来的印记。而这里,却热闹到了无痕迹。

刘娥怔怔地呆着,竟是连问话也不敢了。龚美见状,拉住一个路人唱了个喏:"敢问哥哥,这原来是不是有家桑家瓦肆,怎么不见了?"

那人反问他:"你们是什么人,为什么要打听桑家瓦肆?"

龚美想了想,还是没说实话,只道:"我们有亲戚在这里做工,我们是来投奔他的,没想到这么大的瓦肆忽然就关门了,里面的人去哪里了?"

那人见状也叹息摇头:"你却不知,听说是这瓦肆的老板得罪了人,说是什么跟秦王余党勾结,所以前些日子老板连夜跑路了,里头的人也散了。"

刘娥急问:"散到哪里去了?"

龚美亦问:"怎么就成了'兴隆锦缎'了?"

那人却道:"散到哪里,却是不知,但你们最好也别问,谁牵涉到这种事情也不得好啊。"说到这里还压低了声音,神秘地道:"前些时候还有人在这里守着,看来是准备抓余党。你们休要多事,赶紧走吧。"又答龚美:"瓦肆关掉的第三日,地保就过来收了房子,这街上每日里流的都是钱,哪里能空着,转眼就租与'兴隆锦缎'了。"

见那人走了,龚美拉了拉刘娥,道:"小娥,咱们走吧。"

刘娥茫然地点了点头,却没有挪动脚步,反而慢慢地蹲了下去,一动不动。

龚美一急,也忙蹲下问她:"小娥,你没事吧?"

刘娥伸手,捂住了自己的脸,也捂住了自己的眼睛,捂住了即将涌出的眼泪。她在心里暗暗地对自己说,不能哭,哭是没用的。

龚美就这么蹲在她的身边,只能伸手拍拍她,这温暖厚实的大手拍在后背,好一会儿,她才慢慢地平静下来,这才放下手,苦笑一声。

刘娥闷闷地说:"哥,你怪不怪我?"

龚美诧异:"我为什么要怪你?"

刘娥低着头,说不出的难受:"哥,一直以来是我太一厢情愿了啊。我以为挣了钱就能够开铺子,开了铺子就能够一辈子衣食无忧。可是,不要说我们这样的人,根本挣不到开铺子的钱,就算是有本事开了铺子,可是小铺子像孙大娘这种,随时就会被关闭,大铺子像桑老板这种,又随时可能得罪人被报复……"说到这里,不由得哽咽起来:"我不怕吃苦,不怕受罪,可我想活

下去,活得体面点,为什么就这么难啊。"

龚美握住她的手,努力地想劝慰她:"小娥,你放心,我会让你活得体面的,再苦再难,有我在,我一定能替你办到。只要你说,我什么都听你的。"

刘娥心里难过,摇摇头:"别听我的了,就因为听了我的,如今我们两个都站在街头了。"她苦笑了一声,指着这满街华丽,叹道:"都说这街上每日里流的都是钱,可我们呢,今晚我们住哪里,下一顿饭在哪里,都不知道。"

龚美听着这话,只觉得刺心,却又无话可说,只叹了一口气,劝道:"小娥,咱们要不要找个地儿,天黑了,再找不到宿处,就要犯夜禁了。"他看看刘娥,他们以前逃难的时候是可以住破庙的,但如今她已经脱胎换骨,这样子再住破庙就太危险了。

刘娥听得出他话里未尽的意思,抬手看看,苦笑一声。果然,离开王府是对的,否则再过一段时间,她都会忘记自己曾经是个逃难的小乞丐了,恐怕再也过不了以前的日子了。

两人正蹲在街边一脸茫然的时候,忽然看到眼前出现了一只脚,又一只脚,这是一双贵人的脚,鞋子用的是锦缎面,绣着花还打着黄金的扣子。刘娥没兴趣理会,不想那双脚就停在他们面前,不动了。

刘娥不由得抬头,看到一张熟悉的脸。

那人笑了:"你们俩怎么蹲在这大街上?"

龚美不禁有些口吃起来:"钱、钱公子?"

钱惟演点点头:"可不是我?你们蹲在这路边,可挡住人家铺子了,不赶紧走开,待会儿人家要来赶你们了。"

刘娥扭头一看,不由得也哑然,潘楼街这一带真不负寸土寸金之名,在这样的一条街上,他们这样的穷人,就算蹲在街边呼吸都是一种奢侈。

想着也不由得站了起来,向钱惟演行了一礼,道:"多谢钱公子,我们走了。"

钱惟演却道:"你们要往何处去?"

刘娥怔了一怔,一时竟答不上来。

钱惟演就说:"若不是有急着要去的地方,不如陪我到前头茶舍喝杯茶,好歹也是认识的朋友。"

刘娥苦笑:"我们这样的人,哪里配与您交朋友。"

钱惟演却说:"我今日正等一个朋友,他迟迟不来,我又不好走了。就当我请你们陪我,否则这时间当真难熬。"

刘娥见状,只得答应了。

钱惟演就带着两人去了一间茶坊,想来他也是熟客,茶博士就径直将他带到楼上临窗的一个小间里。三人坐下,先饮了茶,刘娥热茶下肚,竟觉得心情也好了一些。

过了片刻,钱惟演找个借口,让龚美下去帮他催一下茶点,龚美不疑有他,就出去了。

刘娥就隐隐有些预感,只看着钱惟演,不说话。

钱惟演这才叹了一口气:"王爷找你找得很着急,幸而我遇上了你,否则要是你万一出了事,他还不知道怎么难过呢。"

刘娥不接他的话,只道:"钱公子,此事与您无关,您也别管。"

钱惟演笑道:"我看他的样子,竟是不知道如何得罪了你,惹得你生气离开。不如你悄悄告诉我,免得他做了个枉死鬼。"

刘娥恼了:"我就知道你们这些贵人,都不是好人,都不拿我们当人看……"她欲待站起就离开,想了想,还是索性说开了好,否则他们心有不甘,她以后日子才叫难过,便看着钱惟演道:"公子,我知道我们穷,我贪钱,我活该让人看不起。可我再穷再爱钱,我也是只想凭自己的双手挣钱,我就算是瓦肆里出来的,我也不是那种人。我没有想去勾引王爷,想去当他的侍妾,想去攀他的高枝。"她越说越气,不由得哽咽起来:"我是人,我有一双手,我能干活,可我受苦受累不受气。他凭什么这样看不起我,这样轻贱于我……"说到这里,扭过脸去,拿手使劲按在眼中,想把眼泪给按回去。

钱惟演听了,却苦笑一声,问她:"小娥,你知不知道,什么是帝王家?"

刘娥扭回头来,诧异:"你为什么要说这个?"摇头:"我不明白。"

钱惟演叹息道:"他是皇子,是官家最喜欢的儿子,如果他想对你不安好心,根本用不着这样费尽心思为你安排,为你着想,小心翼翼地把你捧在手上,一点小事也怕伤到你的心。一个位高权重的男人要对你这样一个一无所有的姑娘不安好心,根本不用等到今天,甚至根本不会让你有拒绝他的机会。"

刘娥气得站起来欲往外走:"哼,你就是为他说话,我不怕你的。"

钱惟演低头看着自己的茶,自嘲地一笑:"他只是太喜欢你了,所以生怕做错事、说错话。喜欢你,并不是罪过,对吗?"

刘娥急了:"用不着你把他说得这样可怜,他可是,可是……"

钱惟演没有看她,只继续道:"我知道你听了雷允恭的话,所以把所有的罪过,都怪在他的身上。但这件事,完全非他所愿。他只是心悦于你,却不好意思开口。没想到雷允恭自以为看出他的心意来,于是自作主张跑来跟你胡说。但你要理解,他是个内官,并不能明白男女之间单纯的倾慕之心,在他的理解里,就只能理解为侍寝。"

刘娥将信将疑,不由得转头坐了回去,问他:"你怎么知道,雷允恭说的不是他的意思?"

而此刻,就在这茶坊中,楼下龚美正被那茶博士缠着灌输一堆茶点知识,而在他们隔壁的房间,有人差点就要破壁而入了。

此时隔壁房间,雷允恭苦着脸,拉着韩王赵元休,压低了声音苦劝:"殿下,您这时候不能过去。"

元休恶狠狠地瞪着这个害他如此的罪魁祸首,压低了声音威胁:"你还敢挡我,我回头打折你的腿!"

雷允恭苦哈哈地赔罪,又提醒他:"殿下,钱公子说过了,得等他说'当面说明'的时候,您才能过去,否则就会误事。"

元休继续瞪他:"都是你的错!"

雷允恭脸都抽成苦瓜了,一边赔不是:"是是是,小的是个阉人,小的啥也不懂,都是小的的错。"一边还得提醒着:"殿下,您听,您再听听。"

元休忙竖起耳朵再听,就听得钱惟演说道:"你是个聪明的姑娘,素日与他相处,难道他为人如何竟是看不出来吗?"

便听得那头刘娥好一会儿没说话,才道:"我,我不知道。"

元休心里发急,我待你如何,你怎会不知道?

就听得钱惟演在那里循循善诱:"难道你就没想过你的将来会是怎么样的,会跟一个什么样的男人……共度终生?"

元休只觉得心在怦怦乱跳,竟是前所未有的慌乱,既怕她不说,又怕她说出来的人不是自己。如此患得患失,惶恐不安起来。

那一边刘娥也被问得怔住了,想了想才道:"我,我不知道。当年我们千辛万苦,从蜀中逃出来,从死人堆里逃出来,好不容易来到汴京城,这里让我们看到了希望,想着可以用自己的双手,去活出自己的一片天来。我想挣很多很多的钱,给我哥开一家银匠铺子,到时候我就可以当老板娘,一辈子不愁吃穿。我曾经觉得这个目标不难,可是现在却觉得,其实我有些一厢情愿。京城不是这么容易就能够打拼出来的地方……"她说着说着,声音也低了下来。

元休在隔壁房间,也是整个人都朝着桌面趴了下来,心里头又沮丧,又无奈,竟是连冲过去的勇气都没有了。

就听得钱惟演又问刘娥:"这么说你的将来,是想嫁给龚美,你喜欢他吗?"

元休一怔,突然间又坐了起来,喜欢?小娥喜欢龚美吗,比喜欢自己更多吗?他不信,他也不服,当下急忙走到板壁边贴着耳朵来听。

刘娥一个愣怔,没有注意隔壁房间有什么声音,钱惟演却是心里明白,听得那脚步走到墙边停住,知道有人在贴墙听了,当下目光闪动,试探着道:"龚小哥的确是个好人。但是……"他一时竟不知如何劝,忽然灵机一动,道:"小娥,倘若现在有个富家女子看中他,愿意出钱帮他开铺子,你会高兴,还是会反对?"

刘娥一怔,不假思索地说:"这怎么可能?"

钱惟演却笑了:"这世间没有不可能的事,你只说你愿不愿意?"

元休在隔壁心中暗道:"怎么不可能,若是能得你高兴,我明日就给那龚美找一个妻子,给一笔钱,教你再不必想着他。"一时心中竟是大气也不敢喘,只听刘娥怎么说。

就听得刘娥笑了:"自然是高兴的,这是天大的好事,我为什么不愿意。有好日子不过,我傻他也不傻啊。"

钱惟演不动声色地诱导:"这么说,你并非心仪龚美?并非对他非嫁不可?"

刘娥怔住了,低头想了想,心里竟是一片澄明,她与龚美千山万水地走过,是患难与共,是生死之交。可这份情义,是共同面对困境时产生的。她相信就算龚美娶了有钱的妻子,也会帮助她,而不是不认她。她更不可能会有独占龚美的欲望,只是想着让两人都过上好日子。这就像他们初入汴京城时一样,孙大娘能收留她,却不能收下龚美,那么能有一个吃上饭后再帮助另一个才是正理,总好过两个为了不分开而一起挨饿,那是傻子才干的事情。

成婚之事，就如同当日的工作一样，有一个能靠上岸了，总好过两人都在水里。倘若龚美被一个有钱的姑娘看上，龚美娶了她，开了铺子，再介绍一个差不多的男人让她嫁了，这样的生活，跟当初她想象与龚美开一家店铺当老板老板娘的计划虽有差距，其实对她来说，却也不是不能接受的。

钱惟演见她低头不语，心里也有些拿不定，不由得又催了一句道："怎么，没想好？"

刘娥抬头，道："没有啊，我不是早说了，他有好的日子，我为什么不答应？"

钱惟演敏锐地问："那你的将来，为什么只想到他？"

刘娥苦笑一声："我们这样的人，哪里还有其他选择？"

钱惟演看着刘娥的眼睛，缓缓地说："你有其他的选择啊，比如说……王爷。"

"王爷？"刘娥却完全没想过，竟怔了一下才道："可我从来没有想过……"说到这里不由得又道："也不是没有想过，就是觉得他离我太远了，根本不敢想。"

钱惟演道："可如今，他有意，你真的完全不动心吗？"

刘娥想了想，想到那人儿，高在云端，温柔似玉，哪里又会不教人动心。"可是……"她还是说出来了，说得艰难，"可我还是想自己努力……对不起，钱公子，我能够活下来，是运气。这一路上，多少人倒下去，又有多少人没能坚持到最后。我要是想当别人姬妾的话，在桑家瓦肆，多少次我都有机会。可我不……不想，也不甘心。"她说着，声音渐渐低下来了。

钱惟演肃然一拱手："对不起，我无意冒犯。"

刘娥摇了摇头："哪里敢当。公子，我知道跟您这样的贵人，说这样的话很傻。我并不是不想过好日子，我也喜欢钱，我也会故意把那些银饰卖高价，也曾骗他多出点阁子的花销……可我心里有些坎，还是过不去。我就是，不甘心，我就想凭我一双手，挣得一条活路，挣得一份命运出来。"她低低地说："他是很好很好的，我也心悦他，可是我真的不想，就这样去当了他的姬妾。"

就听得忽然板壁砰的一声，隔壁房间里传来元休一声惊呼。刘娥倒吓了一跳，才要说话，又听得乒乒乓乓连着几声，头一声像是撞到了墙，后头则是凳子倒地，桌上似有东西落下，又听得脚步声自近而远，自远而近。就见着门忽然被推开,元休跌跌撞撞地跑进来,就握住了刘娥的手,脸涨得通红,眼神却是极亮,连声音都是颤抖着的:"小娥!我、我绝对不会勉强你的。我只是,心悦于你,喜欢得不知道怎么说出来才好。小雷子的意思不是我的意思,你要相信我!"

刘娥自听到他的呼声起,就怔住了,一时竟未回过神来,只是呆呆地重复:"我,我相信你。"

元休紧紧握住刘娥的手,急切地表白:"我从来没有想让你当我的姬妾。我只是想和你在一起,长长久久。不管你是要做什么,我都不会强迫于你。不管什么时候,只要你愿意,都会看到我一直站在这里等你回头的。"

刘娥看着元休,眼眶有些湿了,她忽然抬起头来,直愣愣地说:"王爷,我只是个一无所有的卖唱女子。府里那么多的姐姐,哪个不比我心灵手巧,知书达理?我连字都不认识,更别说什么琴棋书画、诗酒花茶,你要我何用?"

元休看着她的眼睛,知道她这些话,既是问他,也是说给自己听的,这时候他若稍一犹豫,只怕她这辈子的心都不会向他打开了。当下握着她的手,也很直爽地说:"那又如何!天地生人,都是两只眼睛一张嘴,又有什么区别?谁又能生而知之,那些懂的人,也不过是学得比你早而已。只要你肯学,我相信过不了多久,你就可以比她们都强。在我眼里,你就是最好的。你不是一无所有,我所有的,都是你所有的。"这样的话,他以前没有想过,但自从认识她以后,他对许多事的看法,都不一样了。

刘娥听着这些话,内心的倔强竟是一点点软化了,她站着不动,但眼神已经不一样了。元休看得明白,趁机用力一拉,将她紧紧地抱在怀中,道:"小娥,你别离开我,我不能没有你。"说到这里,竟有些哽咽了。

刘娥终于不再坚持,她紧紧地抱住了元休,她想信他这一次。这世间的漂泊,她受够了,这人间的温情,是如此地引诱着她,让她放弃所有的抵抗,甘愿沉湎于他给予她的爱巢。

第十三章
西夏兵事

钱惟演看着两人表白,心中竟有些百感交集,他定了定神,将雷允恭一拉,悄悄地走出房间,还把门带上了。

走到门外,钱惟演望着天,长长地吁一口气。

雷允恭跟在后面,不住道谢:"钱公子,今儿可多亏您了。要不然奴才这条命都要没了。"

钱惟演淡淡一笑,看了他一眼,反而道:"我刚才为了帮王爷说话,有些着急,未免口不择言,并非有意,还望见谅。"

雷允恭哪敢说个"不"字,赔笑道:"钱公子说的是实情啊,小的不过是个内侍罢了。您能把刘娘子劝回来,这是救了小的一命,是小的要谢谢您才是。"他正说着,却见钱惟演往楼下走,忙问:"您这是要去哪儿啊?"

钱惟演笑道:"如今已经没我的事了,我去喝杯酒。"

钱惟演走出去,楼下那茶博士早受他的吩咐缠住龚美,见他走了,这便是给了信号,当下就不再纠缠。龚美好不容易从这夹缠不清的人手里脱身,松了一口气,忽然想到刘娥,心中暗道:"苦也。"急忙冲上楼去,唯恐出了意外。

不想他冲上楼去,却见着原来钱惟演那包厢外,竟站着几个内侍与护卫,挡住了他。再看张旻笑眯眯地过来,低声同他说:"龚小哥别急,里头王爷在呢,别打扰了王爷。"

龚美心里咯噔一声,最坏的预感终于发生了,他还真不敢高声。他终究是个男子,在外头干活,比刘娥更能感觉到身份地位压制之恐怖。当下虽然心中痛苦愤慨至极,却也只敢低声哀求:"张给事,求您行行好,我妹子还在里头呢,让我叫她出来吧。"

张旻暗道他不识相,却也不愿在此时得罪他,只"嘿嘿"笑道:"你放心好了,王爷是个好性子的,刘小娘子与王爷也是极熟的,等会儿她就出来了,到时候你自己问她便是。"

果然过得不久,门就开了,但见刘娥低着头,跟着元休出来。见了龚美在外头,便说:"哥,我们回去吧。"

龚美心中极是难受,只低声问刘娥:"不是你说要出来的吗,怎么又改主意了?"

刘娥看了龚美一眼,叹道:"哥,原是我没想清楚呢。从孙大娘家,到瓦肆,再到王府,本来就是一步步过得更好,何必又折腾什么。"

龚美心中一沉,张了张口,想说些什么,却一个字也说不出来了。这周边站着的每一个人都叫他不敢说出来,而刘娥的态度,更是叫他无力说出口来。他软弱地、脚步虚浮地跟着众人走出茶坊,但见门外停着一辆马车,韩王上了马车,就伸出手来,拉着刘娥一同进了马车。龚美看着刘娥上了马车,随着王爷远去,而只能站在原地,与众人一起慢慢地跟在马车后头回府。

龚美心中充满了沮丧,只有在这一刻,他才如此刻骨地明白,他已经永远失去她了。或许,他永远也不曾得到过她,一切只是自己的自作多情,白日做梦。如果没进汴京城,这样的梦或许有可能会实现,但进了汴京城以后,他就发现,他根本没有能力让她居于他撑起的那一方天空下。他太弱,而她要的天地,远胜过他能撑起的。

过了两日,他被叫到后院,见着了刘娥。

他看着此时的她,似乎已经与过去有了不同,那并不是穿着打扮带来的改变,而是一种眉宇间的气质。这种改变他形容不出来,想来想去,只想到刘娥当日对他说过的比喻。她说汴京人如同那大富人家娇养的吃饱了的狸猫,而外路人便如那野外饿瘦了的狼。

那么刘娥如今的模样,让他有了猫的感觉。

龚美心情复杂,竟不知道她究竟说了什么,好一会儿才被刘娥唤醒,恍然道:"啊,你说什么?"

刘娥嗔怪地看他一眼,才又再问他:"我听说你拒绝王爷给你安排的银铺,为什么?"

龚美张了张口,想说什么,最终还是咽了下去,开银铺,曾经是他最想要的,但现在不是了。他说:"其实我只会埋头做事,并不会生意应酬,我开铺子搞不好会亏本的,还是这样待在王府更好。现在王爷让我去跟着府里的侍卫大哥学武功,还让我跟前面的属官们识字读书,我觉得这样的生活,比开银铺更好。"

那日任由小娥被带回,他深深感觉到了刺激。若是有下次,不管怎么样,至少他有一点点反抗的能力。不管小娥心意如何,总比现在好。若是他有能力,至少在一开始就可以拉着小娥跑掉,也不会被王府的人赶上来。若是再发生那样的事情,小娥想要离府,也不至于他就跟木头一样跟着,不能为她安排,也没有谋生的脑子。

刘娥却不明白他的想法,反而有些欣慰:"果然是你自己想通的,那就好了。我同你说,开银铺只是挣点小钱,但你要学了文才武艺,将来说不定还能当官呢。"

龚美没有说话。

刘娥见他不答,回头诧异地看着他:"怎么了,哥?你为何不说话?"

龚美忽然按捺不住:"为什么?"他知道问这样的话已经太迟,问这样的话是得罪贵人,可是,他就是无望得想死也要死个明白。

刘娥看着他的眼神,慢慢明白过来,一时百感交集,沉默片刻,才道:"我想过的。"

龚美眼中有了光芒,他的心怦怦跳动着,他想,若是她愿意,他可以为了她去与那不可逾越的一切拼一拼。

可是刘娥却缓缓地摇了摇头:"我之前刚刚学了一段文章,是庄子的,上面说'泉涸,鱼相与处于陆,相呴以湿,相濡以沫,不如相忘于江湖'。哥,你懂吗?"

龚美想说他"不懂",他是不懂那句深奥的话,可他看懂了她的眼神。

刘娥看着龚美:"哥,我们的前面是大江大海,为什么要执着于过去呢?"

龚美扭过头去:"不,我不明白,你知道我不识字,我也不懂这些深奥的道理。我知道他是王爷,他什么都比我好,可我还是想问一句,为什么?我们过去的情分呢,就什么都不是了吗?"

刘娥却道:"哥,只要我们彼此过得比之前更好,哪怕你娶了别人,我也只会替你高兴。我们一起走过千山万水,我们之间的情分,并不曾比别人少。"她顿了顿,还是道:"是,我跟他在一起,和跟你,是不一样的。跟他在一起,我才觉得我是个女人。"可以被人怜惜,被人呵护,被人小心翼翼地放在心尖上,让她免于流离,免于孤苦,免于恐惧。

龚美明白了,苦笑一声:"是的——跟我在一起,你比我更像个男人,是吗?"

可是但凡能当女人,谁又想当男人呢?能当家养的肥猫,谁愿意当野地里的饿狼?

他们之间再有情分,她跟自己在一起,也像是搭伙过日子,而不是男女之情。

龚美摇着头,失魂落魄地走开。

刘娥看着龚美,眼神复杂。龚美对她的情意,她何尝不知?在进王府前,她从未想过与龚美分开。

可是韩王是不一样的,他的出现,让她的人生看到了此前连想象都不曾有过的远景。她以前最大的野望,也不过是如孙大娘一般开家糕饼铺,或者是银铺。可一辈子活在得胜后街的那些小店主,也想象不到有一天整条街都会荡然无存,桑家瓦肆甚至连存过的痕迹都找不到。

她又想到逃难路上那些人,升斗小民的痛,只有离开那个环境以后,才看得清,才会后怕。

她和龚美曾患难与共,但其实他们并不是一类人,她天性好冒险好赌命,但龚美却是忠厚老实的性子,他应该娶一个过日子的媳妇,而不是被她强拉着,无止境地去搏更好却也更险的人生。

龚美就像是一条本来安心在小池塘的小鱼,却被她拉着不断撞岸,去探索更大的池塘,他只是纵容她,顺从她,却不是自己想去。

但韩王却是长在大江大海中的大鱼,不但能够带着她进入广阔的江海中,还能够展开鱼鳍去保护着她遨游四海。

她隐约能知道她和龚美之间出了什么问题,却苦于说不出来,可是那天翻到这一页书,她忽然就明白了。

泉涸,鱼相与处于陆,相呴以湿,相濡以沫,不如相忘于江湖。

自刘娥重回王府,便搬到正院边的小院里,生活看似与从前一样,却又多了几分变化。

元休并没有将她要到房里,没有让她当通房丫鬟,也没有让她当侍妾,两人相见更多的时候是在他的书房里。他教她识字,教她读书,教她临帖,

教她焚香烹茶,教她琴棋书画,教她一切自己所会的东西。

也看着她从一个目不识丁的野丫头,渐渐识文断字,甚至能够跟他一起弹琴、一起下棋、一起看书、一起谈天论地。她的一切都是他教的,所以她的一切与他都契合得无与伦比。

与此同时,被派去照顾刘娥的如芝,把她自己所知所会的梳妆打扮、仪态举止、规矩礼仪,以及皇室中各色人物的关系都一一教与她。

世界向刘娥打开了另一道门,一个她从出生起到现在都不曾见过的新门,而她更是如鱼得水,如饥似渴地学习着。

她本是极聪明的,虽然知识如海,她学到的不过是浅浅一勺,但她兴趣广博,任何事对她来说,都是新鲜难得的,而这种明显可见的进步,更让元休成就感倍增。

这日两人正在学习,元休见刘娥学得认真,竟一时兴起,偷偷地在她额头上画了个月牙,见刘娥竟毫无觉察,还顶着个墨痕同他说话,更是忍不住偷笑。

刘娥诧异:"咦,你在笑什么?"

元休强忍笑意,岔开话题,支吾道:"嗯,没,我想到一个笑话,特别好笑。"

刘娥撒娇道:"什么笑话,说给我听啊。"

元休见她表情生动,更加忍不住了,扭头不敢再看:"咳咳咳,我不能说,哈哈哈……"他终究是忍不住笑了起来。

刘娥见他神情诡异,心里隐隐觉得不好,更加坚持:"你说给我听!"

正在此时雷允恭匆匆走进来,忽然看到刘娥额头上的墨印,吓了一跳:"刘小娘子,你的额头怎么了……"

刘娥奇道:"我额头怎么了?"

却见元休忙给雷允恭使眼色,雷允恭亦变得吞吞吐吐起来:"呃,没,没什么。"

刘娥遂冲到百宝架上的铜镜前看,顿时发出一声尖叫。

元休再也忍不住了,狂笑起来。

刘娥气得冲到元休面前拍着他:"你怎么可以这么坏啊,你赔我你赔我……"

元休笑着边跑边求饶:"对不起,哈哈哈,太好玩了,哈哈哈……"

雷允恭瞪大了眼睛:"你好大胆,怎么可以……"

话未说完,元休就踢了雷允恭一脚:"滚出去,谁要你多管闲事。"

雷允恭吓得马上跑出去还关上了门。

就听得书房里刘娥在说:"你欺负人,你欺负人!"而韩王在告饶:"好妹妹,都是我的不是,我下次再也不了。你若生气,也在我额头上画回来……"

雷允恭听得不由得嘴角直抽,突然间想到一事,不由得进退维谷,急得想闯进去,又怕打扰了王爷雅兴招骂。好一会儿听得里头的声音安静下来,听得是韩王拿水给刘娥抹了脸,两人似又去看书写字,这才在门外恭敬地禀道:"回王爷,楚王府差人过来。"

就听得里头韩王斥道:"你这该死的,既有大哥的事,如何敢拖延!"

当下跑进去,不免又挨了一脚,才把楚王的事情回了。却是楚王因替王叔求情被罚闭门一月之期已经结束,明日就是大朝会,让他早些去上朝。

元休喜不自胜,当下就匆匆去了前院,叫府中翊善把近日朝中事都整理出来,与属官们商议补了一天课,免得次日让大哥问得答不出来。他素日对朝政不关心,分府之后,依例每月初一、十五也随众上朝,除此之外,就是在家里红袖添香,勉强糊弄课业罢了。此时却怕大哥失望,不免赶着补上这些政务之事,一直到晚膳之后,乳母刘媪亲自去劝他回房早些休息,免得次日上朝起不来。

次日早朝,府中上下也是如前般侍候着。这次刘娥却不用站在外院顶着黑迎着风空站大半个时辰,而只是在早膳上来之前,站在王爷房外候了一下,送了一送罢了。

就见着上来三四十种各式花样的早点,而元休着寝衣坐在桌边,只略动了几样,其他的都原封不动,撤了下去,赏与内院服侍的人。他再换了外袍,戴上王冠,由内侍们护送着出去。

雷允恭、张怀德提着灯,走到外院,属官们也等在那里,送了元休出门。王府长史、翊善等跟着元休入朝,其余人等留在府中。

车驾前面,仪仗排开,元休登车以后,由数十名护卫左右护着,一路前行。

此时天色仍是漆黑的,长街上能走动的只有准备上朝的官员。他的车驾前头打起韩王府的灯笼,大小官员路上见了,就赶忙避让开来,不敢在皇子前头走,要等他车驾过了,然后才继续前行。

而此时有些小巷里，却已经支撑开了早点铺子。就有小官一边避让着，一边就趁着等的时间，在这里买些点心，填填肚子好上朝。

韩王的车驾走着，突然间张旻在车外低声道："王爷，前头是楚王的车队。"

元休就道："派个人上前，去打个招呼。"

当下侍卫王继忠就忙骑马上前，不一会儿就回来说："楚王的车驾停下了，等您过去呢。"

元休忙道："快去。"

当下就赶了上去，见楚王没有坐车，而是骑马。楚王见了他来，反而道："下来吧，同我一起骑马。"

元休忙下了马车，王继忠牵来他的马，他骑上去，与楚王行在一起。

晨风凛冽，他不由得缩了一缩。

楚王见了，就道："你一向养在宫中也罢了，如今开府了，就是大人了。早朝不要坐马车，要习惯骑马，都是年轻人，又不是老人。"

元休只得诺诺称是，心里叫苦。

楚王也知他性子，道："都是娘娘把你养得娇了。须知本朝立国，从太祖到爹爹，都是马上的宿将。你我身为皇子，若不能练好弓马，有朝一日上战场岂不成了拖累？"

元休心里一凛，忙道："依大哥之言，如今还有战事不成？"

楚王道："天下未定，怎么没有战事？"

元休不语，心里暗暗想着昨日与属官们恶补的边境之事。

而此时两人车驾合并，队伍就更庞大了。两边俱是仪仗护卫，一路行来，其余官员远远见着就避在一边。

直至两人过后，旁边一条巷子里，方有一队车驾出来，打着的灯笼却是"陈王"字样。

陈王赵元佑骑在马上，看着远处并行的两府灯笼，一言不发，夜色中也看不清他的表情，但跟在身边的侍讲阎象却知道他的心事，暗暗叹息一声。虽俱为皇子，年纪相当，但楚王、韩王是一母同胞，同气连枝，更显得陈王孤单。陈王又是心气极高的人，如何能够服气呢。

当下这些人前前后后，到了大庆宫前。已经有些早来的官员候着了，人人手中都提着灯笼，依着品级大小排列，等到四更二刻时，宫门打开，就依着排队顺序从两侧宫门进来,过了御桥,走过龙尾道,进入长春殿前。

这灯笼是必备的,宫前有御河,曾有小官没带灯笼,不小心踏错滑进御河中,虽然救得及时,却也是差点出事。

此时人都站定了,就见着太阳升起,五更天至,朝会开始。

此时诸皇子已开府能上朝的,除早前已封王的皇长子楚王赵元佐外,还有前不久刚刚封王的四位皇子——陈王赵元佑、韩王赵元休、冀王赵元隽、益王赵元杰,皆已授为检校太保、同平章事,从今日起,正式入朝议事,站在兄长楚王的下方。宰相赵普、李沆、李昉列于诸王之后,率领群臣按品级列班而立。

楚王元佐率群臣三拜九叩,皇帝眼光一扫,朝班上多了四位亲王,宰相之位离得更远了。本来依着旧例,亲王上朝当列位于众臣之前,此前领头的就是秦王。秦王之事后,皇帝已经另有想法,就微一点头。

内侍夏承忠上前宣诏道:"宰相之任,实总百揆,与群司礼绝;藩邸之设,止奉朝请而已。自今宰相班宜在亲王上。"

宰相赵普、李沆、李昉等闻诏也是一怔,连忙出班跪地请辞。

皇帝温言道:"元佐等尚幼,朕欲其知谦损之道,卿等无固让也。"这边楚王元佐已经率四位亲王退后几步,让出位置。

自此之后,本朝上朝之仪,变更旧制,宰相位列群臣之首,亲王位列宰相之后。本朝素来最重读书人,但这般礼贤下士,历代未有,令得群臣感动不已,更增报效忠心。

排班既定,便议朝政。

近来边境事多,先是安南国权臣黎桓,欺国主丁璿年幼,孤儿寡母立朝江山不稳,于是发动政变,囚国主丁璿母子,又派了使臣前来上贡,并送上丁璿的让位诏书,请上国赐其继原属丁璿的三使留后之职。

皇帝便问群臣:"此事当作如何处置?"

众人听了安南国之事,不由得为难起来。

却见赵普出列道:"安南地处偏远,其间之事亦难断是非。依臣之见,不如暂缓黎桓三使留后的奏请,再诏令他送丁璿母子赴京。待丁璿母子进京之后,辨明曲直,明了黎桓所掌握的实力,到时候是封赏是诏讨,再作定夺。"

皇帝一听,正合心意,笑道:"正是老成谋国之策,便依你之议拟诏。"

其次是钱俶第三次上表,请辞去一切官爵。皇帝沉吟片刻,诏:罢兵马

大元帅之职，其余官爵照旧，辞官辞爵之言，不许再提。

接下来才是今日议政的重大之事，是有关夏州李继迁的反叛之乱。

却是皇帝原下令，命知秦州田仁朗等，会师往讨。不想前日田仁朗副将王侁却暗中于此时上书，密告田仁朗征讨不力，三族寨被围攻不去救援，却一味只请求增添兵马，而且居然在军中饮酒赌博，影响极坏。

皇帝震怒，将王侁本章示于群臣，李沆上奏道："夏州之事关紧，田仁朗素为良将，纵然再不明白事理，也不至于如此作为。田仁朗有此做法，必有深意，请官家派人详查。"

皇帝怒道："还查什么，田仁朗如此作为，深负朕恩。拟旨，诏田仁朗还京，下御史狱。"

李沆见皇帝震怒，不敢再言，只得磕头。

接下去就说起科会之事，又说起几处受灾等，今日事多，这早朝议了足三个时辰。散朝时分，个个肚子都饿得咕咕叫了。散朝之后，宰相赵普率众退出，迎着西斜的阳光，无声地叹了一口气。

寇準看着日光下的赵普，皱起了眉头。

宰相赵普很容易让人想起他的前辈冯道——不倒翁冯道。

冯道自号"长乐老"，先后侍事五朝十帝，自古忠臣不事二主，冯道此人于臣节却是荡然无存。不管天下怎样风云变幻，皇帝换来换去，他的相位却安然不动近三十年，他先后事奉五朝、八姓、十帝，三入中书，每一个朝代变动，都要请他去辅政。一旦有一个强大的政权兴起或者一个新的帝王出现，冯道一定会降服于这个政权或者归顺那个帝王，并辅佐他，以实现他的抱负。他常挂在嘴边的话，是"但教方寸无诸恶，虎狼丛中也立身""先贤伊尹五就汤，五就桀，正在安人而已"。

不顺从新皇帝，冯道难以继续做宰相；不用冯道，新皇帝无以安群臣。数代之下，冯道俨然已是群臣之首、江山转换的风向标。后周郭威弑杀隐帝后，黄袍已经加身，兵马都到了京城，见冯道当道而立，竟会不由得再继续行下属见上官之礼。冯道一生荣华享尽，富贵尝遍，最后活到七十二，无疾而终，被宋初名臣范质称为"厚德稽古，宏才伟量，虽朝代迁贸，人无间言，屹若巨山，不可转也"的长者，出殡时纸钱撒得让树上的青叶都变成了灰色。

而赵普以小吏出身，先后仕后周柴荣、太祖赵匡胤和当今天子，三朝元老，当朝首相，其人生轨迹或似不如冯道精彩，其为人处事，却与冯道近似。

赵普正眯着眼睛看天色,忽然有人走到他的面前,挡住了阳光。

赵普看着此人,这是个身着五品服饰的青年官员,他上前一步,行礼道:"下官寇準,见过赵相公。"见赵普点了点头,寇準一扬眉,道:"下官少年未仕时,便听过相公的大名。当年相公上奏太祖皇帝某事,再三之下,太祖撕了本章,相公却将撕破的本章粘好,再奏太祖。相公一心为国,铁骨铮铮,令太祖感动,也令天下敬服。"

赵普点了点头,颇为自得。寇準的脸上,浮起一丝讽刺的微笑:"如今王佺密告主帅,官家降下旨意将田仁朗下狱,相公明知不该,却不肯出言,当年的铮铮铁骨,不知去了哪里?"

赵普看着眼前意气风发的少年,微笑:"某没有觉得不对,你既知不对,何不自己进言?"

寇準脸上掠过一丝失望,亦有一份自傲:"不瞒相公,下官这就进奏。"

赵普拱了拱手:"恭喜恭喜,果真是少年出英雄。某老了,该让你们少年说话了。"

寇準怔了一怔,脸上已经气成红色,一挥袖子,道:"下官送老相国。"赵普上了轿,径直回府。

坐在轿中的赵普,想着刚才那个意气风发的青年,脸上浮现出一丝苦笑,当日之事,他有自恃。太祖为人宽厚,便是怒极亦不会加罪臣子,且事后回想,便能纳谏,而那时的赵普与太祖的相知,几乎是不用说上第二句话的。

但是当今皇帝,不是太祖皇帝呀。今上多疑敏感,对赵普更有一层积蓄已久的心防。

想到当年东晋时候,司马师下令召上党李憙时曾问他:"昔先公辟君不就,今孤召君,何以来?"李憙对曰:"先公以礼见待,故得以礼进退;明公以法见绳,憙畏法而至耳。"

李憙的心情,何尝不是他赵普的心情呢。

太祖以国士相待,赵普以国士相报,只要对国家有利,逆龙鳞掷乌纱用尽心力不惜一死。当今以臣下相待,他也只能做一个恭敬的臣下,如果皇帝听不进他的意见,他纵然把血呕出来,又有什么用呢!

唐太宗以魏徵为镜,可是魏徵曾先后事李密和建成太子,却没能做成明镜。

赵普,只能是太祖皇帝的镜子呀!

吴越王钱俶走出宫门，钱惟演也迎了上来，问："父王，今日……"

钱俶没有说话，只说："回去吧。"

钱惟演见状，心里明白，跟着钱俶上了马车，就道："官家没有准您的请辞？"

钱俶笑了笑："是。"

钱惟演皱眉："竟不知他这是什么意思。"

钱俶却道："这不过是故作姿态而已，作三让三辞的把戏。只要我多上几次，他必是会应的。"

钱惟演道："儿在宫外，看到陈王与韩国公一起走了。"韩国公就是大将潘美，如今诸王中，除楚王外，均未婚娶。楚王娶的是李德妃的兄长李继隆之女，李继隆亦是一方大将。大宋立国未久，因此诸王的婚事，大多会与将门联姻。想来是陈王看中韩国公的势力，因此有心结交。

钱俶笑着摇摇头："毕竟还是年轻啊，野心都写在脸上了。"

钱惟演冷笑一声："正好前些日子官家与楚王为了秦王之事失和，他可不……"

钱俶厉声阻止："惟演，慎言。"

钱惟演忙住了口，喃喃道："父王，是儿子说错了。"

钱俶叹息一声："天家之事，我们管不了，也不能管。否则就是杀身之祸。不要说我们亡国之人，便是秦王这样官家的亲兄弟，如今你看他的下场。甚至卢多逊身为宰相，与此事稍一涉及，便落得全家流放。天威难测，我们只能看天躲雨，不要妄想干涉风雨，投机取巧的下场就是粉身碎骨，懂了吗？"

钱惟演神情变幻，最终还是答了一声："是。"

却说见寇準气得拂袖而去，楚王、元休正走出来，也看到这一场景。

元休低声同楚王道："这寇準倒也耿直，竟然当众质问赵老相公。"

楚王却同他说："别先评论，在外头要多听，少问，有什么不明白的，回头再问我。"

元休点了点头，不再说话，及至到了楚王府中，楚王方问他："今日的朝会，你看到了什么？"

元休想了想："安南国的事？"

楚王点了点头，就将安南国的事与他解说。安南国的事，本不复杂，臣夺君位，分明是大逆不道的行为，若换作他朝，根本不必多言，便该出兵征伐。只是大宋开国至今二主，皆是夺了他人孤儿寡母的江山而来，此时接着黎桓的上表，未免尴尬。若是答应，将来怕是各属国效仿起来，更添动荡；若是讨伐，只怕反被黎桓反讽回来。甚是两难。黎桓也是拿准这点，这才有此胆子。

赵普的方案却是不提名分之事，先令黎桓送丁璿母子赴京。若是丁璿母子进京，则名分握于朝廷之手，进退自如；若是黎桓不敢送丁璿母子进京，则不能再向朝廷请封，就一直无法正名，也让其他属国权臣无法效仿。

元休就听了楚王分析，不由点头，又问党项之事。

楚王却叹了一声："党项之事，说起来甚为复杂……"当下就将这事的前因后果，一并详细解说起来。

却是自唐末以来，秦、陇以北，有银、夏、绥、宥、静五州地，为拓跋氏所据。唐初拓跋赤辞入朝，赐姓李，至唐末，黄巢作乱，僖宗奔蜀，拓跋思恭纠合蕃众，入境讨贼，得封为定难军节度使，复赐李姓，五代时据境如故。后周世宗显德年中，李彝兴嗣职，受后周封为西平王。本朝太祖初年，李彝兴遣使入贡，太祖授其为太尉。当今皇帝伐北汉时，李彝兴之孙继筠曾遣将李光远、李光宪，渡河略太原境，遥作声援。去年李继筠死后，其弟李继捧与李继迁争位。虽是李继捧年纪长，但是李继迁为人凶悍，并不认长幼相继的规矩。李继捧虽然继位，但仍畏惧继迁，于是在五月间入觐上表，自愿献上银、夏、绥、宥四州地，并请求驻京安住。皇帝大喜，遣使至夏州，授李继捧为彰德节度使，并迎接继捧及其亲属入京居住。另派都巡检曹光实，前去接收四州。同时封李继迁为定难军都知蕃落使，一并入京。

正当曹光实前去接收银州时，留居银州的李继迁闻宋使到来，诈言乳母病故，出葬郊外，竟与同党数十人，奔入距夏州东北三百里的地斤泽之地。李继迁据地而号召党项各族部落，声势渐盛。曹光实率师袭击地斤泽，斩首五百级，焚烧了一千四百余间帐篷，李继迁大败仓促遁去，其母与妻子竟不及随奔，均被曹光实拿住，押回夏州。李继迁见势不对，派人上书曹光实，称愿意归降，等曹光实前去接收时，竟中了李继迁的埋伏，全军覆没。李继迁乘势袭据银州，并与四周各大部落结盟，先后迎娶各大豪族的女儿，以结亲的方式，势力日复强大。

边警传达汴京，皇帝便命知秦州田仁朗等，会师往讨。

说到这里，元休就愤愤道："既然如此，这田仁朗却甚是不好，既然领了君令，为何三族寨被围攻不去救援，却一味只请求增添兵马，而且又在军中饮酒赌博，怪不得他的部将都要向朝廷上书了。李相真是厚道人，还向爹爹求情，真是……"

楚王却眉头深锁，道："此事我却是要再向爹爹回禀，田仁朗之事，还须从长计议。"

元休问他："为什么？"

楚王道："正如李相所言，田仁朗素为良将，纵然再不明白事理，也不至于如此作为。且几位老将也不曾斥责田仁朗，问罪田仁朗，竟是爹爹自己先拿了主意，我心里有些不安。你也看见了，今日赵老相公不说话，寇準反质问他为何不肯为田仁朗出言。军前换将，是否太过仓促了呢？"

元休道："既如此，大哥何不出言？"

楚王摇头："朝堂上尽有谋臣良将，你我皇子，年轻识浅，初入朝堂，只宜多听多看，不宜逞强，若是说错话，丢的不只是你我的颜面，更是有损爹爹的威望。况此事爹爹已经有话，你我身为臣子，这时候出言，岂不是自寻没趣。"他虽得官家钟爱，却是行事得体，进退有据，若不是秦王之事万不得已，又岂会甘冒天威。正是因为他素日格外懂事，因此据理力争的时候，也才显得有分量。

元休乖乖点头，就听得兄长又与他分析科举之事："你可记得，前朝一次取中多少，皇伯父时又取中多少？爹爹在太平兴国二年取中几人？"

元休一喜，这功课他做过，忙道："前朝取士少则十余人，多则也就三十余人。皇伯父虽然办得不多，最多一科也就三十余人。爹爹，爹爹太平兴国二年，一次就录中了——"他扳着指头算了一下，颇吃了一惊："太平兴国那年，中了五百人！"皇帝自登基以来，就开过那一科，如今是第二次。

楚王点头，问他："可想明白了？"

元休想起那次甚是热闹，皇帝不但亲自录取，而且全体赐宴，还赏官袍，赏每人二十万钱置装与宴，夸耀亲朋。而且细想起来，这拨人也不过几年，多数都提拔了。就再问楚王原委，楚王却只叫他仔细想，自开国初时到如今，朝堂上那些重臣的变化。

元休细一想,除了大宋初年跟随太祖与当今皇帝一起打天下的将帅们外,文臣一系,大多是跟随前朝后周柴氏的旧臣,后来还有后蜀孟昶时的降臣,和南唐李煜、吴越归降时的降臣。

楚王叹息:"可不正是如此。"他历数着,前朝旧臣,皆出自河洛一带,从龙之功先占了上风。但自从后蜀、南唐、吴越的降臣加入以后,虽然是降臣,但在治理经济、管理民政上,却是行家里手。因此初时北人占先,但眼见着南人慢慢上来了。而这时候就明显看出朝上北派重臣排挤打压南派臣子的倾向来。

楚王就道:"这洛、蜀、浙三派,可谓占据本朝文臣大半。他们出身各异,先天抱团,要想治理天下,必须理清这三家的关系……"

元休抢着道:"而这些人,并不是跟随爹爹起家,并没有这份忠诚之心!可是,没有他们,这国家就没办法运转啊!所以爹爹要增加科举,这些人就都是由爹爹一手提拔,对爹爹有忠诚之心!"

楚王笑着点头,这个弟弟虽然娇惯了些懒散了些,但却是诸兄弟中最有灵性的,当下又道:"但你也要看到,天下兵乱百年,到现在还能够参加科举的人,会是什么出身呢?"

元休想了想,有些明白了:"大多数人,还是与这洛、蜀、浙三地相关的。"

这也是自然,这些年来王朝变幻,能够活得下来还能读得起书的,自然多多少少都与这些大族有着些关系,独善其身者反而少。但这是避不开的,重点是看君王怎么用人。

当下两兄弟一教一学,直至华灯初上,元休才回府。

刘媪见他回来,服侍着更衣。元休想着一日未见刘娥了,借故要到书房坐会儿。刘媪就道:"天色已晚,也不急在这一时。王爷今日起得早,正应该早些歇息才好。书房就在那里,不会跑了的。"

元休情知刘媪这话语带双关,只得笑了笑,不说了。

刘媪自刘娥入府以后,就没再提起过刘娥,她心知那个被韩王带进府来的外来女子有古怪,且以她的精明与权势,打听到刘娥的来历并不奇怪。一个瓦肆中卖唱的女人进了王府,先做绣娘,后做书房侍女,看这势头,必是韩王瞧中了她,要纳她为姬妾。小主子长大了,纳个喜欢的姬妾,这种事她这个奴婢管不了,哪怕她是个体面的奴婢,到底也只是个奴婢罢了,身在皇家,知道进退是生存头一条。虽然这女子身份来路上差了些,但她也只能旁敲侧击，略加规劝罢了。

可如今看王爷喜欢那人的样子，有些过了，她不免又还是要再提醒一下，当下笑道："前儿老奴进宫给德妃请安，德妃说起王爷的事来，说是如今二郎三郎四郎都大了，既出宫开了府，就得有个女主人。且等过了年，就要给几位王爷议亲呢。若有王妃进了宫，老奴也好歇息歇息了。"

元休一怔，正在端茶喝的手就停了下来。开府后就是逃不开的立刻成亲，这一常识他自然是知道的，可他初开府，竟是就忘记了这件事。可是他若是成亲，小娥，小娥怎么办呢？

他再天真，也不会自以为可以让刘娥做他的王妃，他的王妃只能是帝后从将相之家所择的。说自己宁可要一个从瓦肆里出来的小娘子而不要名门之女，这样的念头他心里偶尔会闪过，却哪里敢继续想下去。天地君亲，是伦理纲常，他从来不曾有过违拗的念头。大哥元佐敢于违抗父亲，凭的也是天地伦常，胜过天子的私心。大义当前，坦坦荡荡。可他，有的只是私欲啊，哪里敢起这样的念头。

可是天底下身份地位再尊贵的人，也逃不过一个"情"字，在感情面前，同样患得患失，同样卑微无助，同样恨不得把自己最好的东西都捧给对方，同样一想到对方会伤心难过自己就心痛如绞。

他怎么能告诉刘娥，自己要娶另一个女人呢？他要娶御赐指婚的妻子，这是规矩礼法。他想和心爱的人相守不掺杂别人，这是人之天性。没有人敢去违逆那规矩礼法，可同样没有人能够拗转那人之天性。

他平生都是顺从听话的好孩子，可此时忽然涌起一个极强的念头，他要在王妃进门之前，顺从自己的心意，大胆一次。

第十四章
十五及笄

钱惟演走进王府后院的时候,就见刘娥正坐在书房前面的廊下,捧着一本诗集,轻声诵读:"锦瑟无端五十弦,一弦一柱思华年。庄生晓梦迷蝴蝶,望帝春心托杜鹃……"

钱惟演站在窗外,看着气质迥异的刘娥,终于开口:"小娥。"

刘娥扭头放下诗集,怔了一下站起来道:"钱公子来了,我这就去叫王爷。"

钱惟演笑着摆手:"不急,王爷已经知道了,叫我来这里等着。"

刘娥便引钱惟演到书房内坐下,熟练地拿起茶具为他烹茶。

钱惟演眼睛落到旁边刘娥临写的字:"你如今看起来和以前不一样了。"

从前的她野性未驯,时时刻刻如一只准备搏杀的小兽,哪怕在桑家瓦肆装模作样地模仿其他的歌伎学着曲意逢迎,也到底是野狐不似家兔。

而此时,她留在王府数月,就如同一只已经被驯养了的小狐,收起了爪牙,显出一种慵懒闲适的温驯来,只是少了些活力生气。

刘娥自己倒没觉得,笑道:"我也不知哪里竟不一样了?"见钱惟演沉默不语,刘娥反而来了兴致,问他:"你说啊,我哪里不一样了?"

钱惟演看着她,忽然问:"你如今开心吗?"

刘娥本以为自己会不假思索地说"开心",可是话到嘴边,忽然就是一怔。韩王待她温柔体贴,尊重呵护。韩王府的生活极其富贵,对比她以前的生活来说,是不可想象的好。说不喜欢那是违心,可若说是喜欢……

她想到她走过回廊里,那暗中射来的嫉妒眼神;那些体面的管事看她的眼里,是掩不住的轻视。整个王府中,待她好的,除了韩王,也不过就是钱惟演、如芝、张旻等寥寥几人罢了。而她深知,这些人待她好,也不过是瞧在韩王的分上罢了。

她不怕别人待她不好，别人越是针对她，她越是有回击的兴奋。可是这种只有眼神和窃窃私语，却毫无行动的敌意，教她就是有满腹的恼怒，也无从发作。她更是不屑为这样的小事，去和韩王说别人待她不好。

她读的书少，不知道"千夫所指，无疾而终"的意思是什么，可是周遭这样的氛围，就是再强悍的心性，也不免会受到影响。这样的影响，是韩王待她再好也无法完全抵消的。她懂得那种眼神，就像是鬣狗跟在受伤的狼身后一样，就像是秃鹫跟着未死的人身后一样，那种等着对方失去反抗能力以后咬死对方的笃定恶意。

她唯一能做的，就是努力再努力，让自己表现得更好，配得上王爷待她的这份心意，努力让自己更接近那些看上去举止优雅的侍女，那些"宫中出来的人"，让别人再也无法挑剔她的野气、土气、没规矩、没才华。她极为努力，也进步很大，但可惜的是，她毕竟学习的时间太短，再怎么努力，也无法达到想要的脱胎换骨。

钱惟演看着她怔神，也是有些心悸，再问她一句："你不开心吗？"

刘娥回过神来，忙笑道："怎么会呢？王爷待我极好，我怎么会不开心。"

钱惟演见她提到王爷，眼中顿时焕发出神采来，嘴角也不由得多了几分笑意，心中暗忖，不枉王爷这番水磨功夫潜移默化，她如今果然心里也是有了他。当下又轻轻道："可是府里人待你不好？"

刘娥怔了一下，眼神微有飘忽，道："不是的，府里那些人待我也是很好的。"她顿了顿，又补了一句："真的没有人待我不好。"

她这话若是说给元休听，元休自然就忽略过去了。可钱惟演却是曾经一朝从皇子降为臣虏，自吴越归宋入汴京的一路，受过辱，忍过气，也面对过各种恶意的眼光，他这一听，就听出来了。面上没有人待她不好，但她必然是感觉到了十分的不好，才有这样的话。但当下他也不说出来，只低头饮茶。

及至元休来了，刘娥知道他们有事要谈，忙出去了。

钱惟演看着刘娥出去，看着元休一直目光炯炯地盯着刘娥背影，心中好笑，道："王爷，你平日里还看不够啊？"

元休眼睛闪闪发亮，他也不掩饰，直接道："是看不够。"接着就炫耀起来："你可不知道，她实在太聪明了。惟演，她学得比我快多了，简直一教就会,根本不需要教第二次。"刚开始的时候,他也不过是好奇,想看她能够学到多少,结果她是一张白纸,更是一块璞玉,眼见着她在自己身边,呈现出无与伦比的美丽,这种感觉实在是太神奇太美妙了。

钱惟演由着元休夸耀,却也只是笑笑不说话,静静地听着。

元休滔滔地说了一大堆刘娥的好话,却又别扭起来:"只是,我觉得她似乎没有想象中的开心。问她,她又不说。惟演,你说我应该怎么办呢?"

钱惟演就问:"你可知道是什么原因?"

元休有些犹豫,他也猜到了什么,可又无法确定:"若是有谁对她不好,她只管告诉我,我与她出气便是,可她为什么不说呢? 难道是我哪里做得还不够好,还不能教她放心吗?"

那日刘娥回来,虽然不再提离开的事情,可他与她的感情,却让他始终有一种七上八下的感觉。她是打消了离开的念头,打算与他厮守终生,那眉宇之间的安定,言行之间的温顺,都是可以看得出来的。

可是这不够,不够。可是具体哪里不够,他又说不出来,只觉得内心有一种不满足,有一种似火烧灼的急切与焦躁,他希望刘娥能够待他再好些,可又不要府中侍女们对他的那种好,更不要宫中妃嫔对他的那种好。他这一生长于脂粉堆中,得到女性的温柔爱护已经太多。可是他对刘娥的渴望,并不是那种。他希望与刘娥更亲近些,希望刘娥待他再好些,又希望刘娥待他再坏些。

他看过那种春宫图,他也有春梦,梦中会梦到刘娥。他看过刘娥之前在瓦肆与龚美相处,那种肆无忌惮的亲密让他羡慕。可他要的又不只是那些,有时竟会希望刘娥会骂他打他咬他,他觉得这种想法太荒唐,可一想到心里又有些痒痒地,忍不住去抓挠。

元休结结巴巴地说了几句凌乱的话,又觉得羞耻,并不想真的把心底最隐秘的快乐展示于人前,可又想让钱惟演帮助他解决心事,越说越是沮丧起来。

钱惟演见元休说得羞窘又含糊,当下已经明白,暗叹一声,道:"王爷自那日寻了她回来之后,可曾有进一步的表示? 或者定下名分来?"

元休一怔,还是摇了摇头:"那一日我说过,一切都要她自己愿意。况且,那一日她大发脾气,我又如何敢与她再提。"他虽然恼了雷允恭的胡闹,可细想来,自己又能给出什么? 他能够说,自己的心里,只有刘娥一个,并无旁人。可是他却不敢说,他只娶刘娥一个。

所以他开不了这个口,雷允恭是说得直白,可他最终也无法对刘娥说,让她成为他的妻子,也许他在心里早已经把她当成自己未来的妻子,可是现实中,他却给不了这个正室之位。

甚至他会娶别的女人为妻,而他能给刘娥的,顶多不过是一个妾室之位而已,或者在皇家,可以是一个能上玉牒的侧妃。可还是个妾啊,他知道这是刘娥所不愿意的,就更加说不出口,不敢说出口。

钱惟演叹道:"刘娘子只不过不愿意被人轻亵,因此才离府出走。但她绝对不是个狂妄无知、不明事理的人。王爷待她如何,她岂能不知。她既肯回来,自然是心仪王爷。也当明白有些东西,王爷做不了这个主、许不了她,这和轻贱她是两回事。王爷,你只要尽你的心给了,而不是轻言欺瞒,她自然能够明白。反而是王爷黏黏糊糊,不肯予一句准话,才教人心冷。"

元休听了这话,却似醍醐灌顶,当下就兴奋地站了起来:"我,我岂是不肯予她!我只是怕再惹了她生气罢了。"向着钱惟演一礼:"好惟演,多谢你了。我这就去准备。"

此时正值年底了,元休既得了主意,就去准备,却只瞒了刘娥一人。

转头新春佳节来临,元休忙着各种大典,每日里只是出门前与刘娥匆匆一别,晚间回来也就到书房一会儿,又要赶着各种贺表等,两人也交流得不多。

及至元日时,皇帝召诸皇子共享家宴,元休本以为这就是一次走过场的家庭欢宴,老二元佑写了长论,老三元休献了书法,老四元隽舞了剑,老五元杰赋了诗,席上欢声笑语一片。

唯有元佐却是一直发愣出神,及至皇帝问到他,可有什么想说的。谁晓得元佐居然抗声道:"往年元日,我们合家团聚,热闹非凡。可今天的宴席上,爹爹不觉得冷清了许多吗?"

皇帝顿时把脸沉了下来,李德妃慌忙打圆场:"大郎莫嫌冷清,等你几个弟弟今年择了婚配,怕是明后年就热闹了。"

众人也都笑了,诸皇子赶紧打混:"正是,正是。"

不想元佐完全不理会众人的"好意",直接站起来走到正中跪下,道:"爹爹,臣说的是四皇叔,是德恭、德隆几位兄弟!往年大家一起多么热闹,如今少了这么多人。我们在这里欢宴，还不晓得他们在房州如何……"

李德妃心中暗道"糟糕"，急急打断元佐的话："大郎，房州那边，自也有官家赐下的年节赏赐，你不必记挂。"

皇帝却沉下脸来，一摆手："你不必打岔，让他说下去。"

元佐却不去看李德妃与元休焦急的神色，只管自己说下去："爹爹，当初说四皇叔和卢多逊谋反，如今半年多过去了，并无更多实证，不如就此赦回吧。"

皇帝更加气恼，指着元佐喝道："他哪里冤枉？光凭他挑唆你，离间我们父子，朕就没冤枉他！"

元佐急了："爹爹，你不讲理吗？"又情知皇帝如今不与他讲理，辩驳不得，只得磕头软求："爹爹，四皇叔从未挑唆什么。臣凭的是一颗做儿子的心哪，为的是爹爹……"

皇帝已经不想听下去了："住口！朕和他几十年兄弟，难道还不了解他吗？他心存不满不是一日两日，你无须多说！继恩，把楚王带回东宫，好好休养。"

王继恩连忙上前，强拉了楚王离去。

元佐起初甩袖不肯，李德妃在主位上不停摇头，元休又拉着他衣袖，王继恩又孔武有力，抱住了他连哄带劝地下来了。

生了这么一场变故，殿内顿时有些冷场，所有人面面相觑，谁也不敢说话。

元佑心中有说不出的快意，趁机道："大皇兄也真是的，这么喜庆的日子，却要触怒爹爹。身为人子，委实不孝。"

李德妃见他说出这样的话，分明是有心离间，一皱眉头，想要开口阻止他继续说下去。

不想皇帝此时正恼，他自己恼了大郎是一回事，别人却是说不得的，二郎说这样的话，皇帝顿时迁怒起来，恼道："这是你这个做弟弟的该说的话吗？他是你大哥，还轮不到你来说他孝不孝！你自己的孝悌恭敬又在哪里，没人伦的东西！"

这话说得重了，元佑惶急，跪下哽咽道："爹爹说这样的话，教儿子如何敢受！"说着重重磕起头来。

李德妃忙道："二郎，官家如今正生气，你别添乱了，孙妹妹快带二郎下去，好生劝着他。"她这话，却是看着元佑的生母孙氏说的。

孙氏素不得宠，眼见明明是楚王冒犯，皇帝却迁怒自己儿子，李德妃更是借机挑事，心中委屈，却不敢说，只得上前去拉元佑："二郎快下去，怎么这般没眼色？"

元佑满心伤怒，被父亲扣上一顶"没人伦"的帽子，教他以后在兄弟们中如何抬头，岂能不辩解一下？然而皇帝盛怒，李德妃还借机拿他生母作伐，待要再留下来，只怕就让生母难堪，只得忍气吞声，随孙氏回了她的宫里，只是越发满心愤恨。

孙氏也只得劝道："你同大郎争什么，明知道你父亲就只肯受大郎的气，其他人又算得了什么？前些日子他们父子不和，满宫里连娘娘带我们都噤若寒蝉，如今好不容易好了些，我们也只是念佛呢。你不劝着好些，反去踩他，岂不是自讨没趣。还让娘娘……"说到这里，不禁拭泪。

李德妃无子，偏前头大郎与三郎的生母早没了，她早将二子视为便宜儿子，大郎有皇帝宠爱着，她插不上手，就在三郎身上下功夫，哄得三郎亲近于她之后，借机将娘家侄女嫁与大郎。

偏生二郎心气高，处处与大郎争风，又爱在三郎跟前摆哥哥的谱，教三郎吃了几次暗亏。三郎傻，吃了亏也不觉得，却教李德妃记在心里头，借故就发作孙氏教子无方。孙氏满心委屈，却又拿这个从小就有主意，如今又已经开府封王的儿子没办法，只能受夹板气。

如今不免唠叨起来："前儿德妃说，要从将相门第给你们择偶婚配。你也好生收敛些，你府上有个宠婢，这事儿连德妃都知道了，还拿这事跟我说，若没个决断，也不敢拿好孩子给你。"

元佑顿时瞪起了眼睛："她敢！我是皇子，岂是她能够胡乱作为的。"

孙氏愁道："你今日惹了官家不高兴，就怕她借机生事。"

元佑冷笑："由不得她！"心下却暗自思量起来，同孙氏道："您看着她这些日子请了哪几家的闺秀来，我自有主张。"

果然，次日就听说李德妃准备过得数日，待花开之时，请十余家将相之家的闺秀进宫赏花，元佑打听得有韩国公潘美之女，心生一计，就借故商讨兵事，频频往潘府讨教。

不久连皇帝也听到了一些风声，他知道这个儿子自幼心高气傲，潘美是开国重臣，他的女儿自然是值得婚配皇子的。他看了看李德妃报上来的诸女名单，心里也暗暗择了几个。

皇子后宫，诸般为配婚之事使劲，唯有元休置若罔闻，只一心筹备要事，这日就兴冲冲回家,叫了刘娥道:"快换件衣服,我有事带你出去。"

刘娥一怔,问他:"又要去哪里?"

却是自那日后,元休总是拉着她出去玩,这些日子玩了许多地方,弄得乳母刘媪都有些烦言了,私底下劝了元休几次,元休口中应着,这几日果然出去少了些。这种事自然是瞒不了人,也有人悄悄就透给刘娥知道了。

刘娥观察了元休几日,果然见他也不如前些日子那般经常同自己在内书房待着一起读书习字,倒是多在外书房与属官伴读们商量事情。

如今刚过了元日,又还不到十五,不前不后的,这时候出去又有什么好玩的。刘娥迟疑了一下,如芝见状,忙拉了她出去换衣服,劝她:"王爷肯带你出去,你又犹豫什么?"

刘娥心中惴惴,道:"我怕嬷嬷又要责怪我引得王爷出去,不好好读书……"

如芝笑道:"大年节下的,都是出去玩的时候,谁来读书?你素来大胆,如何这些日子来竟胆小起来?"

刘娥怔了一怔,她也感觉到了,她素来是天不怕地不怕的人物,可是自那次元休将她找回来以后,她反而变得患得患失了。若在以前,她是不怕与人争、与人闹的,也是不怕走出去的。可是她晓得了王爷对她的心意,看到了他对她的种种付出之后,她却不能不顾忌了。

或许,是她心里开始有他了,所以不想因为自己与别人闹矛盾,而教他为难。她知道他是极为心软的,这府中上下服侍的人,他多少都是有感情的。可就是因为她受了欺负,他将服侍他多年的侍女嫁了人。就是因为她暗中哭泣,他又去追查谁让她受了委屈,最后将一名属吏处分了。

他为她做得越多,越成了她沉甸甸的负担。

她只笑了这一下,如芝却已经明白了,这些日子以来的事,她才是最清楚的人,当下握着刘娥的手,道:"小娥,你不必如此。我们女儿家的好日子不多,王爷待你好的时候,你若还怕了别人,将来岂不是更受人磋磨。唯有在这时候立起来,收服了他们,将来才有你的清净日子。再说,这些人原是自己有错,又不是你害的。"

刘娥明白她的意思,不仅是如芝这么想,恐怕这府中除了韩王以外的人,都是这么想的,看着她的受宠能到几时?连她自己,又何尝不这么以为呢。在韩王惩处几个人以后,如今众人都捧着她,再没有一个人会去为难、得罪她的。哪怕是乳母刘媪,虽然也倨傲如故,见着她始终也没给过个笑脸,但却也没有再给过她难看的脸色或对她说难听的话了。顶多冷着一张脸,说她几句"好自为之""小心服侍""不得骄傲"罢了。

所有的人都在等着,等着韩王有一天厌倦了她,到时候,她还能如现在这般得意吗?

所以她并没有得意,也不敢得意。或者像她这样的人,这时候最好的办法就是趁着有宠的时候,多要些赏赐,多攒些钱,这样等到她不得宠的时候,至少还有银钱傍身。

她虽然极爱银钱,可这时候,却反而不愿意用这种宠爱替自己捞钱。她若要钱,她会坑蒙拐骗,她会拼尽全力,哪怕是折手烂脚从油锅里抢钱也会干。可她却不会也不能以这种关系在韩王身上弄钱。

或许哪天他又有了别的喜欢的人,对她不再一心一意了,那时候她或许会争宠卖好地从他身上拐钱。

可现在,她不愿意。

她不愿意利用他对她的好,也不愿意糟蹋他对她的好。

她回过神来,对如芝一笑:"我哪里是胆小,我是怕生了意外。"

如芝给刘娥换了衣服,才一出去,元休就急急地拉着她出门了。

两人出去时,有时候就作主仆打扮,有时候却让她扮成个小书僮,也有时候一起扮成书生,这次出去,却是只换了一身普通的出门女装,出去之后,就坐上马车,没走多远,就到了一处停下。

刘娥下马车,就见着一所小院,门面既小,院子看上去也普通。正疑惑元休怎么会带自己来这样的地方,就见门内迎出来几人,当前正是龚美,还有张旻、王继忠等一帮属官。

刘娥诧异:"这里是……"

王继忠就笑道:"这里是龚美兄弟的新居,这一条街就在王府右巷,都是府上侍卫住的,左边是我家,右边是宋师傅家。"又指身后几个妇人,道:"这是我浑家,这是宋师娘与她闺女。"

却是元休安排龚美做了护卫,跟着武师傅学艺,又安排了房子。前些日子刚搬过来,今日就安排给他暖宅。

王继忠家的与宋师娘及她的女儿宋大姐拥着刘娥进来,就见小厅中已经布置了几套钗筝,这才听得龚美道:"小娥,今日是你十五岁的生日,我、我……"他"我"了半天还是说不出来,索性就说了实话:"王爷特意安排让你在我这里行及笄礼,还请了宋师娘与王大嫂来给你帮忙。"

刘娥怔住了,她忽然想起,正月初八,正是自己的生日。

可是她从小到大,也就是婆婆在的时候,会在她生日时给她煮一碗汤饼,多一个馒头,及至她们开始逃难以后,她再也没想起过自己的生日。

原也就是那一日,元休问她几岁了,又问她什么时候生日,她只随口说了,哪里晓得,他居然会给自己这一份大礼。

原来元休听说女子十五及笄礼最是重要,他本想安排让乳母刘媪给刘娥授笄,但刘媪哪里肯,他求了半日就是不松口,元休就索性安排在龚美的新居办,又想假借龚美之意,龚美听说此事也是不胜感激,还问了一下隔壁的宋师娘,于是就请了左邻右舍来帮忙。自己本也要依着元休吩咐说的,只他是个老实人,说了半日,还是不肯冒人之功,干脆将实话说了出来。

贵人行及笄礼,要请正宾、赞者、执事等,器物华贵,仪式繁杂,要有笄、簪、冠三样,并一堆拗口的言辞。他们这等普通人家,也就节省些来,只宋师娘来为刘娥作正宾插笄,王大嫂在一边作赞者相助,宋大姐帮助做执事端盘子。先是刘娥跪下,宋师娘就解了刘娥的头发,再重新盘了,用布巾包上,又从盘子里拿了一支玉笄插了,说了几句祝词。王大嫂也说了几句吉祥话,龚美当她娘家哥哥,说了几句勉励之语,于是仪式就完了。

随后就摆了桌子,宋师娘与王大嫂帮忙,去厨下端了早就烧好的菜来,摆开宴席。

元休拉了刘娥入座,却让她坐在自己身边。刘娥本能地推让,元休笑道:"今天你是寿星,又乔迁新居,不但要坐在这儿,待会儿还要你敬各人的酒,谢大家给你庆生。"

刘娥万没想到,元休居然会给她过生日,甚至为她举办及笄之礼。这样的仪式,她听说过,没见过,更没想象过自己能够拥有。也许这种仪式对于元休来说还太简陋,但对于刘娥来说,却是做梦也不曾想过的好事。

乡下的丫头,长多少岁,也不会有人给她过生日的。她看过的那些乡野丫头,更不可能有所谓的及笄,不过是看着有些大了,三斤猪肉,几十斤稻谷,就换给人当婆娘了。哪有汴京人这么珍而重之地举办及笄之礼,再议亲,再隆重嫁出去?

刘娥从进来就是懵懂的样子,她的脑子里一片空白,懵懂着跪下,懵懂地行礼,直至坐在席上,仍然觉得在云里雾里一般。

元休笑道:"今日寿星最大,我们都要敬她一杯。"

众人都笑着起哄来敬刘娥,刘娥的酒量却是大的,且今日的酒甜丝丝的,并不醉人,如此喝了几杯,不觉有些红晕上脸,元休却不许众人再灌她,只自己倒了一小杯,道:"喝了我敬的这杯,就是最后一杯啦。"

众人都听他的,当下也只是奉承一番作罢。

刘娥倒有些不安,道:"天色不早了,王爷,咱们也要回去了。"

元休正中下怀,就道:"好,那我们早些回去。"

他带着刘娥出了门,上了马车,等马车停下时,却不是原来出来时的右门,而是从后门进来。

刘娥熟悉府中的路,知后门进来,先经过一个后花园。谁知道元休却不带她往前走,而是转过一个假山,却见前面一个小楼,元休带着刘娥进来,指着正中顶上对她道:"你看上面的字!"

刘娥抬起头来,见匾上的飞白书三字"揽月阁",正是元休的亲笔字迹:"原来是你写的,如何带我到这里来?"

元休心跳得厉害,面上笑道:"还记得吗,上次你对我说你名字的来历,原是你母亲在怀着你的时候,梦月入怀,所以起名嫦娥的'娥'字。"

刘娥点点头:"记得。"

元休道:"那时候我还说,怪不得你长得跟天仙似的,原来我的小娥本来就是月宫仙子下凡呀!因此前些天,我就悄悄叫人把这藏书阁重新整理了,如今专门拨出来给你住。我最喜欢的那些书,却没整理出去,还留在书房里。揽月揽月,就是把月中仙子揽在怀中,红袖添香夜读书。"

刘娥似感觉到了什么,却又有些不敢置信:"给我住?为什么?"

元休却拉着她,走上楼去,推门道:"你来看看。"

刘娥抬头看去,这是一间卧室,床上挂着百子帐,枕上绣着鸳鸯图,案上摆着大红烛,还摆着两套喜服。

刘娥震惊,转头看向元休,颤声道:"王爷,这,这……"

元休见侍卫们都在楼下,如今此处只有两人。鼓足勇气去牵刘娥的手,眼睛却只敢看着窗外头。他这手前前后后轻微地划动了几下,一次,两次,第三次终于牵住了刘娥的手,脸上装作若无其事,嘴角却笑开了。

刘娥原见他眼睛看外头,自己的眼睛也看向外头,却不料这手来来去去触到她的手,却是一触就逃开,又试着划回来,她只低头不语。

元休试探地叫了一声:"小娥——"声音有些发抖。

刘娥"嗯"了一声,也道:"王爷。"声音却细若蚊蚋。

元休壮了壮胆,抖着声故作镇定:"我一直叫你的名字,你却一直叫我王爷,这很不公平。"

刘娥努力不让自己的声音也抖起来:"我不叫你王爷,那能叫你什么?"

元休只觉得握着刘娥的那只手,手心在发烫,有一种痒痒的感觉,从手心一直传到心底了,只能强撑着继续说:"家里人都叫我三郎,你也叫我三郎吧。"

刘娥低声:"我又不是你家里人。"

元休低声:"可我把你当成我家里人啊。"

刘娥低声:"可我,不是你家里人啊。我哪配当你家里人?"

元休:"你、你愿意跟我一直这样手牵着手,一直不分开吗?"

刘娥脸色更红了,却说:"我不知道。"

元休急了:"你怎么会不知道?"说到这里,他的声音忽然就不抖了。

刘娥低声:"我只是个什么都没有的野丫头,万一有一天,谁看我不顺眼,把我赶走了呢?"

元休扭过身,看着她,郑重地:"不会的,有我在,我不会让任何人把你赶走。你愿意和我每天一起看花赏景、弹琴唱和、读书写事、骑马观景吗?"

刘娥欲往回抽手:"不,不,我……"

元休急问:"你不喜欢吗,这三个月的日子,你不喜欢吗?"他眼睛都急得红了,额头汗都出来了。

刘娥脱口而出:"不,这三个月是我有生以来最好的日子,我做梦都想天天过这样的日子。"

元休笑了,握紧她的手:"那我们就天天过这样的日子,一生一世。"

刘娥迷茫地问道:"真的能一生一世吗?"

元休自信地回答:"当然能。上头有大哥,又不需要我来建功立业,我只要做个逍遥王就足够了。官家从来也没有怎么管过我。大哥他虽然会管我,但他更疼我,所以会更希望我能够过得开心啊。"

刘娥看着元休自信的笑容,更迷茫了:"我,我……"

元休问她:"你只要告诉我,你跟我在一起开心吗?"

刘娥不由得点头:"开心。"

元休再问:"你愿意和我一起,天天过这样的日子吗?"

刘娥犹豫:"我们,真的能够永远这样下去吗?"

元休道:"当然能。"

刘娥嗫嚅着:"可是……"

元休急了:"别'可是'了,来,相信我。"

在他的眼神中,刘娥终于点了点头。

元休握着她的手,郑重道:"小娥,我的婚事不由我自主,将来必是官家定的。可是我自己喜欢谁,却是可以自主的。你是我心上的人,我想让你知道,我并不是把你当成丫鬟,当成侍妾,而是当成我珍视的人。小娥,寻常女儿家有的,你过去不曾得到的,我都会给你补上。都说女子及笄,方可出嫁为妇。所以这揽月阁我都安排好了,却要等到你及笄之后,再带你来。我不会让你到我内室来侍候,你……你是不一样的。哎,你别哭啊,别哭啊……"

刘娥听着元休这番话,竟不知什么时候已经泪流满面。她性子坚韧,不轻易落泪,此时却是再也控制不住。她不怕别人待她不好,却怕别人待她太好,而如元休这般待她的,更是让她不知所措。他说过,他不以寻常奴婢待她,她先前是不信的。然而他为了让她明白,在她出走又回来之后,却还是什么也没有做,更不如她或其他人猜想的一样,让她进内室侍寝,而是让她留在书房内,还珍而重之地待她过完十五生辰,在龚美的住所为她准备了及笄礼,就是想让她有一个娘家。又默默地准备了揽月阁,有喜服有百子帐有鸳鸯枕有双喜烛。

他并不拿她当奴婢一样亵玩,而是当她是一个堂堂正正的良家娘子一般,她是在娘家举行过及笄礼后再进门,与他有过一个正式的仪式后,才结为爱侣。他给了她自己能做到的一切,而她,她能给他什么?她想,不过倾我所有罢了。

这一夜,春宵帐暖,鸳鸯成双,水乳交融,欢愉无限。

或者这个世界上,真是有一见面就契合,从身到心,都可以融为一体的。元休本以为与刘娥四目相对就是欢喜无限,及至红袖添香、握手执笔,甚至耳鬓厮磨、唇齿相交,才发现世界上居然还有如此美好的事情。

然而比起云雨之欢来,前面所有一切的欢愉,则又如同杯水与江河的差别。几乎每一天他都在发现生命的美妙之处,发现造化的玄妙之处。他们彼此探索着对方的一切,又将自己的一切交与对方。他们是世间完全不一样的两片叶子,在一起就成了新的世界。

他会跟她说起自己小时候如何逃学,如何与兄弟们一起捉弄老师,背着父亲淘气,被府中宫中的姬妾妃嫔们纵容;而她会跟他说起蜀山之险,在野地里怎么抓鸟雀,如何辨别有毒无毒的植物。

他会跟她说起书上的故事,词赋的典故;而她会跟他说起乡下的鬼狐之谈,难民们的各自经历。

他爱她野性大胆,她爱他博学多才。

他惜她经历坎坷,叹自己竟不能于身旁庇佑;她羡他出身富贵,更爱他性情恬淡,无怨无尤。

两人自此以后,如胶似漆,一刻也不愿分离,偶有分开,就如同生离死别般依依不舍。元休自外头回来,必会先跑去见刘娥。元休原来的内院,竟似成了摆设,如今都宿在揽月阁里了。

元休把如芝拨给刘娥服侍,又派了两个小丫头。名义上说这是自己的小书房,实则成了藏娇的金屋。

他这一番动作,自然瞒不过主管府中事务的乳母刘媪,那日百子帐、鸳鸯枕、喜服、双喜烛这些物件的添置,更是明明白白。棠嬷嬷便对刘媪道:"刘媪,王爷这般做,可是要生事端的。"

刘媪看着账本,眼也不抬:"有什么事端好生!"

棠嬷嬷道:"那这刘娥算什么?哪有这样的,置办这些东西,这算妻还算妾?"

刘媪微笑:"这算什么,王爷一日未娶亲,就还小。三岁小儿还拉个小娘子假扮拜天地呢,他不过是拉个在小书房侍候的丫鬟扮家家酒玩耍罢了,值得什么事儿!"

棠嬷嬷顿时明白:"还是刘媪见多识广,果然不过是跟个丫鬟玩耍罢了,也就这般定了。"

刘媪就道:"揽月阁小书房,就两个二等丫鬟,两个三等丫鬟定例罢了。其他咱们就不理会了。"当下就把这件事轻描淡写揭过了,刘娥在原来书房中算二等丫鬟,刘媪这般做,也不过就是在账上把刘娥从内书房划到小书房侍候罢了。至于揽月阁其他诸事,那自然是王爷的开销。

元休于是称心如意,不管其他。

第十五章
元宵灯节

过了几日，正是元宵佳节。

刘娥自来京城也不过一年多，去年元宵节时，她还在孙大娘的铺子里战战兢兢干活，哪里有工夫去看灯。今年却是未到过年，就听得府中上下都在热议灯节的事。这里有许多侍女都是自宫中出来的，跟随韩王出府也不过是头一年，因此都一心想去看花灯，且这花灯是从初一到十五，唯十五这日是最热闹的。韩王已经有旨，说十五那日能出去的都可以出去，只消留少数人值守就是。

她也早得了信儿，说是这日要出去看花灯。元休一早就上朝去了，因此王府的侍女们也早早打扮起来。而如芝也早拉了她去打扮，此时听到消息说王爷回来了，忙迎了出去。

到了小花厅里，见府中侍女们都极力打扮起来等着了，韩王元休坐在上面，正等得不耐烦，看见刘娥一身白衣，戴着绢花和首饰插置成的花冠进来，就站了起来，笑道："终于来了，就等你了。"

刘娥见众人都穿得花红柳绿，只她一个人是白色，原就诧异，只是当时如芝说，这是王爷吩咐的，因此满怀疑惑，此时就问："王爷，我要不要换一套？"

如芝笑着拉她："真是傻丫头，今日穿白才好呢。"说着指那些侍女们手中提着的花灯，拉着刘娥从各色灯前走过，但见不同的灯光把刘娥的白衣映成了七彩。

元休得意地道："今天街上会有各色花灯，只有白衣为底，才能够映出七彩之色来。"刘娥自然知道这一切都是他的安排了，想也是因为如此，所以其他侍女都不穿白，以免与她相撞。

果然走到街上的时候，但见人群往来，挤挤挨挨。正是一年最热闹的时候，有些是阖家出门，有些是好友结伴，都穿上自己最好的衣服，女子戴上最美的首饰争奇斗艳，小孩提着各色花灯欢蹦乱跳。

　　刘娥细看，果然有些女子也穿白色，只是人数较少，衣着看着更高贵些，可见知道这个道理的人也不多。

　　他们这一路行来，就已经见着各式各样的花灯争奇斗艳，待出了宣德门外，但见一轮明月高悬夜空，整个汴京城被各色彩灯照得灯火通明，宛若天宫。

　　宣德门外东西向的潘楼街上已经设好了隔离带，长达一百多丈、用带刺的树枝编成的防护栏中，放着的就是"棘盆灯"。栏内竖起几十丈高的巨竿，用彩绸捆扎，间隔悬着各种神佛、贤人、帝王、才子佳人等造像灯，凡有风吹动时，人物衣袂飘飘，仿佛活了似的。宣德门到州桥的南北向大街上，两侧也都隔开，两边望不见尽头，皆是各色的灯山。

　　中间又搭了戏台，各种艺人说书演艺，这人山人海，仿佛是放大了一万倍的桑家瓦肆，更兼街上人来人往，两边酒楼茶肆，真个是人声鼎沸。

　　这时候就有人拿来了一个莲花灯碗来，但见这铁枝筑成的莲花灯碗精致而华丽，灯碗中心放着点燃的香烛，小小火花的亮光透过枝枝蔓蔓的莲花灯碗映射到外面，漂亮得璀璨夺目。元休就让刘娥低头，小心地插到她的花冠上来，如芝在一旁，捧了镜子照给刘娥看。

　　刘娥看着镜中的自己，花冠上顶着莲花灯，如同活了一般，映得脸上更加艳色夺人，不禁惊奇道："这是什么？"

　　元休见她似要伸手去探，忙拉住，道："别动。"又说："元宵节不仅要提灯、看灯，还要把灯戴到头上去，你看，多美。"

　　刘娥不禁赞叹："怎么会有这等巧思？这可是怎么做成的？"

　　此时雷允恭把一串铁枝缠绕的"火杨梅"，插到了元休的帽子上。元休又拿过一枝来，同刘娥细细说着原理："这叫火杨梅，先做成铁树，再做出花样来，将枣粉、炭屑、油蜡拌成的圆球，一串串点缀在铁枝上，点亮了，便如火花在枝头招摇。"

　　刘娥惊叹："当真了得！"再扭头看去，果然见张旻等属官护卫中有数人头上也插着"火杨梅"，再看路上行人，也有些插了行走。

　　元休拉着刘娥的手，指了指两侧的花灯："这么多花灯，你第一次见吧。"

刘娥忙转头看去,见两侧的各色灯盏,走马灯、皮影灯、龙凤灯,甚至还有店家门口摆出高达丈余的假山灯,上面流水、树木、花鸟鱼虫,俱是明灯。

元休笑指那站在山上的仙子,白衣飘飘,同刘娥道:"你看,这仙子莫不是你?"

刘娥嗔道:"不要乱说,那分明是姑射仙人。"

元休低声:"在我眼中看来,你比那姑射仙人还要更美。"

刘娥红了脸,不去理他。

元休又说:"何止是那姑射仙人,你是月中嫦娥呢,你比那织女、洛神、九天玄女都要美上百倍千倍,小娥,你就是世上最美的人!"

刘娥忍不住,羞得扯他:"你别说啦!"

元休说了几句疯话,见刘娥不理他,就道:"这边不好看,我们去那边看,还有更多更热闹的呢。"

刘娥更惊诧了:"难道这里还不好看吗?"

元休道:"自然不算,你看了就知道了。"

刘娥就随着元休慢慢走去,确实是快不起来,这街市上挤满了人,幸而他们一行人多,又有许多护卫,如此前后护持,方能够安稳前行。忽然又一拨人卷过来,差点连他们都要被推挤到。元休看得紧张起来,忙叫刘娥把头上的莲花灯摘了,自己也把那"火杨梅"摘了。

刘娥还道:"没事,我不会乱动的。"

元休劝她:"你若喜欢,回了府里我给你做十个八个。这里头人来人往的,不过是戴着玩的,岂能叫这些拘了自己。"

当下给刘娥摘了莲花灯,又取了几件亮闪闪的首饰再给她插上,这才手拉着手儿往前走。

刘娥再看左右,果然也有不少人为着刚才那一波乱流,都把头上的火花摘了。

这时候人挤得厉害,有侍卫说前头还有菩萨灯,只是刘娥担心挤得慌,又觉得这样兴师动众的,便看着元休道:"要不,我们先回去?"

元休却道:"一年难得元宵,金吾不禁。既然出来了,你陪我再去玩玩。"

刘娥还道去玩什么,却是元休拉着她往前跑去。但见前面一溜的铺子,有铺子前面摆着一些玩具、摆件和饰物,还有一个圆盘,元休随手拿起一个钗子,在刘娥头上比画一下,笑道:"这个钗子倒配你。"又问:"这钗子多少钱?"

那铺主却笑道:"官人既然喜欢,何不扑一个?"

就见侍卫王继忠上前给了些钱,拿了十支小箭过来呈上,元休就笑道:"且看我扑一个来。"于是拿了一支小箭,那铺主就转动那木制圆盘,元休掷去,那铺主就笑道:"恭喜官人,中了一套泥哨儿。"

说着就拿了个摆在地上的木盒,里头却是一套用泥烧制的小鸟小兽小人,手工颇有稚拙之趣,却是个个都能吹响,元休顺手拿了个小鸟的一吹,有点像鸟鸣,刘娥拿了一只小狐,果然有点类似狐叫,刘娥兴起,拿了个小人一吹,却有点儿啼之声。

只元休却道:"还没投中刚才那只钗子呢。"又投了一次,却是投中了一只雏鸡风筝,元休急了,又投了一个,结果却是投了个空。

元休就有些懊恼,顺手将小箭往刘娥手中一塞,道:"你来投投看。"

刘娥幸而在瓦肆混过,只这些关扑虽是看过,却是没玩过,心里有些惴惴。当下拈了拈小箭,有些慌乱地扔了出去,不想才扔一半就掉落了下来。

那铺主刚想说:"小娘子这一投未中……"却见刘娥脸上露出懊恼之色,张旻却站在后头向他大使眼色,当下说到一半就改口道:"只是小娘子第一次来,这回就不作数,再投一次,必然成的。"

刘娥见这一投不中,本有些畏缩,却听说这一投不算,又有些犹豫,元休就接了那铺主递回来的小箭,递到刘娥手中,又握了她的手,鼓励道:"头一次不中是很正常的,来,我握着你的手来投。"

刘娥只感觉元休握着她的手,顿时有了一些底气,想着自己若是力气不够,有元休在,也不怕到一半掉下来。当下依着他的教导,站定,吸气,眼睛盯着转盘,然后投掷出去。恰好那铺主转动之时,不知为何手顿了一下,恰好射中了那只钗子。

刘娥尖叫一声,跳了起来,抱住元休大喜:"我投中了,我投中了!"

那铺主也笑着将钗子拿盒子装好递过来,夸道:"小娘子手气真好,我铺子开了这般久,就不曾见有人头一注就扑中想要的物件儿。"

元休还是头一次被刘娥主动拥抱,心跳加快了,定了定神才夸道:"小娥,你手气比我好,今日关扑都要靠你来赢了。"

刘娥接了那钗子,喜不自胜,又是叫又是跳的,欢喜得有些忘形了。这可是她自己扑来的好东西,凭自己的手气扑来的!

她毕竟也才十五六岁，自打有记忆以来，便是为了生存而苦苦挣扎，最高兴的也不过是过年时多一根红头绳。虽然自上汴京以来，也见过许多好东西，可惜这些好东西，都注定不属于她。在桑家瓦肆的时候，她也挣过钱，却恨不得每一分都攒起来，衣服首饰这些花销，也是能借就借，能赁就赁。到了王府，虽然也见过繁华，但都不属于她。

这钗子，却是她凭自己的手气赢来的。关扑的魅力，就是让人有一种"不劳而获"的惊喜感，这种惊喜便是连不愁吃喝的汴京市民都沉迷，更何况是没经历过多少欢欣时刻的刘娥。

她却不知，这头一家关扑铺子，原就是元休叫侍卫先预订好的，此时借故先拉到这一家铺子，再假装自己失手，哄了刘娥去投。那铺主早收了钱，务必要让刘娥投中，好叫她开心。

刘娥并不知情，果然见自己一投即中，欢喜无限。又被元休哄着"你今日手气最好，今晚要全靠你了"的话，又接了余下的六支小箭，也有中的，也有不中的，却也收获了一大堆东西。她也只是头两支失手，后头手感越来越好，竟有些舍不得走。元休哄她道："这条街长着呢，且不要把一家都赢完了，换别家更好呢。"

于是刘娥就又换了一家，这回却是用铜板扑，有背后侍卫们暗中帮忙，她又替元休扑来了一个腰带和扳指，还扑了一堆看着漂亮实则无用的东西。又换了一家，这次却是用骰子，却又扑了几样东西送给了如芝及其他丫头们……如此一路玩来，人人手头都抱了一堆东西，刘娥扑得满头大汗，两颊飞红，双眼却是闪闪发亮。

元休看着她越来越无拘无束，笑声不断，俱是真情流露，一扫原来小兽般的警惕，也一扫近日来的惶恐不安，心中也充满欢欣。暗暗感激钱惟演出的好主意，果然带着她来灯市上玩乐，让她心情大为见好。

跑了半日，元休见刘娥叫得笑得声音都有些哑了，就问她："可是有些累了，要不要吃些东西？"

刘娥一听，也不由得嘴馋起来，今夜的她，特别地无拘无束，听到元休说这话，就顿时眉飞色舞起来："好啊，我知道潘楼街附近就有许多好吃的地方，只是……"她看看元休，觉得他身为王爷，未必能跟她一起去吃小摊。

元休却说："你跟我来。"说着就拉起刘娥的手，飞跑了起来。

刘娥有些不解，道："你要带我去哪里？"

元休却只是笑:"你到了就知道了。"

两人也没跑多远,就到了一处,元休一指:"你看!"

刘娥站在那里,怔住了。眼前就是刘娥初到汴京时看到的那条街,整条街上,人流穿梭,吆喝声起,全是吃食。

刘娥还未回过神来,元休就已经拉着她,一个个店铺里吃着过去了。他拉着她坐下,问她要什么吃的,随手点了一堆,有些略尝尝,有些喜欢的就多吃几口,有些只是拿上来看一眼就拿下去了。幸而他们这一行人多,那些看一眼的,就赏了随从们吃。有刘娥喜欢吃的又吃不下的,干脆就打个包带回去。

她这一路吃来,各色的油锤、环饼、牡丹饼、芙蓉饼、鲍螺、乌梅糖等吃了个尽够,中间口渴了还又喝了雪泡缩皮饮、梅子酒等。

那些侍女们也极少吃这些市井小吃,倒是开心,及至吃到最后,人人都撑得肚圆。

耳边就听着元休低声说:"小娥,我知道你有个心愿,就是可以站在这条街上,从街头吃到街尾,想怎么吃就怎么吃,想吃多少就吃多少。如今我陪着你,完成这心愿,你还有什么心愿,就同我说,我都会陪你完成。"

刘娥看着元休,突然间就有些哽咽,这个小小的心愿,她对谁都没说过,也唯有龚美当时听她站在这长街上发过宏愿。后来她吃饱了饭,也能够买得起首饰,可是她的心底却一直有一种危机感,让她宁可攒下手中每一文钱,也不会把钱花在无用的地方。

可是她还想着那天的宏愿,她一直想着,什么时候能攒到她再也不怕乱花钱的时候,她一定一定要去完成这个心愿的。

可是没有想到,突然之间,这个心愿就这么实现了。

她曾经有过一个小小的家,贫寒、简陋。在蜀地小小村落,那里有她和婆婆。可她先是没有了家,然后,她失去了亲人。她流离失所,她挣扎求生,她埋头苦干,她竭力谋划……

她来到汴京城足足一年多,看似在努力扎下根来,可更多的时候,她觉得她只是这城里的一个过客。真正的汴京人,闲适慵懒及时行乐,春赏花夏划船秋踏月冬看灯,这些闲情逸致,不管是孙大娘的店中,还是桑家瓦肆,或者是王府中,都会有。可她呢,永远只是咬牙抓紧机会多挣一文铜钱,不敢有丝毫懈怠。

她不懂他们,他们也不懂她。

可今天,在这些年如同被鞭打的野狗般永远奔跑以为会至死方休的人生中,她突然间可以停下来了。

他给了她及笄礼,他给了她一个娘家,他给了她一份真正的尊重和爱。

他拉着她,去和真正的汴京人一样,去放松、去玩乐、去欢笑、去雀跃、去嬉闹、去撒娇,从这条街的这一头吃到那一头,她吃得饱饱的不是肚子,而是心。

不再流离、不再恐惧、不再紧绷、不再永远负荷着无形的压力,她整个人突然间就被释放了出来,她看着元休,这一夜,他让她知道,在他的面前,可以自由地喜怒悲乐,而这个男人,会让她不必再如一张弓一样紧绷着时刻准备战斗。

突然间泪盈于眶,刘娥奔到小吃街的中央,转一个圈,大笑起来:"是,我做到了,我做到了——"

欢乐的笑声,在长街飘远。

站在高达数丈的菩萨灯前,刘娥的头高高仰着、眼睛直直盯着。那菩萨灯就是文殊菩萨和普贤菩萨的塑像,两个菩萨宝相庄严,面容微笑而慈悲,眼中光芒透出,似乎能够让整个汴京城的人都看到。文殊骑着狮子,普贤骑着白象,两菩萨各伸竖起一掌,一股股清水从那五指间流出,似瀑布一般。

元休在刘娥的耳边悄悄告诉她,两个菩萨后头藏着水柜,那水柜还连着一处水井,水井处架着辘轳,就有人在那里绞动辘轳,不停地把井水运到水柜里。水柜中有竹管和菩萨的手指连着,那水就不断地自手指中流出了。

她自入京城之后,已经见过无数从前想象不到的豪奢之境,到此时也不禁大为叹服:"万万想不到有人能想出这般游乐之事。"

正出神间,忽听得有人叫:"龙灯来了,龙灯来了!"

忙看去,却见远处一队人迤逦而来,提着各种花灯,拼成几条火龙,前头是一人舞着彩球,里头藏着灯,却是怎么舞动也不见火花飞溅,想是特制的。之后是两个不同颜色的龙头,一条青龙,一条赤龙,再后头就是花灯做的一截截龙身,一路舞动着过来。

龙灯近了,人潮涌动,张旻怕挤着了人,忙说:"王爷,这龙灯还是在楼上看着更好,也免得人挤散了。"

元休点头说"好",于是众侍卫护着元休等人登上旁边的酒楼,挑了个临街的包厢让元休等人进来观看。

果然在楼上观灯更好看，这青龙赤龙过后，又有两只狮子，也是一般过来，然后就有花灯作的仪仗，再就是原来挂在巨杆上的那些神仙人物造像灯，一个个地过去，就见着路人数着道："这是碧霞元君，这是太上老君，这是洛神，这是西王母，这是花木兰，这是猴行者，这是阎君，这是后土夫人，那个是孔子，那个是关公……"

远处，有人在燃放焰火，美丽无比。

元休在她耳边轻轻地说："这元宵灯会，金吾不禁，这汴京城中，不管你是贫是富，是贵是贱，都能够看到这样的灯景。小娥，你说，这是不是太平之象？"

刘娥眼中已经有了泪花，喃喃地："是，这是太平之象，我们想象不到的太平之象。"

这样的景色，会让人真正觉得，此心安处是吾乡。

愿此夜永在，愿世人不再流离，愿天下共有此景。

元宵节后，只过了数日，朝中又出了大事。

却说当日皇帝下旨，原令秦州知州田仁朗速速前去平定银、夏等州叛乱之事。那田仁朗领了圣旨，立刻传诏各路兵马调集本部人马出征。

但自唐朝末年至五代十国，再到本朝太祖以武将之身夺位，本朝对于武将乱政之事极为警惕。太祖皇帝采纳赵普的建议，以杯酒释兵权的办法，用高官厚禄将开国诸将手中的兵权一一收拢，并设立枢密院，凡天下兵籍、武官选授及军师卒戍之政令，悉归枢密院。

因此田仁朗兵马未齐，但旨意上的时日将到，只得先拔营启程北行。一直行到绥州，所檄调的军队仍未到齐。这时候传来消息，李继迁率兵数万，围攻绥州三族寨。

田仁朗大急，自忖手中兵马不足，难与李继迁对抗。急忙飞书附近的银州、绥州、夏州的守将请求援兵。等了两日，三州使者返回，却是个个空手。细问原因，去银州的使者道："银州守将说，未曾有圣旨明示，田知州可以指挥本州兵马。且李继迁狡猾多端，焉知不是声东击西之计？本部兵马若是远出，敌军一旦进攻本城，岂不没兵马守城了？一旦城池有个闪失，却是何人可以担这个责任？"

田仁朗听了这番推托之辞，气了个倒仰，知道这是三州守将明欺自己与他同级，因此上各自只知打着保全实力的小算盘，却是无可奈何。再问去绥州、夏州的使者，竟都是同一口吻。无可奈何，只得飞报汴京城，请求再添援兵。

京中得报此信，枢密院再添兵三万，直发绥州。但这一来一去，却不免延误战机。

李继迁借此时机行事，先围住了三族寨，却派了使者去劝说原先随李继捧降宋的党项寨主折遇乜："银、夏等四州，本是我们党项人的土地。宋人一向歧视我们党项人，你现在虽然受封，但是时间一长宋人就会剥夺你的兵权，那时候岂不任人宰割。我们同受长生天的庇佑，何苦做异族人的臣下？"那使者能言善道，又许了牛羊无数，折遇乜为人骄傲，随了李继捧降宋，本就已经不太甘愿，他本是一寨之主，现在上头却多了宋廷派来的使者对他颐指气使，被李继迁这么一说，立刻起了反心。于是约齐人马，杀了监军使者，开寨正式投入李继迁旗下。

李继迁旗开得胜，再得折遇乜之兵马，更是士气高涨，于是进攻抚宁寨。

此时田仁朗已经得到朝廷增兵三万，得知三族寨被灭、李继迁进攻抚宁寨的消息，副将王侁见本部兵马齐备，足与李继迁对抗，立刻自请为先锋，前去攻打李继迁。

田仁朗微微一笑，并不理会，反而下令兵马慢慢行走。王侁见状不解，心生怨气。王侁出身将门，其父王朴在后周时任枢密使，为柴荣献《平边策》，太祖立宋，基本上都是按此策而平定天下。王侁出自名门，又年少成名，是皇帝看重的青年才俊，性子素来自负，平时居于田仁朗之下，见他为人并不厉害，早已经不服于他。依了王侁的主张，到了绥州就要进攻，却见田仁朗按兵不动，坐等援军到来，以致三族寨在等待中被李继迁攻陷，早已经怒不可遏。此时兵马到齐，正是自己大显身手的好时机，田仁朗自己无能，却处处限制他立功，心中的不满，更是与日俱增。

田仁朗走了几日，每日均是早早安营扎寨，叫了众将宴饮玩乐，不仅喝酒，还拿出了骰子赌博。王侁被迫着喝酒赌博，只因有心事，不免连输了好几局，怒上心来，道："田知州，你身为主将，李继迁攻打抚平寨，你不去平叛，却在这里喝酒赌博，岂不有负圣恩？"

田仁朗斜眼看了，朗笑一声："我早就料你会有如此一问。我问你，你了解李继迁多少,了解这些党项人又有多少?"

王伩怔了怔,不禁语塞,强辩道:"这些党项人狡猾无比,朝三暮四,有什么必要了解?"

田仁朗站了起来,拂去桌上的骰子筹码,正色道:"李继迁等乌合时常扰边,胜了就进,败了就走,和我们打游击之战。虽然大军出动,能够镇压他于一时,却不能将他一举铲除。而今李继迁啸聚数万,尽其精锐出攻孤垒,抚宁寨虽是个小去处,地势却很是险固,断不是五日十日能够攻破的。我就待他兵马疲敝之时,以大军去合击他,然后再分派强弩三百人,截住他的归路,那时就能将他一网打尽了。因此现在我故意饮酒作乐,让李继迁以为我是无能之辈,放松警惕,才不至于闻风而逃。"

众将听了此言,这才心服口服。

王伩借了个由头,匆匆退了出去,只觉得慌乱不安。恰恰在昨晚,他已经秘密派人前往京中送上一份秘折,状告田仁朗无能。谁知田仁朗并非无能,而是另有安排。只是转念一想,他身为副将,却一直被蒙在鼓里,田仁朗如此轻视于他,实是令人不服。虽然那时候他未明情况便向朝廷告状,说来也不算大错,但是身为副将密告上司,此事倘若被田仁朗得知,他以后的日子就不好过了。再说他对田仁朗的计谋也极不苟同,区区李继迁,只要大军一到,怕不早成齑粉,堂堂天朝大军,何必如此装腔作势,装神弄鬼的。以他王伩的才能,多年来屈居田仁朗之下,实在憋气。唯今之计,已无退路可走,只有将错就错,扳倒田仁朗,才能教官家、教天下人看到他的功劳和才能。天下高位,有能者居之,只要他能打赢李继迁,又有什么错?

想到此处,一股恶意直上心头,心想事已至此,只有宁可我负人,休教人负我。主意已定,王伩便匆匆回营,再修一书,历数田仁朗平日荒废军政之务,此次奉旨如何拖延不前,听说李继迁势大如何畏战,只知请求援兵,坐视三族寨失陷,又如何在援兵至后仍然不去平叛,只知喝酒赌博,主帅带头如此,以致军队上下士气涣散等等。信写好后,自己再仔细地看了一遍,唤了一个亲信侍从,叫他带上密信,连夜送往京城。

数日之后,眼见田仁朗兵马已经逼近抚宁寨,据探子消息,只要再过得三两日,就可对李继迁形成合围之势,一举歼灭叛军,永绝后患。

这日升帐,田仁朗正与诸将合议,忽然听到一声:"圣旨到——"

皇帝圣旨:查田仁朗奉旨平叛,却停滞不前、无故添兵、坐视三族寨被灭，召即刻回京述职。所部兵马，交由副将王侁统领，立刻讨伐李继迁，不得有误。

田仁朗接旨，如五雷轰顶，料不到自己苦心经营多时，竟因一道圣旨，功亏一篑。他回头看着王侁，王侁低下头去，佯装不知内情，嘴角却不由得露出一丝得意的微笑。

田仁朗奉诏回到京城，就被下了御史狱，劾问他无故奏请增兵及三族寨失陷的罪状。田仁朗奏对道："臣奉命征讨李继迁，檄调银、绥、夏三州兵将，三州守将均托辞要守城池，不肯出发，所以奏请增兵。三族寨相距太远，待臣召集人马，已闻绥州失守，一时未能救援。且臣已有良策可擒继迁，但因奉诏还京，计不得行，若此时不能擒他，只好优诏怀徕，或用厚利引诱其他部落的首领来将他除去，否则边疆一日未除，他日必为大患。"

皇帝最恨将帅违命，至于是否真的立功，倒在其次。在他心中本已经定了田仁朗的罪名，见其奏对中通篇没有半字的认罪之辞，反而有种种的强项之言，不由大怒，亲自提了田仁朗来问话："朕闻你纵酒赌博，在军中有种种不法之举，难道就这样能让李继迁亲自来送死吗？"

田仁朗方回道："这便是臣的诱敌计……"

皇帝已然怒道："什么诱敌不诱敌，不过是砌词狡辩罢了！哼哼，通天下就只有你是高明的，只有你能平了李继迁吗？难道朕不用你，就平不了李继迁吗？"遂命将田仁朗下狱。越日下诏，免他一死，贬放到商州。

王侁自既排挤走田仁朗，独自统率兵马为主帅，志满意得，他心中有鬼，便急着要立功上报，将此战早日结束以免田仁朗有机会翻身，遂不顾田仁朗的原定计策，发重兵出银州北面，果然重压之下，连破敌寨，斩杀部落长折罗遇等人。只见兵马过处，杀声一片。党项各部多年未经大战，再加上对李继捧、李继迁兄弟本有观望之心，此刻为了保全自己，纷纷在大军压境之下争相纳马献罪。王侁遂大集各部兵马，进攻浊轮川，正值李继迁前锋折遇乜率众前来，两下交锋，折遇乜大败，被王侁军士擒住。

后部李继迁兵马赶来救援，又中王侁埋伏，一场大战之下，十成兵马竟在此战中丧亡六七成，李继迁率了少量兵马，一路落荒遁逃而去。银、夏等州竟已无他容身之处。眼看四方追捕甚紧，一急之下竟直投辽国而去。只为王侁一时私心，皇帝多疑，竟让李继迁逃脱，以至于给大宋未来种下无穷后患。

王侁拿了各部落的降书,将一路战况奏报朝廷。皇帝大喜,下旨嘉奖,并派南院宣徽使郭守文前来,与王侁同领边事。郭守文又与知夏州尹宪围剿盐城各不服之部落,这一战大杀四方,仅营帐就焚烧了千余座。自此后银、麟、夏三州,一百二十五个部落共计一万六千多户蕃族内附。

　　西北一带,就此平定。只是李继迁逃去辽国,难免斩草不除根,春风吹又生。皇帝虽然满意,未免有美中不足的感叹。正在此时,雄州知州贺令图上表,给皇帝带来了一个关于辽国的绝好消息。

第十六章
大辽太后

九月中,自辽国传来细作消息,辽主耶律贤于九月巡幸云州,猎于祥古山,崩于行宫,谥孝成皇帝,庙号景宗。遗诏令梁王隆绪在灵前嗣位,军国大事听皇后命。

辽景宗耶律贤,年轻有为,重用汉臣,大力推进改制,使得辽国实力渐强,一扫辽穆宗在时的日渐衰弱之势,堪称辽国中兴之主,只可惜天不假年,死时仅三十五岁。如今继位的新帝耶律隆绪,年仅一十二岁,国事皆由太后萧绰掌管。想来寡母幼子,只怕要重蹈柴世宗的覆辙。

这正是北上伐辽的好时机,有此想法的,不止皇帝一人。边境将领亦纷纷上奏皇帝,请求再次北伐。

既看出皇帝的心意,又看中机会难得。雄州知州贺令图率先上表道:"契丹主幼,国事决于其母,其大将韩德让宠幸用事,国人嫉之,请乘衅以取燕蓟。"

皇帝接表章大喜,拍案而起:"收复燕云十六州的机会来了!"

燕云十六州,是中原永远的痛。

当年五代十国时,正值中原动荡不已,北方契丹族耶律阿保机率先灭了回鹘,建立了辽国。此后征战不休,先后征服突厥、吐谷浑、沙陀、回鹘诸部族,并吞渤海国,跃马扬鞭,南望中原。

后唐节度使石敬瑭为自己称帝而求取外援,将包括幽州(今北京)、云州(今大同)等十六个州双手奉献给辽皇帝耶律德光。这燕云十六州,其形势险要,是历代中原与大漠异族的边境之地,历代都为国之屏障。十六州易手,使得中原门户洞开,从此再无可守之险,草原骑兵便可直达黄河,成为恒久威胁南方的一大隐患。

当初皇帝继位后,挟灭北汉的余威,欲进攻辽国,一举收复燕云十六州,他御驾亲征,大军一直进逼到了辽南京城。

当时,正值辽主每年例行的夏捺钵。四时捺钵是辽国的一种政治仪式,辽国保持着游牧旧俗,辽主四时巡察不同地区,举行游猎畋渔的仪式,并接见当时部族,加强统治。文武大臣,都随景宗行帐去了黑山,包括当时的南京留守韩匡嗣。只有韩匡嗣之子韩德让代父执政守住了辽南京城,在辽军数次败退的情况下,韩德让一边派人飞报景宗,一边调集粮草军备、调兵遣将,日日夜夜亲自登城坚守,安抚百姓,稳定军心民心,为耶律休哥、耶律斜轸的援军赢得了宝贵的时间。

宋军久攻不下,反而被耶律休哥伏击,全线溃败,皇帝在王继恩的保护下抢了一辆驴车逃走,一路上狼狈无比,险象环生,幸得杨业押送粮械时遇见搭救,这才平安返回,若是再晚恐皇位不保。

此高梁河战役,使得韩德让一战成名,正式超越其父韩匡嗣,进入辽国最中央的决策层。

而自此一战,皇帝彻底胆寒,再不敢有御驾亲征之举。也是自此战起,辽军频频南下相侵,幸得杨家将守御有方,宋辽胜负各半,相持不下。

大宋准备北伐的消息,也很快地传到了辽国的上京。

崇德宫中,已近三更,仍是灯火未熄,辽国太后萧绰,看着墙上的地图沉思着。

承天太后萧绰并不是宋国君臣所想象的,如柴世宗皇后符氏那样的深宫妇人。有辽一代,皇族耶律氏和后族萧氏世代通婚,每代皇后,必出自萧家。

萧绰出身后族,后族不但出皇后皇妃,且历任北府宰相,家世显赫仅次于皇家。她是宰相萧思温的第三个女儿,萧家的女儿,都是为做帝王的后妃而准备的。所以她和姐姐们从小习弓马,学治国之道,既能辅助君王治理国家,也能上沙场领兵作战。

景宗后期体弱多病,萧绰已经初步代皇帝执掌国政,批奏议决定国策。

但是,景宗英年而逝,如今萧太后要独立执掌一个国家,要面对前所未有的内忧外患,她应该如何去应对?

"燕燕,这么晚了,怎么还没睡呢?"不必回头,她也听得出这个声音来,只有他能不必通报直入崇德宫,也只有他能直呼自己的小名。

她轻叹一声："怎么能睡得着呢！大行皇帝升天，惊涛骇浪一重重呀！德让，这么晚了，你还没休息？"

"我是总值宿卫，太后未休息，微臣怎么能休息呢？"萧绰缓缓地回过头来，一个锦衣男子早已经立于身后。

"德让——"萧绰伸出自己的手，握住了他的手，"我等了你好久，你可知道……"

"我知道。"韩德让的手温暖而稳定，萧绰的心，也渐渐平复了下来。

两人共同坐在宝座上，萧绰轻叹了一口气，道："本朝开国以来，已历五帝，从来没有幼主当国。便是成年的皇帝，也有失国的危险，更何况皇帝才十二岁。现在人人都要欺我们孤儿寡母，二百部族虎视眈眈地看着我们，巴不得要把我们吞到肚子里去。更何况，皇帝一支、李胡一支，都在看着这位置。如今又传来消息，南朝皇帝也要趁火打劫，已经在做北伐的准备。唉，什么难事都堆在一处来了！"

"燕燕，"韩德让叫着萧太后的小名，"你打算怎么办？"

萧绰微微一笑，靠在韩德让的怀中："德让，我需要你，需要你站在我的背后，任何时候我撑得再苦再累，只要像这样能够靠着你的肩膀，我就什么难关都能过。"

韩德让看着她，轻叹一声："燕燕，任何时候，只要你信任我，我永远都会在这儿的。"

萧绰的眉头微颦："到如今先皇晏驾，母寡子弱，族属雄强，边防未靖。德让，我们付出那样的代价，为的是大辽的安定，到今天这一步，你我仍然要携手并肩作战。"

韩德让轻叹："我会一直在这里，为你和你的儿子守着江山，我不会离开你的。"

萧绰拿起韩德让的手，轻轻放在自己的心口："不，德让，江山是你我共有的，只差一步，文殊奴就该是你的儿子了！你我曾有婚约，却劳燕分飞，如今我们——还可以从头再来，不是吗？"

韩德让凝视着萧绰："燕燕，我知道你的心。当年你我劳燕分飞，是我们一生的遗憾，可人生永远无法避免遗憾！"

萧绰紧紧握住了他的手："不，遗憾是可以弥补的，今日你我可以重归旧盟。德让，你没有儿子，请你看在我的面上，把文殊奴当成你的儿子吧！"

韩德让一怔:"你说什么?"

萧绰微微一笑,就听得宫奴在外禀报,皇帝来了。

韩德让忙要站起身来,萧绰含笑按住了他:"你坐着吧!"

十二岁的小皇帝耶律隆绪睡眼惺忪地进来:"母后。"

萧绰含笑叫着皇帝的小名,拉着他的手来到韩德让面前,吩咐道:"文殊奴,跪下去向你的相父行礼,从今天起,你要像尊敬父亲一样地尊敬他,听从他的教导,如此才能保得大辽江山的稳固。"

小皇帝怔了一怔,忽然觉得母亲拉着自己的手臂一紧,他抬头看着母亲,萧绰含笑的眼中有着不容违拗的威严,虽然不太明白这是怎么一回事,但他本能地依从了:"文殊奴见过相父。"

韩德让心中轻叹一声,却没有避让,稳坐着受完小皇帝一礼,才站起来抱起了小皇帝:"文殊奴,你放心,外头的风雨,有我和你的母后挡着。"

小皇帝被韩德让抱在怀中,忽然只觉得心头一跳,一种复杂的滋味涌上心头。他的父亲多病,自打他有记忆起,不是批奏章就是躺在病榻上吃药;而母亲亦是严厉多于慈爱。此刻,被韩德让抱在那宽广的胸怀中,看着韩德让庄重的凝视,忽然竟有一种从未有过的安全感和信任感,他含含糊糊地叫了一声:"相父!"立刻觉得瞌睡虫又来找他了。睡着之前,他听到了母亲的声音:"德让,我把我自己、文殊奴和大辽天下都交到你的手中了!"

数日后,南院枢密使韩德让率群臣上书,本朝祖宗家法,以汉代为本,因此以东汉太后监朝故事,皇太后本有奉遗诏摄政,更请太后临朝听政,总揽军国大事。皇帝准奏,自此皇帝着汉服、太后着契丹服共同临朝,军国大事,皆由太后吩咐。

韩德让再率群臣上奏,令部落宗室文武百官,必须各归自己的部属和王府,不得私下来往,未奉皇命,不得调动军队。太后准奏,并令韩德让总督察此事,将上京各王族的军权一举收缴。又封韩德让为开府仪同三司,兼政事令,执掌全国政务。

自此,韩德让与太后萧绰出同车,入同帐,共商军政要务。

正值李继迁因大败而逃亡至辽,如何安置他就成了太后面临的一重难题。

虽有朝臣主张目前国家未稳,暂时以不得罪宋国为先,不要让李继迁成了宋帝发兵北征的借口,不如将李继迁押送还给宋国,免得生事。

但不想此时传来边报，宋帝有意借辽国皇帝新丧之机，再兴北伐。

萧太后正犹豫李继迁之事，此消息倒成了一个转机。便力排众议，称正是因为辽国目前国家未稳，为了避免与宋国起正面冲突，所以与其忍让，倒不如掌握主动，在辽与宋之间，设立一个缓冲地带。

自然，这个缓冲的地带不能让辽国出土地，应该利用李继迁在宋国后方造成困扰，才能使其无暇北侵。

当初有北汉作为宋与辽的缓冲，后北汉灭亡，现在宋国一打就打到辽南京城。因此，现在必须再有另一个相当于北汉作用的属国来牵制宋。

于是萧太后封李继迁为夏国国王，并封宗室耶律襄之女为义成公主，下嫁李继迁。赐马匹武器战甲无数，又赐银、夏、绥、宥等州（目前仍在宋国手中）为夏国封地，令夏国国王李继迁率所部返回属地。

辽国出了个空头封号，些许物品，一兵不出，便已经得到了一个十分有用的属国来对付宋国。

暖暖的穹庐里，萧绰与韩德让看着地图，边境来报，宋人蠢蠢欲动，战事只在这几年间。

记得上次高梁河之战，宋军大兵压境，主力全部押于一线，一旦惨败，连救援都来不及。这次宋军一定会汲取上次教训，尤其是宋帝，上次险些失去了性命与江山，这一次一定不会亲临前线。

知己知彼，百战不殆。既然宋帝这次不可能亲征，那么他们就对有可能担任此次北侵主帅进行分析，从对方一贯的战略习性来得出对策。

摆在名单上的前几名便是：曹彬、潘美、田重进。

而在此时，大宋汴京城中，大将潘美的府中，正喜气盈天，热闹非凡。

却原来前日皇帝因眼下已经有五位皇子成年出宫开府，但是已经成亲的却只有楚王元佐，于是降下旨意，以将相门第闺秀，赐婚诸皇子。

皇次子陈王元佑，赐婚隰州团练使李谦溥之女；

皇三子韩王元休，赐婚忠武军节度使潘美之女；

皇四子冀王元隽，赐婚崇仪使李汉斌之女。

皇帝尊敬功臣，纳妃娶媳，依足《大唐开元礼》中种种纳采、问名、纳吉、纳征、请期、亲迎的烦琐仪式行事。皇帝对于这三门亲事很满意，对李沆说："朕的皇子所指婚的都是将相门第，六礼俱备，岂能不自重乎？"

本日正是纳采之日,因此今日的忠武军节度使府,热闹非凡。

内侍夏承忠自宫中来,行了纳采之礼,被迎了入内奉酒招待。忙得团团转的潘美听到门上来报鲁国公曹彬到来时,忙扔下所有的事务,亲自迎到门外去了。

曹彬见了潘美,呵呵一笑,叫着潘美的字:"仲询,大喜了。"

潘美一把抱住了他,笑道:"曹公,你能来,舍下当真蓬荜生辉。"

曹彬笑道:"今日是小妹的喜日,我哪敢不来,怕她揪我胡子。"

此次指婚给韩王元休的正是潘美幼女潘蝶,因排行第八,乳名就叫作小妹,最是伶俐好胜,亦是最得潘美的宠爱。此时听得曹彬这般说话,潘美笑道:"是啊,小妹出阁,也了了我最后一桩心事。此番出征,也走得略安心些。"

说到出征,曹彬的神情也变得严肃:"仲询,你看这次官家决心有几成?"

潘美脸色一整,道:"曹公,咱们书房说话。"

两人携手书房行去,一路上听着鼓乐喧天,心情却是一般的沉重。

他两人相交半辈子,一路上打仗打出来的交情,自是与旁人不同。两人出身来历、仕途军功极为相似,自五代汉、周之际投身军伍,追随着后周太祖郭威、世宗柴荣,累军功升迁。都曾经参与陈桥兵变,效忠太祖赵匡胤及当今天子,挂帅出征,平定天下,为本朝开国元勋。

他二人虽然履历相似之处甚多,可是性格为人,却是大相径庭。

曹彬性子仁厚谦逊,遇事谨慎,军功虽大,却从无骄矜之态。他带兵多年,所部对百姓都是秋毫无犯,这在兵灾纷乱的年月里极为罕见;他虽然位兼将相,对士大夫却是礼敬有加,每遇士大夫于路,必引车回避;甚至对下属吏人也从不直呼其名,听取下属汇报,也必是衣冠齐整。曹彬打仗,军纪严明秋毫无犯,审时度势布置周密,谋定后动。

潘美的脾气却是正好相反,他性情豪放,行事威猛暴躁。少年时即怀大志,结交各路英杰,投入军中后,作战勇猛,令敌人闻风丧胆。因为性情暴躁,令手下不无畏惧,可是他作战时经常身先士卒,对于敌人有一种直觉的杀伤力,令对手也一样畏惧于他。在崇尚武力的年代里,这种血气亦是令得不少人心服口服。他性子高傲,待人处事远不及曹彬那样有人缘,但是对于真正有能力的人,他却是真心地佩服,比如对眼前的曹彬。

本朝一统天下,诸将中曹彬功劳居首。太祖赵匡胤平后蜀,他是东路军元帅,入蜀诸军军纪皆极坏,以致蜀地刚平又被逼反,只有他所部秋毫无犯,因此为人称道。而潘美则是在挂帅平定南汉那一战中，名震天下。后来太祖欲平南唐，便命曹彬为主帅，潘美为副帅，数战下来，两人结下莫逆之交。

征南唐时有一趣事可以说明两人的交情：出征前，太祖许诺若平了南唐便封曹彬为相。潘美听了就先向曹彬贺喜，曹彬便对潘美说了心里话：北汉未平，太祖不会封自己为相。结果平了南唐归来，太祖果然说出同样的话来，潘美为人直爽，听了这话不禁偷偷看着曹彬微笑，被太祖发现询问，潘美道出出征前曹彬的话，太祖大笑，赐钱二十万作为曹彬未能封相的赏赐。

而此时，眼望着潘美书房中的宋辽军事地图，两人沉默着，皇帝已经下旨，在全国征兵、征粮、赐曹彬重禄、赐婚潘美之女为皇子妃，这一战势在必行。望着对方明显斑白的头发犹如看着自己的一般，两人明白，这可能是自己军旅生涯中的最后一战。

潘美打破了沉默："曹公，你看这一次，官家会御驾亲征吗？还是，你我之间，谁会挂帅？"

曹彬摇了摇头道："难说。上次的高梁河之战，惊了圣驾，此次官家必不会亲征。但是征辽事关重大，未必就全权交到你我手中。我猜，这次会不会是楚王挂帅？"

潘美怔了一怔："楚王元佐？"

曹彬点了点头："正是，楚王元佐。官家的心思大家都明白。若是此战夺回燕云十六州，那样的军功无人可比，回朝之日，就有理由昭告天下，立楚王为太子了。"

潘美沉默片刻，叹了一口气，道："那就只可怜……房州的那位了……"

曹彬知道他说的是什么，轻叹一声："仲询，你我也只能尽臣子的本分，办好差事，别的，原也不是我们能过问的。对了，小妹呢，今天是她大喜，咱们不说这扫兴的话。"

潘美轻叹一声道："小妹从小被我们宠坏了，性子太坏。此番指婚韩王，固然是皇恩浩荡，可是若出点什么错，也不知道是福是祸呢。"

曹彬笑道："你越发多虑了。我看小妹如今大了，越发美丽，举止也是端庄贤淑。谁见着不爱她，不让她三分呢！更何况诸皇子均是谦和有礼之人，韩王也是有名的温良如玉。再说以你我的血战功劳，小儿女们纵然有些口角，也说不到福祸上去。"

潘美长叹一声，没有再说，只心里隐隐含忧。事实上此番北伐，他心中颇有看法。一来时机并不算成熟，但皇帝一心要报高梁河战败之耻，不肯多听；二来皇帝上次兵败后因众将有拥立赵德昭之议，自那时起就对各将领怀猜忌之心。前不久借故降了曹彬之职，此番又加重了监军之权柄。

更令潘美气闷的是，因上次兵败，皇帝这次不敢自己再领兵出征了，可是心犹不足，此番与众将商议北伐之事时，居然出示自己制作的计划阵图，令将帅出征之时，须依计划阵图行事，不得变更。这显然是自己上不了阵，还要从心理上臆想自己亲征的心态了。太祖时用兵，对将帅倚重信任，战场用兵，千变万化，由将帅自决。皇帝这番举动，却是把将帅当成傀儡小儿，任由他操纵。而这次加重监军之权柄，就有一项任务，即监督将帅必须不折不扣地按照皇帝意图行事。

曹彬心有丘壑，面上不露，潘美却是忍不得的，虽然没有当场发作，但会后就告了病假，不肯再去参加这等憋气的军事会议了。谁知道皇帝对他这种无声的抗议并没有迁就，反将他的女儿，许配给了韩王赵元休。

这是一种无形的交易，诸皇子之中，楚王是储君，可惜早已有王妃，剩下来唯有韩王是楚王一母同胞的弟弟。若将来皇帝大行，楚王继位，最得益的就是韩王。这桩婚事，就是皇帝许给潘美的好处，换取他在北伐之事上的退让。

之前传出为皇帝诸皇子择亲的事时，潘美并不作期望，他与曹彬是诸将之首，无谓锦上添花，皇帝择亲会选稍后一些的实权将门。之前皇次子陈王赵元佑到他府上殷勤走动之时，他便看出对方用意，反而心生警惕，他可不愿意卷入皇子间的相争上去。只是想没到，躲不过的事，还是临到头上来。

潘美心中长叹一声，君恩如此，君心如此，他也只能听从暗示，结束这个"病假"了。

而此时陈王赵元佑听到这个消息，大为恼怒。他早已经隐约听说，皇帝有意将潘美之女许与他，谁知道转眼一变，潘美之女许给了老三，而许配给自己的却是隰州团练使李谦溥之女。虽然三子俱是许与大将使臣之女，听上去差不多，但李谦溥早就在开宝年间就死了，如今儿子才混了个左班殿直，家里早就衰落了。不要说与大将之首的潘美相比，便是老四的岳父李汉斌虽然官位不及李谦溥，可他却是还活着的，还掌着一地军政，这便是老四的有力倚仗。人人皆得了好处，唯有他落得最差的结果，怎么能甘心呢。

他恨恨地想，到底是谁在害他？心中不免从德妃想到楚王，将所有人猜了个遍，却不曾想到，行此事的乃是皇帝本人。

皇帝一开始也听到陈王有意潘美之女，试探过潘美之意，但潘美直言说女儿娇纵，不堪为妇，也就罢了。李谦溥之女，原是择与韩王的，韩王性子和软，择一个家世薄些、性情弱些的，正好相当。谁知道辽国易主，他有心兴起兵事，不得不起用老将。但潘美性情耿直，就说此事不宜起兵。他不想用强，便只能迂回暗示。因此就大笔一挥，将韩王妃改成潘美之女，以作笼络，顺手就将李谦溥之女改配陈王，将原欲许与陈王的李汉斌之女改与四子元隽。

他这一改不要紧，却令得世间莫名又多了几对怨侣，皇子之间，又多了几分猜忌。

不要说陈王元佑愤慨难平，便是旨意到了韩王府，就见着韩王恍若无事，忙乱的只有其他人罢了。

刘媪清点着御赐的物品，不知怎么的，眼睛竟有些湿湿的感觉。她含笑看了韩王元休一眼，道："阿弥陀佛，王爷，今天老身总算能看到王爷娶亲了。想当日贤妃仙逝时，王爷才不过九岁。如今老身终于能熬到您长大成人，出阁开府，再完成婚姻大事。新王妃进了府，老身总算可以把身上的担子都卸下了。"

元休见刘媪提起生母来，也不禁有些感伤，看着刘媪，道："这些年来，也辛苦妈妈了。"

刘媪含泪道："王爷说这话就折煞我了，这本是我该做的。如今新王妃要进府，老身指望着王爷王妃夫妇和美，告慰贤妃娘娘在天之灵。只是有句话不得不提点，新王妃门第高贵，又是官家御赐的正室王妃，王爷请好好地与王妃相处，夫妻和美，相敬如宾。外头的闲花野草，也好收一收。"

元休脸色微微一变，笑道："妈妈是最知道我的。哪里有什么闲花野草，旁人不知道的乱说话，难道咱们自家倒也嚼舌根吗？我自己的王妃，我自然会好好地待她。府中本来就安静，能掀起什么事来？"

刘媪不肯放过："王爷知道老身指的是什么。这府中只有一个没来历的，闹得府中没上没下的。"

元休脸一沉："妈妈说什么？我竟不懂了。"

刘媪道："前儿听说，府中为了准备喜事往来，反教王爷训斥管事，不得声响太大,更不可经过后花园。王爷想是要瞒着那刘娥?"她说着脸上变化,声音也高了起来:"王爷成亲,这纳采、问名、纳吉、纳征、请期、亲迎六礼哪一样不是得大动干戈,阖府出动,怎么可能单单瞒着刘娥!再说,又为什么要瞒着她?难不成她还有什么痴心妄想不成?"

元休一惊,忙辩解道:"此事与旁人无关,我只是……只是最近大哥还在为四皇叔的事情焦虑,我不想我这里闹得这么喜气。况且我也听说,官家在准备战事。总之,事情准备着,没必要敲锣打鼓的。"

刘媪看着元休,也有些无奈:"王爷,自开府以来,不管什么事,老奴都由着王爷做主,为的是王爷已经成人,自己知道分寸。只是如今官家赐婚,新王妃要进府,您若一个处理不好,不但害了自己,更会害了小娥那丫头。"

元休方寸大乱,喃喃自语:"我知道,所以我才……"他说到这里,险些说漏嘴,忙住了口。

刘媪叹口气,不想与他硬争,哄劝着他走了,才叹了一口气。

侍女白英问道:"嬷嬷,这婚事真要照王爷吩咐的去办?"

刘媪冷笑:"怎么可能!咱们只要在王爷回来时候,动静小些就罢了。"

白英道:"那,刘娥若是知道……"

刘媪不屑地道:"知道了又怎么样,她不过是个丫鬟罢了,若是敢有什么非分之想,那是不要命了!"

白英不敢再说。

刘媪看她这样,皱了皱眉头,心中暗暗叹了口气。

第十七章
王府婚礼

王府备婚礼，就算元休再令人不许惊动，刘娥又岂能半点也没有听到风声？只是听到了，又能如何？

如芝在为刘娥梳妆，看着刘娥郁郁不乐，心中也是暗叹。

她刚接手去教导刘娥的时候，心里还是有几分不屑的，不过是王爷贪图新鲜，弄进府中的人罢了。她是宫里出来的，能在宫中这么多宫女中被挑出来到皇子身边服侍，哪个不是过五关斩六将上来的？服侍皇子的宫女有几十个，但能够进卧室和书房的却也只有八个罢了，其余的哪怕是跟着出宫了，想在内院服侍，却是连边都沾不上。

没有一个宫女不想成为皇子乃至王爷的姬妾，但成功的却是极少。宫中规矩大，嬷嬷姑姑们但凡发现她们有一点心思露出来，立时就会赶出去。除非是主子自己看中了，且还是得等他们出宫开府以后。在书房服侍的，比在内室服侍的机会少一点，但是在内室服侍的，那也是个虎狼堆，谁稍出一点头，立时就会被其他人一起排挤。

偏生这个外来的丫头运气这般好，就这么得了王爷的意，但是得势容易，失势更容易。如芝也在心里暗暗跟自己说，若她得了势，自己就相助于她；若她失了势，好歹自己是一进府就带着她的，到时候暗中照应一下也是好的。可不承想，她竟越来越得王爷的意，完全不如如芝预想的那样，需同内室的大丫鬟们竞争，也不必去面对明争暗斗，甚至也不曾面临过嬷嬷的刁难与驱逐。王爷就像个情窦初开的傻小子，为她安置乱七八糟说不清楚的亲戚，为她行及笄礼，为她布置新房，为她单独安置，为博她一笑安排了元宵游乐，甚至连自己娶亲都怕影响了她。

这样的际遇，不是不叫人羡慕的。可刘娥入府后这几个月来的变化，她也是从头到尾看在眼里的。当时那个刚入府的小丫头，一身野气，看着谁都戒防三分，虽然嘴甜会讨好人，但是乖巧的外表下，却是一只刺猬。但自从那日负气出走回来之后，她身上的野气就少了许多，元宵灯节之后，她更像是将一身的尖牙利爪收了起来，虚心向如芝请教在王府的生存之道。如同是一只小野猫，渐渐变成温驯可人的小宠物一般。

可她的笑容，再也没有以前那样灿烂和无拘无束了。

如芝心中暗叹，这也是自然，在王府生存，得到一些，必然就要失去一些。

正此时，小丫鬟瑞香悄悄进来，在她耳边低声道："如芝姐姐，刘嬷嬷派人来说，她过会儿要来，叫小娥姐姐准备一下。"

如芝心一慌，暗道"终于来了"，一时竟是失了主意，却也只能低声对刘娥道："小娥，刘嬷嬷派人来说，她过会儿要来。"

刘娥一惊，看向如芝，两人四目相交，彼此都明白，可又是无可奈何。只得慌乱起身，给刘娥换了一件侍女的衣服，将头发也改了，又将室中显眼的东西收了收，就到门外去迎刘媪过来。

刘媪扶着一个小丫头走进来，坐在外间，看看刘娥虽然衣着已经收拾过了，但眉眼间早已不是处子之态，再看房内的摆设，心中暗叹，却态度和蔼地招呼刘娥也一起坐下，握着她的手，细细地摸了摸，叹了一声，道："你是个好孩子，王爷能赏识你，想也是个有分寸知进退的！"

刘娥惴惴不安地答："但听嬷嬷吩咐。"

刘媪道："王爷大了，他屋里的事，原也不是我要插手的，只是你知不知道，宫中传了圣旨，给王爷赐了婚，如今府中上下，正在准备婚礼之事。"

刘娥低眉顺目地答："是，这是喜事。"

刘媪有些满意地点头："正是，这是府中的喜事，也是皇家的喜事，万不能有一点差池，否则，那个生了差池的人，可就活不成了。"

刘娥身子一抖，惊恐地看着刘媪："嬷嬷，我万不敢……"

刘媪笑了，握住刘娥的手，依旧和气："我知道，我也曾年轻过，也知道你们这般年纪，心里想的是什么。唉，我若有个女儿，也如你一般大了，你能照顾好王爷，我这心里也是把你当成女儿一般看重。只是……"她语重心长地道："你要知道，咱们这是在皇家，规矩最重。"

刘娥脸色有些发白，看着刘媪的脸色，不得不再次表明："嬷嬷，我懂

的。"

刘媪又劝:"王爷性子倔,但他是主子,怎么都是对的。你不能硬劝,只能顺着他,但更是要让他明白,懂事,你懂吗?"

刘娥只得又点头,心中似有什么东西梗在那里,梗得心塞,塞得心痛,每一次点头,每一次咽气,都让心更塞一分,更痛一分,却还不能说出来,呼出来。

刘媪今日过来,就是要在大婚前敲打刘娥的,她从刘娥进府第一天起,就不喜欢刘娥。让王爷居然带着一个瓦肆的歌伎进府,简直是她的失职。但她不能强势反对,王爷对她的信重,是她在这府中安身立命的资本,她不过是个乳母,王爷敬重她,让她管着王府内务,这是王爷的慈善谦和,若她妄作威福逆了王爷的意,她的权势威风也自然就不存在了。

她不想反对,却也不肯赞同,更不能纵容,所以对刘娥,她一时不知如何处置,就装作没看到。哪怕一些管事与王府内室的诸丫鬟告到她跟前,让她出面管管,她也不肯出手。但她对刘娥打心底里实无半分好感——进了绣坊才几天,就用手段把自己折腾进内书房了。在内书房中,日日勾引王爷,让他不能安心读书,只顾与她嬉闹。这也罢了,谁知道她居然花样百出,一次出走,就让王爷对她千依百顺。原以为收她为通房丫鬟,已经是极限了,谁知道居然还能折腾出及笄礼与喜服来,这野心简直是昭然若揭。刘媪险些要进宫告状,让娘娘来管管这事了。幸而官家英明,及时赐下婚礼,她这才没有动作。

只要府中有了王妃,这些小妖精们自然就是作不了妖的。只要在王妃进府之前,让她别生出事端来,败坏王爷的名声就是了。什么喜爱看重,什么当她是自己女儿一般,也不过是嘴边说说罢了。

当下见刘娥识趣,不免又给她一个空心汤圆吃吃,哄道:"若你能识大体,待新王妃入了府,有个合适的机会,由王爷亲自跟王妃提,给你一个名分,岂不是更好?"

刘娥捂着心口,哽咽道:"我、我要的不是名分,我、我为的是我的心……"

刘媪看着刘娥泪水,硬起心肠,冷酷地道:"你再有心又如何,敌不过你的命。"

刘娥怔住,一脸木然。

刘媪走后,刘娥仍怔怔地坐着不动,如芝不安地推了她一把:"小娥,你怎么样了?"

刘娥被她一推,突然间眼泪就落了下来,一会儿,就无声饮泣起来。

如芝慌了,忙蹲下去劝她:"小娥,你别哭啊,你有什么委屈同我说啊,别这样哭,你别吓我啊。"

刘娥只摇摇头、摆摆手,示意自己没事,可眼泪却忍不住,越落越多。有什么好哭的呢,她在心里反复对自己说,她不是早就知道,王爷开府、娶王妃是迟早的事吗?她不是早就明白,以她的身份,能够在王府有这样的待遇已经是到了顶点吗?她不是早已经接受了这样的命运,并且告诉自己要心存感恩吗?以王爷待她的好,她还有什么可委屈的,还能生什么不切实际的妄念呢?

可是哪怕就在理智上把一切分析得明明白白,心里的那股无名委屈,却还是不知如何生起,更不知如何让它平息。若她心中无情,她就不会有这种种委屈;若她还能够如未进府前一样,心中只想着出人头地,不知情为何物,那她更不会有这段痛苦。

三郎!三郎!这个称呼,不能宣之于人前,也只有在夜深人静,与那个人在一起时才会低低地叫出声来。白天的时候,她只敢在自己的心底暗暗地叫着,不敢漏出齿间,而每在心中轻唤一声,都是甜蜜中带着酸涩。

是何时对那个人有了情意呢?是桑家瓦肆初见时,年少英俊、彬彬有礼,甚至多事笨拙的样子引她发笑吗?那时候只有一点点好感,然而就是这一点点的好感,推动着她冲动地决定信任他,抛弃桑家瓦肆的收入,拿自己的前途命运进王府做一场赌博。然后,在王府之中,在书房与他每日里笔墨相授,手贴着手,耳鬓厮磨间,那种无忧无虑的感觉令她沉迷,因此在听雷允恭说他要收她为侍妾时,才会失态大怒出走。而得知他的真心,最终决定回来时,她已经决定向他投降。但是这时候,她的心底总还是有一丝丝不甘。及笄之礼后,他带她进入揽月阁时,看到他倾心以待,她真的完全沉沦了。那些在桑家瓦肆的所见所闻被抛诸脑后,那时候许下的想自立开铺的宏愿,也放弃了。

她想起他以前教过她的一首曲子:"春日游,杏花吹满头。陌上谁家年少,足风流。　妾拟将身嫁与,一生休。纵被无情弃,不能羞。"她其实在进入这个楼阁之前,就已经想到了结果。只是,她以为自己做好了准备。

可是想得再明白,事到临头,心该痛的时候,还是一样的痛啊,并不能少了半分。倘使她是个好人家出身的女儿,她一定不必去面对这样的痛,不必一天天地看着这泼天富贵的婚礼在她眼前筹备,如同一寸寸地凌迟她的心。她已经努力闭目塞听,强颜欢笑,可为什么还是要被人逼着当面表态,她们就不能当她不存在吗?

她似乎分成了两个自己,一个她在嘲笑自己早已经明白事实,却不肯面对;而另一个她,却只能蜷缩在角落里哀哀饮泣。一个她在骂她矫情,千山万水逃难过,死人坑里爬出来过,生肉啃过生血饮过,跟野狼野狗争食过,却为了这不能吃不能喝的感情而痛苦;但另一个她,却只能低低地回应,她也是个人,她怎么不配有七情六欲,若不是为了追求这份美好,她活下来,又是为了什么?

而她,就在这一片混乱中不知所措,全面崩溃。

元休走进屋子的时候,看到的是这样一个蜷缩在席上、无声饮泣了不知道多久的刘娥。他愣住了,整个人像挨了一棒的小狗似的,看着刘娥想接近,却又不敢接近。他跪坐在刘娥身后不过半尺的距离,手足无措,右手虚置于刘娥手臂边,想去安抚她,却又不敢碰触,只这样悬空伸出、缩回,来来回回不知道多少次,却始终不敢落下。

如芝站在门边看着他们,心中酸楚难言,她想,情之一物,她这一辈子,都不想去明白。尊贵如王爷,幸运如刘娥,终究还要为这份情,承受这样的痛来。

元休的手终于落下,但刘娥却未曾如往日一般,依恋地偎入他的怀中,而是浑身僵硬,一动不动。

刘娥心里知道,这样不对,这样很糟,可是身体却在听从她自己的本能,此刻在强烈地抗拒着。此刻的她,终究在骨子里还是那个未脱原始本能的野丫头。瓦肆里学过的规矩和王府内的生存法则,都告诉她此时应该放下身段接受元休的安慰,让他安心,而不能在这种糟糕至极的情况下把他推得更远。但她心里在疯狂地反对,她的心在疼,疼得透不过气来,疼得没办法跟人说话,疼得站不起来开不了口,甚至疼得失去理智地迁怒地想,她这么疼,如果他爱她,他也要和她一样地疼一回吧。

元休抱住刘娥,刘娥僵硬的身体,让他的心也开始疼起来,他知道这件事对刘娥是伤害,对他何尝不是伤害呢。只是他在本能地逃避,这些日子以来,他虽然不让府中准备婚礼的事打扰到刘娥,可他也知道这件事是瞒不住的。他每夜宿在揽月阁,与刘娥同床共枕时,不管是逃避似的一夜无话,还是反抗式的肆意欢爱,其实都能够感觉到,刘娥并非对这件事一无所知。只是两人都在装作这件事不存在,都在逃避式地更加恩爱,更加抓住机会在一起。

而这些天里强颜欢笑的那个人并不是真正的刘娥,这个痛苦到蜷缩成一团,这个用僵硬的身体去表达真实的怨恨的,才是真正的刘娥。

元休抱住刘娥,他的眼泪落下,落在刘娥的背上,通过衣料慢慢渗入,在刘娥后背的肌肤上一点点地晕开,带着湿润与热度,带着他的痛苦与真心。刘娥只觉得背部一阵战栗,直抵心尖。

元休什么也没有说,只是无声落泪,他什么也不想说,此刻任何的语言都是无效的,只有身体的本能,才是真实的。他慢慢地因为落泪而开始打嗝,发颤。而这种战栗,最终让刘娥僵硬的身子软化下来,她伏在元休的膝上,泪水晕湿了他的膝盖。也不知道是什么时候发生的变化,等到如芝再看他们的时候,已经是相拥一起哭泣了。

也不知道哭了多久,最终两人不再哭了,却是将全身力气都哭完了,倦极而卧在席上。如芝与雷允恭蹑手蹑脚地进来,扶两人分别换了衣服,用热巾子擦了脸,扶上床躺好了。这一晚连膳也没叫,无人敢发出声来,就这么心惊胆战守了一夜,也不知二人是什么时候睡了过去,竟是无话。

次日清晨,元休先醒过了,却不起身,只看着仍在睡中的刘娥,痴痴地看了半日。及至刘娥醒来,也看着元休,两人竟是无话。及至雷允恭与如芝进来,扶两人起来梳洗毕,元休看着刘娥,忽然说了一句:"你放心。"

刘娥张了张嘴,想说:"我不是……"说到这里,竟是说不下去,只能抚着自己的心口,看着元休。

元休点点头,也抚着自己的心口,道:"我明白。"

两人四目交汇,竟不再发一语。自此之后,竟是再不提此事,依旧如常。只是两人眉眼之间,却再无之前的强作欢笑,反而一派平静。

匆匆两月,不觉就到了成亲的正日。

眼见快到中秋大婚之期了。

一箱箱的新婚物品流水似的抬进来,刘媪带着阖府上下忙了个脚底朝

天，独有刘娥留在自己的揽月阁中，看书习字，对府中的事置若罔闻。只有元休忙里偷闲，倒是经常跑过来笑闹几句。

婚礼一应事件，自有内侍省去操办，府中事务，也自有刘媪操办。

宫中传下恩旨，韩王府潘氏，特封为一品莒国夫人。

皇子纳妃，必得依足了古礼中种种纳采、问名、纳吉、纳征、请期、亲迎的烦琐仪式行事。

首先是纳采。韩王府纳采的礼物，则有三十多种，且物物都有象征含义，如法天地的玄纁，象征夫妇好合的胶、漆、合欢铃、鸳鸯，象征柔顺的蒲苇、卷柏等等。其中最重要的，便是以大花八朵、罗绢生色及银胜八枚装饰的"许口酒"，上面又以花红缴于酒坛檐口，称之为缴花红。

纳采之礼毕，则是问名、纳吉。本朝礼俗，纳吉礼时，女家接了许口酒，就以清水两瓶、活鱼五只、银箸一双，放在原酒坛中，称之为"回鱼箸"。然后是纳币，即为下聘，由礼部主事。之后，才是韩王府上表请期，皇帝下旨，定了婚期。

到了八月十五正日清早，是潘府的嫁妆先送到韩王府，然后在黄昏时，韩王府再花轿迎亲。

韩王府上下，为婚礼装饰得焕然一新。厅里三尺高的红蜡烛日夜不停，照在四周墙上挂得密密匝匝的红丝绸幛子上耀得满堂红、满堂金。绿底喷金的四扇屏风后顺着石台阶儿走，通到里面正厅，就是举行婚礼的喜堂。喜堂中间宽大明敞，正中挂着大内御赐的金匾，上面是御书"佳偶天成"四字。左边一排，挨着排开是各皇族送的喜幛，右边一溜儿是朝廷众臣送的喜幛。

西边通到里面繁复住宅的一条游廊，整个油漆一遍，墙壁粉刷一次，窗子和顶棚重新裱糊过。前后房子之间由一个狭窄的走廊和花园隔开。在西边儿有一个藤蔓爬满的假山，再往远处一带空地上已经清理出一片地方，搭成一个临时用的戏台。

刘媪在分配全家的仆人，有人专管送喜帖，有人专管收礼金礼物，有人专管登记礼金礼物，有人专管记账并发放赏钱，有人专管雇戏班子和参军戏、说书、杂耍的艺人等等。另外派四个仆人专门照管府中的蜡烛、灯火、喜幛等悬挂之物；四个仆人专管打扫、收拾桌子；两个仆人负责桌子上的银餐具和象牙筷子；另有八个人，专管准备茶水，给客人倒茶，这些仆人专门伺候前厅的贺客。

另外，后厅的命妇夫人们也有专门的仆妇婢女侍候。以大厅为界线，在第三厅容纳不下的时候，就在静文斋第三厅以西的明元堂招待。

卯时三刻，潘府的嫁妆开始陆续出发。除去韩王府这边派去迎接嫁妆的八个人，潘府那边也来陪送嫁妆的八个人。按先后顺序是金、银、玉、首饰、文房四宝、古玩、绸缎、皮毛衣裳、衣箱、被褥等。

申时正，韩王府的花轿已经快到潘府了。

潘美走进内室，见幼女潘蝶已经在侍女们的服侍下打扮好了。

八个婢女拥着潘蝶，先去家庙祭拜，再向父母辞别："爹爹、娘亲保重，女儿去了。临行之前，再聆听爹爹教训。"

潘美点了点头道："小妹，你如今嫁过去，便是皇家的人了。你是我最小的女儿，自幼儿父母便宠坏了你。这一嫁过去，可就是别人的妻子了，要懂得持家，服侍夫婿，府中上上下下要打点好、相处好。比不得在自家，你娇纵些任性些，父母能够包容你。王府之中，你要处处小心谨慎，不要教人说我们潘家的女儿没有家教。"

他说的不过是寻常之言，但也带了一些老父的忧心。

潘夫人抱着女儿，又喜又忧又是舍不得，早前就暗暗同女儿说了许多闺中手段，一时又告诫："你能够成为皇子正室，封一品莒国夫人，这是难得的荣耀。可皇家毕竟不同家里，在宫里休要错了规矩，不可任性失了分寸，叫人说了不是。"一时又忧："对方毕竟是皇子之尊，他若是早有些通房姬妾，那也是富贵人家常有的事，不过是些不上台盘的玩意儿，你不要过于嫉妒，也不能过于宽容。只要韩王尊重正室就是，你父亲也是姬妾众多，你看我的手段就知道了。"一时又鼓励："那些人都是从宫中各府里出来的，最会欺软怕硬。你要拿出一府之主的气派来，可休要胆怯，教人压你一头去。"一时又教她："我听说韩王的性格柔和，你一开始占了上风，才好拿捏他一辈子。且听说府中有位乳母刘媪，韩王是她奶大的，你过去只要先收服了她，便容易做主了。"

她患得患失，自己思维混乱，也将潘蝶教得头昏脑涨，不知到底应该是厉害些好，还是忍耐些好，是大度些好，还是有手段些好。未免令她于新嫁娘的惶恐中，更增添了不安。

此时临行，潘夫人见女儿依旧是一派天真，心中着实放心不下，抱头痛哭一番，又絮絮交代，直至潘美听得不耐烦催促，这才放了女儿出门。

鼓乐声起,韩王妃莒国夫人潘蝶乘四马驾驶的压翟车,车上设紫色团盖、四柱帷幕、四垂大带,卤簿仪仗,宴乐仪卫无不依皇家纳妃的架势,正式嫁入韩王府。

　　接下来,便是拜堂、礼成、入洞房。

　　四个喜娘将金钱彩果散掷在床上,称之为"撒帐"。新人坐下,喜娘再将两人的头发各剪下一绺,绾在一起,称之为"合髻"。然后是互饮交杯酒,饮完将用彩带系着的酒杯掷入床下,必然是一仰一合,才称为"大吉"。

　　不想掷杯之时,出了些小差错,喜娘将酒盏掷入床下时,竟将两只酒盏都掷合在地。吓得喜娘忙用手去翻,岂料越忙越乱,只听得酒盏乒乓连声,虽然王妃端坐上头未曾看见,却已经听得声音,头侧了一侧。

　　那喜娘本是做老了的,次次皆中,谁料想今日王府喜庆,竟会紧张过甚,弄成这样。吓得脸色煞白,忙用手将酒盏弄好了,心惊胆战地看着王爷。

　　幸而韩王并不在意,挥手令她们出去了。

　　虽然皇家婚礼不似民间一般诸多繁难,但也让属官备了几首催妆诗却扇诗,诸般流程也是走得不易。他心里有事,因此也不曾注意方才的细节。此时在大红龙凤烛的照耀下,韩王元休这才自喧闹中定下心来,看着今日的新妇。

　　王妃潘氏凤冠翟衣、霞帔佩绶、娇艳欲滴,俏生生地低头坐着,似有无限羞怯。她出身富贵,虽不及刘娥风流妩媚,却自有一股艳丽张扬的神态。元休心中暗道:"如今她既然成了我的王妃,我虽不能如爱小娥一般爱她,却也须得敬她重她,多多让着她才是。"想到此处,神情不禁温柔起来。

　　潘蝶大着胆子,悄悄用眼角看了一下他。虽然女儿家面羞不及细看,却也见他温文儒雅,面如冠玉,果然如母亲说的一般,韩王是个温柔郎君。想到这里,心下略松,嘴角不禁露出笑意来,更增艳丽。

　　且说那喜娘悄悄出了门,她经历婚宴极多,今日出现这种情况是万万不曾料想到的,心中嘀咕着今日酒盏掷吉卜得不好,怕不会是王爷王妃夫妻之间,将有什么不合吧!想到这里不禁啐了自己一口,悄悄地打个嘴巴道:"真是老糊涂了,这种事也是你想的吗?"

　　韩王饮过酒,礼成之后,便被几名年幼的皇子闹着拥去前殿敬酒去了。

　　洞房只余潘蝶同身边的侍从,潘蝶想着韩王出门时还记得交代:"你且安心坐着,若要吃什么,只管吩咐人去。"便脸上一热,有些羞红了脸,只忽然想到一事,心中不悦,轻声问身边的乳母张氏:"张嬷嬷,怎么我刚才听到酒盏响了两次,却是怎么回事?"

张氏俯下身去,在潘蝶耳边轻声地将刚才的事说了一遍,潘蝶皱眉问:"王爷就不理论吗?"

张氏忙笑道:"王妃今儿大喜,王爷若是为这生气,岂不扫了兴?待过了今日,再说罢。王妃也休将此事放在心中,今日大喜,原该是欢欢喜喜的才对。"

潘蝶不免心下不愉,女儿家嫁人是一生中最重要的事,恨不得诸事都要圆满再圆满,听到这样的事,心里不免有些不舒服,对张氏道:"虽说如此,终是叫人不舒服。你且替我记下,回头再说。"

张氏心中暗道她太孩子气,这种事是恨不得大家装瞎掩过,只当诸事顺利,还能追究到人尽皆知不可?只是不敢违拗,只得一边含笑应了,一边劝慰于她,终于哄得她笑了,才又服侍潘蝶用了些饮食,直至半夜,韩王被兄弟们灌得大醉回来,竟是醉倒不省人事,一夜无话。

次日清晨醒来,元休仍然有些宿醉后的晕眩,只觉得怀中软玉温香,便亲了上去,顺着本能胡乱一番,及至一半时忽然觉得不对,睁开眼一看,见身下却是一个完全陌生的女子,这一惊顿时失控,只匆匆而毕,只觉得一切都是如此的不真实。

他伏在那女子身上,闭目只觉得一片晕眩,好一会儿才慢慢回过神来。昨夜,他成亲了,在婚宴上,他被兄弟们灌得大醉才送回来的。所以这不是在揽月阁,这是在为了迎娶王妃而新布置的玉锦轩。身下这个女子,也不是刘娥,而是他的王妃,她叫什么名字来着?他皱眉,他想不起来了,隐隐想起昨夜大醉之后,有人在帮着脱了衣服,身边睡下一个女子,那个女子在他耳边说了些什么……

他什么都想不起来了。

睁眼再看着身边的女子,双目紧闭,牙关紧咬着,眼角有一些泪痕,想是初夜之痛,却颇硬气地不肯呻吟出声。元休突然间心中有些愧疚,低声道:"王妃,昨夜是兄弟们灌了我酒,让你辛苦了。"

潘蝶睁开眼,看着眼前的人,心中委屈又羞恼,但又说不得什么,只得嘤咛一声。就听得韩王叫了人进来,再去洗沐。

侍女们端上早膳,潘蝶身子不适,只委委屈屈地吃了两口,见韩王又不

来哄她，更是不快。及至见他出去外院见属官，这才在乳母张氏的哄劝下，委委屈屈地说了昨夜之事。

张氏笑劝她："新婚之夜，没有不闹酒的，新人亦没有不别扭的，等多过几日，一切就好了。"当下又劝道："既然是王妃了，当趁着新婚时，把规矩立起来，把人拿住才好呢。夫人的话，您可休忘记。"

潘蝶白了她一眼，自己心里别扭了好一会儿，才整理好心态，梳妆了等元休回房来。过得不久，就听得门外有人恭声道："老奴来给王妃请安！"

张氏忙扶了潘蝶坐正，这边叫丫鬟银雁去开了门。

却见一个四十余岁的妇人，带了两名侍女站着。那侍女俏生生地道："刘妈妈特来给王妃见礼。"

张氏忙对潘蝶说了这是韩王乳母，潘蝶知道刘媪的身份，倒也不敢怠慢，见她要行下礼去，忙叫："张妈妈扶住了。"

刘媪却是依足了礼数才肯起来，潘蝶叫搬了脚凳让她坐下，笑道："妈妈坐吧，我正想叫人去请妈妈过来呢，没想到妈妈倒先来了。"

刘媪笑道："怎么敢当，该是老奴来拜见王妃。"

潘蝶笑道："我早听说了，王爷自幼丧母，妈妈犹如半个母亲一样，夫妻一体，我也自该称您一声妈妈的。"

刘媪道："如今王爷娶了王妃，这府中有了女主人，老奴的担子，也可以放一放了。"

潘蝶便叫人取赏，笑道："我也不懂，这些就由妈妈代我赏下去吧。我年幼识浅，府中的事，全要仰仗妈妈帮忙，妈妈可不能就此搁开手。"

刘媪为人本是严谨，且王府中规矩也大，见王妃初次见面的这般手笔，心中松了口气。她并不在乎这点赏钱，但见潘妃处事得体，暗道新王妃不愧是大家出身，颇有手段，自己总算可以将担子放下了。

潘蝶说了几句，见着张氏向她使眼色，欲借此时刘媪收了重礼，就想问问韩王有无内宠之事。潘蝶张了张口，却是说不出，见张氏神情着急，心里一别扭起来，反而不肯再说了。

张氏无奈，只得自己赔笑问刘媪："怎么只有刘姐姐来，这府中可还有什么人也一并拜见了吧。我们王妃最是宽宏大量的，该有的赏赐也是备下了的。"这却是在试探——王府中有什么姬妾，可以乘此时来拜见发赏。

刘媪见她这模样就已经明白，当下忙道："王爷年纪虽轻，但素日只以功课为重,内院也是清净的,并没有其他人,王妃只管放心。"

张氏心中暗喜,她自是知晓大户人家有些通房丫鬟是常事,只要没什么特别的事情出来,便不打紧,刘媪既说并没有其他人,那就不必理会了。刘媪却也留了个心眼,只说内院清净没有其他人便是,那揽月阁的,不过是个小书房的丫鬟罢了。婚礼前她曾问过韩王,要不要带刘娥来拜见王妃,是王爷当场拒绝的。将来有什么事,那就由得王爷自己说去,她可不敢在此时擅自做主。

当下刘媪便令内院的贴身丫鬟、府中的重要管事来拜年见王妃。张氏仔细看了看,见元休内室中的婢女中,虽然多有美貌者,但看着服饰都是差不多,眉眼也无异常,并无似得宠姬妾般的可疑人物,便悄悄同潘蝶说了,潘蝶亦是满意。

元休到了前院,不过是些属官们来道贺、宫中派人送赐等事,并无要紧,他却在前院磨蹭了半日,这才回来。

其实他很有一种冲动,想去揽月阁找刘娥,哪怕不与她相见,他只想知道,她如今情况如何。昨夜他大婚,她是不是哭了,这一夜睡得可好,是不是很难过,很伤心,是不是也在想着他。

可是他不能,他是皇子,皇家的规矩,皇子的责任,让他不能踏出这一步去。这是御赐的婚礼,他不能出差错,他若出了差错,他丢的是脸面,而刘娥可能丢的是性命。

他其实是有些逃避的心情,所以迟迟不愿意回去,一直磨蹭到天都暗下来,方才回到后院。及至见了潘蝶,又觉得愧疚,她毕竟一无所知,既然自己心有所属,更加要在别的地方补偿于她。于是待潘蝶格外迁就,潘蝶本是新妇,昨夜仓促间满心委屈,经了这一日乳母劝解,已经收拾好心情,两边都是有心和睦,这一夜方有些顺畅。

第十八章
秦王之死

次日就是第三日了,三朝回门,两人先入宫拜见皇帝,之后元休就要陪潘蝶回娘家了。

元休起身,由雷允恭服侍着洗漱更衣毕,便看到潘蝶坐在外间的梳妆台前,侍女银雁正拿着眉笔为她梳妆。

潘蝶看到元休出来,转头冲元休露出一个娇媚的笑容:"王爷醒了?"

元休也笑着回应:"起得这般早,可歇息足了吧?"

潘蝶看了看元休有些腼腆不自在的样子,想起在家里母亲与乳母的话,忽然起了拿捏的心,便从银雁手中夺过眉笔,娇嗔道:"你总是画不好,不要你画了。"

银雁不解其意,但素日却知道潘蝶的厉害,脸色不由得白了一下,想要求饶,却不敢出口,吓得跪了下来。不想潘蝶却拿了眉笔,对元休道:"三郎,你来替我画吧!"

元休心中微微一塞,这"三郎"之称,除了家里人之外,也只有小娥唤过,此时听得潘蝶这样叫,不由得有些不适。想要纠正,但想想如今她也算是能称呼,也不好责怪,当下只是将这份些微的不舒服藏在心里罢了。听她如此之说,本想说自己也不会画眉,却见潘蝶一脸娇媚的样子,心中忽然明白,想是她有意为之,不过是闺房之乐罢了。当下也只得上前,笑道:"我也不会画,画不好,休要怪我。"说着坐下来接过眉笔,仔细画着眉。

潘蝶见他认真,不由得面露微笑。

元休也怕画坏了,提着气小心地画完,自己看了一下,觉得尚可,笑着叫人拿了镜子给潘蝶看,道:"好了,你且看看成不成?"

潘蝶拿起铜镜左看右看,本要满意点头,想到闺中时母亲的话,忽然升起拿捏的心来,当下故意摇头道:"我觉得,总有哪里不对。要不然,你帮我再画一次好不好?"

元休愣了一愣,苦笑:"我画得不好,要不然素日是谁帮你画的,还让她来。"

潘蝶看了银雁一眼,恼道:"就是她今日画得不好,我才要你画的。你画还是不画?"说着,眉毛已经挑起,妩媚中带出一点骄气来,纵是如此,到底年轻美貌,还是显出可爱来。

元休心里不悦再次升上,只是他素来脾气软和,面上却也没好意思显露出来,只温和地点头:"嗯,好,我帮你再画一回。"

不想元休再一次认真地画完,潘蝶拿起铜镜再看,却仍然撒娇地瞟他一眼:"哎,三郎,怎么办呢,我觉得还是头一次那样比较好,你能不能再帮我画一回?"

元休的微笑略僵了一僵,饶是他性子再好,心中也有些懊恼,只强忍下来,也没了笑容:"那我便再画一次,若不成,还是你自己来吧。"

潘蝶观察到元休皱眉,知道自己拿捏得过了,索性拉住他的手撒娇:"三郎是不是嫌弃我太麻烦啊!"

元休只得道:"无妨。"

雷允恭察得元休的神色,赔着笑上前劝道:"只是入宫朝拜是有吉时的,王爷也是怕耽误了吉时。"

潘蝶顿时沉下脸来,厉声喝道:"要你这内侍多话!"

她这一声说得声色俱厉,不只吓得雷允恭跪下,连旁边的侍女们都一并跪下。

潘蝶不理别人,反而娇滴滴地向着元休撒娇:"我也是因为进宫而紧张啊。女为悦己者容。我若是打扮得不好看,岂不丢了王爷的脸?"

雷允恭赔笑应声:"是是,原是小的的不是,是小的多嘴了。"

乳母张氏在一旁着急,怎么好一进门就拿王爷身边的心腹撒气,打狗也要看主人啊,却知潘蝶脾气,在此时更加不能相劝,否则惹起她的性子,只怕更不肯罢休了。只好自己私底下缓缓相劝罢了。

潘蝶转过来再看元休,见他依然面色平和,心中暗自得意,上前拉住元休的手,又撒娇道:"夫君再给我画一次嘛。"

元休没说什么,只又给她画了一次。

第十八章

潘蝶对镜看看，方肯松口，夸道："三郎画得果然比她们好，以后都要日日帮我画哦。"

元休没有回她，只是站起身道："时辰不早，休要误了你回娘家的吉时。"

潘蝶见他没有回应，心中不悦，张口想说什么，乳母张氏忙赔笑道："王妃，王爷说得是，他也是为您着想。"

潘蝶见乳母提醒，也知不可得意太过，当下就不再生事，于是两人换了朝服，进宫见了皇帝之后，就一起回了潘美府上。

回门之仪，一应如故，潘美自请了韩王去书房饮茶，那边潘夫人就握了女儿的手回到内院，细问她新婚如何。潘蝶心中得意，先说了他房中并无姬妾，又将早上拿捏他的事说与母亲，并着重说了自己几番作威作福，对方却毫无脾气的事。潘夫人听了不由得喜上眉梢，双手合十道："阿弥陀佛，他能这样待你，我就放心了。"

潘蝶笑道："母亲放心，我忖度着他的确是性子绵软，只消新婚之时压住了他，自然能稳稳地将他拿在手心。"

潘夫人又是欢喜又是担忧："你若厉害，只管在房里厉害，到了外头，可要有贤惠的样子，尤其是在宫中，不能教人说闲话。"

潘蝶瞟了母亲一眼，嗔道："母亲小看女儿了，这点子事，我如何会不知道？"

且不说潘氏母女闺房私语，三朝之日旋即而过。

潘夫人带着彩缎与油蜜蒸饼到韩王府回礼，谓新婚夫妻和合、如蜜和油的彩头，称之为"暖女"。

第七日，新妇归宁，女家再盛装彩缎头面首饰全套，称之为"洗头"。

如此反复往来，极尽礼仪，直足足满了一月，再开华宴庆贺，称为"满月"。

满月过后，阖府才得安宁片刻，这才将忙乱中未及顾及的其余各事，一一提起。

这韩王成亲，皇次子陈王、皇四子冀王等也差不多前后完婚。楚王妃就在府中开宴，请了诸府王妃相聚，妯娌走动。

元休见潘妃不在，终于得了机会，忙去了揽月阁。进了院子，就见着如芝迎上来，于是就问她："小娥这几日过得如何，睡得可好，吃得如何？"

如芝就道："睡得不好，夜里常醒，因此我也劝她白天补些，刚才睡了。

王爷稍坐,我这就叫她起来。"

元休忙道:"难得睡了,休要叫她,我就进来看看她罢了。"

这边如芝就说,这一月来刘娥常常半夜起来,哭一阵,又抄一阵诗词,抄了又撕,撕了又抄,抄了又哭,及至天明,又将那些抄了的都烧了。

如芝瞧着可惜,也悄悄留了几张,就拿来给元休看。元休看去,大多是南唐后主李煜的词,只看着那些句子"寂寞梧桐深院锁清秋""罗衾不耐五更寒""自是人生长恨水长东""无言独上西楼""离恨恰如春草,更行更远还生"等,又有两首"谒金门"曲,一首是前蜀韦庄的:"空相忆,无计得传消息。天上嫦娥人不识,寄书何处觅? 新睡觉来无力,不忍把伊书迹。满院落花春寂寂,断肠芳草碧。"一首是南平孙光宪的:"留不得,留得也应无益。白纻春衫如雪色,扬州初去日。 轻别离,甘抛掷,江上满帆风疾。却羡彩鸳三十六,孤鸾还一只。"

元休看着这些词句,想着当日刘娥又写又哭、又撕又烧的心境,不由得心中酸楚,竟有些泪盈于睚。

如芝打起帘子,元休走到床边,见刘娥正睡着,云鬟散在枕上,一只手倚在枕边,脸上手上都瘦了许多,白色的里衣映得脸上更没有多少血色,心中怜惜,坐了下来,将刘娥抱在怀中,长叹一声。

刘娥顿时就醒了,睁开眼睛,看着元休,似恍惚了一下,有些不信地伸出手,欲去触碰,却不敢触碰,仿佛怕一触碰他就会消失一般。

元休心中又酸又胀,握住了她的手,低声道:"卿卿,是我,不是梦呢。"

刘娥看着元休,神情似哭似笑,又似不能置信,突然间紧紧握住了元休的手,一头扎进他的怀中,将他抱得死死的。元休也不敢动,她将全身都埋于他怀中,竟是连气息都开始不顺畅起来,只得一遍遍抚摸着她,慢慢地将她拉得略离开些好呼吸,道:"是我,我来了,三郎来了。"

刘娥这才略抬起头,看着他,张了张嘴,想说什么,一时竟说不出来,好半日,才幽幽道:"你不该来的。"

元休苦笑:"我知道。"

刘娥看着他,好一会儿又道:"若叫人知道了,岂不叫你为难?"

元休道:"我知道。"

刘娥想说什么,竟是说不出来。

元休又道:"我只是想你了。"

一句话，令刘娥险些落泪，她转头揩了一下眼睛，这才有些瓮声瓮气地道："你不要再说这样的话了，我都知道的。"

元休只说了一声："嗯。"

两人就这样抱着，什么也没说。

雷允恭与如芝站在外头，都以为两人许久不见，必有许多话要说。如芝想着刘娥必是要倾诉相思，雷允恭想着王爷必是要说王妃娇纵令他不喜，他心中只有刘娥等话。谁知道等了半日，里头竟是一点声音也没有。不要说说话了，便是连其他响动也没有。

雷允恭诧异，悄悄探头进去看看，想着是不是两人别扭了，他进去敲个边鼓，谁知道头一探进去，就见着两人手拉着手，只呆呆地看着，傻傻地笑着，莫说他，便是连只小虫子也插不进去。

这情景，哪怕他是个去了势的阉人，看得都有些心头羡慕起来，怕被人看见，忙缩了头回去，对着如芝比个噤声的手势，自与如芝守在外头。只是心里头诧异，你说这人，一句话也没有，就这么呆看半天，也看不闷，看不厌，真真是不能明白。

元休这么来了，又走了。

接下来就是逢着王妃出门，他就来看一下刘娥，什么也不做，就是两人要不就互相看着，要不就一个看书，一个在一边绣着东西，过一会儿就抬头对望笑一下。旁人看不明白，但两人心里却是更近了一步。哪怕他另娶了妻子，哪怕在名分上，他的妻子不是她。可他们心里明白，他的心底只有她，而她的心底也只有他，彼此之间，竟是插不下第二人来。

如是过了半月，是楚王府忽然出了一件大事。

楚王元佐近日睡得不甚好，自从秦王赵廷美被贬为涪陵县公迁至房州之后，他数次上奏，请求赦回，却都是被皇帝斥责，自那以后，便渐渐地成了心病。

半月前，他派到房州的使者回来，向他回报涪陵县公的近况。却是赵廷美自到房州之后，阎彦进等奉旨，严密监视他的一举一动，身边侍从一概换净，便连诸子也不得轻易相见，便是与妃子张氏偶尔说一言一语，也是立刻有人报了上去。如此坐困愁城，不久便生了肝逆等症，忧悸成疾，卧床不起。

阎彦进等人，竟是连赵廷美告病乞归的折子，也不准报上去。

元佐见信大怒,直闯禁中,苦苦相求。皇帝终于松了口,同意明年春祭时,让涪陵县公回京养病。

元佐忙派了人,将此喜讯告诉涪陵县公,又带上三位皇子成婚的喜饼,送到房州去。

照日子,四皇叔收到喜饼,应该会派使者送上贺礼。这样,他就可以让收到贺礼的三位皇子,联同他一起上奏,请求早日赦回四皇叔。

这一夜,元佐蒙眬地睡着了,也不知过了多久,忽然听到有人唤他道:"崇儿快醒醒,四皇叔要走了。"他睁开眼一看,竟正是赵廷美站在他的面前。

他又惊又喜,跳了起来:"四皇叔,您回来了!"

赵廷美居然身上依旧着了亲王的服饰,笑道:"我要走了,想这京城里,也就你这痴儿心里还有我,所以来看看你。"

元佐喜道:"爹爹本答应我,春祭让您回来,没想到这么快就到了。"

赵廷美正要说话,后面却有一人拉着他向外走,口中道:"与他多说什么,也不过是个口蜜腹剑之辈,四皇叔忒也好心肠。"

元佐细一看,那人竟是赵德芳,见对方怒目看着自己,不解道:"小弟何处做错了,您这般生气?我若有不是,您只管教训,何苦与我生分了。"

赵德芳冷笑一声:"我哪里敢,你已经是太子了,指日就要身登大宝,原是我们这样的人碍着你,我们去了,你才好舒心呢!"

元佐看了看自己身上,果然身着皇太子的龙袍,急道:"我如何会是太子?"

身后忽然有人道:"你自然不配做太子,把皇位还我!"便有人来扯他的衣袍。

元佐骇然回头,却见一人血污满面,颈项中还不断冒着鲜血,却不是赵德昭是谁?只见赵德昭用力扼着他的颈子,扼得他透不过气来,口中幽幽咽咽地道:"还我命来,还我皇位来……"

元佐只觉得双手双脚无力,不能挣扎,见赵廷美被赵德芳拉着越去越远,他每走远一分自己的颈上便紧了一分,只得叫道:"四皇叔救我——四皇叔救我——"

只听得赵廷美幽幽地道:"我如何救你?"

元佐脱口道:"你只要不跟了他们走,便是救我了。"

赵廷美叹气道:"我原也不想走,只为有人逼迫我走,我不得不走。"

元佐道："谁要逼你走？"

赵廷美还未说话，忽然半空一声怒喝："谁敢阻挡我儿！"

元佐失声叫道："爹爹——"

却见皇帝大步上前，携了他手道："你看——"

元佐抬头，却见金灿灿一张龙椅在自己面前，前面却有赵德昭、赵德芳、赵廷美三人挡在前面，皇帝喝道："休得挡了我儿！"一剑斩向三人。

元佐失声惊叫："爹爹，不要伤皇兄皇叔——"却是已经来不及了，只见皇帝一剑过去，三人顿时倒地。皇帝将他一推，元佐一个踉跄，身后似有一股力量要将他推到龙椅上去，前面却是横着皇兄和皇叔的三具尸体，他无论如何也无法这样踩着尸体上去。只觉得向前推和向后退的两股力量撕扯不已，似要将他凌迟般的痛苦。

元佐大叫一声，坐起身来，却见眼前烛火闪动，听得耳边不住声地有人叫道："王爷、王爷，你怎么了？"

元佐呆滞地转过头去，却是他的王妃李氏，这才慢慢地定下神来，只觉得全身已经被汗湿透，怔怔地道："原来是做梦。"

李氏急道："王爷，你怎么了，方才我见你仿佛被魔住了似的，不住地叫，却是怎么也不醒来，真是吓死我了！"

却不知不说还好，元佐只听得一个"死"字，顿时血气翻涌，喉头一甜，一口鲜血已经喷出。

李氏吓得尖叫一声，只觉得双脚发软，倒是元佐自己先镇定了下来，摆手制止李氏唤人道："没什么，原是我气血太旺的缘故，吐出来就好了，你自己先歇着吧！"

李氏待要上前服侍他安歇，他摇头道："不必了，我已无睡意。你自去歇着，我坐坐就好。"

这般情况，李氏如何敢睡，只得依他吩咐，吹熄了灯，一个人坐在床上拥着被，心惊胆战地看着元佐独自坐在窗下，黑暗中只觉他的眼睛如两点寒星般地发亮。

本以为这不过是日有所思、夜有所梦罢了。谁知道没过多久房州传来消息，涪陵县公赵廷美因病身亡。

皇帝在朝堂议政时得知此信，便失声痛哭，对群臣道："廷美自小顽劣，朕为着他不知道生了多少气，可是私心总是希望他能上进，因此安置他到房州，希望他能体察民间疾苦，好生改过。本想过个几年依旧让他回来也好托以重任，谁知道他竟一病而亡。先皇弃朕而去，如今皇弟也去了，一门三兄弟如今只剩下朕一个人，细思量这人生无常，终觉得没什么意趣了！"

群臣一齐跪地求官家保重龙体，皇帝慢慢地平静下来，追思前事，赵廷美虽然是有罪之人，但此时既然斯人已去，便一概不追究了，于是下旨赵廷美依旧恢复秦王之爵，其子女也召回京城，一应旧爵封号皆尽恢复，只是皇子皇女的称号，不再恢复。

退朝之后，皇帝回宫，一路上仍然只觉得心悸不已，回思从前种种，伤感之情，却也是发自心底。他停住了脚步，对夏承忠道："秦王的旧邸，好生收拾出来，秦王妃和几个孩子们，也叫人好生照料着。本是娇生惯养的，去房州这几年，也苦着他们了。"说着，抬头看了看天色，道："快到年下了，天气也冷了。房州气候不好，务必让他们年前回京。"

夏承忠连忙应是："官家眷爱秦王的心意，小的都明白。小的亲自去督办这事儿，一定好生照料着秦王的家眷。"

皇帝点头"嗯"了一声，不再说话。

车驾到了宣庆宫，德妃李氏忙着接驾。后宫无主，如今的德妃为诸妃之首，她本在晋邸时已经主持中馈多年，早已经代掌后宫，皇帝对她甚为倚重。只可惜她入宫多年，却膝下无子，要不然早已经封为皇后。

她也知道了今日之事，见皇帝脸上气色不好，早命人撤去了歌舞，只是烫了些黄酒，备了些羊肉。皇帝更了衣，坐在炕上，李德妃只絮絮地说些宫中的小事，间或说一些小笑话儿。

过了会儿，皇帝的脸色慢慢缓和些了，才把廷美的事告诉了李德妃。李德妃婉言道："官家，秦王的事，官家也尽了心了。这人寿原是有定，譬如秦王如今若还在京中，也当是这般的阳寿，又有什么过意不去的……"

正劝说了一会儿，看着皇帝渐渐将这事淡忘了，夏承忠忽然进来，气色极坏，跪下行了一礼，道："官家，楚王府来报，楚王他、他……"

皇帝吃了一惊，突然间心头狂跳："元佐，元佐出什么事了？"

夏承忠深吸一口气，道："楚王妃派人来报，今日早上，楚王殿下忽然发了狂，胡言乱语，还拿刀砍杀了一个侍卫。"

皇帝大惊，赤着脚就跳下了炕："胡说，好端端的，如何出这样的事？"

夏承忠道："小的听楚王府来人说得也不甚详细，只是说很不好。"

皇帝喝道："替朕更衣,立刻去楚王府。"

楚王府原就在东宫附近,一会儿便到了。只见楚王妃李氏迎出宫来,皇帝忙问详情,李氏垂泪回道："前些日子,王爷便时时地半夜惊梦,原说休息一阵便好,谁知道今儿早上,传来消息说涪陵县公没了。王爷昨夜惊梦原没睡好,许是那人回话不好,正好旁边放着刀,也就这么指着他骂了一声,不知怎的精神一恍惚,就误伤着了。他一看见伤着了人,这一刺激不知怎的就不好了。"李氏原知人命关天,便是亲王也不能随便杀人,若是细究起来也是一个罪名,说话便有些含糊了。

皇帝问:"那人怎么了?"

楚王府翊善胡旦忙回道:"回官家,御医正在抢救,生死只怕还未定!"

皇帝点头道:"务必要救活。"这等不晓事的侍卫死活倒罢了,可若真是死了,却不免牵累元佐。

皇帝便问胡旦:"到底是怎么回事?你务必说个清楚明白!"

胡旦低下头,暗叹一声,只得将整个经过说了。

涪陵县公赵廷美去世的消息报到朝堂上前半个时辰,元佐派到房州的使者便已经回到王府,赶报楚王。

元佐正待出门,一听说使者已到,立刻叫了进来。

使者见了元佐,便磕头道:"王爷,涪陵县公——已经薨了。"

元佐怔了一怔,像是没听清楚,这些时日以来,他时常做些怪梦,白日里便有些神思恍惚,于是再问了一句:"你说什么?涪陵县公怎么了?"

使者自得了消息,心中便直道:"糟了!"当下马不停蹄地赶来,报告此消息。此时见楚王神色怔怔的,心下不安,只得又磕了一个头,道:"回王爷的话,涪陵县公病逝了!"

突然间元佐一把揪住了他的衣襟,厉声道:"大胆,你怎么敢咒孤的皇叔?"

使者吓得战战兢兢,一时连口讳也忘记了:"王爷,这、这确是真的,小人刚从房州来,涪陵县公的确已经死了,是病死的。"

"胡说!"元佐大吼一声,"四皇叔好好儿的呢,官家说了过了年就赦他回来,你竟敢胡言乱语造谣生事!你们这等奸佞小人,捕风捉影无事生非,离间天家骨肉。我倒问问你们,四皇叔他碍着你们什么了,你们这等不放过他?"

使者见元佐脸上赤红,青筋迸裂,眼神里满是愤恨狂乱,吓得魂飞魄散,直叫道:"王爷、王爷,小人不敢,这原不干小人的事,小人只是报信儿的!"

元佐冷笑道:"报信,你报什么信?四皇叔明明好好儿的,你却要咒他死了。嗯,我知道了,你们知道官家要赦四皇叔回来,生怕断了你们的富贵,就谎报他死了,这样四皇叔就回不来了,是不是?"

胡旦在一旁,听着元佐的话大异常理,已是呆住了,见那使者在元佐手底下吓得连话都说不出了,忙劝道:"王爷息怒,您先放了使者,咱们有话慢慢地说!"

元佐喃喃地道:"放了他?"胡旦连忙点头。

元佐忽然大怒:"不能放过!为人臣子的,为什么不一心一意全了君父的德望,却为着自己的权势富贵,陷君王于不义!我要杀了他,以儆效尤!"胡旦尚未反应过来,便见他抽出佩刀,一刀刺了过去。

满堂惊呼声中,只见鲜血飞溅,楚王元佐一刀刺入使者的前胸,可怜那使者来不及叫上一声,惊骇莫名地看着楚王,倒了下去。

元佐拔了血淋淋的刀在手,笑道:"好、好、好,四皇叔,我为你杀了他了!"话音未了,已是一口鲜血狂喷,摇摇晃晃地倒了下去。

皇帝怔怔地听着,只觉得心头阵阵抽紧,道:"朕这就过去看看他!"

"爹爹且慢!"一人越众而去挡在皇帝面前跪下了,"大皇兄有些不甚好,贸然去怕是惊着了皇驾!"

皇帝抬眼看去,却是二皇子陈王元佑,听得他的话大不入耳,冷笑道:"朕千军万马的厮杀也未曾惊过,难道看看自家儿子,倒还会惊着了!你大哥病着了,你不思为他担忧,倒找了推托的词儿来!"

这话说得重了,只见元佑满脸通红,重重地磕了一个头,道:"臣不敢,臣这么说,正因为臣刚刚去看过大哥了!"

皇帝沉了脸,问道:"怎么回事?"

元佑退后一步,让出位置看了看后面道:"还是三弟说罢!"

韩王元休脸色煞白,怯怯地看了皇帝一眼,嗫嚅着道:"臣方才去见了大哥,他、他已经不认得人了,却对着空气招呼着已逝的皇兄和四皇叔!"

皇帝整个身躯剧震,差点没摔倒,只觉得空气中一股暗暗的阴寒之意涌动,猛然间侵入骨子里,叫人打一个寒战。

沉默片刻,还是踏入了楚王的房中。此时的元佐喝了太医的药,已经沉沉睡去了。皇帝阻止了侍从将他唤醒接驾,自己移步到床边,看着那张年轻英俊的脸沉沉入睡,眉头却仍是紧紧地皱着,心中不禁叹息,唤了太医来问病情,太医早已经候在门外,此时听传,忙跪到阶前。皇帝问:"到底病症如何?"

太医奏道:"楚王之症,乃是急怒攻心,一时迷了心窍。古人云:痰迷有别。有气血亏柔,饮食不能熔化痰迷者;有怒恼中痰裹而迷者;有急痛壅塞者……"

皇帝喝道:"朕只问你是哪一种?"

太医战战兢兢地道:"三种都有一些,臣观王爷脉象沉郁,应是平日有些不豫之事,积郁于心,不曾发泄出来,因此饮食上积滞;再问得王爷近日多梦魇之症,今日之症,亦是因急痛惊怒而致,故得此癫狂症候。"

皇帝冷着脸,道:"你只说要不要紧!"

太医跪奏道:"常言道,病来如山倒,病去如抽丝。王爷此症说大不大,说小不小,只可慢慢调理,却难以即刻痊愈。调养此症,心境最是重要,左右侍候,绝不可再有令他着恼刺激之事了。"

皇帝点了点头,喝道:"都是你们这些下人的不是,来人,将平日左右侍候的人,都拉下去打二十大板。你们可都听清了,从今往后,倘若再叫楚王着了恼的,朕便要你们的脑袋!"

众侍从满心喊冤,却不敢作声,只是磕头应声连连。

过得片刻,外头连连来报,却是四皇子冀王元隽、五皇子益王元杰等得知皇帝来了,也纷纷前来探病。

皇帝道:"楚王病着,不必这么闹哄哄的,再说这会子才来,也不济得什么事。"他看了看陈王元佑和韩王元休,道:"还是你们两个倒是真有心的。"

元休红了脸,道:"我和大哥一向就亲……"

元佑忙道:"爹爹,他们还小呢,他们也是有心的,只是我们两个大了一些,早些想到罢了。"

皇帝点了点头,吩咐太医务必每日早晚向自己各报一次,起驾回宫。

送了皇帝回宫,元佑先走了,元休再留了一会儿,只见天色便全黑了下来。楚王妃再三劝道:"三弟,我知道你是有心的人,不过你累了这一天了,也该去休息了。你哥哥已经服了药睡了,这会儿也不会醒来。这里还有我们呢,你且回去吧!"

元休没奈何,张旻扶了他回到韩王府,也不回房去,只是一个人怔怔地坐在书房中,像也痴了似的。

张旻暗暗害怕:"莫要病倒了一个,又添上一个!"一时之间没着落处,想要急忙去寻个人来开解开解他。

找人时,却无人在府。原来府中也知道了楚王之事,王妃潘氏同着刘媪一起进宫问安。却是元佐和元休生母早亡,皇帝在名分上让李德妃代为抚育。此刻便是进宫安慰德妃娘娘去了。

张旻一急之下,跑到揽月阁把刘娥叫了出来,将王爷之事这般那般地说了。刘娥一听也着了慌,忙随着张旻到了书房。

一见到元休,她也吓了一跳,元休脸色苍白,神思恍惚,她拉起他的手,手是冰冷潮湿的。吓得刘娥忙叫道:"三郎,三郎,你这是怎么了,你别吓我——"

元休呆滞地抬起头来,看着刘娥,突然间全身颤抖,一把抱住了刘娥,眼泪却已经流了下来。他毕竟还只是一个十六岁的少年,在外人面前努力地撑着,但是此刻看着刘娥一脸的担忧和关切,竟忽然放松了下来,再也无法控制自己的悲伤和无助。

过了许久,元休慢慢地抬起头,轻叹了一声,看着窗外黑漆漆的夜色,眼神似有些茫然,缓缓地道:"我从来没告诉过你,关于大皇兄的事。母妃去世时,我才九岁,大皇兄文武双全,已经跟着官家带兵打仗了。可是不管他到了哪里,不管他有多忙,他永远都会想着我,照顾着我。他是那样的优秀和完美,他是官家的骄傲,是大宋皇室的荣光,也是我的英雄。甚至对于官家,我也是敬畏居多,可是对于大皇兄,我却只想为了他的一个赞许,去努力地做任何事。他永远像一座山,一盏明灯。可是为什么,为什么会发生这种事?他们说大皇兄杀了人,他们说大皇兄发了疯,我不信,我真的不信,天下任何人都会疯,都会杀人,只有大皇兄不会呀!可是为什么,他拉着我的手叫四皇叔,他对着空气笑,瞪直了眼睛说着一些我不懂的话。小娥,我该怎么办,我真的不知道怎么办了!"

刘娥抱着元休,感受到他的伤痛和依赖,不知怎么的,自己的心里竟也是同样的悲伤和无助。恨不得代他去承受这一切,却又恨自己实在是无能为力。

她用力抱紧元休,似要将自己的力量传递给他:"三郎,你别怕,天底下没有过不去的关。楚王是你大哥,你都说了他无所不能,他一定能过去这一关的。大夫不是说了吗,只是急怒攻心,歇上几天,就会好的。这个时候你一定不能乱,三郎,你也是大人了,你已经开府封王了,平日都是楚王照顾着你,这个时候,要你来照顾他了!"

元休慢慢地抬头,他看着刘娥:"我?我来照顾大皇兄?"

刘娥肯定地看着他:"是的,你能成的,你一定能的!"

元休浑身一震:"真的吗?"

刘娥直直地看到他眼中去:"当然是真的,三郎做什么都行!"

元休张了张嘴,想说什么,忽然又有些丧气,只摇了摇头:"小娥,你不明白的!"

刘娥握住他的手,看着他的眼睛:"三郎,我怎么会不明白呢!小时候我逃难时,没吃没穿的,可是我从来没怕过,因为我一直有婆婆在照料着我,有糠吃糠,有野菜吃野菜。我们虽然穷,可是我衣服上的补丁,婆婆永远给我补得整整齐齐的,冬天时长了冻疮,婆婆拿自己心口给我偎着帮我暖和。我一点也不觉得苦,一点也不觉得难。可是有一年,婆婆病倒了,我一路磕头讨来了药,讨来了米粥,婆婆说喝了米粥什么病都能好,可是她的病,却是好不了。连大夫看了,都一直摇头,那个时候,我觉得天都要塌了,地都要陷了,我只知道抱着婆婆一直哭一直哭,心想着婆婆要是走了,我也哭死了跟过去……"

元休听得惊心动魄,不由得把自己的事一时放开,问道:"后来呢?"

刘娥眼中掠过一丝怀念与苦涩,却又随即回过神来,声音却低了下去:"后来不知道为什么,婆婆慢慢地好了,连大夫都奇怪。可是婆婆抱着我一直一直地说:我还不能死呀,我死了我的小娥怎么办呀!"她握住元休的手:"婆婆牵挂着我,我想,楚王也一定是牵挂着你。他倒下了,你更要坚持站起来。为了你,更为了你大哥。"

元休看着她,他的手在颤抖。他这一生,从未经过这样的崩塌与恐惧。他以为他早已经忘记了,但如今他又想起来了。在母亲去世的那一夜,他也是同样的恐惧和无措。那时候,是大哥过来救了他。

而如今,灾祸降临到大哥头上,他还有谁可以倚仗?

可是,刘娥来了,她抱住了他,给了他安慰,给了他一份寄托。原来这世间他还不是孤独一人,大哥出事了,他还有她。

这世间,他唯一能紧紧抱住的,只有她了。

她的话慢慢地激起了元休的勇气,他深吸一口气,点头:"是,我不能倒下,我倒下了,大哥怎么办?以前一直是大哥照顾我,现在,大哥倒下了,我就得去照顾大哥。小娥,想不到,天地间竟尚有你我二人,如此同病相怜!"

夜静静的,天地之间似乎只有相依相偎着的两个人。

第十九章
王妃潘氏

当晚,韩王元休没有在正室王妃的玉锦轩安歇,而留在了揽月阁。

王妃潘氏和刘媪在辰时才回到府中,一落轿便先问王爷可安歇了,结果竟不见元休,元休的贴身内侍张怀德支支吾吾的,竟说不出来。

潘蝶大为疑心,细问之下,怀德只得道:"王爷今晚,已经在揽月阁安歇了!"

刘媪吃了一惊,小娥这丫头竟然如此不知收敛,岂不是要坏事!当下正准备借词掩饰,潘蝶已经问了:"揽月阁是什么地方?"

刘媪忙掩饰道:"那是小书房,王爷索日爱后苑景色,就在那里设了个小书房,叫了两个丫头日常打扫着。"

潘蝶立刻竖起眉毛来:"两个丫头?可是今夜趁机狐媚邀宠了?"

刘媪忙道:"今日发生这样的事情,王爷哪有这样的心思,想是伤心过度,累得睡着了,丫头们不敢挪动罢了。"

潘蝶就道:"既如此,我亲自去挪动。"

刘媪哪里敢让潘蝶过去,忙挡住道:"王爷既然累了,也不好挪动,老身亲自过去看着罢了,王妃也累了一夜,不如先去歇息,待明日再说。"

潘蝶心中更是疑惑,忽然冷笑一声:"妈妈挡我,莫不是那里有什么丫头,是王爷早就收用过了的?"

刘媪不防她竟忽然道破真相,不由得一怔,一时竟找不到话来搪塞,只这一犹豫间,就教早有疑心的潘蝶看出,顿时气得浑身颤抖:"我只当妈妈是好人,你说什么,我信什么。都道王爷是君子,并无爱宠,如今到了这时候,你们还要瞒我?"

刘媪也慌了,只道:"原就是个不打紧的丫头,如今不提起来,我早也忘记了,实是并无什么爱宠的。"

潘蝶就想到陈王府中的事来,却是陈王才纳了王妃,没过多久,就逼着王妃进宫,替他早年一个爱宠讨了个良娣的封号。潘蝶当时把这个当成笑话,与冀王妃一起嘲笑了陈王妃半日,只嫌她软弱无能,哪晓得这种笑话居然还会发生在自己身上!当时就气得闹将起来,立时要冲到揽月阁中去打杀那小贱人。

刘媪拦住苦劝:"王妃不可!今日发生的事太多了,王爷的心情正自不好,您这一发作,岂不是要惹得你们夫妻不合。再则,事情若是闹大了,叫官家知道了,王爷也得领一顿罚不是。"

潘蝶的乳母张氏也来劝:"王爷开府未久,这府中的丫鬟,原都是各宫各府送过来的,咱们总不便擅加处置,或者是退还原主也就罢了。"

潘蝶转头问刘媪:"妈妈可知这小娥是哪宫哪府送来的?"

刘媪支吾半会儿,才道:"这丫头原不是哪宫哪府的,只是外头的一个野丫头罢了!"

潘蝶道:"我只问你如何处置,你若不会,我就自己动手了!"

刘媪吓了一跳,忙阻止道:"这事儿王妃须不能明面上动她,只能暗地里处置。王爷既然是偷纳的,她如今便还是府中的丫鬟,待我过几日,寻她个不是,或赶出去,或配个小厮,也就清净了。"

潘蝶咬着牙道:"虽然如此,到底我这心里头还是不舒坦!"

刘媪一边要劝着,一边还得为元休赔不是,只得赔笑道:"王妃是大富大贵的人,犯不着和这些下贱丫头一般见识。帝王家三妻四妾的多了,您看陈王府呢,宠得个张良娣,比正室王妃的气焰还大。王爷毕竟还是爱您的,不过是拿丫鬟撒撒火儿,又不是正式要了她。过几天我打发她出去,不就没事儿了。"

潘蝶冷笑一声,表面上不提,心中早起了杀心。

如此一夜过去。次日,元休便在揽月阁起身梳洗上朝去了。

刘娥独自收拾着,忽然,刘媪身边的丫鬟来了,道:"小娥姐姐,刘妈妈让您去一趟。"

刘娥怔了一怔,微吸了一口气,心里不是不怕的,该来的还是来了。

进了西侧院刘媪的房中,刘媪并不看她,只是低头在喝茶。刘娥只得站在一边，不敢开口。

足足过了两刻钟，刘媪才抬起头来，淡淡地道："昨晚王爷歇在哪儿？"

刘娥低头道："昨晚妈妈不在，可把奴婢吓坏了。王爷回府时，王妃和妈妈都进宫去了，他就到了内书房，然后——他就哭了。吓得奴婢不敢离开，后来他哭着哭着就睡着了。"

刘媪冷笑道："既是如此，后来我们回来了，王爷就该回房安歇，是你光顾着勾引王爷了吧！"

刘娥一惊，忙道："妈妈这话，我不明白。府中自有规矩，我并不敢勾引王爷。只是昨日王爷伤心哭累了，在揽月阁歇息。妈妈是明白人，还请在王妃跟前分说一下。"

刘媪恼了，昨日在王妃跟着受的气涌上心头，怒道："好一张巧嘴，你倒推得一干二净的！昨夜若不是我挡着，王妃早就把你给撕了。我在前头替你们掩着，你不思感恩，倒把在外头倚门卖笑的风月勾当带进府来，好好儿的王爷，都是叫你们这些狐媚子给勾坏了！"

刘娥吃了一惊，元休带她进府时，叫人瞒了她的身世，谁知道刘媪竟然连这个也知道了，不由得暗暗害怕。然而听得她说些什么"倚门卖笑""狐媚子""勾引"，不由得犯了倔强之气，抬头道："妈妈，我不明白你这话什么意思。我只是个奴婢，进了王府，便尽心服侍主子，我做错什么了？"

刘媪气得颤抖，直接将几案上的一个茶杯朝她扔了过去，骂道："不要以为昨晚狐媚着王爷一夜，就当自己上了天，府里头像你这样的下人多得是，王爷今天喜欢，明天还不是一样像扔块破布似的扔了你。我要处置你，也不过是一句话的事！"

刘娥受辱，不由得也恼了，冷笑："只怕妈妈要处置我，也不见得就是一句话的事，不如先问问王爷再说。这府中到底还是王府，并不是妈妈做主。"

刘媪大怒，一迭声儿地叫"来人——"

张怀德早候在外头，此时忙进来拉走刘娥，好说歹说劝住了刘媪。这才又出来追上刘娥，不由得埋怨道："我的姐姐，你的胆子也太大了，怎么能得罪刘妈妈呢？"

刘娥恼道："就算她是王爷的乳娘，难道就可以不把我们下人当人吗？王爷正经主子，也从来不曾说过我们重话。我这人，受得苦受得罪受不得辱！我怕什么？大不了赶我出去，我有手有脚，千山万水逃难都过来了，难道怕饿死吗?我原本就是个野丫头,可是凭什么说我狐媚子呢?"

张怀德叹了口气,道:"刘姐姐,你当这是在外头呢。外头跑江湖,你有脾气不吃亏,可是在府里头,行动都是规矩,怎么还能像以前一样,由着自己的性子说话呢?你的性子要不再改改,将来吃的苦头可多了。"

刘娥咬着下唇:"张哥哥,你说的我都懂,可是做起来为什么这么难呢?我打小就为这个性子吃了不少亏,可是事到临头,总是有什么就说什么了。人家打我的左脸,难道我还要笑着送上右脸吗?我要是改了,我就不是我了。"

怀德看着她倔强的神情,叹了一口气,道:"刘姐姐,你要真吃了苦头,才会想到我的话呀!"

这话过不了多久,果然便有事发生了。

潘蝶早令人来打探消息,却见刘媪并没有把刘娥赶出去。再打听下来,就将元休与刘娥的事打听出了几分来。原来元休房内侍候着的头等宫女,也有心气高却不曾得手的,此前见元休宠爱刘娥,心中早有不忿,只是有好事的挑衅几次,连刘娥都不曾出手,就被王爷处置了,因此剩下来的都是敢怒不敢言。及至王妃进府,虽没有主动告密的胆子,但被逼问到头上来,不免趁机加油添醋说了许多。说这是个瓦肆出来的歌伎,是王爷私自带进府的,安置在后苑,在王妃进门前就受独宠,骄横跋扈,在王妃进门之后,王爷也是趁她一出门就去与那刘娥私会,全无顾忌。

潘蝶这才明了真相,气得七窍生烟,更是连刘媪一并恨上,这人明明知道这些事,都故意来哄骗自己,因此索性也不再与刘媪知会,就等着机会动手。

而刘媪在那日之后,恼了刘娥,却也不敢当真赶刘娥出去,情知潘蝶肯定要动手,正中下怀,也避免自己直接得罪王爷,索性什么也没说,装聋作哑起来。

过了十几日,元休上朝去了。刘娥正打扫着书房,忽然听得人声喧嚷,一群人闯了上来,为首的正是王妃潘氏。

刘娥吃了一惊,忙跪下相迎:"奴婢见过王妃。"

潘蝶也不正眼看她,自鼻子里冷哼一声道:"你们愣着干吗,还不给我搜!"

众丫鬟应了一声,便到处动手乱翻。刘娥吃了一惊,忙道:"这里是王爷

的书房，不要把王爷的书给弄坏了！王妃要找什么，让奴婢来找吧！"

潘蝶似笑非笑地看着她："好啊，既然你自己都认了，那就拿出来吧！"

刘娥不解地道："拿什么？"

潘蝶冷冷地道："我的七宝累丝凤钗不见了，那是我的陪嫁，当年昭宪太后御赐给我母亲的。丢了御赐的东西，可是大罪，我得把它给找到。"

刘娥怔了一怔，顿时明白过来，情知事情败露，有一些慌乱，但也不甚怕。之前也不是没遇上过倚仗身份来欺负她的人，只消忍耐过一时，自然就会有元休替她做主。当下自然也就顺着潘蝶的话笑辩道："王妃的首饰，自然有这么多跟着您的姐姐们收着，揽月阁是王爷的书楼，王妃从来不曾来过，您的首饰怎么能在此处找着呢？"

潘蝶盯着刘娥，语带双关地道："我是没来过这里，可是却有手脚不干净的小贼，偷了我最心爱的'宝贝'。"

刘娥听了这话心里一惊，看着潘蝶的眼神，隐隐已经明白今日之事只怕难以善了，暗叫不好，左右看看，却发现里外都是潘妃的人围住了，其余却只是她与如芝两人，便是连个出去报信的人也没有。

想到这里，只能强打精神来周旋，拖延得一时是一时："没有证据，王妃不要血口喷人。"

潘蝶冷笑："这里是王爷的小书房，你又是什么人？"

刘娥低下头："奴婢、奴婢是看屋子的丫头。"

潘蝶冷笑一声，走进内室，却见内室一张大床，床上悬着百子帐，床头有一对枕头，床前还有梳妆台，不由得冷笑一声，问跟在身后进来的刘娥："看屋子的人？那这床是谁在用？"

刘娥见她进来，已心知不妙，却也只能硬着头皮回答："是……王爷用的！"

潘蝶直接把枕头扔在刘娥脸上，脸已经气得扭曲了："我进门一个多月了，这像是一个多月没睡过人的样子？这枕头这被子的花样，会是王爷用的？这梳妆台，会是王爷用的？"

刘娥自知道王妃进府之后，也怕出事，已经将原来的鸳鸯枕、鱼戏被以及元休摆在外头的日常衣物都收了起来，只百子帐一时无可更换，也是无奈。此时被问到，一时竟是找不出开解之辞来。

如芝也是个机灵的，此时见势不好，连忙跪下道："王妃息怒，是小娥不会说话,这原是为王爷准备的,因着王爷日常也没来,前些日子下房漏水,王爷仁慈,就叫我们暂住这里。这原是我们的不是,早该搬回去的,却贪图这房子舒服,因此延误了,请王妃恕罪。"

潘蝶是个性子急的,见她说得头头是道,一时气极,怒骂道:"好一张利嘴,凭你怎么说,我看到的就是事实!"

张氏见潘蝶说了急话,忙上前一步,拿起梳妆台上的脂膏等物一看,就拿起来扔到了如芝身上:"你们用的? 看屋子的丫头,日常用度竟是比我们家里还强些,你们到底是什么样的丫头?"

如芝见状,一时竟也无话可说。元休素日拿来给刘娥的,自是之前府中最好的东西,也的确不符丫鬟身份。

潘蝶更恼了,喝道:"给我搜!"

银雁等人乱搜起来,不一会儿,就从收着的柜子里搜出鸳鸯枕、鱼戏被、喜字烛并一些男人衣饰来,都捧到了潘蝶面前。潘蝶越发恼怒,将这些东西都扔到刘娥跟前,喝问道:"这是什么?"

刘娥脸色惨白,却也只能强撑,反问道:"王妃不是在找您的七宝凤钗吗? 找到了没有?"

潘蝶有些不能置信地看着刘娥,没想到到此时,她居然还敢在自己面前强辩,怒极反笑:"你敢说你没有偷我的东西?"

潘蝶的眼神如刀剑般锋利,似要带着血光而来。刘娥看着她的眼神,突然间明白了,在潘蝶的心中,自己是偷了她的"珍宝",不是她的珠宝,而是她的丈夫。她只是借着这一件事,来兴师问罪而已。明白了此节,刘娥反而不再开口了,今天王妃存心寻事,任何解释和辩解的话都是无效的。

潘蝶见她虽然没说话,但却眼神倔强,更加被激怒,指着刘娥冷笑道:"既是房间里没有,必是她藏在身上了。来人,将她衣服扒了,再细细地搜!"

众侍女应了一声,就要一拥而上。

刘娥这一惊非同小可,忙双手护着前襟倒退了几步,又惊又怒,大声地:"王妃,无凭无证,凭什么单搜我一人?"她顿了一下,试图解释:"揽月阁与玉锦轩相隔这么远,若是您丢了首饰就要搜人家的身,那您这些姐姐们平日掌管着王妃的钗钿首饰,若是真要一一搜来,也该是先搜她们!"

潘蝶指着她笑对众人道:"不可以? 你听听她这话岂不可笑? 我是王妃,你不过是个奴婢而已,我便是打杀了你,也不需要理由。"

刘娥咬牙："就算是官家处置人,也没有不需要理由的。便是蝼蚁草民,也能去敲登闻鼓的。"

潘蝶倒怔了怔,忽然笑了："你倒是个有见识的,要理由吗?我同你说个故事。太祖爷当年灭南唐的时候,对南唐的使臣说过一句话,叫'卧榻之侧,岂容他人酣睡'。这就是理由了,别的理由,都是借口。你对我来说,就是蝼蚁,我要灭了你,还需要理由吗?我肯随便找个理由,你也该笑了。"说着,就从头上随便拔下一支金钗扔到地上,喝道："就是这个贱婢偷了我的金钗,人赃并获,拉出去打死!"

刘娥又惊又怒："王妃,光天化日,朗朗乾坤,您就这么当面栽赃,草菅人命?"

潘蝶笑出声来："人命?你是个奴婢,又不是良人,如何算得是人?"

刘娥反问："奴婢便不是人了?奴婢也是一条命!"

潘蝶冷笑一声,更不理她,就见侍女们上前要将刘娥拖下,如芝将刘娥护在身后,却抵不过潘蝶特意点选的粗壮侍女孔武有力,竟被推得跌下楼去,只听一声惨叫,也不知生死。

众侍女蜂拥上来,刘娥拼命挣扎出来,哭着逃到楼梯边,向楼下逃去。不想楼下还有几个婆子守着,前后夹击,不顾刘娥大声哭骂挣扎,转眼间便撕去了她的外衣。眼见中衣也要撕破,院中还有几个内侍,虽然去了势,但毕竟也是男人,见状忙扭头的扭头,转身的转身,俱都移开了眼。

刘娥这一生从未遇上过这样的险境,此前蜀道逃难,自然是比此时险得多,但当时她并无暇在意险或不险,只拼着一股狠劲要么活要么死,就这么误打误撞活了下来,只能算是勇气与运气兼备的巧合。

及至到了京城,懂的事渐多了,不再一无所有,得失心也就重了。在桑家瓦肆,虽有歌伎们的钩心斗角,但毕竟利益相关,有些讥讽算计,终究只要自己忍过一时,事后总有机会翻盘。后来进了王府,虽然也遇上刁难打压,但无非就是语言刻薄、推推攘攘罢了。

她本想过若是王妃发现她的存在会怎么样,会辱骂她吗?会打她吗?会把她赶出府去吗?不管怎么样,她只要不承认对方加诸她的罪名,尽量避开对方的羞辱,拖延对方出手的时间,只要等到元休回来,她总会无事的。

可她做梦也没想到,对方居然是如此的狠辣与无情,只几句话,就要下令将她打死,如此的毫无顾忌,如此的漠视人命,甚至让这些婆子有意撕她衣服,要将她羞辱至死。

她一边挣扎一边哭,只希望这声音能传出去可以引来救兵。可看着潘妃身边仆役一脸无谓的样子,心里就往下沉。王妃如此肆无忌惮,只怕她早有所准备吧,想来就算有人听到声音,可又会有谁甘愿为了她去得罪王妃的呢。

正在危急之时,听得一声怒吼,龚美冲了进来,拼命地拉开那些侍女们一边护着刘娥,一边怒道:"你们要干什么?"

刘娥眼泪顿时下来了,颤声道:"哥,你怎么来了"

众侍女见着一名大汉进来,倒是怔住了。潘蝶闻声走下楼,站在楼梯中间居高临下地看着,喝道:"哪里来的野男人敢混闯内宅,来人,快将他拿下!"她斜睨着刘娥,眼神里有挑剔的嫌弃,又有愤怒的憎恨,情绪复杂。

听得王妃一声令下,几个会武的家将就进来动手,龚美虽然力大,但终不敌,转眼便被擒下。

刘娥看着众侍卫对着龚美拳打脚踢的,待要冲上去,自己却也被众侍女扯住要撕衣,眼见龚美被打得跪坐在地,失声尖叫起来:"王妃,是奴婢错了,不干我哥哥的事,求你放过他吧,有什么责罚,只管在奴婢身上吧!"

潘蝶正眼儿也不看他,只问管事的仆妇:"这个混闯内宅、眼里没主子的下人是谁?"

管事的仆妇忙道:"回王妃,那是府里的侍卫叫龚美。"

潘蝶眼眉儿一挑,冷笑道:"一个姓刘一个姓龚,这声哥哥叫得好亲热呀!只怕不是亲哥哥,是情哥哥吧!一对儿奸夫淫妇撞到我的手上了,我今天倒要为王府清理门户。只管给我打,打死了不论!"

众侍从们听了这话,打得更起劲了,不一会儿但见龚美口鼻出血,刘娥大叫一声,拼命挣脱仆妇的手冲了过去,自案上拿起一把裁纸刀,转过身来怒视众人,眼中似要逼出血来:"你们不要过来,再过来我就死在你们面前!"

众侍女们陡然见刘娥拿刀乱挥,手中却因为抢得急了,被割伤的掌缝中血水急流下来,将一叠的雪白宣纸尽染成血红,她们虽然是平时在府中斗嘴使绊不在话下,但是真的见着了血,也不禁吓得呆住了。

潘蝶先是吃了一惊,立刻恢复了冷酷的神情,一步步走下楼梯,在众人簇拥下朝着刘娥走来,冷笑道:"你倒敢拿死来讹我,我是将门出身,打小儿千军万马都见过,在乎死你一个两个下人的。莫说是你自己是做了丑行拿寻短来闹事,便真是我打死了你,也是平常!你倒打听打听,打楚王府、陈王府到冀王府,哪个王府里头不打死个下人的,偏独咱们王爷仁善,才弄得个下人敢放肆至此,弄出这些偷鸡摸狗、淫贱无耻的事。我今天倒就要看着死个人,好让你们这些下人开个眼,知道个上下规矩!"

话犹未了,忽然就听得一人带着急风而进,怒喝道:"这等残暴不仁的话,你居然也说得出来,你还是不是人?"

那围着龚美、刘娥打骂的众侍卫丫鬟婆子见了来人,吓得立刻停手跪下,原来此人正是韩王元休。

却说内侍张怀德见到潘蝶带着一批人气势汹汹地往揽月阁而来,便知道事情不妙,忙跑去告诉了张旻,张旻一听立刻出府赶去通知韩王,却又恐赶之不及,又告诉了龚美先去拦上一拦。果然,龚美这一拦,正好能让韩王及时赶回救人。

潘蝶抬眼看到元休,一怔,眼中闪过懊恼,暗悔自己存了猫戏老鼠的心,竟是没有及早打杀那两人,倒让他赶回来相救。一时间却只能咬咬牙强笑道:"王爷回得正好,这里抓到一对奸夫淫……"

话未说话,就被元休一掌打去,将话打断了。

潘蝶也被这一掌打得震惊了,一时不能置信,指着元休:"你、你敢打我,你竟敢为这一个下贱的奴婢打我?"不由得悲从中来,上前扭住了元休大哭道:"我与你进宫见官家评理去,若是不还我个公道,我就不活了,呜呜呜……"

元休见她胡说,一时情急又愤怒,失手打了她一掌,却被她缠着撒泼,气得直叫:"你、你放肆!来人,将她拉下去!"众人你看看我、我看看你,都不敢上前惹这火上身。

元休一开始还让着,最后实在忍不住,将潘蝶推开,喝道:"你够了!你还想怎么样?你栽赃陷害、草菅人命,你还有点像王妃的样子吗?不要说到宫里,就算是到你父亲面前,把事情说明白了,看他是否还认为你无辜!"

张嬷嬷等吓得忙去扶潘蝶,潘蝶被他一推,原也无事,却只嫌闹得事不够大,索性就坐在地上不起来,一边抓乱了头发,一边哭叫,只口口声声不肯罢休。

张嬷嬷低声劝道:"王妃,别闹了,真伤了夫妻情分反而不好,听嬷嬷的话。"

潘蝶哪里肯听,依旧哭闹。

张嬷嬷只得向元休赔笑："王爷，一人让一步，王妃说的是气话，您也休要当真，终究是这丫头不好，也怪不得王妃。"

元休看着潘蝶，长长地吁了口气，无尽疲惫："好，你闹吧，你去吧。枉我一直以为你只是娇纵一点，真没有想到，你竟是这样狠毒残暴的人。"指了指四周问张嬷嬷："都差点出人命了，这像是说气话的样子？"

潘蝶尖叫起来："不过是些奴婢罢了，我们这样的人家，别说没杀死，就算杀死了，也算不得什么事！是东宫没杀过人，还是陈王府没杀过人，还是冀王府没杀过人？你自己理亏，还要吓唬我吗？你别挡我，我怕什么！"

张嬷嬷一直试图阻止潘蝶说下去，却是挡不住，最后吓得自己跪了下来。

这时候刘媪才匆匆赶来，见此情景忙带着侍女们上前劝解王爷王妃，潘蝶兀自大哭大闹，元休也是怒不可遏，饶是刘媪也满头大汗，无可奈何。

众人正苦于无法劝解，一人自元休身后走出，劝道："王爷休要动怒，你和王妃毕竟是夫妻，虽说王妃言辞之中有不敬之处，但到底是家事，王爷包涵着，千万不要闹到宫里头去，叫官家知道，事情就大了。"

元休见是钱惟演说话，再听这话中意思，立刻抓住了这暗示大喝道："你闹呀，你还有什么不敢的？你听听你这是说的什么话！你是活够了，东宫与陈王府、冀王府里头的事，轮得到你来开口？本朝自太祖起，向来以仁厚治天下，到底哪个皇子府里头打死过人了？这话若传到外头去，只说我韩王府里传出毁谤骨肉的话来，我不敢领着这不仁不义的名，到时候你倒自拿有凭有证的事，到官家面前与他们去折辩去！大皇兄刚病着，官家正为此事着急，凭你是什么人，沾到这一点上也活不成！"

刘媪闻言也吓得跪下："王爷，不过是夫妻间的口角，怎么说到府外的事去了。王妃也是无心的，您息怒，您息怒。"

潘蝶这时才知方才说错落了把柄，心里已经有些怯了，却仍是不服，见元休拿着此事当把柄不依不饶，心头怒气顿时压不下去了，恨声道："那又如何！你居然为了这个贱婢来恐吓我？我才是王妃，我才是你名正言顺的妻子！你为了这个贱婢，拿这个罪名恐吓我，我告诉你赵三郎，我不怕你！"说着还欲上前撕扯，幸而张嬷嬷带人死死挡住。

元休并不说话，只冷冷地看着她。

张嬷嬷急得强拉潘蝶劝解："王妃，王妃您没事吧。"说着忙压低声音道，

"您说错话了,快,您快装晕倒。咱们别吃这个眼前亏。"

潘蝶不甘地看着张嬷嬷,突然间流下泪来,眼一闭,"晕"了过去。

刘媪也舒了一口气:"好了好了,都挤在这里做什么?没看到王妃不舒服吗?快扶王妃回房去。"

潘蝶带来的人本跪在地上,听了这话,立刻起身去扶潘蝶,一群人簇拥着潘蝶就要离开。

元休冷冷地道:"慢着!"

潘蝶等人站住,潘蝶动了一下想开口,被张嬷嬷压住。

张氏吓得回头道:"王爷还有什么吩咐?"

这时候元休身边的人已经扶住刘娥夺下了刀子,元休看着刘娥脸色雪白,心中大怒就要发作,冷眼扫视了众人一圈,众人吓得不敢动弹。

钱惟演悄悄地拉了一把元休:"王爷,还是让王妃先休息吧!"他把"休息"二字咬得重了。看了看刘娥已经是摇摇欲坠,元休明白他的意思,只得忍下心头怒火,冷冷地道:"刘娥已经侍寝,这揽月阁是我赐给她的住处。以后没有我的许可,任何人都不得擅入!"转头再看着潘蝶,放缓了声音道:"你也是个大家闺秀,这栽赃撕衣、披发打滚的,不符你公侯门第的出身。我也不指望你怎么贤惠,不过以后再也不想看到这种蠢事再发生!"也不理潘蝶涨红了脸待要发作却被张氏按住的样子,提高了声音道:"还有你们这些下人都安分些,再有让我知道有谁挑拨主子、寻衅闹事、助纣为虐的,不管是哪儿来的,一律按家规重处!"

众人吓得战战兢兢,只得齐声答应了,见潘蝶与刘媪离开,忙蹑着脚儿也跟着逃出去。

张旻忙叫人扶了龚美下去养伤,与钱惟演也一齐出去了。

众人离开,元休眼见满地狼藉,刘娥只着了小衣,苍白着脸神情呆滞地扶着桌子,身子摇摇欲坠,心中怜惜,忙踩着满地书画过去扶住了她。哪知道他的手方触到刘娥,刘娥已经如惊弓之鸟,惊叫一声,逃到角落里大声道:"你别过来,再过来我就……刀呢,刀呢!"她惊慌地双手乱摸索着寻找方才的小刀。

元休忙抢上前去,将她抱在怀中,柔声道:"小娥,小娥,我是三郎,不要怕,我来保护你了。我把她们都赶走了,不要怕,不要怕!"

刘娥初被他抱在怀中时,惊慌地挣扎着,元休一遍遍地柔声唤她,她听着听着，慢慢地安静下来，软软地伏在元休的怀中。她身上只剩下破碎而单薄的小衣，早已经冻得身子冰冷。此时在元休温暖的怀中，身子仍因为寒冷和惊惧不停地颤抖。她颤抖着缓缓抬头，看到元休怜爱无比的眼神，神志这才慢慢地恢复过来，两行泪水缓缓流下，对着潘蝶的那股倔劲顿时瓦解，终于整个人崩溃地"哇"一声大哭起来："三、三郎，我、我以为再也见不着你了！"

元休紧紧地抱住刘娥，任她在自己的怀中大哭，将半身的衣裳都湿透了，轻轻地、不住口地抚慰道："好了，好了，没事儿了。有我呢……放心，我再也不会让她伤害到你了，我决不会让任何人再伤害到你！"此时抱着刘娥，他的心中充满了愤怒。

新婚以来，他也渐渐看清，潘蝶虽然看似在他面前只是爱撒娇，但其实却是骄横任性，唯我独尊，每件事都要占上风，每件事都要耍心计。说轻了她不听，说重了她就闹腾。真是空具花月之貌，却有风雷之性。他本想着潘蝶到底是圣旨御赐的王妃，有些事情明明知道她有意拿捏，但也诸多容忍迁就，只是不想与她发生争执，免得伤了和气。可谁想她竟不是普通的娇纵任性，实质竟是冷血残暴。当他听到消息赶回来的时候，本来还想向潘蝶赔礼道歉迁就一二，将事情化解过去。可是没想到赶到揽月阁时，看到的是刘娥受辱险死、龚美一身是伤、如芝生死不知的惨状。那一刻的震怒、愧疚，甚至是决绝的情绪到了极点。当下也顾不得有什么后果，拼着与潘妃翻脸，也要赶紧救下刘娥。

此时他抱着刘娥，心中怜惜无限。

刘娥抬起头来，看着元休，眼神中尽是恐惧："她要杀我，为什么？我做错什么了，她要这么恨我？她要打死我哥哥，要打死我，为什么，我们做错什么了？"

元休紧紧抱住刘娥："不，小娥，你没有错，有错的是她，她恨的不是你，是我！你放心，我再也不会离开你，我再也不会让任何人能够伤到你！有我在，你什么都不要担心！"

刘娥却反问："要是你不在呢？"

元休道："我已经警告过她了，她不敢再这样胡来了。"

刘娥幽幽道："警告有用吗？朝廷还有律法呢，可那些官员，照样盘剥百姓；路上的关卡，照样扑杀百姓。王妃是你名正言顺的妻子，是圣旨御赐的王妃。你总有不在的时候,她随时可能再杀人。"

元休咬了咬牙,道:"出门的时候我会调集护卫守着你,就算我和她翻脸,也不会再让你有任何危险的。"

刘娥这才抬头看着元休:"真的?"

元休坚决地:"真的,你要相信我,我说到做到。"

刘娥眼中的泪水涌出,忽然扑到元休的怀中纵声大哭,哭得浑身颤抖:"三郎,我很怕,我很害怕,我以为我再也见不到你了……"

元休紧紧抱住刘娥,也不禁哽咽:"放心,有我在,没有人可以再伤害到你。"

第二十章 重阳之宴

元休抱起刘娥,见揽月阁满地狼藉,无法再待,于是将刘娥抱到自己的寝宫中去了。这一日刘娥受惊过度,任何人一接触她就惊惶无比,元休心中无限怜惜,亲自抱着她,便是侍女们为她沐浴更衣时,也不曾放开她的手。

一直到了晚上,元休亲自抱着她用晚膳。刘娥却食难下咽。

元休轻哄着她才吃了半碗小米粥,过了好一会儿,刘娥才慢慢地平静下来,元休叫人点上安神的熏香,看着她沉沉睡去,这才放开了她的手,叫怀德、张旻带路,去外宅看望龚美。

大夫已经为龚美处理完伤口,只见他缠着厚厚的绷带,见了韩王进来,挣扎着要起来行礼,元休忙叫人按住了。龚美第一句话就问:"王爷,小娥怎么样了?"

元休道:"她很好,只是受了一点惊吓,已经睡去了。你的伤怎么样?"

龚美摇头道:"没事,只是皮外伤,我是个粗人,挨几拳也没什么大不了的。只是王妃她,她太血口喷人了……"

怀德忙拉了拉他,不管事情怎么样,身为下人毕竟是不能对王妃口出怨言的。

元休点头道:"今天的事情,我都知道,委屈你了!我来,一是看望你,二是为了小娥的事,要与你商议。"

龚美挣扎着坐起,道:"小娥?王爷有事尽管吩咐,就是要我一条命也行!"

元休道:"我要正式纳小娥,她得有个娘家来历。今天王妃的话,我也听到了,你们一个姓龚一个姓刘,容易叫人说闲话。我知道你们是患难结义、相扶与共的情谊,但是王府人多嘴杂,要避是非。你与小娥与其称义兄妹,不如直接就称亲兄妹。你就改姓刘,算是小娥的亲哥哥,小娥有个娘家人,也少受人闲话欺负。只是改姓事大,不知道你愿不愿意?"

龚美心中酸涩,好半日才道:"只要对小娥有好处,改姓算得了什么?说实话,我其实也并不知道我自己原来姓什么,龚这个姓,原就是教我打银的师父的姓氏,现在改姓刘,也没什么。我和小娥原就是如亲兄妹一般的亲了。"

元休就道:"官家这段日子正为大皇兄的事忧心,等大皇兄病好些我就正式为小娥讨个封号。你放心好了!"

龚美挣扎着下炕,在地上给元休磕了三个头,道:"我做什么都无所谓,但求王爷善待我的妹子!"

元休忙扶起他肃然道:"这个何须你来说,我只有比你更心疼她!"

张旻笑着对龚美道:"恭喜刘美兄,今日虽然偶有小惊,却是既认了兄妹,又被王爷提拔,真可谓是因祸得福,是双喜临门。"

龚美心中五味杂陈,呆了好一会儿,才回过神来,闷声道:"是,我如今不再是龚美,而应该叫刘美了。"他低下头,好半日才道:"我有一件事,想请王爷做主。我自有了个宅子,幸得邻居宋师傅帮衬。他家的宋大姐待人甚好,我想求娶于她,想请张哥哥做媒人可好?"

元休怔了一怔,忽然有些愧疚,当下轻咳一声道:"这是好事,过几日我让张旻帮你提亲去。"

张旻就笑着上前来道贺。

元休又问了如芝的情况,却只是跌伤了,内腑小有损伤,便叫了太医慢慢调理将养。

潘蝶一回到自己院中,便大发脾气,将梳妆台上的东西打得稀烂,哭倒在床上,直叫:"我不活了,我叫个贱丫头欺负了,还有什么脸活下去呀……"

张氏胆战心惊地劝她:"王妃,王妃,东西不算什么,您可别气着了,您可小心砸到自己。"

潘蝶忽然扑到张氏怀中大哭起来:"我不活了,我从来没教人这么欺负过,我咽不下这口气……"

张氏心疼地抱住潘蝶安慰:"我可怜的娘子,你从小到大,就没受过委屈。"

潘蝶叫道："我要杀了她,谁也别阻拦我!"

张氏苦劝道："王妃,您消消气,杀一个奴婢容易,可是别伤了您自个儿。"

潘蝶忽然两行清泪落下,哽咽道："他跟着那狐狸精留在揽月阁了是不是? 他就这么让那贱丫头欺负了我!"

张氏慌忙拿出帕子给潘蝶拭泪："娘子别哭。那不过是个贱婢,哪值得您这样。"

正说着,院子里丫头来报,说是刘妈妈来了。

刘媪进来时就吓了一跳,整间寝宫所有能碎的东西都已经尽数打烂,潘蝶披头散发,半坐在床头,哭得脸上妆容全毁。听到刘媪来了,这才微微停歇,努了努嘴示意她坐下,道："今儿他这么欺负我,你就站着看热闹!"

刘媪看了看左右,实在无处可坐,张氏忙翻出一只脚凳来放在床边,刘媪坐了下来,叹气道："今儿王妃这事儿,也做得忒急了些。"

潘蝶白了她一眼,道："你还怪我急! 那一日若是依了我,准拿他个不是。枉我把嬷嬷当成自己人,没想到您帮着他们欺我瞒我哄我骗我,这叫我怎么还能信任嬷嬷? 原是依了妈妈的话,说让你来处置,会打发她滚的,没承想这么久没动静,原来妈妈只不过是敷衍我罢了! 我的眼中向来是不揉沙子的,既然你不动手,我只好自己动手了!"

刘媪叹道："老身已经在做了,只是这事儿打老鼠怕伤了玉瓶儿,所以不得不谨慎。那丫头凭她是赶出去还是配人了都是小事,王妃,你今天这大刺刺地闹起来,硬是和王爷拗起性子来,实在是失策。你和王爷是新婚夫妻,将来是要过一辈子的,为一个下人,伤了你们的和气,岂不是得不偿失?"

潘蝶听着听着,便静了下来,良久才道了一句："闹都闹了,总得再想个法子吧!"

刘媪道："原先依着老身的意思,您装什么都不知道,让老身寻个能在王爷跟前说得上来的理由,悄悄地把她给打发走了。现如今您这一闹,王爷和您顶上脾气了,这一时之间,再去惹这个事,不但做不成,还恐伤了您和王爷的感情。"

潘蝶咬牙道："你要我忍,我可忍不得!"

刘媪含笑道："我要您等,等一个鱼与熊掌兼得的机会,您愿不愿意等呢?"

潘蝶扭着手帕，想了一想，道："好，那我就等，你给个日子，我就等着！"

刘媪沉吟了片刻，道："楚王病着，怕王爷再拿这句话说事，半年之间，一时难动，半年以后吧，这事儿淡了再动手，总不出年底就成！"

潘蝶道："好，我就等你到年底。到时候再不成，我可顾不得了，少不得拼着再破一次脸，绝不可能再让她逃过。"

刘媪看着潘蝶，轻叹一声，这王妃年轻任性，不是个好侍候的主子。可是再怎么说，她也是正室，自己总是要以帮着王爷王妃夫妻和美为要。虽说皇家三妻四妾是平常，那也得大些再说，王爷小小年纪宠婢忘妻，若是传到官家耳中，不免说他轻佻。那个惹事的丫头，早早打发出去，自己也耳根清净。

潘蝶看着刘媪，也在静静地想着：她能帮到我多少？若她不成，再找谁呢？找爹爹做主准成。

两人各自怀着主意，却已经彼此达成了协议。

见刘媪离开，张氏又劝潘蝶："王妃，若王爷回房，您可千万不要再提今天的事儿了。"

潘蝶恼了："明明就是他理亏，你也站在他那边？"

张氏只得道："老奴当然是站在您这边的。这也是咱们私底下关起门来说句实话，本朝毕竟是以仁德治天下，今儿也是老奴糊涂了没挡住，幸而没闹出人命来。这事儿真闹了，莫说到了官家跟前，就算是到了咱们国公跟前，这话也是说不响的。"

潘蝶伏在张氏怀中："嬷嬷，我心里难受。"

张氏哽咽着抱住潘蝶："我的儿，成人不自在，自在不成人，这也是没办法的事。"

一时无话。

秋日的午后，一片暖洋洋的阳光射进揽月阁。

韩王元休手把着手，正在教刘娥写字。

皇帝虽然是行伍出身，但却是极喜欢文墨的。自登基以来，大兴科举，至今已经取进士近四千人，远超历代。且皇帝亲自阅卷看文，一日万机之余，仍读书不辍。他曾下旨令李昉、扈蒙等人汇天下百科之书，编纂《太平总类》，不论政事繁忙，时间早晚，每日必亲自阅读三卷，因事有缺，暇日必追补之。有时深夜阅书,左右相劝,皇帝便道:"开卷有益,朕不以为劳也!"

皇帝如此,诸王更是不敢怠慢,因此诸王也都是勤习诗文,俱是文武双全,其中楚王元佐,自然是其中的佼佼者,另外如益王元杰,不仅善于填词,而且以精工草书、隶书、飞白书而最能讨皇帝欢心,更建楼贮书二万余卷。

元休于诸王之中,虽不及楚王、益王,但文才亦属中上,于家中调教婢妾,自然是绰绰有余。握着红酥手执着玉管小笔,在澄心堂纸上一笔一笔地描绘,听着那略带着蜀音的软语娇音念着李商隐的诗、李煜的词,自然也是一件赏心乐事。

自那日风波之后,已经有两个月了。因了那场闹事,韩王王妃两人一时之间谁也不肯先低头去找谁,元休索性暂时避开了潘蝶等人,每日上朝去,便令了两名侍卫守着,每日回府,便到揽月阁中,两人关起了门,一起弹琴下棋、吟诗作画、放风筝、踢绣球……

清晨,他们携手起来,采集花上的露水沏茶,然后等元休回来时,或谈诗论文,或莳花弄香,抢风筝,扑蝴蝶。晚上,添香品茗,或月下对酒,元休抚琴,刘娥翩然起舞。他教她习字学文,她为他研墨弄香,他为她绘像画眉,她为他唱曲解闷,说不尽浓情蜜意,恩爱无限。

元休在府中正式宣布了自己已经纳了刘娥,府中上下俱改称她为"刘娘子",龚美已经改称刘美,过得不久也娶了宋师傅的女儿宋大姐,一时俱安。

这一日正是七夕节,揽月阁上早已经结彩弄灯。

元休教了半会儿,见刘娥却是无心写字,眼睛只向外面溜去,知道她的心早已经飞出去了,笑着放手道:"好罢,今天看来你是没心学习了,咱们出去玩罢!"

两人走到院中,见侍女们已经备好了一切:水面上已经放着铜铸的凫雁、鸳鸯、龟鱼等称之为"水上浮"的,院中放着谷板,上面种些小苗,在苗间搭出些小屋小车。在院子正中,扎起一个台子,摆放着新采的荷花、雕出花样的瓜果,做成各种各样的面食、糖果,还摆着将军果实,台子的正中,则摆着一个饰有金珠罩着红纱的玉制摩睺罗。

刘娥也兴致勃勃地参与进去,一边帮着倒忙,一边惊笑不已。她从小流离甚多,何曾过过节日,初过七夕,喜得看什么都是新鲜无比。

见太阳甚好,刘娥拿了个玉碗,在碗里投着小针,但见那小针浮在水面上，慢慢地转动着，看那影子散如花、动如云、细如丝。元休喜得拍手笑道："乞到巧了，我的小娥原本就是最巧的娘子！"

玩着玩着，不觉已是黄昏，用过乞巧节的诸般巧食，眼见月儿升起，刘娥学着上了香，将喜蛛放在盒子内，等次日看它结成什么样子的网。

然后，两人手拉着手，来到荷塘边，将那些"水上浮"点着了蜡烛，一一放入池中，看着流水将它们远远地推送出去，刘娥微微一笑，看着元休，正色道："三郎，今天是乞巧节，牛郎织女尚且相会，你去王妃那里坐一坐吧！"

元休脸色微微一变，似是有些不好意思，又有些欢喜，抚着刘娥的头发道："小娥，难为你说出这番话来，她这么对你，你还为她说话。她但凡有你一半温柔宽厚就好了。"

刘娥低头道："可是你总是要去的呀！今天是七夕，你要再不理她，她就更恨我了！"

元休拉着她道："我也本想过去一下。却不是为她，而是为你好些！解了她的怨，咱们才能长长久久的呢。否则，我心中终是不安，怕你会有什么事。"

刘娥微微打个寒战，强笑道："看你说哪儿去了，三郎，有你在，我什么都不怕。"

元休笑道："对了，近些日子，大皇兄渐渐大安了，昨天我去看他，他还拉着我的手问功课呢。往日我最怕他问我功课了，如今听到他问我功课，我却是欢喜得不知道怎么才好。官家比我更欢喜呢，半个月前，他还下诏大赦天下，为大皇兄祈福！我看再等到年底，皇兄就应该痊愈了，官家心情必是绝好，那时我便正式为你讨个封号，咱们从此天下太平！"

刘娥不由得合十向天祝道："上天保佑，楚王殿下吉人天相，一切否极泰来！"

元休也祝道："上天保佑，大皇兄身体安康，一切都否极泰来！"

元休去潘蝶处了，刘娥看着他远去的背影，忽然感觉到一阵凄凉，这样的一个七夕夜晚，自己却只能独自守着揽月阁。可是，她不能不说这样的话，不能不劝元休。

昨日，刘媪来找她。

当时她正在练琴，一曲毕，转头竟看到刘媪坐在她身边，也不知道坐了多少时间，吓得她琴弦险些割破了手。

自那日王妃来大闹一场之后，她再也没见过刘媪，此时见她忽然到来，岂有不惊之理。

不想刘媪这次态度却是极好，一派和颜悦色，反而赞道："你才学了没多少时间，就能弹成这样，果然聪明得紧。"

刘娥只觉得后颈的汗毛都竖了起来，每个字都说得极是小心："我所有的一切都是王爷所教，是我愚笨。"

刘媪摇头："你并不愚笨，反而是我小看了你。小娥，你是绝顶聪明的人，你可知道我今日来找你是为了什么事？"

刘娥有些苦笑，又有些冷笑："大约可以猜到。其实嬷嬷来得比我预料的要晚许多了。"

刘媪肃然道："王爷成婚前我就劝过你，如今我再劝你。刘娥，你的心气再高，抵不过你的命啊。"

刘娥忽然只觉得内心一股怨愤，竟是再也忍耐不住，反问道："我知道，我认我的命，我就是个丫鬟，我还有什么命不肯认？可王妃呢，她随手就要别人的命，如今连句交代都没有。谋害别人的人，高高地站在那里，反要被害的人，跪下来认命。我们就这么贱吗？"

刘媪听了这话，顿时变脸："你也太大胆了！难不成，你要王妃向你认错不成？如今王妃不追究你，已经是够大人有大量了。"

刘娥冷笑一声，反讥："王妃是不追究我，还是追究不了我？她是向您承诺过永不追究，还是您自欺欺人地以为？"

刘媪一呆，刘娥这话，可正说中她心底了。她这次来，就是劝刘娥低头，甚至她可以信心满满地同刘娥说，不再追究。可这不再追究，还当真是她自以为，而并没有来自王妃的承诺。她感觉到自己的势弱与对方的挑衅，不由得恼羞成怒起来："你……你还想怎么样？做下人的，你能要主子给你什么承诺？你给我记着，贵人永远是贵人，贱婢永远是贱婢！"

刘娥见她如此，也不客气，道："都是大宋子民，天子之下，哪来的天然贵，天然贱？嬷嬷以为现在还是人命如草芥的时候吗？庶民丢了一只猪，也能敲登闻鼓；王侯将相犯了错，也要被处罪。"

刘媪惊怒交加，举起手就要打，刘娥直视着她。

刘媪最终还是没打下去，只颤抖着指向刘娥："你，你简直大逆不道！你自己要作死，谁也救不了你。"说完，转身就走。

刘娥看着她的背影,两行泪流下。她知道对方是为什么而来。七夕要到了,刘媼是来劝她让王爷回去,与王妃和好,让王妃在七夕夜有面子。

是,道理我都明白。可是,她这心,却压不下那种屈辱之感。

她气走了刘媼,可最终,还是劝元休回去了。

甚至她在劝说元休的时候,心里却是抱着一丝希望,元休也许不会去,但是,他还是去了。

她的心抵不过她的命。

再与三郎两情相悦,也终究不是三郎的妻子,他这一生所有的重要日子都不会陪她过的。

刘娥站在揽月阁,看着远方的天渐渐黑下去。远处玉锦轩的灯一盏盏地点起来,又一盏盏地吹熄,直至黑夜寂寂,一人独立。

过了七夕,就是中秋,过了中秋,就是重阳。

这一个重阳节,相信没有一个人会忘记的。

这一年的重阳节,皇帝早上起来,见风和日丽,御苑中菊花盛开,五色缤纷,花光烂漫,甚是可爱!皇帝往年因为事多,倒不曾好好庆祝,今年除了楚王之病外,诸事皆顺。且近日听得楚王病体大安,心中更为高兴。吩咐夏承忠道:"宣旨,召诸王到金明池、琼林苑,赏菊射猎。"

夏承忠忙应了,小心地再问一句:"那,宣不宣楚王?"

皇帝沉吟了片刻,道:"楚王病体未愈,骑马射箭的……还是不宣为好。"

夏承忠应了一声:"是!"退了下来。心知楚王生性好胜,往年诸王重阳宴饮,骑射赋诗都是他称魁首,今年病了一场,见诸王争胜,若是下场恐劳累了,若不下场又恐他心情失落,还是让他在家休息,不宣为好。

皇帝起驾去了琼林苑时,见李昉、李沆等俱已经到了,陈王元佑为首,领着韩王元休、冀王元隽、益王元杰已经恭候多时,隔一会儿,几位年幼的皇子也都由仆从陪伴而来。

六皇子元偓年方八岁,七皇子元偁年方四岁,八皇子元俨更小,如今还在吃奶,便没有出来。诸人看着两个小皇子身着戎装,拿着小弓小箭,拖着小胖脚摇摇摆摆地过来,倒是忍俊不禁,笑出声来。

皇帝也笑了,叫人抱了元偁过来:"朕叫你哥哥们来行猎,怎么你也来了,你拿得动弓箭吗?"

元偁奶声奶气地道:"我能拿得动,母亲说,爹爹能百步穿杨,我也要像爹爹一样棒!"

皇帝大笑,众人也一齐笑了。

元偁抬起头撒娇地告状道:"爹爹,我要骑马,母亲不让我骑。我都这么大了,哥哥们都能骑马了,为什么不让我骑?"

皇帝笑道:"好,那今天爹爹和你同乘一骑,也让你过过瘾!"

元偁大喜,忙从乳母手中挣扎着要下来磕头,皇帝笑着抱过了他,道:"来,一起骑马去!"

六皇子元偓羡慕地看着元偁咯咯笑着,被皇帝抱上马,同骑而行,而自己却只能黯然地被身边的护卫抱着上马。

站在一边的陈王元佑心中忽然一涩,多年前的自己,也如同此刻的元偓、元偁一般,年纪同样相差无几,然而,父亲亲手抱上马的,看着夸着的,却永远是比自己大了一岁的大哥元佐。

想到这里,心中一股酸涩之意涌上。却是这一愣神间,皇帝已经去得远了。他摇了摇头,甩开心头的不适,挥鞭策马追了上去。

皇帝先行,陈王元佑随后,其余诸皇子及侍读们也跟着策马追了上去。

本朝以军功起家,诸皇子射猎的本事都不差。不一会儿工夫,陈王元佑先射着了一只獐子,过一会儿,冀王元隽也射着一只兔子。益王元杰急了,一抽马缰,远远地跑到了前头去。众王都全神贯注在行猎上,唯恐自己落了后。韩王元休也在众人中间,眼看着今年人数与往年相比,少了许多,心中暗暗慨叹:往年行猎众人中,有四皇叔秦王廷美和他的两个儿子德恭、德隆,还有大哥元佐。再早些,还有太祖诸子德昭、德芳等人。十余人热热闹闹的,到如今,皇叔和两位皇兄已死,大哥也因此事而发了癫狂病,德恭等兄弟贬的贬,逐的逐,今日御苑行猎也竟只剩寥寥数人,再不见昔日的热闹了。

正想着,忽听得远处元杰急叫道:"三哥,三哥,快——大鹿——"

元休一回神,却见前方一只大鹿飞快地跑过,忙引弓射箭,"嗖"的一声,正射中大鹿身体,众人欢呼声中,王继恩率先骑马过去,挥刀割下鹿茸来,盛了满满一碗鹿血呈给皇帝。

皇帝大笑着喝了半碗,一挥手,令王继恩将剩下的半碗鹿血赐给韩王元休。元休忙跪下来谢过赏赐,将鹿血喝下,直觉得一股热气自小腹直冲上来,抹了一下嘴角,把方才的想法顿时抛开,叫道:"臣再去射猎!"

皇帝下了马,带着年幼的皇子至苑中歇息,其余四皇子和诸臣们,则继续行猎。到了下午,各自回禀上来:陈王元佑得了一只獐子、一只黄狼和三只兔子,韩王元休得了一只大鹿,冀王元隽得了一只大鹿、三只锦鸡,益王元杰却只得了五只兔子,连小小的元偓也在护卫的帮助下得了一只兔子。

皇帝站了起来,笑道:"都不错!这琼林苑给你们闹了半日了,咱们下午换一个地方闹去!"指了指李昉道:"下午咱们上你家闹去!"

李昉大喜,忙出来磕头道:"这实是天恩浩荡,老臣蓬荜生辉。"

皇帝笑道:"先别高兴,就是看你家离这儿近且院子又大,好让他们烤鹿肉去。且听说你家今年的几本绿菊开得好,朕也想去看看。"

李昉喜动颜色,道:"是是是,绿菊本是最难得的。今年国泰民安,托了官家的洪福,这花也称人意。臣去年引种了两本绿菊,正是'豆绿芙蓉''绿玉牡丹'两种珍品!昨天忽然开花,花朵硕大,竟如碗口,令人爱煞!原来是应了今日官家驾临,特地开花相候!"

皇帝笑道:"你是三朝老臣,文章满天下,说话也透着巧。但不知这'豆绿芙蓉'和'绿玉牡丹'有何区别?"

李昉道:"'豆绿芙蓉'是淡淡的绿,是从纯白中泛出的青绿,仿佛出山的泉水,映着松风竹影;'绿玉牡丹'却是油油的绿,美玉一般,透着春江花月的水色、充满灵气的绿。官家一看,就知道了!"

皇帝点头笑道:"说得朕马上就想见到这两本绿菊了。李昉,引路吧!"

到了李昉府上,便在菊圃边设宴,一边赏菊,一边宴饮。

夜色初上,便点起华灯,一边烤着鹿肉,一边皇帝便命诸皇子臣下作诗赋以记。凡有先作好的,便赐酒三杯。

诸皇子苦苦思索着,益王元杰今日在行猎中落了后,知道晚上必还有诗赋命题,已经早早打好腹稿,见皇帝下旨,巴不得这一声,立刻一挥而就,第一个呈上诗稿来。

约过了半个时辰,诸王都有了诗作,呈上来先是给李昉评过了,然后皇帝御览,果然是元杰夺了冠,其次是陈王元佑,然后是韩王元休,冀王元隽排在了最后,但皇帝看了他的文章后笑道:"比起以前,也是大有进益了。今日不论骑射诗赋,都有赏!"

王继恩知道为着前日太医报来,楚王病体康复许多,令皇帝心情大好。今日诸王也都有意承顺,让皇帝十分高兴,必有厚赏,早准备了单子,此刻忙呈了上来。皇帝便叫人依着今日骑射诗赋的名列,赏赐了上方珍玩等物,另留出了一份明日赐到楚王府中去。

诸王见皇帝心内欢喜,自然有意凑趣,在席间谈笑议论,异常欢畅,那说笑的声音,连隔院都听得见。所以这一次的筵宴,直到夜半方散。诸王谢过宴,各自捧着赏赐的珍品回去,由东门而入,正经过楚王府前。

那一日使者忽然来报,说是秦王已死。元佐多日的担忧终成事实,一时间急怒攻心,骤失神志,潜意识里,只是想否认这一切,拒绝面对这一切。

他一直用着太医的安神药,终日昏昏沉沉地睡着。也不知道睡了多久,终于有一日,当他醒来时,看到了王妃李氏那极为憔悴的面容,看到了窗外渐落的黄叶,这才慢慢地回想起了一切。

一切终究已是无法挽回的了,他最怕的事情,已经成了事实。德昭的事,可以看成意外,德芳的死,亦可称作是病亡,然而廷美的死,却把这一切连在了一起,把他推到了万人瞩目的位置。廷美的死,赤裸裸的一场谋杀,从密告,到流放,到监视,到逼死。他连自欺欺人都没办法了。父亲的万世功业,终因德昭、德芳和廷美的死,终因自己的存在,而染上永远无法洗去的污点。

他听着李氏絮絮地说,皇帝是如何的看重他,太医一天三遍的看诊,皇帝总要亲自过问。诸王、众臣的探望,也因为皇帝的一句"不得太过惊扰病人"而挡了回去。听说他终于清醒,皇帝大喜,特地为他而大赦天下祈福。

李氏只顾列举着皇帝的恩宠,换了旁人,换了平时,也自是因此而得意而感动而欣喜。然而于此时的元佐来说,皇帝的恩遇多一分,他心头的负荷更沉重一分,沉重得他几乎要大喊一声:"不要如此待我!"

恼怒之下,他逐走了御医,打翻了药汤。李妃心中担忧,却吩咐了御医等人,不得将此事报入宫中。

如此静养了数日,元佐犹如困在笼中的困兽,只觉得宿命步步逼近,无可奈何却又心有不甘。

日子慢慢地过去,诸王众臣也因为皇帝的旨意,不敢多来打扰。然而于元佐看来,自己与这个尘世,越发离得远了。

这一日他的心情极其低落,只吩咐了翊善戴元去韩王府请韩王过来说说话。不料戴元回报,今日重阳节,诸王都奉旨到琼林苑射猎。

元佐怔了一怔，问起来今日竟是重阳节了。皇室最看重此节，往年重阳节的时候，皇帝都是宣召诸王进宫赏花赐宴，或是行猎比射。忆往年不管骑射赋诗，诸兄弟中无人能比得过他。年年重阳盛宴，或许会少了别人，可是皇帝身边，从来有他。

记得那一年重阳节，正在征北汉的军中，除了他以外，诸皇子都未曾随军，他以为皇帝不会过重阳，可是皇帝仍特地宣召了他，北山登高行猎，共度佳节。

然而今年，皇帝大张旗鼓，宣诸皇子到金明池、琼林苑行猎赏花，竟然没有他？这是从来未曾发生过的事，突然间，元佐只觉得心头一片冰冷，跌坐回座中。

李妃无力的劝说，侍从们虚假的猜测，都无法避免一个事实：在这皇室的大宴中，他已经被皇帝排除在外了。细思起来，官家为人一向独断专行，从不容人有置喙的余地。在四皇叔的事上，自己多番顶撞皇帝，为四皇叔说情。是这一次又一次的违逆，让官家渐渐地厌恶了他，疏远了他吗？还是因为他病了，成了个废人，不再是大宋最出色的皇子，不再是官家眼中的骄傲了？

二十年来父子相处时的一幕幕情景，一一闪现。如果这二十多来年，父亲待他也像对待其他皇子一样，那么此刻的冷落，对他来说也不至于这么难以忍受。

然而偏偏不是，这二十年来，所有的皇子加起来，也不及他这般独得厚爱，尽管有些时候，这种爱变成了一种沉重的枷锁，然而骤然发现自己被遗弃时，那种感觉却是痛彻骨髓的。

脑海中猛然间想到了那句话：太高人愈妒，过洁世同嫌。是因为这样吗？四皇叔遇难，满朝文武，皇室宗亲，无一人为之辩解，无一人为之说情。唯一的痴人是自己，原来自己做了"世同嫌"的人。他因为太爱父亲，容不得父亲的万世声名有任何的污点，却不知到头来因此失去了父亲。

元佐怔怔地坐在那儿，听着他派去打探的人，回报来一波又一波的消息："官家抱了七殿下一起骑马！""御宴上谈笑风生，连隔墙都听得清楚！""陈王行猎，得了第一！""今天连六殿下都射中了一只兔子！""官家十分高兴，还要移驾李相的府第去赏绿菊！"

元佐听着消息，饮下一杯又一杯酒，流水般的山珍海味送上来，他一筷子也没动,只是一口一口地喝着酒。

自中午饮到晚上,天色渐渐地黑了下去,消息仍在不断地传来:"官家带了诸位皇子,在李相家烤肉呢!""两大坛子的酒都喝尽了!""官家令诸位殿下赋诗,五殿下得了头名了!""官家取了许多上方珍玩赏赐诸位殿下呢……"

最后,是翊善戴元小心翼翼地来报:"诸皇子都已经散了,王爷,咱们也收了宴吧!"

元佐冷笑道:"散了,散了的好!世间的盛宴,终有这一散!他们散他们的,我独自一个人,有什么聚散可言的?"

戴元不敢再言,退了下去。

元佐高声道:"张起华灯,我要到花园再饮,饮个痛快!"

李妃不得已劝道:"王爷,您醉了!"

元佐推开他,大笑:"醉,我是千杯不醉的量,怎么会醉?世人皆醉我独醒,怎么一个痛快了得!"

正说着,忽然扑剌剌的一声,一只海东青飞进园中来,撞着了一扇宫灯,"啪"的一声,众人皆吓了一跳。

元佐眼中寒芒一闪:"哪来的海东青?"

第二十一章
东宫大火

海东青是一种极剽悍的猎鹰,来自辽国极北边远的地方,也就元佐征北汉时,得了几只给诸皇子作行猎之用。海东青最是凶野,元佐平时除行猎外,都是锁住的,如今飞进来的这只海东青,分明不是他的。

过得片刻,但见一护卫跑进来,诚惶诚恐地禀道:"回王爷,是陈王、韩王等诸位王爷经过府外,不小心让海东青飞了进来,几位王爷此时正在门外听宣!"

元佐冷笑道:"我正等着他们呢,且让他们进来吧!"

陈王元佑率着几名亲王进来时,仍然是着了猎装,待要行礼,元佐笑道:"你们这身打扮不便,免了吧!今天玩得可高兴?"

陈王元佑早已经看出他的神色不对,不敢回答,直推了韩王元休出去说话:"三弟,还是你来说吧!"

元休在哥哥面前素来自在惯了,却不及元佑时时察言观色,这边正是刚刚散了宴,还在兴奋之中,又喝了点酒,便兴高采烈地把今天宴会的内容说了一遍,夜色灯光下,全未见楚王的脸色已是越来越难看了!

元休说道:"今儿大哥不在,大家可出风头了。往年不论文武,都是大哥抢了先。今年射猎第一的是二哥,赋诗却是五弟占了先。爹爹大为高兴,赏赐比往年丰厚得多!"

元佐冷笑道:"自然,我是个多余的,我不在,你们玩得还更开心!"

元休吓了一跳:"大哥,我说错话了吗?"

元佐看着他惶恐的神色,长叹一声:"没有!"

陈王元佑忙道:"大皇兄,天色已晚,我们不敢打扰大皇兄休息,还是先行告退了吧!待他日再来请大皇兄的安!"

元佐看着他，冷笑道："慌什么！一场兄弟，难道说连陪我喝杯酒的情分也没有吗？来人，给各位王爷上酒！"

诸王无奈，已知今晚情形不对，楚王有病他们都知道，不敢违逆了他，万一惹出病来，不免要担上这个罪名，只得依照盼咐坐下来，却是个个局促不安。

元佐冷眼看着他们的神色，更像是验证了人人都已经嫌着他似的，心中一痛，将手中的酒一饮而尽，冷笑道："不敢留各位兄弟，喝了这杯酒，尽了我们兄弟的情分，你们就各自回去吧！"

诸王如蒙大赦，连忙将手中的酒一饮而尽，一齐站起来告辞出去。独韩王元休心中不安，走了几步又回来小心地问："大哥，你没事吧！"

元佐温言道："我没事，你回去吧！纵然，你我骨肉至亲，天下无不散的宴席，终究要各自回去的！"

元休点了点头，也告辞去了。

元佐看着元休远去的背影，欲叫住他，手已经伸出，却终于没有叫出口，任由他去了。转回身去，大叫一声："拿酒来！"

诸王一去，他竟是疯狂地大喝起来，左右侍从劝都劝不住，只得任由他喝得酩酊大醉，将他扶入房中安歇。

阖府上下，担足一天的心，终于见楚王睡去，众人也都各自收拾着安歇去了。

半夜里，冲天的火光将众人惊醒了。

东宫着火了，一间又一间亭台楼阁、画栋雕梁的屋宇在熊熊大火中塌陷，空气中是令人窒息的焦炭气味。

在东宫最华美的日辉堂，楚王赵元佐将最后一根烛火扔了下去，在众人的惊呼声中，他孤独的身影在火光中一动不动地站着。

那一夜，冲天的火光，映红了半座汴京城。

皇帝这一夜正在王美人宫中安歇，睡梦中被喧闹声惊醒，遥见东宫方向红光冲天，急问："出了什么事？"

内侍周绍忠忙上前道："回官家，东宫走水了！"

皇帝唬了一跳，赤着脚跳下床来："东宫，不是楚王居处吗？快叫人救火！"

周绍忠磕头道："已经着人救去了！"

皇帝急道："多派些人手过去！"

周绍忠连声应着，急忙退下，召集禁军前去救火。

皇帝站在窗边，却见火光越来越大，更是心急如焚。王美人忙起身取衣为皇帝披上，柔声道："官家不要着急，已经派人去了，楚王吉人天相，必会没事的！"

皇帝也无心理她，一迭声便叫人更衣，吓得王美人跪在地上劝道："官家至尊，不可轻涉险地。"

正值着急时，王继恩闻讯赶了过来，回禀道："官家但请安心，臣刚刚自东宫而来，楚王无恙！幸而发现得早，楚王府上下均无人损伤，皇城司已经在救火了！"

皇帝追问："烧得怎么样了？"

王继恩只得回道："天干物燥，今夜的风又大，这火势汹汹，只怕东宫难保！"

皇帝厉声道："这么说，整个东宫都烧了？究竟这火是怎么起的，叫大理寺好好地追查，务必要严惩！"

王继恩忙着应了，道："官家放心，火势已经在减缓中，请官家只管放心安歇吧！"

皇帝哼了一声，不去理他，只管站在窗口看着东边的火头。

这火一直烧到五更，才慢慢地熄下来，楚王的寝宫早已经化为白地。还好东宫与大内之间有人一早泼了冷水，未曾烧及大内。

东宫诸人，拼着死命强力将楚王自大火中救了出来，尚是惊魂未定之际，皇帝派来查问的人已经到了。

楚王元佐静静地躺在床上，仿佛于万物都不再动心。身边的侍从，一个个被叫去问话，一直到奉旨查问的夏承忠走进房中，小心翼翼地问："王爷安好，小的奉旨问话，昨夜的火，王爷可知是怎么起的？"

元佐很平静地道："是我放的！"

夏承忠虽然已经从他人口中得知，却是不敢相信，此刻听楚王如此镇定地说出来，也不禁吓了一跳："王爷，此话不可乱讲。王爷是病了，小的什么都没听到。小的告辞！"

"回来！"楚王的声音不高，却有一种不容违逆的力量，"承忠，看着我，把我的话一字一句地听好！"

夏承忠只得苦着脸转回来,听楚王一字一句地道:"这把火,是我放的,与他们任何人都无关!"

"啪——"的一声,一柄玉如意从御案上被用力扫落,皇帝大怒:"你敢是疯了不成?竟然做出这种大逆不道的行为来?"

楚王直直地跪在御书房里,他脸色极为憔悴,神情却是很平静:"臣该死,请爹爹重重降罪!"

"元佐!"皇帝看着他,"你胡闹够了没有!足足闹了一年还不够,你到底还要闹到什么时候才罢休?"

楚王脸上掠过一丝苦笑:"胡闹?是啊,在爹爹的眼中,臣一直是在胡闹而已!臣不孝,一直是在胡闹,以至于惹了爹爹的厌弃!"

皇帝惊疑地看着他:"你说什么,这'厌弃'二字,却又是从何说起?"

楚王重重地磕了一个头,道:"臣知道,臣三番五次,违逆了爹爹之意,纵是爹爹厌弃,也是臣自食其果。昨日重阳佳节,诸兄弟金明池赐宴,爹爹却没有宣臣,臣就已经知道了!"

"你说什么?"皇帝气得发抖,站起来走下去,"啪"的一声,给了楚王一个耳光,怒喝道,"夏承忠,将昨日朕特地留给楚王的赏赐拿出来!"

夏承忠应了一声,忙将昨日特地留起来的各色珍玩捧了上来,盘中满满地盛着珠宝,还有来自和田的玉如意、安南的合浦大珠、辽国的雪貂裘以及一株极大的深山灵芝等物。这边劝道:"楚王爷,昨天重阳赐宴,官家第一个想到的就是您。这一年官家对您的病一直操心,见您好些,才有心情设宴,又怕您身子刚好,受不得风吹。再则,各位王爷骑猎的,怕您见着心情不好,所以才不宣您。可是昨儿的赏赐,官家都将最好的先留起来给王爷了!官家心里,可是只有王爷呀!"

楚王看着眼前的一件件珍宝,怔住了。良久才抬头看着皇帝:"爹爹,臣该死!"

皇帝定定地看着他,半晌,忽然拔剑,将所有的赐物都砍得稀烂,吓得御书房所有的内侍跪下不住磕头。皇帝的剑指住了楚王,他的手在颤抖:"朕未曾弃你,而是你弃了朕。在你的心里,已经背弃了朕!所以朕不论怎么对你,你都心如铁石。在朕的心里,你比任何人都重要,可是在你的心里,倒把他人看得远比朕重要!所以你为了他们违逆朕,为了他们故意胡作非为,杀

人放火的事你全做了出来,就是希望朕厌弃了你,是吗？在你的心里,已经弃朕而去了。你心里在想些什么,就是你眼中看到什么！在你的心里,对朕早已经没有感情、没有信任了！是不是！"

元佐看着眼前忽然变得苍老的父亲,听着这一句句剜心的话,只觉得五内俱焚,却是一句话也说不出来,他勉强张口,凄厉地大叫一声:"爹爹——"一口鲜血狂喷而出。

皇帝一把将手中的剑重重掷下,踉跄着转过身来,用尽全力才能扶住御案,再也不去看这个最心爱的儿子一眼,冷冷地道:"你始终都不明白！当年兄弟二人从军,朕也是棍棒打出的天下,朕也曾亲披兵甲,血染沙场。赵宋江山不是太祖一个人的江山,也是朕的江山。朕要天下人都明白,如今的皇帝,是朕,不是先皇。朕不可以永远活在哥哥的影子下。"他看着御案上的玉镇纸,这是昔年元佐呈献的贡礼之一。只因为是元佐献的,他一直留在案头。看着这玉镇纸,皇帝的心头之痛,无以言表。当年父子何等连心,他征北落难,血色夕阳中,只有元佐一人拼死去找他;儿有疾,父牵挂,亲问寒暖。为什么到如今,父子相对时,两个人的心,竟然已经冰封了？

皇帝的手,紧紧握住了玉镇纸,他的声音,已经没有一丝的暖气了:"哀莫大于心死。你所要的,朕都成全了你。身为父亲,朕能为你尽到的心,已经到了头了！身为一国之君,朕要你为你的所作所为,接受国法的制裁！"他大喝一声:"来人哪,将楚王带下去,交给御史台,依国法治罪！"

夏承忠大吃一惊,磕头道:"官家三思！"

皇帝并不回头,扶着御案一字字地道:"王子犯法,与庶民同罪！"

楚王拭去唇边的鲜血,将身躯跪得笔直,只是说了一声:"臣之罪,罪莫大焉！爹爹,保重！"然后站起来,向着皇帝三跪九叩。他重重地磕下头去,沉闷的磕头之声,在一片寂静的御书房里回响,一声、两声、三声……他每一个头,都磕得用尽全力,只见一缕鲜血,自他的额头印在御书房地面的金砖上,然后越来越多地流入金砖的缝隙之中。

三跪九叩完,楚王元佐站起身来,他的身形似摇晃了一下,却又立刻站得笔直,他全神贯注看着父亲的背影,仿佛要将这身影刻在脑海里似的。然后,转身向御书房外走去,走入手执兵器、押送他前去御史台问罪的护卫丛中去。

东宫失火,京城震惊。

文武百官次日上朝,却听说竟然是楚王放火,且楚王已经被押御史台审问,皆大吃一惊。楚王府咨议赵齐、王遹、翊善戴元连忙出列,顿首请罪。

陈王元佑率诸王也跪下请罪,众人皆是心惊胆战。皇帝早就说过楚王有病,不许惹他激动,昨夜楚王放火,起因也是看到了他们赴宴而归,若是追究下来,人人都难免有罪。

皇帝神情黯然,道:"咨议、翊善,固有辅佑之职。但是知子莫若父,楚王性情,连朕都难以教化,岂是你等能劝导得了的?朕赦卿等无罪!"

早朝就在极其沉抑的气氛下,草草结束了。文武百官们备了一叠的各地水旱粮防等奏议,没有一个人敢拿出来上奏的,明知道皇帝今日心情不好,谁也不敢撞上去做出气的靶子。

御史台的效率极快,昨日起火的因由,本是极简单的,楚王府上下的问状也都差不多,楚王更是自己把所有的罪名都认了下来,御史台不敢议罪,只得把各人的供状一字不动,呈给中书省。

中书省接了问状,与门下省诸平章事商议了以后,亦是一字不动,呈上大内。

皇帝并不去看供状,他不必看,也知道其中写着些什么。他只问:"使相们怎么议的?"

夏承忠小心翼翼地道:"使相们说,请官家圣裁!"

火烧东宫,是滔天大罪,然而楚王,却是谁也不敢议罪的,如何处置楚王,只能是听候圣裁。

皇帝拿起供状,又放下了,淡淡地道:"谁都不敢议,是吗?"他怔怔地看着窗外那夕阳一点点地落下,半晌,道:"逝者如斯夫!终须一去罢了,拟旨。"

知制诰杨亿连忙进来,跪于低案上待命。

皇帝一字字地道:"楚王悖乱,禁中纵火,着御史台议罪。即日起,除检校太尉、同中书门下平章事等职,废王爵贬为庶民,即刻起程,均州安置。"

"贬为庶民?流放均州?"这一道旨意传出来时,满朝震惊。谁也没想到,皇帝竟会定这样的罪,楚王不是一向得宠的吗?昨天皇帝还亲问寒暖!

东宫失火之事,可大可小,纵火是罪,失火便不是罪,以皇帝对楚王的宠爱,尽可以大事化小小事化了,处置个下边的臣属,楚王领个失察的名儿罚俸一年也就是了。便是当年秦王廷美被定以谋逆的罪名,也不过是从王爵降为公爵而已。严重到一削到底贬为庶民,这是本朝开国以来从未有过的事。有久历三朝的老臣,甚至可以肯定,这不是一个理智的判决。

重阳赐宴,楚王焚宫,大内争执,下旨流放……把这一系列行为联系起来的老臣们,可以从中推断出一个缘由来:楚王触怒了皇帝,皇帝在气头上予以重责。但是,从皇帝素日对楚王的宠爱来看,这等的责罚,并不代表楚王已经完了。

也许此时,皇帝和楚王之间,正需要有人出面,给双方一个台阶下呢?

于是宰相宋琪率百官分头这边劝楚王上认罪表,那边则联名上奏为楚王求情。

第二天下朝后,陈王元佑率领诸王前去御史台见楚王,心中真是说不出的为难,不管是进宫求情,还是劝说楚王,他都能预见到碰一鼻子灰的下场。

就连官家都亲口说过:"是子朕教之犹不悛!"更何况他们这些平日在大哥面前就忌惮三分的弟弟们。

当他初听到圣旨时,也吓得浑身冰冷。真的是自古伴君如伴虎吗?哪怕这个君王,是自己的父亲?得宠时入迁东宫亲问寒暖,失宠时贬为庶人流放他乡?

秦王问罪流放时,百官无一人为他求情;楚王问罪时,文武百官都要上表为他求情。元佑无声地苦笑一声,他不知道,万一有朝一日他到这般处境时,会得到秦王的待遇呢,还是楚王的待遇?

所以尽管他百般地不想来不敢来,到底还是不得不硬着头皮来了。

然而当陈王、韩王、冀王、益王等踏入御史台大门时,御史武元颖已经迎了出来:"各位王爷是要见楚王吗?"

元佑道:"正是,大皇兄何在?"

武元颖道:"楚王已经起身,前往均州了。"

元休大吃一惊,急问道:"什么时候走的?"

武元颖道:"昨天,王爷接旨就起身了。"

冀王元隽怒道:"胡说,昨天旨意下的时候,已经是黄昏了,你们太放肆了,纵是楚王有罪,也容不得你们如此无礼,怎可黄昏逼着人上路!"

武元颖吓得作揖道:"王爷恕罪,是楚王自己逼着臣等要立刻上路的。他说:旨意上说即刻起程,所以他就要即刻上路。"

元隽顿足道:"这大皇兄也太实心肠了,就算旨意上这么说,好歹兄弟一场,他就不能等我们同他告个别吗?"

元佑站在那儿,心中交集何止百感,元佐走得如此决绝,难道——真是他看出了什么吗?想到这里,他心头忽然觉得一阵抽痛,险些儿站立不住。

还是益王元杰先看到他神色不对,忙扶住了他:"二皇兄,你怎么了?"

众人这才看到元佑脸色苍白,忙过来先问候他:"二皇兄,你没事吧!"

元佑坐了下来,慢慢地缓过气来,看着众人,勉强笑了笑:"我没事儿,可能刚才走得急了些,一时喘不过气来!"

武元颖被挤在最后来,讨好笑道:"殿下与楚王真是兄弟情深,骨肉连心呀!"

元佑冷冷地看了他一眼,什么也没说,只觉得此人之蠢无以复加。

楚王元佐就这样头也不回地走了。

宋琪率百官第三次上表时,已经是半个月后了,这一次上表求赦的官员更多了。皇帝看着黑压压跪了一地的众臣,面无表情地站起来,退朝而去。

进入后宫,皇帝怔住了,眼前依然是跪了一地的人。德妃李氏率后宫诸妃为楚王求情。

皇帝冷冷地看了她们一眼,话语如冰:"德妃,后宫不得干政,你为后宫之首,难道不知吗?"

李德妃磕头道:"臣妾知道,可是臣妾说的不是政事,而是官家的家事!官家昔年将楚王和韩王交由臣妾代司母职,如今楚王犯了错,是臣妾的失职。求官家处罚臣妾,赦回楚王吧!"

皇帝冷冷地道:"你忘了朕的旨意吗,元佐已经不是楚王了!"

李德妃抬头看着皇帝:"可他还是官家的儿子呀!"

皇帝怒上心头:"朕没有这样忤逆的儿子!你也不必再说了,再有求情者,一并问罪!"

李德妃磕头道:"求官家让他回来吧,均州山高路远,元佐还带着病呢!"

皇帝大怒,一脚踢了过去:"放肆!朕已经说过再有求情一并问罪,你连朕的话也不放在眼中吗?来人,将德妃拉出去!"

众嫔妃吓得不敢出声,夏承忠只得带了两个内侍上前,将李德妃拉出去。李德妃怔怔地被拉出几步,忽然用尽全力挣脱出来,扑到皇帝的脚下,凄厉地叫道:"官家,官家呀,你难道真的要为自家的一时意气,留下终身的

憾事吗？秦王去了房州才一年，就再也回不来了！臣妾不敢看着白发人送黑发人呀……"

"啪——"的一声，李德妃已经着了一掌，皇帝颤抖着指着她："你、你敢咒他？"

李德妃大喜，一把抱住了皇帝双脚，仰首笑道："官家，千错万错，都是元佐的错，官家要责要罚要他改正，都留他在京城管教，圈禁劳作都成！至少，让我知道他好好地活着，没病没灾的……"

皇帝心头剧震，他看着李德妃，此时的李德妃头发蓬乱，泪水将脸上的脂粉冲得乱七八糟的，脸上一个红红的五指掌印，全无平时典雅端庄的仪态。皇帝伸出手，轻轻地拂去李德妃的乱发，轻抚着她脸上的掌印，良久，叹了一声："这个可恶的孽障！"

次日，大内传出旨意："东宫纵火，元佐之罪。但念其为狂疾发作之致，经百官保奏，召回京中，废居南宫，使者守护。"

钦差带着圣旨连夜赶路，追上元佐时，这一行人已经走到黄山了。接旨后，立刻转回京城。

崇政殿外，元佐跪在正中，一动不动。正如那一年，他接获消息，为被流放的秦王求情时的情景一样。

半个时辰后，夏承忠走出来，宣皇帝口谕："庶人元佐，直接回南宫吧，不必面圣谢恩了！"

元佐脸上的神情一动不动，听完口谕后，朝着内室方向定定地看了好一会儿，才嘶哑着声音道："爹爹，臣在此拜别了！"

夏承忠站在那儿，看着元佐的身影走入深宫。渐渐地，身影没入黑暗中，他的身后，沉重的宫门一扇又一扇地轰然关上，锁住。

一个月后，圣旨下，宣谕中外："朕自继位以来，中宫犹虚。德妃李氏，潞州上党人，为淄州刺史李处耘之次女，先皇时聘为继妃，入宫数年，恭谨庄肃，抚育诸子及嫔御甚厚，堪为后宫之懿范。今赐宝符金册，立李氏为中宫皇后。"

第二道圣旨："皇次子检校太保、同平章事、陈王元佑，即日起改名元僖，知开封尹兼侍中，进封许王，加中书令。"

自皇帝登基至今，已近十年，这期间皇后之位始终虚悬，皇储之位几经变易,直到此刻,才总算全都彻底确定下来。

一旨既下,天下皆惊。

开封府尹,掌管京畿,能够就近了解民情。秦王赵廷美、楚王赵元佐都曾任开封府尹,因此为亲王而任开封府尹,便像是约定俗成的皇储了。在元佐一病、二疯、三流放之后,朝堂上已经有人猜想着元僖继承皇储之位的可能,然而此番旨意来得如此之快,也是出乎大家的意料。

骤接旨意,许王元僖的脑海中,有片刻的晕眩,他强力抑住心头的激动,借着三跪九叩来调整了自己的心情,当他行礼毕站起来接过圣旨时,已经脸色如常,只是双目微微含泪,恰如其分地带着恭谨和感激之情,保持着素日喜不改容、怒不更色的涵养。

朝堂上,向着许王元僖道贺的满朝文武,好久都没有散去,元僖浅笑着一一答礼。走出朝堂之后,许王府咨议赵令图上前笑问道:"王爷,今日累了,推了百官的贺喜宴,是否早些回府?我相信消息已经传回府中,王妃和张良娣必是为您备下家宴,同喜同乐了!"

元僖摇了摇头:"不回府了,去开封府!"

赵令图一怔:"王爷!"

元僖收了刚才对着群臣的浅笑,此时从他的脸上,看不出一丝表情来:"我今日既已经接旨,就该到位。"他走了两步,只说了一句:"开封府事关京畿至要,却已经空缺一年多了。"便大步向前走去。

赵令图怔了一怔,忙追了上去。

元僖骑马直到了开封府,开封府判官吕端、推官陈载刚刚接得圣旨,还未回过神来,却听门外急报,新任开封府尹许王元僖已经到了门外,不禁大吃一惊,连忙迎出门去。

元僖微作寒暄,便单刀直入道:"吕判官,张推官,本府今日接旨,今日到任,今日理事!两位久在开封府,今后要请两位多多辅助!"

吕端怔了一怔,脸上露出笑容,拱手道:"是,王爷,臣遵命!"

"错了,"元僖严肃地道,"在开封府中,只有府尹,没有王爷!"

吕端、张载同时肃然道:"是,府尹!"

元僖不再客套,吩咐一声,便在吕端的引导下,巡视开封府内外所有的事务。他带来的几名亲信,也已经各就各位,埋头于案卷之中了。

这一天,是元僖接任开封府尹的第一天,他会见属官、巡视事务、查阅案

卷,一直到了天色完全黑下去后,才带了满满两箱案卷回府。

王妃李氏,自得到早朝元僖封王知开封府尹的消息后,又听说元僖推了百官宴请,满心以为元僖必会回府,忙备下盛宴,自己也盛妆相候。自中午等到晚上,酒菜热了又凉,凉了又热,只知道元僖去了开封府中,打听的人去了一拨又一拨,直等到晚上,才见元僖回来,忙率阖府老少相迎:"臣妾恭喜王爷,贺喜王爷!"

元僖点了点头:"起来罢!大家都辛苦了,各人照月例赏半年的银子!"

众人欢呼一声,都闹着来道喜。元僖见眼前围满了人,眉角微微一挑,李妃还未觉察,良娣张氏见状,忙笑道:"王爷累了,大家先散了罢,改日再向王爷道贺吧!"

李妃迎了元僖进房,笑道:"王爷,请进膳吧!"

元僖进了房,先见了整桌子几十盏俱是下酒好菜,肥腻腻的,先眉头一皱,问道:"谁让你们备这些的?"

李妃一怔,笑道:"今日王爷大喜,特备酒宴……"

元僖不等她说完,便截口道:"我忙得很,哪有心思慢慢地吃这个?"

话音才落,张良娣已经捧过一只盅煲来,笑道:"我倒是煲了一日的鹌鹑细粥来,配着好汤饼,又暖和又爽快,岂不是好?"

元僖大笑:"正合我意,快拿来!"就着张良娣手中喝了几口肉粥,已经是风卷残云地吃了好几只面饼,等不及用勺子,便将一碗鹌鹑细粥呼呼地喝了下去。

张良娣笑道:"今儿王爷这吃得,不像个王爷,倒像是饿了好几顿的军汉似的!"

元僖抹了抹嘴道:"可不是,打中午就没吃呢!事情一忙就忘记了。"

张良娣抱怨道:"跟着的人是做什么的,你忘了他们也能忘吗?"

元僖道:"他们也忘了,都没吃呢,一直打早上忙到现在。对了,"他指了指满桌子的酒菜道,"这些我也没心思吃,便赏给他们吧!"

不去看李妃满脸的失落,张良娣得意地应了一声:"是!"这边忙殷勤地道:"王爷今天累了,早些安歇吧!"

元僖摇头道:"不成,今天带来的案卷,还得继续看!"

李妃方道:"那臣妾侍候王爷……"张良娣立刻道:"姐姐备这酒宴累了一天了,您也歇着呢!这些事让我们来做吧!"

李妃脸色涨红,方道:"我……"

元僖已经道:"柔儿说得是,我今晚要忙到很晚,你身子不好,早些歇着去吧!免得明后天,又哪里不舒服了!"

李妃只得道:"是,那臣妾先去了!"强忍着不去看张良娣那似笑非笑的神情,走出门外,泪水已经夺眶而出。

第二十二章
老臣之心

夜已经深了,许王府的寝宫内,依旧亮着烛火。

元僖依旧埋首案卷之中,张良娣只着了小衣,在元僖面前晃来晃去了好久,元僖似根本没看见,她也便放弃了今夜的努力,只得附在元僖的耳边柔声道:"王爷倦了吗,要不要柔儿拿一把热毛巾擦擦脸?"

元僖"嗯"了一声,仍未抬头,只是接过热毛巾胡乱地擦了擦。

张良娣咬咬下唇,再度柔声道:"王爷累了吗,要不要柔儿为您揉揉肩膀,按按太阳穴?"

元僖点了点头,张良娣忙轻巧地走到他的身边,轻轻地为他按摩着两边的肩膀,顺着一直到背部。然后,解开他头上的束发金冠,散下头发,轻轻地按摩着他的头皮、两边的太阳穴。

元僖只觉得浑身舒畅,满意地"嗯"了一声。

张良娣轻声软语,在他的耳边柔柔地道:"王爷,看到您这么操劳,柔儿真是心疼!又没人赶着您催着您,您为什么要这么拼命做呢!"

元僖忽然用力握紧了张良娣的手,张良娣一痛,惊得险些叫出声来,烛影摇曳映得元僖的脸有一半在阴影之中,他紧咬着下唇,形成一个凹槽,眼睛却是看着前方,道:"因为我要证明,我是最好的,我是最努力的;因为我只有这一个机会……"

张良娣怔怔地看着他的神情,不敢再说一句话。

元僖坐在烛影里,看着远方,他等这一个机会,已经二十年了。人生能有多少个二十年啊?

二十年来,父亲的眼中,只看到了长子元佐,何曾看到次子元僖。只有元佐被父亲亲手抱着上马,手把手地教写字、射猎赋诗、出征会使、商议国政,父亲的身边,永远都是元佐。多少次他祈求上苍能够给他一个机会,让父亲能够看到他。只要有一个机会,他将用尽全力来证明,父亲最出色的儿子,不仅仅是元佐,还有他元僖。他会比元佐更努力、更珍惜每一次机会,做得更好!

二十年来,眼看着元佐毫不珍惜一次又一次得到的恩宠和机会,他的心中像是永远有一团火在烧。可是这样的恩宠和机会却永远不肯降落到他的身上!

既然上苍没有给他这样的机会,他只有自己去争取这一次机会。那一天的重阳节,金明池宴罢,他带着诸王有意经过元佐的府邸。他引着大家喧闹的时候,那团火就一直在他的胸中烧灼着,直到他咬着牙,终于松开了手中的海东青。

那天,他的海东青飞进了元佐的后花园。

生死祸福,在此一举,然而这一次的赌注,他赢了。

他赢得了父亲,赢得了皇储之位,赢得了天下。

所以,他不能放松,他要抓住这倾尽生死博来的机会,来让父亲,让群臣,让天下看一看,大宋最出色的皇子,不是赵元佐,而是他赵元僖。

许王元僖自就任开封府尹的第一天,就到任就职,勤于政事。雷厉风行地革新除弊,每日里殚精竭虑,席不暇暖,一扫开封府此前因无主而形成的颓风惰习。

皇帝得到开封府判官吕端、推官张载的报告,欣慰地点了点头。

腊月二十四,是辞社日,此日之后,民间不再开火,因此也叫"过小年"。宫中多在此日设宴庆祝,这一年,皇帝在对诸王赐宴时,特地嘉奖了许王。

当皇帝含笑看着元僖时,当众人的眼光全部注目在元僖的身上时,元僖伏地谢恩,只觉得眼前一热,差点落泪。他等了多少年,终于等到了这一天。

今年的年底,格外地不同。

从封后的圣旨下到赶在年底前封后,不过一个多月时间,只因时间紧迫,而封后大典事项极多,礼部、鸿胪寺忙得晕头转向。

古时,天子之正妻曰"后"。秦汉以后,皇帝的正妻称皇后。皇后历有"国母"之尊,居中宫,主内治,统率各宫妃嫔,地位极崇。

封后之制,先说册符:皇后的玉册,要用珉玉五十简,匣依玉册的长短制

就;皇后之玺用黄金铸就,有一寸五分见方,高有一寸,上有鎏文曰"皇后之宝",盘螭纽,绶并缘册宝法物均以古法旧制为之,匣、盝并朱漆金涂银装。宋皇后之册立,与《通礼》有异,不立仪仗,不设汤沐县。

但皇后依旧是一国之母,身份尊贵,册后大典,也是隆重异常,文武百官着朝服肃立,由宰相、次相任册宝使,皇后着大礼服接册宝,入正殿升坐,受内外命妇称贺。

皇后再换上常服,谢皇帝、皇太后。百官诣东上阁门拜表贺。然后,皇后再入宫,在礼乐伴奏声中与皇帝行礼,典礼至此才算结束。

皇帝看着新皇后,也是心绪万千。他早年于后周时娶了滁州刺史之女尹氏,可惜早亡。后又娶了符氏,她两个姐姐先后做过后周世宗柴荣的皇后。符氏家族雄强,皇帝当年为晋王时,是他得力之助。可惜符氏亦是短命,在他登基前一年就去世了。

而新皇后李氏,父兄俱是名将,是符氏死后,先帝为他聘下的继妃,但未过门而先帝驾崩,及至皇帝登基,迎她入宫主持宫务,虽有皇后之实,却无皇后之名。但她仍然无怨无悔,帮着皇帝主持宫务,善待妃嫔及诸子。更因自己生子夭折,将元佐与元休视为己出,多加呵护。

皇帝当日一心想立长子元佐为储,就欲先立元佐,再追封元佐生母为皇后,再次才是立德妃为后。只先是前头还有秦王赵廷美与皇侄赵德昭、赵德芳挡着,因此一再延后,后来元佐又违逆父意,最终自弃储位。难得李德妃贤惠之至,不但内心无怨,后竟又为了元佐,不顾皇帝雷霆之怒,犯颜相救。皇帝也就在那一刻下定决心,要立刻立她为后。

而皇后李氏,何曾不是内心起伏未平。皇后之位悬在她的眼前多少年,明明是咫尺之遥,却一直未能如愿。她的夫婿是杀伐果断的帝王,更令她如履薄冰,不仅要谨言慎行,更要勇于下注。而她终于赌赢了,看准皇帝对楚王的爱惜之心,犯颜直谏,终得皇帝之心。更令侄女李氏随楚王入南宫自禁,将皇长孙亲手抚育,而令自己处于不败之地。

当此夜,帝后彼此感慨,更增情深。

皇帝下旨,为贺封后大典,京城张灯结彩,金吾不禁,狂欢三日。

皇后、皇储既定,自皇帝登基以来,内政诸事缠绕,自德昭之死到现在,终于一切尘埃落定,都有了一个了结,虽然其中有不尽如人意处,但是毕竟已经没有内忧。皇帝终于可以全力来对付外患了。

此时,一切北伐辽国的准备都已经就绪,粮草、兵马、辎重、后援都已经齐备。吸取前一次大军过于集中、不够灵活的失败经验,此次,决定兵分三路,实现自柴世宗以来收取燕云十六州的夙愿。

朝堂上,文武百官都为着伐辽而激动,而唯一提出异议的,是宰相赵普。

赵普出列的时候,心情不是不矛盾的。曾记当日与那个血气方刚的寇準争执时,他觉得自己已经变得冷漠。当今皇帝不是先皇,他早已经知道,因此在朝堂上,他已经远失当年的锐气,他没有为田仁朗的冤案而出头,他抛弃秦王赵廷美而自保。然而今天,他又要逆龙鳞了。

因为田仁朗也好、赵廷美也罢,都只是牺牲一两个人的事而已,他可以冷血,他可以不管;而北伐,却有可能对整个大宋的江山社稷、后世子孙造成深远影响,他不能不开口说话。因为大宋江山,他也是一手参与建造的人。

所以赵普出列:"臣以为,北伐之举,万万不可!"

曹彬看着赵普,他发现这两年间的那个冷漠因循的老官僚消失了,昔年那个刚毅果断未有能比的开国宰相赵普又回来了。

皇帝微微不悦:"老宰相有何见解?"

赵普道:"陛下自翦平太原,怀徕闽、浙,混一诸夏,大振英声,十年之间,遂臻广济。远人不服,自古圣王置之度外,何足介意?窃虑邪谄之辈,蒙蔽睿聪,致兴无名之师,深蹈不测之地。臣载披典籍,颇识前言,窃见汉武时主父偃、徐乐、严安所上书,及唐相姚无崇献明皇十事,忠言至论,可举而行。伏望万机之暇,一赐观览,其失未远,虽悔可追。"

皇帝冷笑:"你这是将朕比作汉武、明皇了?朕倒是觉得汉武有一句话说得不错:凡犯我大汉天威者,虽远必诛!燕云十六州,朕势在必得!"

赵普叩首道:"昔年先皇在日,曾置府库,言贮足七库,赎买十六州。辽人贪财,则不动刀兵,唾手可得。若是辽人不许,则以此七府之财,招天下兵马,再行攻打。此时国家初兴,财力不足,一旦兴兵,则国库空虚,百姓受苦。且辽国虽然主少事多,然有耶律休哥、韩德让等名将,未可轻视。望陛下三思。"

皇帝淡淡笑道:"那依卿之见呢?"

赵普道:"臣倒有一个万全之策。自今日起,望陛下精调御膳,保养圣躬,轻徭薄役,不兴战事,百姓能够安居乐业,国家富庶。则将来必可见边烽

不警，外户不扃，则外国小邦自会率土归仁，殊方异俗，相率响化，辽国独将焉往？陛下计不出此，乃信邪谄之徒，谓契丹主少事多，所以用武，以中陛下之意。陛下乐祸求功，以为万全，臣窃以为不可。伏愿陛下审其虚实，究其妄谬，正奸臣误国之罪，罢将士伐燕之师。"

皇帝怒极，脸上却是不动声色："若是朕不允呢？"

赵普取下头上的七梁冠，从容地道："古之人尚闻尸谏，老臣未死，岂敢百谀为安身之计而不言哉？"

皇帝怒极反笑："哈哈哈，老宰相言重了。宰相，你老了，老年人自然畏事，这也是人之常情，朕岂会降罪于你！"拂袖而起："退朝！"

赵普独自跪在殿中，良久，缓缓站起。

当晚，圣旨下："赵普有功国家，朕昔与游，今齿发衰矣，不容烦以中枢事务，应择善地处置。今出为武胜军节度、检校太尉兼侍中，钦此！"

随旨，赐皇帝亲笔所书御制诗一首，诗中一派风清月明、赏花弄月之雅事，另赐黄金一斗，以慰老宰相多年辛劳。

次日，西风萧萧，赵普奉旨出京，前往武胜之地，李沆奉旨相送。

赵普登程之后，李沆回宫禀报情况。

皇帝缓缓问道："赵普有何话说？"

李沆心中早已经想定，便拣了好的回答道："赵老相公说：陛下关爱臣下，赐臣之诗，臣当刻石为铭，与臣朽骨同葬泉下，此生余年，无以报答圣恩，希来世能够继续为陛下得效犬马之劳。"

皇帝点头道："赵普三朝老臣，最是知事，朕也是不忍见他如此年迈，犹如此辛苦，让他去颐养天年，也是爱惜他的意思。"

李沆笑道："正是，臣早上听了赵相这样的言语，如今复闻陛下圣谕，实令人感动。从古到今，君臣能够如此善始善终者太少了，只有陛下与赵相，可谓两全其美。"

皇帝哈哈一笑，此事就此带过。

十日后，下旨北伐。

此次兵分三路，东路军以曹彬为幽州道行营都部署，崔彦进为副，从雄州出击北攻幽州；中路军由田重进为定州都部署，出师飞狐；西路军以潘美为云、应、朔都部署，杨业为副，出师雁门。

临行前，皇帝面见众将，出示阵图，令众将必须依阵图所计划行事："潘美可带一支兵,直往云州。诸将带领数十万大军,但声言进取幽州,路上可缓缓而进,不许贪利。敌人闻得大兵到来,必悉众救范阳,不暇顾及山后,那时掩杀过去,就可获胜了。"曹彬等叩辞而退。

大军出发之日的前一天,庚辰,夜漏一刻,北方有赤气如城,至天明仍未散去。京城议论纷纷,不知是吉是凶。

韩王府的门前,忽然冷落了下来。

韩王元休,本是楚王元佐的同母弟,当人人看好楚王元佐将为皇储之时,自然对着韩王也是唯恐巴结不及。在楚王生病的那段日子里,因皇帝有旨不得打扰楚王养病,倒累得韩王府的大门,险些儿被人挤破。

谁料到天心莫测风云急变,楚王废为庶人囚于南宫,昔日不起眼的二皇子元僖,居然进封许王就任开封府尹,成了内定的皇储。一时间,曾将韩王府门前的挤得水泄不通的车马轿子,悉数转到了许王府前。

世态炎凉,最为失落的,莫过于韩王妃潘蝶。

她是自小到大,被捧在手心宠惯了的人儿,何曾受过半点委屈,这几个月来,骤见这些趋炎附势的嘴脸,心中不禁有气,回到府中,也埋怨元休无能,不曾讨得官家的欢心,楚王不该发疯,自毁前程不算,还连累了韩王府。

元休本已为楚王之事五内俱焚,一听这话,更是气不打一处来,两人争吵更多,更加不合。满腹的不如意处,幸得有刘娥红巾翠袖,娇声软语,能为他消愁解闷。

这日,刘娥见他愁容满面,亲手切下一块鹌鹑饼,喂在他嘴里。元休无意识地张嘴,正咀嚼着,刘娥忽然笑道:"就这么吃了,这若是板桥三娘子的烧饼,你该怎么办?"

元休一愣,思及前事,忽然喷笑:"我若是变成驴,那你呢?"他也切了一块饼,塞在刘娥嘴里,坏笑道:"那就委屈你也变成小母驴,和我一道去驮麦子了。"

刘娥瞋他一眼道:"你就舍得让我驮麦子?"

元休笑道:"我驮,我驮。我争取多吃些,变个大驴,让我们小娥歇着。"

被这么一打岔,他的胃口倒是好了很多,欢声笑语地吃了起来。

饭毕,刘娥又拿了自己初学作诗的草稿来,故意笑道:"其实作诗有什么难的,你说那杜甫是诗圣,又赞贯休和尚诗作得好,如今我已胜过他们一倍

了!"

元休惊讶笑问:"小娥居然如此厉害了?"

刘娥道:"杜甫写的是'两个黄鹂鸣翠柳',我这可是'四个黄鹂鸣翠柳',岂不胜他一倍了?"

元休一口茶含在嘴里,猝不及防喷了出来,刘娥忙帮他拍着胸口。

元休知她促狭,必是见自己近日不乐,想博君一笑,当下一把将她揽在怀里,笑拍她道:"小娥啊,你变坏了!让你看《太平广记》,你学了里面的笑话,偏来捉弄我。"

刘娥笑道:"我哪里学它了!那贯休只会写'数声清磬是非外,一个闲人天地间',我写的是'万声清磬是非外,两个闲人天地间'。"

元休把她的头埋在胸口,只觉得无一处不合心,不一处不可意,笑道:"小娥,有时候我真想,不用理会那些是是非非,就和你做天地间的两个快活闲人。"

潘美奉旨,挂帅征辽。临行前一日,韩王妃潘蝶去太师府为父亲饯行。席间父女依依惜别,见父亲两鬓白发悄生,潘蝶心中,不胜伤感。

回程路上,感时伤怀,回想昔年承欢膝下,到如今,自己已为人妇,可恨王爷薄情,下婢无耻,世事多变,人情炎凉。可恶那刘媪,满口答应自己会想办法,到如今却只会推托。

正想着,忽然只觉得车身猛地一震,差点将她摔倒,不由得大怒,掀开压翟车的帘子道:"混账,你们怎么驾车的?"

跟随的内侍吓得忙回道:"回王妃,前头路口处,有马车与我们争道。本来我们已经先行一步,谁知道那马车硬是夺路,小的们勒马急了些,惊了王妃,请王妃原谅!"

潘蝶大怒:"岂有此理,哪家的马车敢与我争道,他们没长眼睛吗,没看到是王妃压翟车吗?"

内侍吃吃地道:"是,王妃,对方也是压翟车,是许王妃的车驾!"

"许、许王妃?"潘蝶话到嘴边,只得硬生生咽下,咬牙道,"既是许王妃的车驾,那便罢了!"将车帘重重往下一甩,喝道:"让她先过去吧!"

许王妃的车驾仪卫甚多,潘蝶等了好一会儿,对方的车驾还未过完。韩王妃的压翟车停在路中,便有路人好奇地议论起来。潘蝶在车内听得声声入耳:"你们看哪,许王府可真了不得,一个侍妾出行,韩王妃也得让道。"

"咦,那不是许王妃的车驾嘛!"

"那里头才不是许王妃呢,那里头坐的是许王的妾张良娣,她每次回娘家,都要用许王妃的车驾,我就住她家不远,经常见的。许王妃回娘家,才不走这条道呢!"

"这个张良娣可真放肆,敢用王妃的车驾!"

"她可得宠了,连王妃都要让她三分,可惜肚子不争气。她要是生下个一男半女的,王爷肯定废了王妃将她扶正。"

潘蝶听得又惊又怒,掀开车帘喝道:"来人!"

忙有人应道:"小的在!"

潘蝶逼问道:"马车里坐的到底是谁,是许王妃还是旁人?"

那内侍也已经听到路人的议论,吓坏了,只得道:"小的们只看到是许王妃的车驾,这轿帘遮着、仪卫甚多,小的们也不知道里头坐的是谁。不过尊卑有别,上下有分,王妃的车驾,哪个人敢擅乘?"

潘蝶大怒:"混账,给我把那车驾拦下!"

一名内侍自前头跑过来道:"王妃,许王妃的车驾已经全部过去了,咱们是否可以起驾了?"

潘蝶再往前看,但见前方尘灰喧天,许王妃的压翟车只见尾部的紫色勋带一闪而没,眼见是来不及拦下了,只得恨恨地甩下车帘,道:"起驾,去许王府!"

那内侍犹豫道:"王妃,算了吧,许王可是皇储!"

潘蝶咬牙道:"那又怎么样,我可不能白受气! 我今天非得弄个明白不可,那车驾里的到底是不是许王妃。"

潘蝶也不回府,一径直往许王府而去。到了许王府,许王妃李氏站在滴水檐下相迎,含笑道:"三弟妹好久不见,今天怎么有空来了,真是稀客!"

潘蝶佯笑道:"是极是极,我真是该打,这么久未向皇兄皇嫂来请安,今天可不就是登门请罪来了。许王殿下何在?"

李氏叹道:"唉,弟妹真是别提了,自任了开封府尹,白日他必在府衙内,晚上必是抱着案卷办公事到深夜。说句不怕你笑话的,现在就是我连见他一面都难!"

潘蝶听着心中大不是滋味,李氏说话本不经意,听到她的耳中,却似是句句在炫耀许王成为开封府尹的荣光,对照着韩王府门前冷落,更是刺心。

她咬了咬牙,见李氏一身家常打扮,故意道:"皇嫂今日可有出门?"

李氏笑道:"近一个月来,我都没出过门了。"

潘蝶冷笑道:"那我方才还见着皇嫂的车驾在我前面行过呢,仪卫排场极大,路人都说许王妃出门好威风呢,想是我看错了。"

李氏怔了一怔,脸色微变,看着身边的近侍,那近侍畏畏缩缩地点了点头。李氏心中已经明白,只得勉强笑道:"弟妹原没看错,那是我的车驾。"

潘蝶步步逼问:"皇嫂又没出门,那空车驾怎么会跑到街上去了?"

李氏只得道:"今儿王爷恩准,让张良娣回娘家省亲,偏生她的马车坏了,我就把我的暂借给她一用,也不是什么大不了的事儿。"

潘蝶冷笑道:"话可不是这么说的,这上下尊卑有别,王妃的车驾,代表的是王妃的身份。皇嫂真是好说话,她今天借马车皇嫂给了,赶明儿她要借王妃的金印,皇嫂也给吗?"

她这般咄咄逼人,李氏的脸上也有些挂不住了,强笑道:"弟妹今日怎么说话呢,我并没有得罪你,这原也是我们家的事,这车驾借也由我,不借也由我。张良娣一向乖巧,挺能讨我喜欢的,所以我赏她坐一次,这也没什么!我和王爷成亲这么些时日来,王爷待我极好,我们从来都是相敬如宾,不要说拌嘴儿,王爷同我说话,连声音都不曾大过。不是我说你,弟妹这不容人的脾气,也该改改了,难怪我常听人说,你成日里和三弟拌嘴。做王妃,也得有些王妃的气度容量。"

潘蝶的脸红了又青,强忍着泪,道:"二皇嫂说的是呢,难怪许王府一王二妃呢。像皇嫂这等超人的气度容量,潘蝶自问做不到,告辞!"

李氏坐着不动,吩咐道:"乳娘,代我送韩王妃。"

潘蝶坐上压翟车,这一气非同小可,独自在车内眼泪一下子就下来了,恨恨地想道:"做人做到她这么可怜,这样打碎牙齿和血吞还能要装出一副甘之如饴的样子,真真不如死了算了。我绝不会让自己这么可怜,教一个侍妾欺到自己头上来!"由许王妃又勾起刘娥之事:"是了,我府中还有那个小贱人呢,哼,想我卧榻之侧,岂容他人酣睡!"

她这一日着了气恼,回到府中,便"病"了,恹恹地到了晚上,连晚膳也不吃,都摔了出去。耳中,却一直想着今日那些路边闲汉的话:"她要是生下个一男半女的,王爷肯定废了王妃将她扶正了!"暗暗咬了咬牙,心想着元休在揽月阁的时间越来越多,保不齐那贱婢有了身孕,到时候就更困难了。夜长梦多,形势逼她,她自逼别人去。

王妃"病"了,主理王府事务的刘媪,忙过来探望。潘蝶正没精打采地躺着,见是刘媪进来,勉强一笑道:"妈妈来了,坐罢!"

刘媪告了罪坐下,见潘蝶虽然脸色有些苍白,气色倒还好,殷勤地问:"老身听说王妃欠安,特地来探望,但不知王妃哪里不舒服了?"

潘蝶指了指自己的心口,懒洋洋地道:"我心里头不舒服,窝心!"

刘媪吃惊道:"这心症可大可小,传过御医请脉用药了吗?"

潘蝶淡淡地道:"我这病,御医瞧了也没用,我心里头不舒服,吃龙肉也是无用。"

"这……"刘媪语塞道,"王妃,也请自己放宽心些,不要想太多了。"

潘蝶眼神凌厉,盯着刘媪道:"我这病怎么来的,怎么治,全在妈妈身上呢!"

刘媪有些退缩:"王妃,老身又不是大夫,怎么治王妃的病?"

潘蝶冷笑道:"心病要心药医,记得妈妈对我说过,半年之内给我解决掉的。"

刘媪叹了一口气:"王妃,此事老身实是为难……"

潘蝶冷冷地道:"这我不管,你自己也说了,心症可大可小,可是这病根不去,我这病是断断难好!我知道妈妈为难,但这半年之期,你说来可不是为了搪塞我的吧!"

刘媪忙道:"怎么会呢,王妃多心了!"

潘蝶冷笑道:"我想妈妈也不是这样的人,你我谁跟谁呀!听说这次,您老人家的儿子,也在征辽军中吧!"

刘媪忙应道:"是,小儿卑微,不敢打扰王妃清听。"

潘蝶淡淡地笑道:"从军好啊,你看本朝多少名门高第,可不都是自军中来的。太祖爷没有这一根棍棒打天下,哪有这万里江山;我父亲身经百战,出将入相,可不都是自这军中来的。官家很看重这次征辽呢,咱们大军准备了这些时日,对付这些契丹人,那是一场必胜之战。今天我去送父亲,他老人家还对我说:如今天下已定,打完这次仗,以后就很难再有打大仗的机会了。你儿子赶上了一个好时候呀,将来拜将封侯,您老人家后福无穷,等着做老封君呢!"

刘媪笑得口都合不拢来:"哪里哪里,小儿无知,不过是为国效力,也见

见世面而已,讨王妃吉言,我只盼着他顺顺当当回来就好!"

潘蝶叹了一口气道:"这倒也是的,常言道'一将功成万骨枯',荣华富贵虽好,性命平安还是更重要的。到了战场,生死可就难料了。当年随太祖起事,到现在也没多少人剩下了。我父亲身上数道伤痕,可都是死里逃生留下的。他曾说他的心口边上有一道箭伤,只差得一寸,就穿心了。辽人多诈,最擅长弓箭和伏击之术,打小儿我看府中有三四十个家将,随我父亲上了战场后,也就回来个三四个。纵是封妻荫子,又有什么用!哦,对了,您老人家还没有儿媳吧!"

刘媪已经听得脸色发白,手中的帕子早已经绞作一团:"这,王妃,小儿可是在潘太师的军中,您求他老人家多关照关照小儿吧!能不能让他回来?我就这么一个儿子,宁可他在府中一辈子,不要出人头地,我们娘儿俩安安心心地过罢!"

潘蝶笑道:"您老人家可是不懂军中的事,既然入了军籍,仗没打完,怎么可以走呢!不过……"

刘媪已经听出她话中的意思:"不过什么,王妃有事尽管盼咐,老身能做到的,无不照办!"

潘蝶笃定地笑道:"若是你儿子运气好,被安排在中军帐中或者是后路运粮,危险性就小一些。只是我父亲军纪最是严明,我可不敢讨这个没趣儿。再则,我现在还病着呢,起不得身!"

刘媪沉默片刻:"那王妃打算什么时候可以病好起身?"

潘蝶似笑非笑地看着她:"那得看您老人家,打算什么时候治好我的病?反正,我不急!"

刘媪叹了一口气道:"时间这么急,也只有……唉,老身明天就进宫去!"

第二十三章
九重风雷

皇帝这日正在皇后李氏的宫中,听说韩王府的乳母进宫求见,便召见了。

自元佐出事以来,元休经常神思恍惚,精神不振,他看在眼中,心里也不太舒坦。昨日宫中赐宴,见韩王妃潘蝶又告病缺席,他心中也存了一问的念头。

刘媪进了宫行了礼,皇帝道:"你原是我潜邸中的老人,原不必拘礼。"刘媪站过一旁,皇帝道:"近来韩王如何?"

刘媪忙跪下了:"老奴有罪,今日老奴进宫,本就是告罪的!"

皇帝皱眉道:"却又是怎么了?"

刘媪道:"老奴奉旨,服侍殿下,殿下天性淳良,读书上进,本是极好的。官家恩旨赐殿下出宫开府,也吩咐过老奴时时照看着。只是……"她犹豫了一下。

皇帝道:"你有什么话,只管说罢!"

刘媪忙应了一声:"是。"见皇帝脸色平常,只得继续道:"自开府之后,殿下经常往外头去,老奴也不能跟着,竟出了岔子,结果也不知道他何时在外头结识了一个瓦肆的鼗鼓卖唱女子,就在御赐成亲之前,偷偷地纳进府来置在内书房中。那女子品性甚是不端,在府中时时生事,顶撞老奴吵闹王妃。且为人狐媚,日日勾着殿下贪欢。老奴冷眼瞧着,殿下近日精神恍惚,脸色也不正,学业也误了。以前每日在书房读书,如今那女子天天在书房,只缠着殿下画眉玩花,弄些淫词艳句的。老奴劝过几次,王妃也劝过几次,只是殿下对那女子沉溺已深,只是不肯听。这事老奴原不敢说,实是近日情况越发地厉害,不忍见殿下这样继续下去,误了学业误了身子,只得进宫告罪,请官家降罪！"

皇帝脸色阴沉："你说的可是真的？"

刘媪心跳骤停刹那，她深吸一口气，道："老奴不敢欺君。"

皇帝点了点头："知道了，你下去罢！"

刘媪心头惴惴，听着皇帝话语，却听不出什么来，只得磕头退了出去。

待刘媪出去后，皇帝冷笑一声："不成器的东西，我只道他近日来脸色不好，是为他哥哥的事情，也不去说他，哪想到竟是沉湎女色！"

皇后李氏方才也是在一旁听着，并不说话，此时见无甚外人，亲自从侍女手中捧过参茶来递与皇帝，柔声道："官家且喝杯茶，消消气罢！韩王素日懂事，并不曾有纨绔习气，他兄弟们府中，也不是没有婢妾的，何苦单为这个说他。"

皇帝冷笑道："朕何曾单为这个说他，朕是为他们操碎了心，却一个个不求上进，自己作践自己！"

李后听了这话，情知是皇帝又想起楚王之事，他二人本是同母兄弟，又扯在一起了。犹豫了一下，一则为元休生母早亡，也算寄养在自己名下，且素日乖巧，少不得偏袒些；再则，乳母方才已经生波澜，皇帝正恼，多一事不如少一事，身为皇后的自己，自然也得往好了劝。只得又笑："官家，一事且归一事呢！孩子们年纪轻，贪玩了些也不当什么，便是小夫妻们拌嘴，也是常有的事儿！我听说这乳母素日与王妃甚好，想来不过是小两口的事儿，只偏袒着一方倒不好。古人说：不痴不呆，不做阿翁阿姑！官家且说是不是呢？"

李后说的这个典故，出自唐代宗，时郭子仪功高盖世，其子郭暧尚代宗女升平公主。一日小夫妻吵架得厉害，郭暧动手打了公主，公主进宫告状，郭子仪忙缚子请罪，代宗并不以为罪，反而道："不痴不呆，不做阿翁阿姑！"此时李后说出这话来，不仅合景，且也是皇家气象，皇帝听了不禁莞尔，摇头道："正是呢，我正事一大堆，这几个小子还给我闹事！依了皇后，倒如何说？"

李后笑道："倒不如把韩王叫来教训几句，让他好用心向上，再把那女子带来，若模样还周正，就赏了他罢！"

皇帝点了点头，笑道："也罢。"回头吩咐夏承忠："叫韩王！"

皇帝对刘媪的话，并不以为意。平常人家，到了十七八岁，也未必没个侍妾通房丫鬟的，何况皇子蓄个侍婢，这中间元妃吃醋、乳母生嗔的，本都是极平常的事。只是韩王元休原与众人不同，诸皇子中，只有他与楚王元佐是他最心爱的李妃所生。

元佐，元佐是他心中永远的痛，装疯、烧府、自毁……多年来他的眼中只有元佐这一个儿子，他对元佐寄望最大，而元佐，也伤他最深。这几年来，他对元佐已经死了心，这才看到，元佑、元休等皇子。

元休虽不似元佐这般夺目，却也是文武兼备，且聪明谨慎，更不似元佐这般桀骜不驯，皇帝甚为满意，去年亲择开国元勋潘美之女配之为元妃。

如今听说元休宠爱侍婢、冷落元妃之传言，虽属小事，但思之将来，却是不得不谨慎的。于是便叫了元休来，整斥一番，元休不敢分辩，只唯唯称是。

刘娥在韩王府，忽然接到入宫的旨意，吓得魂飞魄散，不知道是祸是福，只得战战兢兢地随了内侍进宫。

一路上见宫阙万重，只觉得眼花缭乱，不敢说看一眼，只跟着前面的内侍行走。

却见前面的内侍停住了脚，向来人恭敬行礼。

刘娥见了那内侍的恭敬，知道是要紧人物，忙站着不敢动了。但听王继恩问道："这就是韩王府的那个丫鬟？"

那传旨的内侍忙回道："正是。"

王继恩"嗯"了一声，有些好奇，道："你抬头我瞧瞧！"

刘娥微微抬头，见是一个身形高大的内侍，也不敢细瞧，忙低下头去。

王继恩乍见之下，竟倒吸一口气，喃喃地道："像、真像！"

那传旨的内侍笑道："小的看着也是有些像！"

王继恩回过神来，瞪了一眼那小内侍："胡说，你才多大呢，能见过她？"

小内侍笑道："小的虽然职卑，可远远地，倒也见着贵人了。您看她的模样，倒是有些儿像王美人的样儿！"

王继恩似松了一口气，道："哦，是有些像她！"现在的王美人，是八皇子元俨的生母王氏。他仔细地再看了看刘娥，松了一口气道："细看，也不算像到了十分！"

刘娥听得莫名其妙，却见王继恩挥了挥手，道："还不快快带进去！"

皇帝教训了元休，端着一盏茶来正喝着，听得夏承忠报道："韩王府使婢刘氏带到！"

接着见内侍带着一个青衣小婢进来,伏在丹陛之下,不敢动上一动,但听得那声音娇柔:"奴婢刘娥,参见官家。"

皇帝手微微一抖,这女子京城口音并不纯熟,却带着几分乡音,这样的声音,好像在哪里听过似的。他哼了一声:"听你的口音,不是京中人?"

刘娥回道:"奴婢是蜀人,前年蜀中大旱,逃荒至京。"

皇帝倒吸一口气:"蜀人,怪不得朕听你的声音,好生熟悉,倒像那……哼,蜀女妖媚,蜀女厉害,你闹得韩王府王妃不合,可知罪?"

刘娥吓得忙磕头道:"奴婢不敢,奴婢什么都不知道,只是侍候主子而已。主子们高高在上,奴婢贱若尘土。奴婢虽是蜀人,可是西蜀之地,有女子何止成千上万,奴婢担不起'妖媚''厉害'这样的话!"

皇帝冷笑一声:"朕对着王侯将相说话,也不敢有人回一声,你倒有如此利舌,抬起头来,朕倒要看看,你还有何等的妖媚容貌!"

阶下的青衣女子,缓缓地抬起头来。皇帝骤然一见这女子的容颜,一惊之下,手中建盏落地,"砰——"的一声跌个粉碎。右手却下意识地遮在自己的眼前,转过头去不敢再看。

刘娥吓了一跳,道:"官家——"

皇帝厉声道:"将她赶出去,立刻赶出去,赶出王宫,赶出京城,赶得越远越好,朕永远都不要再见着她——"

忽见龙颜大怒,可怜刘娥从未见过这场面,吓得怔在当场,被一群如狼似虎的内侍们拖起时,才猛然惊觉过来:"不——官家,我犯了什么错,为什么要这样待我——"她用力挣扎着,凄厉地大叫:"放开我,王爷救我——王爷救我——"

内侍拖着她过门槛时,她使尽最后一分力气紧紧抓着门槛,叫出最后一分希望:"官家,我已经有韩王的骨肉了——"

皇帝骤然抬头,两人四目相望,一个是君临天下的皇帝,一个却是卑若尘土的女奴,只能凭着天性中的倔强,来为自己命运抗争。

皇帝的眼神炽热如火,口中吐出的话语却是冰冷无情:"逐出京城,永不得回韩王府!"

"不——不——"大庆宫中,长长地回荡着这声声凄厉的呼喊。

皇帝闭上眼:"都出去,朕想单独静一静!"

众人皆退出殿去了,宫中只剩皇帝一人,四周静了下来,静得可怕。

皇帝抬起头来，眯着眼睛，看着殿前投下的那一缕阳光。刚才，那女子绝美的容颜，娇弱得如花中之蕊；那倔强的眼神，却有一团熊熊的火在燃烧着一般。

皇帝的手在抖，他沙场半生，什么人不曾杀过，什么事不曾经历过，可是现在，他却教一个小小的女子吓着了。

她的容貌，她的眼神，她的气质，都像极了一个人。

"花蕊——"他从喉中吐出这一声破碎的呻吟。

那是乾德二年（964）的事了，距今已经二十多年了，那个时候，他还不是皇帝，他是晋王赵光义。

那时候，他还正年轻，意气飞扬，春风得意。

那一日，正是蜀主孟昶入京的日子。

宋太祖赵匡胤亲派皇弟晋王赵光义，安排孟昶等住于城外皇家别墅玉津园。对一个降王用如此高的规模来接待，孟昶自是受宠若惊，惶惑不安。

太祖自有其用意，陈桥兵变、黄袍加身才不过几年，而且四方未平，各地诸侯如北汉刘钧、南汉刘鋹、南唐李煜、吴越钱俶等都尚割据一方。他存心善待后周柴氏后人、降王孟昶等，就是要向天下表示他是个仁厚之主，也要孟昶的驯服，为其他诸侯做一个榜样来。

然而这一日，赵光义见着了花蕊夫人。

那轿帘缓缓掀开，一只纤纤玉手伸出来时，所有的人都屏住了呼吸，军士、车马，所有的喧闹忽然自动停止了，仿佛时间也凝滞了。

然后，是她那如云的发鬓，是那金步摇清脆的声音，是她那绝非凡尘中人所有的仙姿玉容。当她被侍女轻盈地扶出时，仿佛一阵清风吹来，吹动她衣带飞扬，她便要随风而去似的。当她步下车驾时，脚步微颤，在场所有的男人，都忍不住想伸手扶她。

二十多岁的赵光义，第一次见识到女人惊心动魄的美，他终于明白她为什么会被称之为"花蕊"。"花不足以拟其色，蕊差堪状其容"，是的，花蕊，花中的那一点娇蕊，那样地瑟瑟动人，那样地柔弱无助。

她是孟昶的妃子！

为什么她竟会是别人的妃子？

他看到她向他盈盈下拜时，哪怕是战场上一百回合，也没有此刻流的汗多。迷迷糊糊间，他不知道自己说了什么，做了什么，只在心中不断地念着：

"克制，克制……"

然后他看到她站起来，走入宅内，怎当她回首秋波宛转流顾，嫣然一笑。

他从此迷恋，不能自拔，这一段情，他与花蕊两个人伤得入骨入心。花蕊的多情，花蕊的绝情，皆令他难以自拔。

然而，为了皇位，为了他的野心，他最终还是负了她。那一日她决绝而去，那背影他一生都忘不了。谁也想不到，她竟如此地决绝，她逼着他射出了那一箭。那一天，他眼看着花蕊中箭，那血慢慢地流出来，她慢慢地倒地，那一刹那，竟似锥心刻骨般疼痛。

他一辈子都记得她临死前的表情，她的脸上，露出一丝若有若无的微笑，她在他的耳边轻轻地说："我知道，你一定会射这一箭的！"

为什么，为什么，就在他们将要天长地久、共享尊荣的前景下，花蕊却要弃他而去，她竟要他亲手射杀她，来作为对他的惩罚吗？

一片红色，红的是桃花，还是花蕊的血？那一刻，他已经被这一片红色埋葬。他知道，他这一生，都将活在这份幻梦中，在花蕊轻謦浅笑中，不得解脱。

他登上帝位后，灭南唐、北汉，最终一统天下，他不再是晋王赵光义，而是大宋天子赵炅。

然而多年来，连他自己也是在无意识地寻找相似花蕊眉梢眼角的女子，那灭南唐得到的小周后，本是当世与花蕊齐名的美女；他还有过一个妃子，容貌酷似花蕊，他称她为小花蕊夫人；他最宠爱的王美人，就是因为侧面像极了花蕊而被宠幸。在他的一生中，有过无数女人，然而却永远没有一个女人，比得上花蕊的骄傲和狠心，像花蕊一样让他刻骨铭心。

直到这一天，他听到那个小女子进来，尽管已经把汴梁话说得绝好，却仍带出那一点点蜀音来的娇媚口吻。当她抬起头来时，相似的不仅仅是那同为蜀女的娇音丽容，更是那倔强决绝的眼神，像火一般的炽热，竟让他觉得害怕，想逃离这双眼睛。多年来帝王生涯养成的气势，竟也不能抵御那双眼睛的魔咒。他毫不犹豫地选择了逃避，选择了扼杀。再一次看到这双眼睛的那一刹那，他明白了自己，若再有一次机会，他依然会在花蕊的面前完全溃败。

也许，这一次陷落的人，不再是他，而是他的儿子元休。但是他依然不会给自己、给别人这一次机会。蜀女惊心动魄的魅力，英雄盖世如太祖如他,尚不能把持,更何况是年少无知的元休。

夜幕缓缓地降临了,九重宫阙更显得幽深难测。这一夜,皇帝独自坐在大庆宫中,看着一幅画像,彻夜未眠。

这一夜,韩王赵元休也同样彻夜未眠。

万不料风云易变天心难测,上午进宫时,虽然挨了几句骂,他也一脸沉痛地表示洗心革面,却还是希冀挨这一顿骂后能名正言顺地拥有小娥。除了大哥元佐能在皇帝面前有特例外,皇帝对着其他的皇子,一例是看不出喜怒来的,尤其是成年的皇子,对着皇帝更是战战兢兢不敢抬头,更别说是讨要什么了。

皇帝有旨召小娥进宫,料想得小娥的乖巧能混得过去,谁知道小娥一进宫直到天色将晚还不曾出来,他急急地到处打听,不知道问了多少人塞了多少银子,才问出皇帝竟然龙颜大怒,已经将小娥逐出京城。

九重风雷忽降,这一顿雷霆如万钧之重,直炸得人不辨东西南北。元休当场蒙了,反应过来后立刻朝着东边方向追了出去。他这一狂奔,一直自东华门出了宫城,冲过东华大街,冲过鬼市子,过单雄信墓、枣家子巷,一直出了曹门,却见前面十字路口上人来车往,热闹非凡,却是从哪里去找寻可怜的小娥! 遥见远处新曹门方向的城门有一行禁军骑马巡来,便知道此时城门已关,只觉得万念俱灰。他一向养尊处优,刚才凭着心头火一阵疾奔下来,此时忽然眼前一黑,手脚酸软,竟自坐倒在尘埃中。

元休独自坐在街上,只觉得全身阵阵发冷,挣扎着想站起来,挣了两下,竟又自软倒,悲从中来,两行清泪缓缓流下。

街上人来人往,谁也不会知道这个坐在尘埃里、散发丢冠的狼狈少年,竟是堂堂韩王。

过了一会儿,身后伸出一双手来,将元休扶了起来。元休回头一看,却是钱惟演,张旻正站在钱惟演的身后。

元休自觉狼狈,忙站起来擦了擦脸,道:"惟演,你怎么来了?"

钱惟演道:"我听说刘娘子出事,所以立刻赶来见你。王爷,你不要着急,你若是心乱了,谁来找刘娘子,救刘娘子?"

元休精神一振:"你说得是。可是此时城门已关,怎么办呢?"

钱惟演道:"我看到禁军已经回宫,想是只把刘娘子押出城外就回来了。

如今天色已晚,她必然不会走远。此时也没有办法,我们只有先回去,调派了人手。明日五更过后城门开时,就分头去找,必能找得回。"

元休无奈,只得随钱惟演回到王府暂时安置。

今宵,元休和钱惟演都一夜无眠。

二更的时候,一声惊雷将两人炸得同时跳了起来,推窗一看,却见一道电光闪过,滂沱大雨竟倾盆而下。

元休看着窗外,看着越来越大的雨,看着那风雷交加,心中的不安越来越大。

这雨来得快去得也快,下了大约小半个时辰,就停住了。元休见雨停了,才松了口气,这才发现不知何时,自己已经是全身冷汗。

听得更鼓敲过五更,元休用最快的速度自行换好衣着,推开门,却见张旻和刘美已经站在门外了。三人相互点了一下头,心照不宣地向外走去。

走过回廊,却见钱惟演也已经着装齐备,率了几名家将正朝这方向而来。一行人会合后,便一齐上马,直奔新曹门。

昨日钱惟演已经从押送刘娥出京的禁军口中得知,刘娥正是从新曹门出城。于是直向新曹门而去。

出了新曹门外,是五丈河,源自汴梁东北的济郓,东路诸道州的粮物皆从五丈河运入京城,五丈河有五座桥,依次叫小横桥、广备桥、蔡市桥、青晖桥、染院桥。

众人沿着河岸一路搜来,皆不见刘娥踪影,钱惟演道:"河岸没有,便只有过桥去搜了。除了小横桥外,咱们四个人各带一个家将,分头自这四座桥搜过去,王爷您看如何?"

元休点了点头,几个人便各率一名家将,分头而行。

元休与家将过了蔡市桥,前面一眼望见是驿道,两边都是茂密的松林。

两人再分头而行,沿着松林间的一条小道慢慢地搜进去。这松林不大,沿着小道走了一段路,眼见就要出了松林。元休忽然站住了,他闻到了松林中,竟有一股淡淡的血腥之气。

此时天尚未大亮,松林间更是不甚光明,元休心中的不安却是越来越强,他闻着血腥的气味,正是从那无路的密林中传出来。

元休努力辨着那股血腥之气的来源,再次回头向无路的松林中走去。他高一脚低一脚地走着,松枝钩破了他的衣服,他半点也没有觉察到。

走了片刻,已经出了松林,那股血腥之气却是更重了,但见前面一个小土坡上,有一道乱七八糟的脚印拖痕,泥泞中竟杂着斑斑血迹。

元休心头大震,疾步跑上小土坡,却见土坡后的血迹更重了,顺着越来越多的血痕,他的目光落到最后一堆血迹里——泥泞中,横卧着一个浑身血迹的人。

元休飞快地冲了下去,抱起了那个人,未曾拂去她脸上的泥泞,便可肯定她就是刘娥。但见刘娥浑身泥泞,下半身的衣衫,早已经被鲜血染透。

元休抱起刘娥,触手之处,竟是四肢冰冷,唯有下身微温之处,仍有血流不止。元休这一惊非同小可,连声呼唤:"小娥,小娥——"

刘娥一动不动,脸色惨白如死,再探她的鼻息,呼吸竟是似有似无。

元休解下外衣,包在刘娥的身上,抱起刘娥踉踉跄跄地向外狂奔。

怀抱着的这具身体里的血一滴滴地自他的指尖流下,仿佛刘娥的生命,也这样一滴滴自他的指尖流失似的。元休有生以来,只觉得从未有过此时的恐惧。

小娥,小娥,你可千万不能死,你若死了,我也……不能活了!

当你觉得幸福的时候,是想不到下一刻,命运会给你一个什么样的撞击。

韩王赵元休一直以来过得顺风顺水,万事无忧。可万万没想到,他于今天差点失去了平生最心爱的女子。

身为皇子,他知道女人的嫉妒是什么,但是却没想到,女人的嫉妒会如此地有杀伤力。

他抱着刘娥不择方向地狂奔,忽然撞上一人。那人抓住他,道:"王爷,出了什么事了?"

元休并不理会,此时他的眼里心里,再没有别的人,只喃喃道:"快,快!"

来人正是钱惟演,他从另一头来,就见着韩王抱着一个浑身是血的人,一脸惶恐,他忙上前扶住,却见他怀中的人,也吃了一惊,但见刘娥脸色惨白,奄奄一息。

钱惟演不及细问,就道:"我方才来时,见前面有一所农舍,先去那里。"说着他率先引路,果然走得不久,就见前面有农舍。

钱惟演冲上前去,不及分说,一脚踢开门,只唬得里头烧饭的一对农人躲避不及,还以为大清早来了强盗。

钱惟演一边引着元休直冲到炕上，将刘娥小心翼翼地放到炕上，才回头冲着那对农人夫妻道："快拿热水来。"随着话声，已经是一锭雪花银扔了过去。

那农人平素只见着通宝铜钱，却不曾见过整个的银锭，忙拾着银锭还在将信将疑中。那农妇大着胆子走上前来，才一触着刘娥便惊叫一声："呀，这个娘子的手好冷，当家的，快去烧姜汤！"

赵元休是皇家子弟，何曾见过这种情况，正慌得没做手脚处，忙拉住那农妇道："你帮我看看，她这是怎么了！"

那农妇见刘娥裙间犹有血不断滴下，便上前掀起她的裙子，钱惟演吓得忙转过头去避让，耳边但听那农妇尖叫一声："这娘子是小产啦，不得了，这是血山崩，不中用啦！"心中一惊，险些转回头去。

"什么，小产？"赵元休大惊，一把抓住了那农妇，他是那能开数石弓的腕力，此时激动之下，那农妇如何禁得，立刻尖叫一声："好痛！"痛得坐倒在地。

赵元休也不知如何是好，钱惟演已经回过神来，忙将荷包里面金银锭尽数掏出来塞到那农妇的手中："对不住，大嫂，我这兄弟原是心急，你先帮她止血，这些都给你！"

那农妇摇头道："唉，流了这么多血，这娘子怕是不中用啦！官人要是不死心，立刻抱她去城中让大夫瞧瞧！依我看也不中用！我也不过尽尽心吧！"忙跑到厨房，取了半碗不知道什么物事，自箩筐中取件干净衬子，道："官人，我给娘子止血换衣。"

钱惟演见农舍狭窄，忙退了出去，走到房外打了个尖哨。过得片刻，分道去右边搜索的家将钱讯赶了过来，钱惟演吩咐道："刘娘子找到了，你立刻回府，叫张太医带了药箱过来，告诉他是妇人小产，一应用具都要带齐，赶快！"

钱惟演独立在门外，看着钱讯走远，闭上眼睛，心中痛苦。

元休也走出门，抬起手，看着手中刘娥的血犹未凝结，心中只觉得愤恨之情，难以抑止。他握紧了双拳，重重地捶在了门前的树干上。

钱惟演回过神来，一惊，拉住元休，见他的手已经扎进几根木刺，尽是鲜血，见元休仍紧握着拳头，那木刺扎得更深了，他看着都觉得疼痛，劝道："王爷，你休要如此，我找那大嫂拿针来帮你挑了。"

元休摇摇头，恨声道："惟演，你不知道，我这心里，实在是痛得厉害。手越痛,我心里才好些。"

钱惟演见他如此,也不好再劝。他的心里何尝不是痛得厉害,恨得厉害。这世间,为何有这样多的绝望与无奈!

两人都不说话,只能等着里头农妇为刘娥换衣止血。

过了一会儿,那农妇走了出来道:"官人,已经换好了,血也止住了!"

钱惟演大喜:"大嫂,多谢你了,你家何来的止血药?"

那农妇走到门外一边洗手,一边随口道:"什么药不药的,抓一把香灰止住了。"

"香、香灰?"元休顿时呛住,回过神来大怒,"岂有此理,你怎么可以用香灰这种东西。"

那农妇抬头茫然道:"不用香灰用啥?"

元休顿了顿足,一时不知道说些什么好,只得一头先扎进农舍中去瞧瞧刘娥。却见刘娥已经换了一身粗布衣服,血固然已经止住,可是仍然昏迷不醒,呼吸若有若无,仿佛死去了似的。

第二十四章
耿耿长恨

元休心中伤痛,紧紧地抱着刘娥,只觉得用尽自己的体温,也无法温暖怀中的身体,反而那身体的冰冷,却是一点一滴地传到自己的身上来,只觉得心中也是一片冰冷。

这时候姜汤已经烧好,钱惟演端了过来,劝元休道:"王爷,要不先给她喝些姜汤,也好补些热气。"

元休点了点头扶着刘娥,要将姜汤给她喂下去,不想他手上扎了木刺,一时手滑,差点摔了碗。钱惟演忙接过来端住,元休拿着汤匙喂给刘娥,却是才喂了两口,刘娥身子一动,尽数呕了出来。

钱惟演一急:"她失血太多,若是喂不进去,可就糟了!"

元休一急,又喂了两口,刘娥依旧呕了出来,元休看着碗中已经不多的姜汤,一张口倒到了自己口中,对着刘娥的口,慢慢地喂了下去。

钱惟演看着他这样亲昵的动作,心中刺痛,手中却尽是冷汗,只怕刘娥会再呕出来。还好这次没有呕出来,元休抬起头道:"再烧一碗!"

一碗半的姜汤就这样一口口地喂下去,也不知是抱得久了还是姜汤真的有用,元休抱着刘娥时,只觉得已经不似刚才那般冰冷。不顾自己口中灼辣的感觉,喜道:"果真有效呢,再烧一碗姜汤来。"

就这样元休一直抱着刘娥,直到张太医赶来,也是抱着刘娥给张太医诊脉。看出了元休的疑惑,钱惟演道:"张太医世代是我吴越王府的女科太医,专为内眷诊脉。王爷放心,这人绝对可靠。"

元休点了点头,依着张太医的话,将刘娥的手递了过去,张太医看了脉,又将那农妇叫出去,仔细问明了病情,再调了药让那农妇为刘娥换了,才道:"回王爷,刘娘子本已有三个月的身孕,只是遭逢打击,受了外力,以致忽然小产。再加上她在雨夜里受了风寒,过度劳累,导致下身血崩。幸而发现得早,加上刘娘子平日身体强健,刚才又及时喝下姜汤保了暖。若再迟个一两个时辰,只怕回天乏术。"

元休急道:"你只说要不要紧?"

张太医道:"照刘娘子的情况看来,只要过了这头七日,以后就无碍了!"

钱惟演脸一沉:"这么说,这七日内,还险?"

张太医微一犹豫,元休急道:"你说,快说!"

张太医躬身道:"王爷放心,王爷福泽深厚,有神灵相护,刘娘子是王爷的人,应是吉人自有天相,当会无碍。"

元休心乱如麻,只听得一句"无碍"便道了一声:"赏!"钱惟演的心却沉了下去,这张太医原是他的家臣,他自然听得出对方话中的含意来,张太医说神道鬼,可是于刘娥的病情,却没有一个确定的答复来,那便是险到极处了。

此时钱惟演方抓住机会,苦劝了元休,才让张太医将他手中的木刺挑了,又涂了药膏。眼见天色渐黑,钱讯道:"王爷、公子,天色将晚,城门快关了,咱们得在城门关之前回去,免得惹人疑心。"

元休被火灼着了似的浑身一震,怒道:"我不走,小娥尚未醒来,我怎可弃她而去?"

钱惟演深吸了口气,看着外面苍茫的暮色,道:"不走不行,官家下旨逐出刘娘子,你我一夜不归,必遭追查。一旦官家问罪下来,连累的还是她。再说,昨日官家动怒,你还要防着他再召你问话。此时刘娘子的行踪,必须保密!为免引人注目,先让张太医和刘美留下,让这农妇来照看刘娘子。明日一早,你我再出城来看她!"

元休无奈,只得忍痛起身,一步三回头,钱惟演只得自己先硬起心肠,将他急忙拖离开来。两人带着家将赶回时,见守城的禁军正欲关上城门,只差一步,就险些要关在门外了。

昨日刘媪进宫,却不料皇帝竟如此雷厉风行,立即逐了刘娥。潘蝶与刘媪欣喜之余也暗暗心悸,不料元休当晚竟夜不归府。潘蝶惊吓不已,立刻派了人去打探,却听得韩王在宫门外离开时,身边也未曾带着侍从。

正自惊惶失措之时,吴越王钱俶派了人来回报,说韩王暂住吴越王府,请王妃不须担心,明日便会回府。

重赏了来人，等对方去后，潘蝶又急又气，对刘媪道："你看他，堂堂王爷，竟为一个丫鬟这般行事，真真气人！"

刘媪叹道："今日逐了小娥，王妃已经遂心了。王爷着急上火，都是常情。他这是一时赌气，明日自能回来。"

潘蝶赌气道："这算什么，还闹到吴越王府去了，他不怕丢脸我还怕呢！明日再不回来，我亲自上吴越王府去！"

刘媪忙道："王妃，且听老身一句罢。我们王爷是我从小奶大的，他的性子我最是知道，皆因为王妃爱在王爷跟前使性子，那狐媚子却是能伏低认小的，才哄了王爷喜欢。那狐媚子赶走了，这去的已经去了，王爷也是无法。明日王爷回来，王妃可千万不要再犯以前的性子了。王妃天仙般的容貌，身份高贵，那狐媚子如何能比，只要王妃稍加温柔，自能得回王爷的心。"

潘蝶看了她一眼，笑道："好，我便依着你的话。从此以后，只要他不纳狐媚子，我自然什么都依着他。"

刘媪笑道："这才好呢，在官家跟前说这样的话，实非我的本心。只要你们夫妻和睦，让老身有服侍小王爷的一天，便是我做些孽，也还能补过了！"

只这一夜，两人也一宿未眠，次日便早早起来，潘蝶亲自准备了早餐待元休回来。未曾想元休早上没有回来，刘媪还劝说："必是赶着上朝去了。"

只是得来的消息说，今日并非上朝之期。

两人又等到中午，一连串地派人去吴越王府打听，却只听说韩王早早就出门，离开吴越王府了。

两人无奈，只得又一直等到太阳将西，潘蝶慌了神，正与刘媪商量着是不是到各府打听去，却听得一声报："王爷回府了——"

潘蝶等到现在，早已经等得心如火烧，但听得元休回来，忙带人迎了出去。

元休一腔怒气，却见潘蝶打扮得喜气洋洋，心头更是大恨。见他一脸恨意，张旻忙拉了拉他。见了张旻眼色，元休想及刘娥，这才将一腔恨意硬生生压下，未发作出来。见着潘蝶也不答礼，仿佛没见着这人似的，"哼"了一声，便直向内行去。

潘蝶本来满腔高兴，谁知道等了两天一夜，却等来这等脸色。虽然知道原因，但心里头的火气却也是按捺不下，不由得也甩了脸，尖声道："王爷去了哪里，一夜不归，叫我好生着急。但不知有什么重要的事，竟让王爷两天一夜也不回府？"

元休本就是极力忍耐，不想她居然故意挑事，这下怒气再也忍不住了，顿住脚步，反问："你很想知道我去了哪儿吗？"

潘蝶冷笑道："王爷是一府之主，我怎敢管着王爷。只是王爷一夜未归，也没个交代，岂不是叫人挂念。万一这事传到宫内，官家与圣人岂不是要怪我侍奉不周了！"

元休听得她说出这样的话来，更增怒气："是，你不过就是倚仗官家作靠山，所以才这么肆无忌惮。好啊，我告诉你，好让你进宫再去告状。你猜得不错，我正是去找小娥了。"

潘蝶倒退了一步，想不到他今日竟是如此干脆，完全不像平日的他了，不由得更恼了，没想到出了这样的事，居然还拿不住他："王爷做事，原是轮不到我来说，只是那刘娥可是官家亲自下旨逐出京城，王爷这样做，岂不是有意抗旨？我可是为王爷着想，没想到王爷居然不知好意。"

元休死死握着拳头，刚才那一刻，他内心涌起前所未有的恨意，真的很想扑上去，掩住她的嘴，打掉她的笑容，甚至是杀了她。他觉得快控制不住了，闭了闭眼，转身就要走。

潘蝶还未觉察他的情绪已经十分不对，见他不理，更是上前拉住元休："你别走，你把话说清楚。"

张氏见状已觉不妙，欲去阻止潘蝶，却见元休已经暴怒，一掌将潘蝶打翻在地。皇子们自幼都勤习武艺，这又是他怒极的爆发，这手劲完全没有控制，那一耳光只扇得潘蝶嘴角出血来，半张脸都肿了起来，直痛得快晕过去了。

潘蝶只本能地痛呼一声就伏地不动了，张氏扑过去扶她，看她的脸就愣住了，也只吓得尖叫起来。刘媪也吓了一跳，忙上前去阻挡："王爷，您这是怎么了？"

元休怒极失手，心中怒火其实未消，却也知道失控，只得勉强忍耐下来，看着刘媪挡在跟前，再也忍不住，冷笑道："如你们所愿，小娥腹中的孩子没了，那是我的孩子。你们联手杀了我的孩子，你们满意了，称心了？"

刘媪看着他双目赤红，状若疯魔，也不禁吓了一跳，再听他话中意思，更是惊骇，只觉得双腿一软跪了下来："什、什么？小娥怀孕了？"

元休闭目，只说了一个字："是。"你、你们，都是杀死我孩子的凶手。

刘媪如雷轰顶，心中痛极悔极，痛哭失声，旋即就向着元休磕头不止："是老奴有罪，老奴有罪啊！"

潘蝶先是被打得脑子里一片空白，渐渐恢复过来，更觉脸上火辣辣地疼痛，见着一个怒斥，一个痛哭，倒似是对方占了礼，半辈子没受过这样的委屈，却也有些怯了，只伏在张氏怀中哭泣。

元休看着这一屋子的女人，心中憎恨至极，再也忍耐不下去，一顿足，径直离去。

潘蝶见他走了，恐惧渐渐退去以后，这怒火更加高涨，突然间大哭起来："我，我不活了，他居然为了个贱婢这般打我。我不活了。我要进宫，我要找圣人，我要找官家……"

刘媪却只怔怔地跌坐在那里，喃喃自语："老奴有罪，老奴有罪。"

张氏见潘蝶闹腾，刘媪竟不再理会，情知不妙，忙拉住潘蝶劝道："王妃，老奴扶您回房，先给您脸上敷药吧。"

潘蝶羞愤至极，恨声道："敷什么药，我就要进宫给圣人看看，我受了什么样的委屈！"

乳母张氏见事情发展到如此不可控的地步，反而怕了起来，苦劝潘蝶："王妃，如今那贱婢已经赶走了，您千万不要再生事。"见潘蝶仍不依，不由得在她耳边低声道："宫里还不知道那贱婢怀孕的事，若您告了状，此事还可能再起反复。"

一语正中潘蝶心病，不由得息了声，可脸上仍火辣辣地疼，疼得她怒火实是歇不下来，突然间想到一事，方可泄愤，当下跳了起来，捂着脸恨恨地道："你们随我来。"

刘媪这时候哪有心情理会她。

张氏扶着潘蝶走出来，却见她不往内院而行，方向后苑而去，不由得问："王妃，你要做什么？"

潘蝶冷笑一声："他不是最念着那贱人的好吗？那我就把那贱人的东西都烧了，我看他想什么，念什么！"

张氏大惊，苦劝："王妃不可，王爷已经与您生分，若是您再这样，就把事情做绝了。"

不料这话更激怒潘蝶，她抚着自己脸上的伤痕，神情阴郁乖张到脸都扭曲了，恨声道："怕什么！人都不在了，烧点东西又能怎么样？我不烧，他也不见得跟我缓和关系;我烧了,也未必有多大后果。既然如此,我何不自己痛快些,开心些!"

说着就带着一堆侍女仆妇,到了揽月阁外,喝道:"把那贱人所有的东西统统烧了!"

一声令下,仆妇们冲了出去,将里头的衣服首饰、被褥帐子、琴棋书画、玩器摆件,除了书之外,统统扔进院中,点起一堆火来烧了个精光。

看屋子的如芝等几个丫鬟哭着来挡,却哪里挡得住,只能哭着看那大火,将刘娥留下来的诸物烧得精光。

元休伤痛至极,只进了书房,一人静坐,诸人都不敢打扰。潘蝶在后苑胡闹,连刘媪都没反应过来,及至知道后,一时还不敢告诉元休,只好自己去阻止,却已经来不及了,吓得忙派人去告诉元休。

及至元休得信,疾奔出来,却见揽月阁前一片空地上,东西都烧得差不多了,只余碎片焦痕。连那只红绿彩漆的兔笼也已经烧得只剩残骸,小兔子早已不知去了哪里。

元休冲进屋内,但见摆设皆空,床是空的,桌子是空的,架子上全部是空的。曾经在这里有过多少欢乐与回忆,此时都被那一把火都烧成了一片空白。

元休茫然地看着这一切,只觉得天塌地陷,伤心至极,捂住脸蹲了下来,只发出一声绝望的号叫:"小娥——"声之凄厉,宛若巴山猿啼,肝肠寸断。刘媪在一边,听到这一声哭叫,心中也是抽痛,早已经后悔不已,她急得上前抱住元休,劝道:"三郎,三郎,您别伤心。都是嬷嬷不好,嬷嬷没能挡住。您别伤心,人都不在了,再留着这些东西,也是睹物伤人。"

元休转头看着刘媪,眼神空洞而茫然,好半日,才幽幽地道:"嬷嬷,小娥到底做错了什么,为什么你们都容不得她?她人都不在了,为什么连最后一点念想也不肯留下给我?"

刘媪听他意思,是连自己也疑上了,潘蝶焚尽刘娥之物,自己本是想阻止的,不想思虑过多,通知太迟,竟被他疑为同党,满腹委屈与愧疚,说不出来,只能落泪道:"都是老奴的不是,一应都是老奴之罪,王爷要责怪,只责怪老奴吧,如今千万不能再同王妃闹了。我知道您委屈,可如今是官家亲自下旨逐出京城的刘娥,王妃如今脸上还有伤痕,真闹起来,您在官家那更要吃亏的啊!我宁可您打我骂我,把这口气出了,可千万不能再做什么傻事,伤

了自己啊。"

元休这一刹那,忽然明白了当时楚王焚宫的心态,以前他是不理解的,为什么官家明明最爱大皇兄,可大皇兄却是宁死也要逃离这种"爱"。可如今,他忽然明白了。官家爱他,就要杀了他最心爱的女人;嬷嬷爱他,却时时刻刻要把刘娥驱逐出他的身边。而潘氏……不,她不爱他,她只是一个残忍而唯我独尊的女人。可为什么官家、嬷嬷都认为,他这一生,只能和这个女人绑定,才是唯一正确的选择。

他们不知道,他有多痛苦,多绝望吗?

元休忽然站起来,嘿嘿地笑了起来,笑声很是瘆人。

刘媪恐惧地看着他,一时不敢说明话,只看他站了起来,摇摇晃晃地走出,竟不敢问他要去哪里。心里思忖着天已经黑了,他自然是回房去了吧。

过了片刻,外头传来消息,说是王爷径直出府,不知去了何处时,她才慌了起来,忙让去打听。及至消息传来,说是他去了吴越王府,这才松了口气,忙派贴身的人跟去服侍了。

吴越王钱俶近年来多不上朝,均以老病告假在家,与一班旧臣属也均少来往,只是自己在府中种种花,养养鱼,练练书法。

钱惟演才送了元休回去,忽然又听得他来了,惊得迎了出来,但见元休一言不发,只说:"那个府,我不回去了。"

钱惟演问了身边的侍从,才知原因,心中暗叹,只得带着元休去安置休息。过得片刻,便见钱俶派人来道:"韩王驾到,我们王爷本应亲自出迎。只是近日来风湿发作,不能行动,实是大罪。请公子代我们王爷行礼赔罪。"

元休忙道:"我来打扰,已是不安,正该向吴越王请安才是。"

钱惟演按住他道:"王爷不必了,这样家父会不安的。且今日王爷累了,还是早早休息,明日还有更重要的事呢。我这就去书房,代王爷向家父问好!"

元休又累又疲,道:"好,你去吧!"

安顿了元休,钱惟演便忙到书房向父亲禀明事由。他推门进去,却见钱俶正在书桌边,却是正在写字。钱惟演不敢惊动,便垂手在一边侍立着。却见钱俶写的是皇帝最喜爱的飞白书,一笔笔飘逸灵动,写的却只有四个字"慎勿为好"。

钱俶一言不发,写完了字,自己拿起来,端详片刻,将这张纸递给了钱惟演道:"我今日练书法,写了一天,也就这几个字较为满意,便给了你吧!"

钱惟演只得拜领:"谢父亲!"

钱俶缓缓后仰,靠在椅子上,脸上忽然有说不出的倦容:"我累了,你下去吧!"

钱惟演只得应道:"是!"捧着书法,恭敬地退了出去。

走出书房,钱惟演看着手中墨迹未干的书法,心中忽然觉得沉重无比,钱俶特地叫了他来,却什么也没问,什么也没说,只是给了自己这四个字:慎勿为好!

慎勿为好?父亲向来怒不改容喜不变色,平时对自己甚为倚重,今日特地写这四个字,此中心意,自是尽在不言之中了!

亡国王孙,依附皇子为伴读,努力求生即可。而如今,自己插手王府内务,去救皇帝贬斥的人,甚至一连两日让王爷住到自己家里去,这已经过了。

钱惟演看着东院仍在闪着的灯,那是元休的住处,他还没睡吗?他在想些什么?而他,又打算如何处置他与刘娥的关系呢?

钱惟演心里忽然升起一种诡异到不受控制的想法,当初自己若是没有帮元休劝刘娥入府,那今日的一切,是不是就不会发生了?

可惜的是,世上的事,没有如果。

这一夜,钱惟演没有睡好,元休更是没有醒好,天蒙蒙亮,他就起来了。他这边一起来,那边侍从就忙叫醒钱惟演。钱惟演其实才刚刚睡着,也只得忙起来去了元休院中,两人一起用过早膳,就急急出门,赶往城外。

两人出城,自然是要找个理由掩饰一番,便是穿了猎装,带了几个家将,假装出城打猎罢了

钱府侍从将两人出城之事报与钱俶,钱俶长叹一声,眼中尽是忧色。

汴京城外,小树林中,晨曦初透。

那农妇在门口熬药,但听得一阵马蹄之声,两名华服贵公子,率着几名家将骑马而来。那农妇瞧见正是昨天来的两位公子,忙进去叫人。

留下家将在远处巡逻,顺便打些猎物回城好作搪塞。钱惟演与元休下马,见着张太医从屋内出来迎上,忙问:"小娥可曾醒了?"

昨夜张太医是留下来照顾病人的,当下忙回道:"回王爷,刘娘子昨夜里醒来了,只是……"他连连摇头。

元休皱眉道:"情况到底怎么样了?"

张太医叹道:"药医不死病,可也得有药医的机会呀。从昨晚到现在,刘娘子仿佛生机全无,既不肯吃药,又不肯进食。这这这,小医纵有天大本事,也无处用武呀!"

元休急道:"我进去看看!"疾步冲进农舍去。那农妇还在里头,见状忙道:"官人可来了,小娘子她……"

元休皱眉道:"怎么了?"

那农妇指着床头的药碗道:"唉,小娘子今天醒来,什么也不肯吃,也不肯说话。药也不肯喝,我嘴都说干了,她只是不理我!"

元休走到床边,却见刘娥已经醒来,只是毫无生气地静静躺着,脸上是一片木然,眼神空洞地望着上方。

元休轻轻地唤道:"小娥,小娥……"

刘娥一动不动,仿佛并未听见。

元休大惊,紧紧地抱住了她,连声呼唤:"小娥、小娥,你怎么了,你看看我,我是元休,是三郎来看你来了。你回答我一声好不好……"

在元休一连串的呼唤中,刘娥的身子微微一动,她闭上眼睛,一滴泪珠自颊边滚下,颤声道:"孩子——"

元休一阵心酸,哽咽着道:"没关系的,我们以后还会有更多孩子的,咱们永远在一起,再也不分开了。我要你再给我生十个八个孩子,我不会再让任何人伤害到你和咱们的孩子了!"

刘娥闭着眼睛,声音轻似游丝:"真的吗?我真的可以有这一天吗?都是我的错,是我保不了这孩子。雨好大呀,我一直走,一直走,只要我走到一个能避雨的地方,孩子就不会有事了。可是我找不到,我真的找不到……"

她是真的找不到啊!

她的月事没来,又莫名地不舒服,如芝就猜到她可能是怀孕了。当她听如芝这么说的时候,还有些不能置信。如芝告诉她,刚怀孕一时是看不出来的,不如再等一个月,如果月事没来,就要告诉王爷,请大夫来看看了。

虽然这可能只是一种虚无的猜测,可是她就是有一种信心,觉得自己一定是怀孕了,有一个小生命在自己体内悸动,是前所未有的体验。她在这世上,没有一个血亲,可是很快就会要有了。这世界上会有一个人,跟她血脉相连,从此以后她不再是一叶孤舟飘零,她会愿意为了这个孩子,付出一切,甚至是生命。甚至,她会闪过一个念头,有了这个孩子,哪怕将来王爷喜欢上了别人,或者王妃不许他再来见自己,她也会没这么痛苦和难受了。至少,她有一个孩子啊。

可是才刚刚得到这一丝希望,正是最喜悦的时候,她满怀憧憬,准备着告诉元休的时候,忽然宫里传旨,让她进宫。她有些害怕,怕得不敢迈出步子来,还是如芝安慰着她,劝着她说,王爷一直是官家最疼爱的孩子,肯定是为她请了名分,所以宫里才会要她进去看看。若是真对她不利,只管一道旨意下来就行了,何必让她进宫去看呢。

她壮着胆子,进宫了。可是没有想到,就是几句话的工夫,她就被殿前武士们叉起来,挟上马背,一路不停地驰到城外,还特地找了个偏僻的树林,把她就这么扔下了。她哀求过,辩解过,哭过叫过挣扎过,可是有什么用呢,她在官家面前说自己怀孕了都没有用了,何况是这些执行命令的人。

这一路颠簸,到将她扔下,她已经感觉到身体的难受了,心里隐隐觉得不妙。可她还怀着侥幸,想着王爷必定会来找自己。可是没想到,突然间就下起暴雨来了。天黑了,她眼前失去了所有的方向,她不知道应该往哪里去,才能够找到避雨的地方。她浑身淋湿了,鞋也掉了。雨越下越大,她只觉得身上越来越冷,越来越冷。小树林里道路不平,泥地里一步三滑,她还绊到了树根。当她滚落山坡的时候,她感觉到了身体的剧痛。那一刻,她以为她的生命,会就此终结。

或许就这么终结,对于她来说,才是最好的事情吧。

如果死了,她就不需要这么痛,不需要面对孩子永远不在了的现实,就不需要面对这残酷的世界。

她听到元休在叫她,可她不想理会。她听到身边似乎人来人去,可她也不想理会。她听不到那些劝她喝药的话,听不到那些唤她醒来的话,这些对于她来说,都是没有意义的噪音,她的脑海中一片空白,或者只有一片空白,才会让她不至于这么痛。如果就这么让她走了,或者才是最好的解脱吧。

眼泪无声无息地流下,流到元休的手里,流到他的心底里去。

元休的眼泪也无法抑止,他紧紧地抱着刘娥,哽咽道:"不是你的错,是我的错,是我没能保护好你们母子。小娥,你要好起来,你一定要好起来。"

刘娥看着他,眼中尽是惶惑无助,她轻轻地问:"我做错什么了?他们为什么这样对我?"

元休心中大痛，一时竟是无话可解释。是啊，她做错什么了，只不过是因为他喜欢了她，她也喜欢了他。她没有狐媚自己，也没有刻意勾引，更没有不顾廉耻，没有费尽心机往上爬。府里那些女人给她的罪名，她一项也没有。官家给她的罪名，更是不存在。

可她为什么受这样的污名，更凭什么受这样的罪！这又是谁的错？

他想到初见时，她拥着那样的生机勃勃，尽管当时自己慌乱无措，可后来细想起来，她的狡黠、她的机灵，甚至是她的活力，都是多么的可贵。是他硬要诱她进王府，是他自以为是地要把自己的爱给她，可他又带给了她什么呢？是她在府里的小心翼翼，是她受乳母的严厉挑剔，是她受潘氏的栽赃陷害，是她受伤受惊，是她被官家责罚，是她被逐出京城，在大雨夜独自困在郊外，受这样的痛苦，失去了孩子，甚至失去了活下去的力量。

元休抱着刘娥，哽咽地道："不，不是你的错，是我的错。是我没能够保护好你，是我错估了自己的能力，是我让你受累受苦，甚至失去我们的孩子。小娥，我求求你，别不要我。你若是也弃我而去，我活着还有什么意思？我倒不如也死了算了……"他没有再说下去，因为刘娥的手掩住了他的口。

刘娥看着他，缓缓地摇头。这是自她昨夜醒来后，第一次肯对外界的事物言语，有所反应。

元休大喜，忙握住她的手，道："小娥，我保证，我这一辈子，只爱你一个人，永远永远不会负你。我保证，我会接你回家的，从此以后我们就会永远永远都在一起。我们还会有许多许多的孩子，我保证，我们一定会苦尽甘来。"

刘娥没有说话，元休轻轻地拿起药碗，先含在自己口中，然后对着刘娥的嘴唇，缓缓地送入。

刘娥轻颤一下，这一次，她没有吐出来。

元休轻拭了一下嘴角，又含了一口药喂过去。

药水在刘娥的口中停留片刻，咽了下去。刘娥的眼角，又有泪水悄然流下。

一碗药就在这样的送服中缓缓喝完，元休让刘娥轻轻地躺回床上去，一缕日光自破裂的屋缝中射入，正照着刘娥的半张脸。她长长的睫毛微微颤动，睫毛上一滴泪珠在阳光下映出七彩流光。

元休痴痴地看着刘娥，一动不动。

图书在版编目(CIP)数据

天圣令.壹 / 蒋胜男著.—杭州:浙江文艺出版社,2021.9
 ISBN 978-7-5339-6466-5

Ⅰ.①天… Ⅱ.①蒋… Ⅲ.①长篇历史小说—中国—当代 Ⅳ.①I247.5

中国版本图书馆CIP数据核字（2021）第055682号

选题策划	柳明晔
责任编辑	张　可　蒋　莉
营销编辑	宋佳音
封面绘图	珑　玮
封面设计	水玉银文化
版式设计	吕翡翠
责任印制	张丽敏

天圣令·壹
蒋胜男　著

出版	浙江文艺出版社
地址	杭州市体育场路347号
邮编	310006
电话	0571-85176953（总编办）
	0571-85152727（市场部）
制版	浙江新华图文制作有限公司
印刷	浙江新华印刷技术有限公司
开本	710毫米×1000毫米　1/16
字数	311千字
印张	19
插页	2
版次	2021年9月第1版
印次	2021年9月第1次印刷
书号	ISBN 978-7-5339-6466-5
定价	69.00元

版权所有　　侵权必究
（如有印装质量问题，影响阅读，请与市场部联系调换）